A BEGINNER'S GUIDE TO MURDER

초보자를 위한 살인 가이드

A BEGINNER'S GUIDE TO MURDER
by Rosalind Stopps

A BEGINNER'S GUIDE TO MURDER

초보자를 위한 살인 가이드

로절린드 스톱스
장편소설

류기일 옮김

문학동네

일러두기

1. 주석은 모두 옮긴이주다.
2. 본문 중 고딕체는 원서에서 이탤릭체 등으로 강조한 부분이다.
3. 장편 문학작품은 『 』, 영화·방송명·곡명 등은 〈 〉로 구분했다.

사랑하는 돔에게

차례

Chapter 1
메그

2월 27일 수요일

우리가 살인을 결심한 건 그를 알게 된 지 이틀 만이었다. 우리라고 하는 이유는 나도 그 자리에 있었고 그 무리 중 한 명이었기 때문이다. 다들 진심일 거라고 생각하진 않았다. 적어도 그땐 그랬다. 다만 그런 일이 일어날 리 없다고 생각하면서도 딱히 더 좋은 아이디어가 떠오르지 않았다. 정말이지, 우리가 그런 걸 할 수 있을 거라고 여기진 않았다. 너무 무서웠다. 잔뜩 겁이 났다. 위험하단 생각이 들었지만, 그 아이도 위험하다는 걸 안다는 게 문제였다. 그 가엾은 아이. 그 아이를 돕기 위해 뭐라도 해야 했으므로 찬성했을 뿐이다. 여전히 몸이 덜덜 떨렸고, 어떻게 해야 할지 알 수 없었다. 도무지 현실 같지 않았다. 그놈에게 끔찍한 일이 일어나길 바란 건 확실하지만.

우리는 그놈이 어떤 인간인지 알고 있었다. 이틀이면 알고도 남을 시간이었다. 직감에 충실했다면 이 분이면 됐겠지만 그때는 우리가 모이기 전이었다. 벌들처럼 지성을 공유하지도, 만장일치 시스템을 갖추지도 않았을 때였다. 우리란 게 존재하지 않았다. 조금이라도 더 오래 살아보겠다고 필라테스를 하고 카페에 모인 노곤한 늙은 여자들에 불과했다. 그레이스의 표현을 빌리자면, 어떻게든 죽음을 모면하려는 이들이었다. 그레이스는 말을 아주 똑부러지게 하는데, 종종 내가 하고 싶은 말을 그녀가 대신 한다. 나와 생각이 똑같달까. 나보다 훨씬 조리 있게 뱉어내지만.

제일 먼저 정신을 가다듬고 발언한 사람이 그레이스였다. 그 아이디어를 처음 생각해낸 사람도 아마 그레이스일 것이다. 확실하진 않지만 사실이더라도 놀랍지 않다. 나는 얼굴을 문지르며 그 망할 자동차 도어록을 떠올렸고, 기억만은 가둘 수 있다는 듯 손을 움켜쥐었다. 차에서 질질 끌려나가는 니나의 얼굴을 계속 생각하면서 어떻게 그치한테서 니나를 다시 빼앗아 올지 고민했다.

헨리는 늘 나더러 꾸물거린다고 했다. 길을 건너지도 못할 정도로 느리잖아, 메그. 내가 곁에서 재촉하지 않으면 초록불 속 사람이 차를 마시러 갈 때까지 길 한복판을 서성였을 거라고. 나는 생각했다. 만약 그랬다면 정말 웃겼겠지. 하지만 그의 말이 어디까지 맞는진 알 수 없었다. 분명 내가 그 정도로 느림보인 거야. 아이가 있었다면 나는 더 강인한 사람이 되었으리라 생각한다. 아이는 분명 나를 더 좋은 사람으로 거듭나게 했을 테지. 아직 선택의 여지가 남아 있을 때 나는 이렇게 말하곤 했다. "솔직히 말이야, 헨리. 나도 여느 사람처럼 잘할 수 있어."

"웃기는 소리." 그가 말했다. "애를 어쨌을 것 같아? 분명 배수구에 빠트리거나 가게에 두고 왔겠지."

그때는 그러지 않았을 거라 확신했지만, 시간이 좀 지난 뒤에 나는 사람 말을 쉽게 믿게 되었다. 니나에게 무슨 일이 벌어지고 있는지 이해할 수 있었던 건 다 그 때문이었다.

그레이스가 그 의견을 꺼냈을 때 우리는 몹시나 곤혹스러웠다. 대프니가 울음을 터뜨리려는 게 눈에 보였고, 대프니가 울면 나도 울 것만 같았다. 내 울음은 늘 그런 식이었다. 눈물이 몸안에서 대기하고 있고 나는 으레 그걸 억누르고 있다. 하지만 누군가 슬퍼하기 시작하면 그걸로 상황 종료였다. 말 그대로 눈물을 멈출 수 없었다. 정신 차려, 그럴 때마다 헨리가 말했다. 못하겠어, 사방에 마음이 흩어져 모이질 못하는걸, 나는 늘 그렇게 답하고 싶었다.

그래서 물티슈로 따끔거리는 얼굴을 두드리며 울지 않으려 애쓰고 있었던 것이다. 뭘 할 수 있을지 침착하게 생각해보려는 찰나 그레이스가 말을 꺼냈다.

"청부업 하는 남자를 고용하는 거야. 물론 여자여도 되고. 다들 돈은 좀 있어?"

농담을 하는 건지 아닌지 헷갈렸다. 그러니까 내 말은, 그레이스가 이런 때마저 농담을 꺼낼 사람은 아니지만, 사람이란 어떤 방식에 길들여지고 나면 그게 사실이 아니더라도, 눈앞의 증거가 그건 말도 안 되는 소리라고 외쳐도 결국 믿게 되는 법이다. 진짜로? 그런 거야? 정말 그런 거니?

"내가 돈이 좀 있는데." 대프니가 말했다.

무슨 부끄러운 말이라도 꺼낸다는 듯 대프니의 얼굴이 붉어졌다. 실제로 부끄러울 만한 일이 있었는지 모르겠지만, 대프니 혼자 그렇게 말하도록 내버려둘 순 없었다.

"나도 있어." 내가 거들었다. "얼마면 될까?"

무슨 놀이를 하는 듯한 기분이 들었다.

우리는 황망한 표정으로 서로를 바라보았고 나는 번뜩 인터넷을 떠올렸다. 하지만 인터넷의 모든 건 추적당할 수 있는데, 아무래도 우리는 발각되고 싶지 않았다. 이때가 바로 내가 처음으로 범죄자처럼 생각한 순간이었고 제법 뿌듯했다. 이게 마지막은 아니었지만.

"추적을 당할 수 있으니까 아무거나 무턱대고 찾아봐선 안 돼." 보탬이 되어 흡족한 마음으로 내가 말했다. 두 사람이 내가 놀라울 만큼 바보라는 듯한 표정으로 나를 바라보았는데, 그 순간 그들 사이로 살아 있는 헨리가 고개를 끄덕이고 있었다.

"매사에 조심하는 게 좋긴 하지." 그레이스가 말했다. 친절하게 말하려고 애쓰는 듯했다.

"1983년에는 대략 3만 달러였다는데." 대프니가 말했다.

대체 그런 걸 어떻게 아는지 기가 막혔다. 그레이스도 말했다. "역시. 이렇게나 똑부러진다고?"

"지금으로 치면 7만 5천 정도야." 대프니가 말했다. "파운드로는 5만 6500이고."

대프니는 잠시 침묵했다가 다시 말을 이었다. "재무 쪽에서 일했거든." 이걸로 설명이 되지 않느냐는 투였다.

그레이스와 나는 가만히 있었다. 대프니가 할말이 더 남은 게 분명했다.

"이건 말이지, 수요와 공급 문제야. 인플레이션이라고 가격이 따라 오르진 않았을 거야. 수요가 덩달아 늘지 않는 한. 그 수요가 얼마인지는 알기 어렵겠다만."

"어쨌든 많이는 못 내겠지." 그레이스가 말했다. "하지만 우리는 이 일을 꼭 해야 하니까. 얼마나 모을 수 있지?"

5만 6천 파운드라니, 너무 많아 보이는데. 돈이라면 나도 잘 알았다. 가계 지출은 늘 내 책임이었으니까. 하지만 때로는 돈을 써야만 하는 때도 있는 법이다.

"별다른 방법이 없는 것 같긴 한데." 내가 말했다.

나는 걱정스러운 정도를 넘어 겁에 질렸다. 나는 늘 폭력을 싫어했다. 여러 이유로 경찰이 관여하는 걸 원치 않았지만 이 계획을 재고해야 하는 건 아닐까 하는 생각이 들었다.

"경찰에 신고해본다든가, 아니면 시민 체포* 같은 건……"

다른 이유가 더 생각나지 않았고 내 목소리는 아주 늙은 여자처럼 기어들어갔다.

"사실 그게…… 폭력이잖아. 난 폭력이 싫어."

그러자 대프니가 변호했다. 대프니와 그레이스는 늘 뭘 해야 할지 잘 알았다.

---

* 범죄를 저질렀다고 간주할 만한 타당한 이유가 있는 경우, 경찰이 아닌 일반 시민도 용의자를 체포할 수 있는 권리.

"경찰은 그애를 탓하겠지. 아이가 수감된 사이 그놈은 다른 여자애한테 그런 짓거리를 할 테고." 대프니가 말을 이었다. "잘 풀려서 그 정도야. 최악의 경우에는 그놈이 애를 데리고 도망가서 해코지를 할 수도 있어."

"우리 손으로 해결해야 해." 그레이스가 말했다.

확신이 서질 않았다. 하지만 나는 늘 그런 사람이니까. 오래도록 뭔가를 확신해본 기억이 없었다. 나는 보다 실용적인 것에 집중하기로 결심하고, 직장에서 회의하듯 사안을 꼼꼼히 따져보며 하나하나 다 받아적기로 했다. 어떤 직장이 이런 회의를 하는지는 모르겠다만, 적어도 도움은 되었다.

"그렇다면 돈이 얼마나 드는지는 중요한 게 아니네." 내가 말했다. "내 말은, 어느 정도야 중요하겠지만, 우리한테 다른 선택지가 있나? 그놈은 악랄하니까. 악랄하고 포악해. 대안이 있을까? 목숨이 달린 문제라면 돈은 생각할 필요도 없잖아."

마지막 몇 마디를 말할 때 내 목소리가 갈라진 것 같았다. 살짝 당황스럽긴 했지만, 나는 보다 일찍 행동을 취했더라면 내 인생이 얼마나 달라졌을지 생각하고 있었다. 스스로를 확신했더라면 나는 다른 일들을 이뤄냈을 것이다.

"2만 파운드를 낼 수 있어." 화제를 되돌리려고 내가 회의 조로 말했다. 신뢰하는 두 사람에게 내가 발뺌할 거란 오해를 받고 싶지 않았다. 헨리 덕분에 보험금이 잘 나오기도 했고.

"좋아." 대프니가 말했다. "내가 나머지를 맡을게. 할 수 있어. 4만 5천에서 찾아보고 받아주는 사람이 있나 보면 어떨까?"

그렇게 일이 성사되었다.

나는 열심히 귀기울였다.

이때 들어야 하는 것은, 내 어머니의 조언에 따르면 톤에 어긋나는 음, 리듬을 벗어나는 박자였다. 우리 인간은 재미있는 동물이라서 일이 잘 안 풀릴 때는 단서를 남기는 습성이 있단다.

그 말을 어릴 때는 이해하지 못했지만 이제는 잘 알았다. 어머니는 음악가였고 모든 걸 음악용어에 빗대 설명했다. 산에 울려퍼지는 종소리 같은 목소리로 새로 온 선생님에 대해 설명하며, 내가 그 선생님을 좋아할 거라고 했다. 이상한 건 대개 어머니의 말이 맞았다는 것이다. 어머니는 바이올린을 연주했는데, 전쟁중에는 지하철역에서 공연을 하며 폭탄을 피해 모인 사람들을 위로했다. 어머니는 이렇게 말했다. 바이올린 음이 삐끗하는 날은 대피소를 벗어나야 하는 날이었어. 그날 밤은 거기가 안전하지 않다는 뜻이니까. 어머니가 헨리를 못 만나고 가신 게 얼마나 안타까운지.

그래서 나는 우리의 대화를 들으며 삐끗하는 음이 들리는지, 누가 해선 안 될 말을 꺼내는지, 이탈하는 음은 없는지를 귀기울여 들었다. 그런 음은 들리지 않았다. 셋이 모두 동의했고 그건 좋은 일이었다. 사소한 내 불안은 굳이 언급할 필요가 없었다. 내가 아는 한 우리는 모두 준법적인 사람들이었다. 다들 일흔이 넘었지만 선량한 시민이었고, 분리수거도 잘하고, 임산부에게 버스 좌석도 양보하는 사람들이었다. 그레이스와 대프니의 세금신고 내역을 본 적은 없지만 다들 제대로 신고했을 거라는 데 흔쾌히 적지 않은 돈을 걸 수 있었다. 다들 영국이 유럽연합에 남아야 한다고 투표했으리라는 것도 안다. 물어볼 필요도 없었다. 우리는 잘 맞았다. 함께였다. 헨리 당신보다 한결 낫네.

“요는 말이야.” 모종의 선을 넘는 것처럼, 그레이스가 아까보다 작은 목소리로 말을 꺼냈다. 내가 보기에 우리는 이미 그 선을 넘었다. “중요한 건, 우리는 범죄든 뭐든, 가장 의심을 사지 않을 만한 인물들이라는 걸 기억하는 거야. 다들 알고 있어?”

“뭐.” 대프니가 말을 받았다. “가끔 셀프 계산대에서 물건을 슬쩍해도 모르긴 하지. 물론 나를 위해 그러는 건 아냐. 다 푸드뱅크에 기부하거나 친애하는 멸종반란* 시위대에 갖다주니까.”

세상에나. 나는 얼굴이 달아올랐다는 사실도 잊은 채 멍하니 있었다.

솔직히 너무 놀라서 누가 깃털로 건드리기만 해도 넘어갈 것 같았다. 대프니가 그러리라고는 생각도 못했다. 그런 일이 가능한지조차 몰랐다. 나도 그런 생각을 해봤다면 좋았을 텐데.

대프니는 그게 공평한 일이라고 설명했다. 그런 다국적 거대기업은 월급을 푼돈으로 주는데다 비윤리적 처사도 너무 많이 저지른다고 했다.

“잘했어.” 그레이스가 말했다. “우스워 보일까봐 참는 거지만, 아이들처럼 하이파이브라도 하고 싶은데. 대프니, 역시 당신은 영감을 주는 사람이야. 그런데 둘 다 이건 알았으면 해. 유통기한 한참 남은 우유를 훔치거나, 다른 사람들과 웨스트민스터 브리지에

* 기후변화 때문에 닥칠 생명의 멸종에 저항하는 환경단체.

드러눕는 것과는 전혀 다른 일이라는 걸. 그…… 일 말이야."

그레이스가 자기 목 위에 손가락을 그어 보이는 것으로 말을 대신하자 우리는 조용해졌다.

"목을 따는 거 말이야." 내가 정신을 차리고 입을 열었다. "그게 꼭 필요한 일일까?"

나는 사달이 난 장면을 그려봤다. 차마 더 상상할 순 없었지만 피가 흐르면 상황이 걷잡을 수 없게 된다는 건 알았다. 내가 웃긴 말을 했다고 생각하진 않지만, 극단적인 상황에서는 유머가 진지해 보이고 가장 심각한 것은 우스워 보인다는 사실을 알아차렸다. 그래서 두 사람이 숨넘어갈 듯 자지러지게 웃는 걸 보았을 때 조금은 당황했지만 놀라진 않았다. 저렇게나 웃다니, 거의 울고 있네. 나는 이 모든 게 얼마나 우스꽝스러운 일인지 생각했고, 그렇게 생각하기 전에 이미 함께 웃고 있었다. 몇 분 뒤에야 우리는 진정했고, 그레이스가 입을 열었다. "그래도 좀 진지해져보자면 말이야, 정말 그 사람들이 어떻게 처리할 거 같아?"

우리 둘은 대프니를 바라보았는데 아마 그녀가 비용 문제를 알고 있어서였으리라. 대프니는 몹시 심기가 불편하다는 얼굴이었고, 나는 그제야 대프니를 그렇게 곤란하게 해선 안 됐다는 걸 깨달았다.

"모든 방법이 다 가능할 거야." 대프니만 대답해야 하는 상황이 되지 않도록 내가 말을 꺼냈다. "범죄 관련 책을 많이 읽었어. 독살이 제일 흔해."

"총은 영국보다는 미국식이겠지." 그레이스가 말했다. "하지만 여기서도 쓰긴 쓰니까."

"칼이야." 대프니가 말했다. "잘 갈아놓은 부엌칼이 효과적이라고 들었어."

"달려오는 열차에 사람을 미는 건 기사에게 못할 짓이고." 내가 말했다. 다른 두 사람처럼 아는 게 있는 양 대화에 끼려 했지만, 어째선지 둘은 다시 웃음을 터뜨렸고 나도 결국 웃고 말았다.

대프니는 남들이 알아차리지 못할 만큼 살짝 웃는다. 옷차림이 기이한 걸 생각한다면 이상한 일이다. 사람들이 이따금 대프니의 옷을 쳐다보기 때문이다. 결정을 내리던 그날은 보라색 레깅스에 초록색 꽃무늬 원피스를 입고서 분홍색 카디건을 걸치고 왔다. 옷 하나하나는 그렇게 튀지 않는데 모아놓으니 치명적이었다. 약간 부러운 감정이 이는 건 어쩔 수 없었다. 대프니처럼 보이고 싶은 건 아니었다. 분명 그런 건 아닌데, 남에게 주목받지 않길 바라며 똑같은 옷 서너 벌을 돌려 입는 대신 저렇게 시선을 아랑곳 않고 옷을 입는 건 어떤 기분일지 궁금했다.

반면 그레이스는 꽝 하고 터뜨리듯 웃었다. 나 여기 있어요, 라고 주위에 알리는 자신감 있는 웃음이었다. 늘 기장이 긴 옷을 입었는데, 긴 치마나 10부 리넨 바지에 티셔츠 위로 기다란 튜닉을 걸쳤다. 멸종반란 패치를 영광의 배지처럼 달고 다녔는데 그것도 부러웠다. 이렇게 멋진 여성 두 명이 내 친구가 되고 싶어한다는 게 믿기지 않았다. 우리는 작은 조직이었고, 내 옆에 앉은 여성의 의견만큼 내 의견도 소중했다. 비록 누군가에게 그렇게 맞아본 적이 한 번도 없었고, 모든 게 두렵긴 했지만 말이다. 특히 그 사랑스러운 아이에게 무슨 일이 일어날까봐 나는 겁에 질려 있었다.

"그렇게 시시콜콜 다 알 필요는 없을 것 같아." 내가 말했다. "처리만 된다면 말이야. 그게 중요한 거니까."

내가 얼마나 겁에 질려 있는지 말할 순 없었다. 별다른 대책도 내놓지 않고 그런 말을 할 순 없었다.

"맞아." 대프니가 말했다. "우리가 그렇게 관여할 필요 없지. 우리는 돈을 내고 그 뒤에 니나를 도우면 돼. 아니면 제대로 당국이 관여하게 하거나. 그게 우리 일이야."

"우리는 할머니들이니까." 그레이스가 말했다. "누가 뭘 기대하겠어? 우리가 할 수 있는 일을 하면 돼, 올바른 일을 하고 세상이 나아지게 하는 거지. 다들 우리 의견에 동의할 거고 별로 논란도 없을 거야. 그애가 가엾지."

"가여워." 내가 맞장구를 쳤다.

그건 정말 확실했다. 니나와 나는 만난 그 순간부터 결속감을 느꼈다. 그 아이는 내가 잃어버린 모든 것을 다시 생각나게 했다. 대프니 역시 고개를 끄덕였다.

"우리……" 대프니가 말했다. "그러니까 좀 그렇긴 한데…… 줄곧 생각했거든…… 괜찮은 생각인 것 같아서…… 우리가…… 서약을 하면 어떨까?"

그레이스와 나는 침묵했다. 내가 불편한 침묵에서 구해줄 때까지 대프니는 뒤척이며 헛기침을 하고 얼굴을 붉혔다.

"서약이라. 좋은 생각이야."

실은 그렇게 생각하지 않았다. 그건 여학생들에게나 어울릴 법하지, 여자아이를 구출하려고 모인 세 명의 노년 시민들에겐 어울리지 않는 일이었다. 다만 대프니가 외톨이처럼 보이는 게 힘들었다. 무슨 말이라도 해야 했다. 대프니가 늘 혼자 겉돌았으리라는 걸 알아차렸으니까. 그건 내가 결혼생활에서 느낀 것과 똑같은 감정이었다. 헨리와 나 둘뿐이었음에도. 누구든 그런 감정을 느끼는 게 싫었다. 이 일을 해내고 니나를 데려오려면 우리 셋은 늘 붙어 있어야 했다. 지금 그걸 해버리는 게 좋겠다고 생각했다.

"할 수 있지." 그레이스는 마치 벽에 샌드위치 메뉴와 안내문이 붙어 있는지 확인하는 것처럼 늦은 밤 카페의 실내를 둘러보았다. "어떻게 하는 건지는 모르겠지만 말이야."

"아마 몸 어디를 베거나 그런 걸 해야 하는 것 같은데." 내가 말했다. "피를 섞고 맹세를 하는 거지. 그렇게들 하지 않아?" 부디 아니라고 해주길. 더이상 웃음을 사고 싶지 않았다.

"음, 모두에게 양해를 구하고 싶은데." 그레이스가 말했다. "나는 피 한 방울이 아까워서. 일흔다섯 살이고 위험한 일은 하고 싶지 않거든. 그렇지만 소중한 것에 맹세는 할 수 있어. 다른 의견 있어?"

우리는 서로를 바라보고 또 테이블을 쳐다보았다. 다들 딱히 뭘 해야 할지 몰랐는데 그때 아이디어가 떠올랐다. 나는 가방을 뒤졌다. 바보 같은 생각일지 모르니까 아무 말이나 제일 먼저 뱉는 사람이 되고 싶지 않았지만 침묵을 견디기 싫어 실행해버렸다. 머릿속에서 헨리의 목소리가 들렸다. 메그다워, 무작정 진창으로 뛰어드는 게. 하지만 그냥 저질렀다.

"나한테 사진이 있어. 내가 키웠던 강아지인데 그애 사진이야. 사랑스러운 개였어."

나는 사진을 꺼내 테이블 위에 올려놓았다. 웃으라지, 나는 생각했다. 놀리라고 해, 신경 안 써. 나는 최선을 다하고 있어. 나는 빙글리를 테이블에 올려놓으며 그 사진을 외면했다. 쳐다볼 자신이 없었다. 젠장, 헨리. 빙글리는 정말 착하디착한 개였다고.

"좋아." 그레이스가 말했다. "나는 사진은 없지만 이건 있어."

가방을 뒤적이더니 그레이스는 작고 때가 탄 곰을 꺼냈다. 물과 비누에 닿기만 해도 바스라질 것 같았지만 나는 만져보고 싶어 손이 근질거렸다. 그레이스는 곰인형을 테이블에 올려놓았고, 나는 내가 나이든 빙글리의 사진을 쳐다보지 않으려 했던 것처럼 그녀 역시 시선을 회피하고 있다는 걸 눈치챘다.

대프니는 여전히 가방을 뒤적이고 있었다. 아무것도 없으면 어떡하지, 번뜩 그런 생각이 들었다. 그럼 정말 곤란할 텐데. 그레이스 역시 똑같은 생각을 하는 듯했다.

"여기 있다." 대프니가 말했다. "뭐라도 있을 줄 알았다고."

대프니는 엽서 절반 크기쯤 되는, 초록색과 흰색으로 칠해지고 너덜너덜한 판지 티켓을 꺼내 빙글리와 곰 옆에 올려놓았다. 판지에 '시드니'라고 적힌 게 보였다.

"사연까지 말해야 할까?" 대프니가 물었다.

"아이고, 그럴 필요는 없어." 그레이스가 말했다. "서로를 신뢰할 수 있다고 봐."

"서로를 더 잘 알게 될 때 해도 좋겠어." 내가 말했다. 빙글리 얘기를 할 수 있게 된다면 좋겠다.

그레이스가 세 가지 물건을 테이블 한가운데로 모으고 말했다.

"우리는 선한 신념을 따라 행동할 것을 맹세합니다."

"남을 해치지 않으려 노력하겠습니다." 대프니가 뒤따랐다.

조금 아이러니한걸, 나는 생각했다. 누군가를 해치려고 이 일을 도모하는 건데. 무슨 의미로 말하는지는 알겠지만. 나는 잠자코 앉아 생각에 잠겨 있다가 두 사람이 나를 바라보고 있다는 걸 깨달았다.

"자기 차례야." 그레이스가 말했다.

"최대 다수의 최대 행복을 위하여." 나는 학교에서 배운 걸 끄집어내 말했다. 아무도 보지 않길 바라며 손을 내밀었고, 누구도 그걸 신경쓰지 않았다. 카페는 조용했다. 계산대의 남자는 매출을 정산하고 있었고 우리에게 관심 따윈 없어 보였다. 내가 기억하는 한 가장 익명에 숨기 좋은 장소였다. 아무도 우리를 몰랐고 그 누구도 수상한 세 노인을 바라보지 않았다. 투명인간이나 다름없었다. 그레이스와 대프니가 내 손을 한 쪽씩 잡았고 우리는 자그마한 원을 이뤘다. 맞잡은 여러 색깔의 손이 꼭 베네통 광고 같았다.

"바로 그거야." 그레이스가 말했다. "메그가 말했듯, 최대 다수의 최대 행복을 위하여. 그리고 니나의 구출을 위하여."

"니나를 위하여." 축배를 들듯 대프니와 내가 응답했다.

Chapter 2

메그

2월 25일 월요일: 사건 발생 이틀 전

이 모든 게 시작되었을 때 나는 그리 좋은 상황이 아니었다. 니나를 처음 만난 날 이야기다. 필라테스를 하러 간 나 스스로에게 놀란 날이었는데, 나는 어딜 가는 일이 거의 없었기 때문이다. 헨리가 죽은 이후로는 집을 나서기 전에 문을 바라보며 십오 분을 멍하니 서 있는 경우가 많았고, 때로는 집밖으로 나가는 대신 다시 자리에 주저앉아 사 오려던 생필품 없이 그냥 버티곤 했다. 신경쇠약은 더이상 공식적인 진단명이 아니라지만 나는 신경쇠약이었다. 그건 확실했다.

그날 무엇 때문에 수업에 나간 건지, 혹은 무엇 때문에 수업 후 커피를 마시러 간 건지 아직도 모르겠다. 운명 아니면 그 비슷한 것일까. 하지만 니나를 본 순간, 어떻게든 우리가 연결되리란 것만은 알았다. 우리는 실로 연결되어 있었고 나는 그 아이가 혹시 내 친척인지, 전에 알던 사람인지, 심지어 오래전 입양을 하려다 포기한 아이인지 곰곰이 생각했다. 멈추고 생각해야 했다. 이 세상 어딘가에 조그맣고 머리카락은 짙은, 십대가 된 내 아이가 있었던가? 깡총한 치마에 샌들 차림으로, 겉옷 없이 티셔츠만 입고 어깨에 수건을 두른 채 런던 남동부 어느 카페에서 마주칠 운명의 아이가? 아니, 정답은 아니다였다. 메그, 넌 나이가 너무 많아. 이 조그마하고 겁에 질린 새 같은 여자아이는 네 자식일 수 없어. 분명 다른 관계일 거야. 나는 어머니가 가르쳐준 대로 귀를 기울였고, 삐끗 어긋나는 바이올린 음을 들을 수 있었다.

그 아이는 곧장 내게로 다가왔다. 우리 셋, 그레이스와 대프니와 내가 테이블에 있었지만 그 아이는 미리 말을 맞추기라도 한 듯 바로 내게 다가왔다.

"부탁이에요. 제발 도와주세요."

아이가 파르르 떠는 게 보였고, 어느 누구라도 그랬겠지만 나 역시 자리에서 손을 뻗어 아이를 끌어당기고 허리를 감쌌다.

"괜찮아." 내가 말했다. "내가 여기 있잖니. 우리가 있단다. 너 괜찮은 거니?"

터무니없는 말이라는 건 알았다. 겁에 질린 여자아이에게 할 말은 아니었지만 무슨 말이라도 해야 했다. 대프니와 그레이스도 뭐라고 웅얼거리고 있었고, 세 명의 늙은 여자가 걱정스럽다는 듯 손을 뻗어 아이를 달래려 애쓰고 있었다. 다들 너무나 돕고 싶으면서도 어떻게 해야 하는지 모르는 모습이 안타까웠다.

그레이스가 처음으로 분별력 있는 말을 던졌다. 그녀는 무슨 말을 해야 할지 아는 유의 사람, 그러니까 나와 정반대인 사람이었다. 키도 크고 우아한 사람인데, 그녀를 잘 모르는데도 나는 그녀가 아침에 나와 함께 커피를 마셔준다는 게 고마웠다.

"얘야." 그레이스가 말했다. "너 지금 위험한 상황이니?"

아주 적절한 질문이었다. 그레이스가 핵심을 찌르자, 멍하니 우물쭈물 말만 들으며 고민하던 내가 바보처럼 느껴졌다. 응당 던져야 할 질문이었다. 나 자신에 대해 생각하느라 정신을 놓지 않았다면, 나 역시 예리하게 행동했을지도 모른다.

그 아이는 고개를 끄덕였고 꼭 기관총을 두른 한 무리 군인들이 들이닥치기라도 할 것처럼 카페의 문을 쳐다보았다. 그레이스도 아이와 똑같은 표정으로 문을 바라보았고, 그때 내가 그레이스의 과거에 대해 아무것도 모른다는 걸 깨달았다. 우리는 수업에 대해, 수업으로 인한 근육통에 대해, 저녁에 할 요리에 대해, 우리가 했던 직업 혹은 해보지 않은 직업에 대해 대화를 나눴지만 사적인 얘기는 한 적이 없었다. 여자들끼리 사적인 얘기를 하지 않는 건 드문 일이었는데, 그때는 어렴풋이 느꼈고 지금은 분명히 깨달았다. 우리 같은 여자들에겐 차마 공유하기에 너무나 고통스러운 사연이 있다는 사실을. 자칫하면 빠질 수도 있는 구덩이와 덫이 너무 많았다. 그레이스가 언제나 런던에 살았는지는 알 수 없지만, 카페의 저 세련된 회색 문을 바라보는 모습만 봐도 그녀가 한때 훨씬 더 위험한 곳에 살았다는 걸 알 수 있었다.

"좋아." 대프니가 말했다. "다들 침착해. 우리가 도와줄 수 있는지 보자고. 내 이름은 대프니란다."

아이가 몸을 돌려 우리 모두를 쳐다보며 한 명씩 얼굴을 살폈다. 우리가 믿을 만한 사람인지 생각하는 것 같았다. 우리는 이상한 조합이었고, 결국 아이가 우리한테 아무 말 않기로 결심했다 하더라도 나는 이해할 수 있었다. 우리는 알록달록한 레깅스에 오버사이즈 티셔츠를 걸친 운동복 차림이었다. 원래 그레이스는 자기 이름을 회화로 표현한 듯 우아했지만, 그런 그녀도 갈색 티셔츠에 초록색 배기 트레이닝 바지 차림으로는 영 근사하지 못했다. 대프니는 가장 좋은 옷을 걸쳐도 우스꽝스러워 보였다. 그 이상한 차림을 보노라면 따돌림당하는 옷이 없도록 모든 옷을 돌아가며 입는 게 아닌가 하는 생각이 들곤 했다.

나 역시 스타일 아이콘은 못 되었다. 온몸에 땅딸막한 할머니라고 써붙이고 있었다. 자식도 손주도 없으니 할머니라기에는 기이하지만. 나는 아무것도 아니고 그저 과부일 뿐인데, 그 말은 결혼은 했다는 얘기지만 사실 제대로 된 결혼도 아니었다.

그 아이는 우리 셋을 바라보고 내게 한 걸음 가까이 다가왔다. 내가 백인이라 그런 게 아니길 바라면서 생각이 지나치게 많은 나를 저주했다. 피부색과는 상관없이 그냥 통통한 할머니 스타일을 좋아하는 걸 수도 있고, 그레이스는 무섭게 생기고 대프니는 괴팍해 보여서일 수도 있지.

아이가 한 걸음 다가오고 그레이스가 아이와 문 사이로 움직이는 사이에 어떻게 그 많은 생각이 스쳐간 건지 모르겠지만 여하간 그랬다. 그 생각들이 저마다 분명하고 또렷해서 비 내린 후 땅에 떨어진 나뭇잎을 세듯 하나하나 세어볼 수 있었다.

"니나." 아까보다 더 겁에 질린 표정으로 아이가 말했다. 마치 우리에게 말해선 안 되는 걸 말하기라도 한 듯. 아이는 숨을 깊이 들이마셨다.

"니나." 아이가 한번 더 말하고 자기 가슴을 가리켰다. 말하는 방식을 보니 다른 별에서 온 게 아닐까 하는 생각이 들었는데, 아마 어떤 방식이었든 그랬으리라.

"메그란다." 나는 나를 가리키며 말했고 대프니와 그레이스도 똑같이 했다. 우리는 이름만 흔할 뿐 다들 다른 세상에서 온 거나 마찬가지야. 나는 그렇게 생각했다. 영화 속 외계인들이 자기 자신을 소개하는 것처럼.

니나는 계속 카페 뒤의 화장실이 있는 쪽을 바라보았다.

"좋은 생각이다, 얘야." 그레이스가 말했다. "저기 잠시 들어가서 숨 좀 돌리렴."

그레이스가 화장실을 가리키자 니나는 달음질을 쳤다. 카운터를 보니 커피를 만들어준 직원이 우리를 쳐다보고 있었다. 아무 말도 하지 않았지만 우리가 이 좋은 카페에 문제를 일으키고 있다는 걸 감지한 듯했다.

"우리 친구를 위해 커피를 한 잔 더 시키면 어떨까?" 대프니가 말했다.

대프니는 재빠르고 정말이지 똑똑하다. 뭘 해야 할지 잘 안다.

"숙녀분들, 우리 지금 비상인 거야." 그레이스가 말했다. "내가 잘못 본 게 아니라면, 저애는 아주 곤란에 빠진 거고. 머리를 맞대서 뭘 도와줄 수 있을지 생각해보자. 다들 괜찮지?"

대프니와 나는 고개를 끄덕였고, 의아할 정도로 상황은 무척 빠르게 전개되었다. 노인 여성을 위한 필라테스 수업에서 알게 된 세 사람이 어떻게 커피가 식기 전에 문제에 맞서려는 세 가담자가 됐을까. 우리는 서로의 눈을 바라보며 고개를 끄덕였고, 내가 커피를 한 모금 더 마시려던 차에 갑자기 카페 문이 열리며 쾅 하고 벽에 부딪히더니 한 남자가 들어섰다.

나는 잔을 반쯤 입에 가져간 채 앉아 있었다. 나 자신이 아닌 다른 사람, 다른 것을 생각하는 게 몇 주 만에 처음이었다. 아니, 몇 달 만이었다. 화장실에 있을 그 가엾은 아이를 생각하며 그애가 나오지 않길 바랐다. 남자의 분노와 아이의 두려움에 연관 관계가 있는 게 분명했고, 그레이스와 대프니 역시 같은 생각임을 알 수 있었다. 나는 문이 덜컹거리는 소리를 막으려 귀에 손을 올렸다.

그날 아침, 카페에는 사람이 없었다. 아이나 강아지를 데리고 나오기엔 너무 이른 시간이었고, 직장인들이 출근길에 음료를 사러 들르기엔 너무 늦은 시간이었다. 우리 셋뿐이었지만 카운터 뒤의 직원이 염려되었다. 우리의 약점이 될지도 모른다. 그 직원은 피곤해 보였고 자기 일에 바빴지만 비밀을 지켜줄지 확신할 수 없었다. 그 남자는 문가에 서 있었는데, 가는 곳마다 공간을 점령하는 일에 익숙한 게 분명했다.

"여기 여자애 하나 안 들어왔습니까?" 그가 물었다. 어딘가 익숙한 억양인데 지역이 바로 떠오르지 않았다. "딸애가 사라져서 찾고 있는데요."

딸이라니 퍽이나, 나는 생각했다. 저 귀여운 아이가 너랑 상관있을 리 없잖아. 첫째, 목소리에 걱정이나 당황한 기색이 손톱만큼도 없다. 그저 따분한 놀이를 하는 듯한 목소리. 그 남자가 아이에게 조금도 신경쓰지 않는다는 걸 알 수 있었다. 실은 위협적으로 들리기까지 했다. 둘째, 우리만큼은 아니지만 나이가 많다. 아마 육십대 중반쯤, 저렇게 어린 딸이 있다기엔 너무 많은 나이다. 안다, 가끔 그런 일이 있다는 건 알지. 찰리 채플린과 폴 매카트니처럼. 그렇지만 이 남자는 도무지 그런 실버 대디, 요즘은 뭐라고 부르는지 모르겠지만 어쨌든 그런 걸로 보이진 않는다. 솔직히 말하자면 그냥 두꺼비처럼 보였다. 엉겁결에 인간으로 변신한 두꺼비. 언제라도 다시 변신하겠다고 위협하는 두꺼비 같았다. 아, 갑자기 어디 억양인지 생각났다. 푸아로*. 벨기에 사람인 게 분명했다. 벨기에 두꺼비로군.

"뭐라고요?" 그레이스가 말끝을 올리며 물었다. 그녀는 무슨 말인지 이해 못했을 뿐 아니라 남자에게 신경쓸 이유도 없었다는 듯 말을 느리게 끌었다. 나는 그레이스가 자랑스러웠다.

"죄송합니다." 그가 무척 부드러운 목소리로 말했다. "제가 너무 성급했네요. 여기 고운 아가씨들 중 제 딸을 보신 분이 있나 해서요. 키가 이 정도입니다만." 그가 손짓을 했다. "말썽부리는 게 말이 아니라서요. 엉덩이를 조금 때렸더니 여기로 도망간 것 같습니다만."

그가 '고운 아가씨'라고만 안 했어도 상황은 조금 달랐을지 모른

* 애거사 크리스티의 소설에 등장하는 벨기에 출신 탐정 캐릭터.

다. 확신할 순 없지만 아마 그랬을 것이다. 하지만 그는 '고운 아가씨'라고 말했고 우리는 털이 쭈뼛 섰다. 세상 일흔 살 전후의 여자들 가운데 아가씨라고 불리는 것에 성내지 않을 사람은 없을 것이다. 그건 사람을 얕잡아보는 악의적인 태도였고, 얼마나 우리의 신경을 긁고 있는지 모를 정도로 그가 멍청하다는 척도였다.

"아뇨." 그레이스가 말했다.

그레이스는 카운터 직원을 바라보지 않으며 대답했고, 그 점이 대단했다. 나는 그 정도로 대담할 수 있을 것 같지 않았다.

"못 봤어요." 그레이스가 다시 말을 이었다. "여긴 우리밖에 없는데요."

그레이스가 살짝 어깨를 으쓱하고 커피잔을 들었는데 태연하기 그지없었다. 대프니와 나는 그대로 따라 했다.

"아, 그럼 신경쓰지 마십시오." 우리에게 등을 돌린 그는 일을 하고 있는 직원에게만 말을 걸었다. "혹시 몰라서 그러는데, 좀 찾아봐도 되겠습니까?"

끝났다, 아이를 찾아내고 말겠지. 나는 생각했다. 우리가 알고 있었다는 게 들통나고 끔찍한 일이 일어날 거야. 가엾어서 어쩌지.

"뭐라고요?" 직원이 말했다. 그녀는 내가 처음 생각한 것보다 나이가 있었는데, 오십대 초반보다는 후반인 듯했다. 그때 분명 그녀가 은퇴를 하고 카페에서 일하고 있다는 생각이 번뜩 들었다. "그건 곤란한데요. 손님이 한 말 들으셨죠. 경찰이랑 함께 수색영장을 갖고 오지 않는 한 여기를 뒤질 순 없어요. 그런 얘기는 들어본 적도 없네요. 사유재산이란 개념을 모르는 건 아니죠? 여기는 카페지 공공장소가 아니거든요. 자, 제 머리 위 칠판에 적힌 메뉴를 보고 음료나 드실 것을 주문하든지 아니면 나가주세요. 당장요. 감사합니다."

말을 마친 그녀는 놀란 표정이었다. 미리 생각해둔 말이 아닌 게 분명했다. 나는 고맙다고 미소를 보내고 싶었지만 그저 커피만 쳐다보았다. 화장실에 있으렴, 화장실에 있으렴, 니나에게 생각을 전하려 애썼다. 지금 나오면 도와줄 방법이 전혀 없어. 나는 너무나 화장실 쪽을 보고 싶었지만 오로지 잔에 시선을 고정하려 애썼다.

그 남자는 머리에서 모자를 벗는 시늉을 하며 인사를 했다.

"제가 실수했습니다. 자유국가에 산다고 생각하고 있었네요. 좋은 하루 보내시길 바랍니다. 분명 금방 다시 만날 테니까요. 벌써부터 기다려지네요."

나는 고개를 들려 했지만 그레이스가 '그대로 있어, 기다려'라는 눈빛을 보내는 걸 알아차렸다. 나는 다시 커피잔을 저으면서 눈을 들어 창밖의 그를 슬쩍 보았다. 그자는 놓친 게 없는지 카페 안을 살펴보고 있었다.

"아직 안 갔어." 대프니가 속삭이듯 조용히 말했다. "아직 있어."

앉아서 기다리는 사이 천년만년이 흘러간 듯했지만 실은 몇 분도 안 됐을 것이다. 시간은 그렇게 흘러간다는 걸 나이를 들어 알게 되었다. 시간은 믿을 수 없는 법이다. 미끄러운 물고기처럼 손을 빠져나간다. 우리는 아무 말 없이 거의 숨을 죽인 채 앉아 있었다.

"갔네요." 카운터 직원이 말했다. "여러분도 자리를 정리하고 가주시면 고맙겠어요. 무슨 일인지 모르겠지만 알고 싶지 않네요. 카페는 운영해야 하니까요."

"미안해요." 내가 말을 꺼냈다. "그런데 우리랑도 아무 관련이 없어요."

그레이스가 쳐다보는 바람에 나는 입을 다물었다.

"괜찮아요." 그레이스가 직원에게 말했다. "아침부터 이런 문제가 생겨 미안합니다. 그런데 정말 잘하셨어요. 제대로 하신 거예요. 아이 몫으로 주문한 커피를 가져오지 않고 그 남자에게 그렇게 대꾸한 거요. 고마워요. 그렇지?"

그레이스는 대프니를 바라보았다.

"그래요." 대프니가 말했다. "고마워요."

"정말요." 나도 보탰다. 혼자 남겨지고 싶지 않았다. "어떻게 그……" 나는 말하며 화장실을 바라보았다.

나는 오 분이 넘도록 아이를 신경쓰다 스스로 놀랐는데, 그간 정말 오래도록 그 무엇에도 신경을 쓰지 않았기 때문이다. 뭔가에 다시 신경을 쓰는 일은 마음이 아팠다. 쥐가 난 발로 걸음을 내딛는 것만 같았다.

"내가 생각을 좀 해봤는데." 그레이스가 말했다. "우리 중 누가 카페에서 제일 가까운 데 살지?"

나는 두 사람이 어디 사는지 전혀 모른다는 것을 깨달았다. 두 사람도 내가 어디 사는지 모르긴 마찬가지일 것이다.

"우리집이 바로 모퉁이만 돌면 있어." 내가 말했다. "막다른 작은 골목에 있는 집인데, 다들 거길 지나왔을걸."

"그럼 큰길로 안 나가고 뒷길로 돌아서 집에 갈 수 있을까?" 그레이스가 물었다.

"갈 수 있어." 나는 재빨리 헤아리며 말했다. 살면서 길눈이 밝았던 적은 없지만 지금 방법이 있는 건 확실했다. 시간이 조금 더 걸리긴 하겠지만.

"나는 공원 지나서 좀더 떨어진 곳에 살아." 대프니가 말했다.

"나도야." 그레이스는 카운터 뒤쪽 여자를 보았다.

"또 도와달라고 해서 미안합니다만 뒷문을 좀 사용해도 되겠어요? 뒤뜰을 지나 나가는 문이요."

이 모든 게 다 첩보 영화 같다는 생각이 자꾸 들었다. 남자가 험상궂은 만큼 당연히 그 아이가 걱정되긴 했지만, 그래도 우리 같은 할머니들이 채널4에서 틀어주는 갱스터 영화마냥 행동해야 한다니 믿기지 않았다. 일에 연루되어 상황이 분명 더 나빠질 거라니까? 헨리가 있었다면 그렇게 말했을 것이다.

"알았으니 나가세요. 천장을 뚫고 가도 되니까 제발 나가시라고요." 그 여자가 말했다.

매정하다는 생각이 들었다. 어마어마하게 스트레스를 받은 듯했지만, 이게 우리 잘못이 아닌 것도 분명 보았을 텐데 말이다. 우리는 그저 커피나 마시러 왔을 뿐이라고 알려주고 싶었는데 그레이스가 다시 입을 열었다.

"다 같이 나갈 거예요. 둘 다 괜찮지? 같이 있어야 안전할 거야. 메그 집으로 최대한 빨리 가서 그다음에 뭘 할지 생각해보자."

그레이스가 자못 심각하게 말하는 바람에 나는 살짝 불안해졌다.

"그런 다음 아이는 집에 갈 수 있을 거야." 내가 말했다.

그레이스가 나를 바라보았고 나는 마음이 철렁했다. 언젠가 그레이스가 학교 선생님이었다는 게 생각났는데, 그레이스를 만났을 아이들이 가여웠다. 하지만 더 걱정되는 건 우리집이었다. 사람이 올 만한가? 깨끗하던가? 한동안 사람이 찾아온 적 없어서 확신이 서지 않았다. 먼지가 쌓였을까? 내가 사는 걸 보고 이상하다고 생각할까? 심지어 불쌍하다고 여기려나?

"두고 보자. 가볼까?" 그레이스가 말했다. 어른이 바보 같은 아이에게나 말할 법한 투라 정말로 주눅드는 기분이었지만, 모든 일이 너무나도 순식간에 이뤄져서 생각할 겨를이 없었다.

우리는 화장실로 이어지는 좁은 복도로 갔다. 카운터에 잔을 갖다주려 했지만 그 여자는 손을 휘이 내저으며 말했다.

"가세요. 제가 할 수 있어요."

우리를 도와주려고 하는 말인 듯했다.

그레이스가 화장실 문을 두드렸다.

"이제 괜찮아. 카페를 나갔어. 나와도 돼. 안전한 곳으로 가자꾸나."

"정말이에요?" 자그마한 목소리가 새어나왔다. 울고 있었다는 걸 알 수 있었다.

"그래, 정말이야." 내가 말했다. "우린 널 해치지 않아. 무엇보다 너무 늙었어. 네가 훅 불면 날아갈 거란다, 진짜로."

문 뒤에서 훌쩍이는 소리가 났는데 거의 웃음 같은 소리였다. 그리고 걸쇠 당기는 소리가 나더니 문 너머로 아이가 빼꼼 얼굴을 내밀었다. 고백하자면 그 모습이 까마득히 외로워 보여 내 마음속 뭔가가 꿈틀거렸다. 영원히 사라졌다고 생각한 뭔가가. 이 아이는 나와 연결되어 있다. 그게 내가 느낀 감정이었다. 이 아이가 이 몹쓸 세상과 나를, 그 모든 고통과 나를 다시 맺어준다고. 다시 연을 맺고 싶은지 확신할 수 없었지만, 그땐 너무 놀라 아무 생각이 없었고 한참 뒤에야 그런 생각을 했다. 눈물로 얼룩진 그 얼굴이 내 안의 빗장을 연 것만 같았고, 그 아이 뒤에 있는 사람들, 울고 웃으며 살아가는 그 모든 사람이 보이기 시작했다. 사람들의 아우성이 들렸다. 그들이 보였고 그들 역시 나를 바라보았다. 나는 세상과 다시 연결되어 있었다. 고통스러웠다.

"그래." 그레이스가 입을 열었다. "겁먹을 필요 없다, 얘야. 우리가 널 도와줄 거야."

우리가? 나는 생각했다. 우리가 정말로? 나는 늘 하루 계획이 있었다. 계획을 세우고 일 분 일 분 미리 챙기지 않으면 손쉽게 무너졌다. 빈 방에서 벽만 멍하니 바라보거나 침대에 누워 천장만 바라보거나, 그렇게 보내기 십상이었다.

오늘은 이런 계획을 세웠다. 거실 커튼을 떼어서 빨고 매트리스 밑 침대 하단의 안 보이는 면을 청소하려고 했다. 청소하기 까다로운 자리인데다 먼지가 금방 쌓이는 곳이라 시간이 좀 걸릴 거라 생각했다. 이중 중요한 계획은 하나도 없고 나도 그걸 잘 알았지만, 사람은 하루를 채울 일거리가 필요한 법이다. 그런데 하루를 빼앗긴다는 생각에 약간 경기를 일으킬 것 같았다. 침착하자. 나는 생각했다. 중요한 계획은 하나도 없어.

"그 누구도 절 도와줄 수 없어요." 그 아이가 말했다. 몹시 나이가 많은 슬픈 사람이 그 아이의 입을 빌려 말하는 듯해 나는 놀랐다.

"니나." 내가 말했다. "우리가 제대로 최선을 다할 거야. 이리 오련, 아주 가까운 곳이란다."

"무엇보다 감기에 걸릴 필요가 없지." 그레이스가 입고 있던 알록달록한 색깔의 커다란 숄을 벗어 아이 어깨에 걸쳐진 수건 위로 감싸며 말했다. 2월이었고 날이 매섭게 추웠기 때문에 니나는 숄을 더욱 바짝 끌어당겨 몸을 감쌌다. 나는 꼭 그렇게 니나를 안아주고 싶었다.

그리고 생각 끝에 숄을 두른 어떤 사람의 사진이 아주 선명히 떠올랐다. 고개를 젓자 그 사진이 천 갈래의 조각으로 흩어졌다. 그런 말도 안 되는 것을 상상할 시간이 없었다.

"좋아." 내가 말했다. "내가 앞장서지. 보다 나은 곳으로." 그 말을 큰 소리로 입 밖에 내자 실없는 소리처럼 들렸지만 아무도 신경 쓰지 않았다. 우리는 뒷문을 통해 뜰을 빠져나왔다.

"아이고." 대프니가 말했다. "팁을 준다는 걸 잊었네."

그게 왜 웃긴지는 모르겠지만 여하튼 재미있어서 우리는 모두 킥킥 웃었다. 대프니가 아주 극단적인 상황에서조차 절대 예의 차리는 일을 깜박하거나 일을 제대로 처리하는 법을 잊은 적이 없다는 사실 때문이었으리라. 조그마한 니나가 웃는 광경이 눈이 부셔서 우리는 조금 더 웃었다. 분명 취객처럼 보였을 것이다. 세상에 근심 걱정이 없는 취객들.

길로 들어서자 우리는 마치 지휘자가 지휘봉을 들어올린 것처럼 웃음이 싹 사라졌다. 경계심을 늦춰선 안 됐다. 그레이스와 대프니가 니나의 양옆을 지켰고 내가 앞장섰다.

"아이고, 메그." 그레이스가 말했다. "그렇게 두리번거리지 마. 그보다 더 수상해 보이는 방법도 없겠어."

"미안."

그레이스의 말이 맞다는 걸 알았지만 두리번거리지 않기란 어려웠다. 고개를 돌려 보이는 얼굴은 죄다 훑고 싶었다. 무엇보다 우리집으로 가는 거였고 내 안전이 걸린 문제였다. 그 두꺼비 남자가 쫓아와 내가 사는 곳을 알아낼지도 몰랐다.

"이 분만 더 가면 돼." 집이 있는 골목으로 들어서면서 내가 말했다. "저기 끝이야."

"열쇠 쥐고 있지?" 그레이스가 물었다.

그랬다, 손에 쥐고 있었다. 언제고 바로 집어들 수 있도록 열쇠는 주머니에 두었다. 나는 문을 열었다.

"서둘러." 그레이스가 말했다. "그놈이 쫓아오는지 봐야겠는데, 어느 창문이 길을 내려다보기 좋아?"

그레이스는 불안해 보였다.

나는 생각했다. 이 일을 꼭 해야 하는 걸까? 이 첩보 작전 같은 짓을. 위층으로 가라고 알려주는 것도 마찬가지였다. 그러니까 내 말은, 위층 침실 창문이 제격이었지만 나는 언제나 사생활이 중요한 사람이었다. 오랫동안 아무도 들어오지 않은 침실이었다. 헨리조차 들어오지 않았다. 그는 결혼했다는 이유 하나만으로 사람들이 왜 서로를 주머니에 넣으려고 하는 건지 모르겠다고 말하곤 했다. 특이한 일이고 남들은 이러지 않는다는 걸 알았지만, 헨리와 너무나 오래도록 그렇게 살았기에 평범하게 느껴졌다. 비범한 일도 시간 앞에선 평범해지는 법이다.

"침실 창문." 나는 마음을 다잡았다. "올라가서 왼쪽으로 들어가."

침대랑 옷가지가 정돈되어 있긴. 정리해놓았다는 건 알고 있었다. 나는 흐트러놓고 사는 사람은 아니었다. 단지 나중에 정돈할 뿐이다. 그레이스가 젊은이처럼 곧장 위층으로 향했다. 나는 나머지 두 사람을 뒤쪽 부엌으로 데려갔다. 방금 커피를 마셔서 모양이 우습긴 했지만 둘에게 차를 권했고 그들은 고개를 끄덕였다.

두 사람은 식탁에 앉았고, 그렇게 니나는 울음을 터뜨렸다. 테이블에 앉아 숨이 멎을 듯 헐떡이며 손에 얼굴을 묻었다. 여덟 살 정도로 보였다. 견디기 어려웠다. 그런 울음을 들을 때면 위로를 건네는 일 말고는 다른 게 떠오르지 않는 법이다. 그래서 대프니와 나는 양쪽에 앉아 니나의 어깨를 쓰다듬었다. 우리 둘 다 무슨 일인지 묻지 않는 편이 낫다는 걸 알았고 그게 중요해 보이지도 않았다. 그저 혼란스러운 아이일 뿐이기에 우리는 잠자코 옆에 있어줬다. 그렇게 사람들이 붙잡아주는 건 어떤 기분일지, 누군가 내게도 그런 걸 해줄지 궁금했다. 대프니도 나랑 같은 생각인지 눈빛에서 뭔가가 읽혔다. 이상하기도 하지, 나는 생각했다. 나만 외로운 건 아닌가봐.

그레이스가 위층에서 내려왔을 때는 기분이 이상했다. 내 침실에 들어갔다는 걸 알아서였다. 나의 가장 사적인 공간에 사람이 들어가서 멀뚱히 서 있었다는 것이 이상했다. 내 침실은 나란 사람만을 봐왔다. 그레이스를 보고 사방의 벽도 놀라지 않았을까. 그렇게 니나의 등을 어루만지며 생각에 빠지는 바람에 그레이스가 하는 말을 놓칠 뻔했다.

"확실히 따라오지 않았나봐." 그레이스가 말했다. "위층에선 잘 보이더라고. 그놈은 안 보였어."

"고맙습니다." 퉁퉁 눈이 부은 니나가 갈라지는 목소리로 말했다. "도움이 필요했던 그 순간에 세 분이 계셨다는 게 믿기지 않아요. 꼭 천사가 내려온 것 같았어요."

우리는 모두 미소를 지었다. 키가 1미터쯤은 자란 기분이었다. 그날까지 천사라고 불려본 적이 없는 듯했다. 무슨 일이 벌어지는지 제대로 이해하지도 못했지만 천사라 불리는 건 기분좋았다. 나는 여전히 사람들이 집으로 돌아가고 난 뒤 커튼을 세탁하는 상상이나 하고 있었다. 천사라는 소리를 듣다니 참 좋구나, 나는 생각했다.

"그 사람은 그저 두꺼비일 뿐이야." 내가 말하자 니나가 식겁하는 소리를 냈다.

"두꺼비야. 그렇지? 우리도 그자를 두꺼비라 불렀단다."

니나는 너무 많은 사실을 알려 걱정이 되는 모양이었다. 그래서 나는 니나의 손을 도닥이며 괜찮다는 걸 보여줬다. 그때 잠시 주변의 말을 듣지 않았던 모양이다. 그레이스의 말을 들으려 몸을 돌렸다가 그만 놀라고 말았다.

"안전히 이동할 수 있을 때까지 니나가 여기 머무르면 어떨까?"

"아." 내가 말했다. "니나, 어머니는 어떡하고? 너를 기다리지 않을까?"

니나는 다시 울음을 터뜨릴 기세였다. 그레이스의 표정을 보고 바보 같은 말을 뱉었다는 걸 깨달았다. 모든 아이에게 엄마가 있는 건 아니란 사실을 잊고 있었다. 이상한 일이었다. 분명 나는 모든 엄마에게 아이가 있는 건 아니란 사실을 알고 있었기 때문이다.

"아, 아니에요." 니나가 말했다. "제가 보기보다 나이가 있어요. 어쨌든 엄마는 없으니까 그건 괜찮아요. 제가 여기 머무는 게 불편하시면 안 그럴게요. 솔직히 저는 괜찮을 거예요. 제가 도와줘야 하는 사람도 있거든요. 좀 아파서요."

니나는 일어나 걸치고 있던 숄을 벗었다.

"감사했어요." 니나가 말했다. 미세하게 목소리가 떨리는 게 들렸다. 아이를 불편하게 만들었다는 게 부끄러웠다.

"있어줘, 부탁이야." 내가 말했다.

니나는 그레이스가 리더라는 듯 그녀를 바라보았다. 나는 얼떨떨했다. 내 집이야, 그렇게 말하고 싶었지만 유치하게 들릴 터였다.

"정말 괜찮겠어?" 그레이스가 물었다.

나는 사람들을 떠올렸다. 사람들과 연결되어 있다는 느낌, 한때 알았던 그 느낌을 곱씹었다. 정리를 하면서 홀로 울어야 했던 그 모든 시간이 기억났다.

"여분 침대를 하나 만들어야겠어." 내가 말했다. "잘 왔어, 니나."

Chapter 3
니나

11월: 사건 발생 15개월 전

니나는 생일이 싫었다. 생일을 제대로 보낸 적이 단 한 번도 없었다. 최악은 기대를 품게 된다는 것이었다. 그래도 자신이 알던 세상이 조금은 변하지 않을까 하는 기대를. 그런 기대에는 언제나 실망이 뒤따랐다. 지붕에 막대 초콜릿을 얹은, 통나무집 모양의 케이크와 초가 어렴풋이 기억에 남아 있었지만, 그게 진짜 케이크인지 잡지에서 보았던 이미지인지 헷갈렸다. 평소에는 그런 말도 안 되는 것에 연연하지 않으려 애썼다. 일 년 내내 스스로에게 또 주변 사람들에게 그런 것에 신경쓰지 않는다고 자신했지만, 생일만은 어린 소녀, 실망에 찬 소녀가 되었고 시무룩해지지 않을 도리가 없었다. 이번 열여섯번째 생일은 그중 단연 최악이었다.

열여섯 살 생일은 특별해야 했다. TV 프로그램에서 부잣집 소녀들이 생일파티를 하는 모습을 봐서 그런 것만은 아니었다. 버릇 나빠진 미국 여자아이들과 핑크색 자동차들. 자신에겐 그런 일이 일어날 리 없다는 걸 니나는 알고 있었다. 하지만 그래도 조금은 특별한, 다른 일이 일어나길 바랐다. 어쩌면, 그게 우스운 생각이란 건 알지만 어쩌면 엄마가 니나의 생일을 기억하고 이제 어른이 된 니나를 보고 싶어할지도 몰랐다. 어쩌면 니나에게 이젠 보호시설을 나와 같이 살자고 할지도 몰랐다. 퍽이나 그러겠다. 니나는 다시금 생각했다.

니나는 계단을 내려가 휴게실로 향했다. 토요일, 학교에 가지 않는 날이었고 가야 할 곳도 없었다.

"서프라이즈!" 휴게실에 들어선 니나를 향해 사람들이 외쳤다.

수제 케이크 하나를 가운데 두고 사람들이 둥글게 모여서 니나가 좋아하길 기대하고 있었다. 케이크는 평범했다. 여느 케이크와 같은 모양에 아이싱이 없고 빵 사이에 크림을 발랐다. 평범한 케이크 하나에 직원 둘과 아이들 셋이 미소를 머금고 니나를 바라보는데, 뭐라도 해서 그들을 기쁘게 해줘야 할 것 같았다. 행복한 표정을 짓든지 해서 그들이 보람을 느끼도록. 특히 고르지 않은 이를 드러내고 입을 벌린 채 박수를 치는 빌보에겐 더욱 그래야 할 것 같았다. 잔뜩 기대감에 찬 빌보를 보며 니나는 울고 싶어졌다. 빌보가 행복하길 바랐지만 그건 너무나 큰 책임이 따르는 일이었고, 가끔은 니나가 해줄 수 있는 것이 없었다.

니나는 빌보를 사랑했다. 원래 이름은 빌리였지만, 니나가 부르는 이름이 굳어져 이제는 아무도 진짜 이름을 부르지 않았다. 니나는 빌보에게 입을 다물고 있는 법을 가르치려 애썼다. 그래야 다른 아이들이 학교에서 그를 괴롭히지 않을 터였다.

"입 다물어, 빌보." 니나가 말했다. "내 케이크에 침 흘리지 마."

캐럴이 재빨리 말했다. "그건 아냐, 니나. 빌보한테 그렇게 말하면 안 돼. 모두의 케이크이기도 하고, 그렇죠?"

누군가가 정확히 그렇게 말하리란 걸 니나는 알고 있었다. 대본을 적을 수도 있었다. 캐럴은 예측하기 쉬운 사람이었다.

"음, 이게 제 케이크가 아니면 망할, 왜 다들 그렇게 거기 서 계신 걸까요." 빌보가 그 욕을 듣는 걸 싫어하니 이 말을 하면 화를 내리라는 걸 알았지만 니나도 어쩔 수 없었다. 나중에 변명을 할 생각이었다. 이야기를 읽어주거나 니나의 헤드폰으로 음악을 들려줄 수도 있고. 캐럴의 신경을 긁을 수 있다면야 빌보가 일이 분 정도 화나는 건 괜찮았다. 저런 사람은 아이들이 있는 곳에서 일을 해선 안 되니까.

니나는 보호시설에서 육 개월째 머무르는 중이었다. 위탁가정에서 두 번이나 도망쳤고, 직원들은 이제 그녀를 어디로 보내야 할지 난감해했다. 솔직히 선택권이 주어진다 한들 니나도 자기 자신을 어디에 보내야 할지 알 수 없었다. 그게 니나가 여기 있는 이유였다. 말을 할 때마다 침을 흘리며 종종 같은 말을 하루종일 반복해대는 빌보와 무슨 증후군에 걸려 작고 예민한 새처럼 보이는 클로이, 여자친구가 되어주겠느냐며 한시도 니나에게 조잘대길 멈추지 않는 제이슨이 있는 이곳 말이다. 니나는 이곳에 전혀 적응하지 못했다. 상황이 정리되는 대로 또다시 도망칠 계획이었다. 이렇게 오래도록 여기 있는 건 그저 중등교육 시험을 치기 위해서였다. 점수를 받아 자신이 다른 보호시설 아이들과 다르다는 걸 보여줄 셈이었다. 정확히는 엄마를 깜짝 놀라게 만들고 싶었다. 엄마에게 아이가 있었다는, 그냥 아이도 아니고 똑똑한 아이가 있었다는 사실을 상기시켜주기 위해서.

빌보가 울음을 터뜨릴 것 같았다.

"아이참, 니나. 분위기 좀 내봐. 빌보가 아침 내내 생일 축하 노래를 연습했다고. 기회를 줘야지." 수가 말했다.

다음은 신앙 얘기가 나올 차례였다.

"하느님 덕에 우리는 행복한 거야. 이 세상이 얼마나 사랑스러운데." 수는 적당한 타이밍에 손을 들어 자기 주변의 크림색 벽과 낡은 의자들을 가리켰다.

니나는 재치 있게 쏘아대지 않고 참았다. 적어도 수는 친절했다. 이곳 아이들은 니나를 그렇게 신경쓰지 않았다. 몇 가지 이유로 니나를 뚱땡이라고 부르긴 했지만 다들 가장 심한 말은 캐럴을 위해 아껴뒀다. 캐럴은 분명 아이들을 싫어하는 사람이었다. 모두들 그걸 알았고 심지어 빌보도 알았다. 그래도 빌보는 캐럴이 가장 좋아하는 아이였다. 모두들 그 사실을 알았는데, 캐럴이 늘 빌보를 껴안거나 빌보에게서 포옹을 받으려 했기 때문이다. 하지만 빌보는 포옹을 싫어했다. 포옹을 할 때면 허둥대고 경기를 일으켰다. 캐럴이 얼마나 멍청한지 믿기 어려울 정도였다.

"내가 원해서 생일인 건 아니잖아?" 니나가 말했다.

클로이가 웃으며 니나의 팔을 쿡쿡 찔렀다. "생일이야, 생일."

빌보는 미소를 지으며 자리에서 동동 뛰었다.

"축하합니다, 축하합니다, 무엇을?" 빌보가 말했다. "축하합니다 다음은 뭐지, 니나? 뭘 축하해야 해?"

"아, 제발. '생일 축하합니다'잖아, 빌보." 니나가 말했다.

빌보를 무시하기란 여간 어려운 일이 아니었다. 니나가 대꾸를 하지 않더라도 대답해줄 때까지 물을 터였다.

"그래." 빌보가 말했다. "생일 축하합니다, 생일 축하합니다, 그래, 그거야. 생일 축하합니다."

제이슨은 입을 다물고 시선을 돌렸다.

니나가 참아주니까 제이슨도 빌보를 참아준다는 사실을 니나는 알고 있었다.

"망할 초에 불을 붙여봐. 얼른 해치우게." 니나가 말했다.

모두 니나를 바라보았고, 빌보는 칭얼거렸다.

"말하지 않기로 했어, 말하면 안 돼. 니나, 뭘 말하면 안 돼? 뭘 말하면 안 되지? 니나, 우리 뭘 안 말하기로 했지?"

"젠장." 니나가 말했다. "'망할'이란 말 안 된다고."

"그래, 그 말, 그 말, 우리는 그 말 안 하기로 했어. 안 하지. 니나. 그 말은 이제 없어. '망할'이란 말은 이제 없어. 뭐라고?"

"없어." 니나가 말했다. "그런 말은 없다고, 빌보."

수는 몹시 안됐다는 듯 니나를 바라보았고 제이슨은 웃기 시작했다.

정신병원에서의 또다른 하루로군, 니나는 생각했다. 가능한 한 빨리 케이크를 먹어치우고 가방을 집어들었다.

"다들 고마워. 그런데 숙제를 해야 해서 말이죠." 니나는 말했다. 아동 보호시설의 그 누구도 그렇게 야심이 있던 적이 없었다. 드문 일이었고 니나는 그게 자신에게 모종의 특권을 준다는 것을 알았다.

“니나, 어디 가? 가지 마, 니나, 어디 가는 거 아니지?” 자리를 뜨려니 빌보의 목소리가 들렸다. 그 목소리가 너무나 처량해서 걸음을 멈춰야 했다.

“도서관에.” 니나는 힐끗 뒤를 돌아보며 말했다. “수학 숙제 하러.”

“축하, 축하, 축하합니다, 생일 축하, 숙제 축하, 수학 축하합니다.” 빌보가 외쳤다.

니나는 뒤를 돌아볼 뻔했지만 집에선 도무지 공부가 되지 않았다. 툭하면 아이들 중 하나가 소란을 피우거나 니나를 방해하러 왔다. 문을 닫고 방에 있어도 사람들 소리가 고스란히 들렸고, 가끔 빌보가 울 때면 그애가 제일 좋아하는 노래를 니나의 헤드폰으로 들려줘야 했다. 직원들이 빌보에게 자기 헤드폰을 쓰게끔 유도해 봤지만 소용이 없었다. 빌보는 늘 니나의 헤드폰으로 들으려 했다. 가끔은 직원이 어쩔 줄 몰라하며 니나에게 헤드폰을 빌리러 왔다. 문제는 빌보가 니나의 방에서만 그 헤드폰을 사용하려 한다는 것이었다. 그건 직원 하나가 방안이나 문 바깥에서 두 사람에게 붙어 있어야 한다는 걸 의미했다. 결국 직원들은 니나가 도서관에 가도록 자유 시간을 주었고, 그것만이 니나가 공부를 할 수 있는 방법이었다.

니나는 성실하게 지냈다. 도서관에 간다고 하면 도서관에 갔고,

문이 닫을 때까지 도서관에 있다가 집으로 갔다. 시험 치를 때까지만이야, 니나는 스스로 그렇게 되뇌었다. 그러면 내 삶이 시작되는 거야. 니나는 인터넷에서 시험을 마친 중산층 아이들이 축제에 놀러 간다는 기사를 읽었고, 자신이 생일 선물로 축제 티켓을 요구하면 보호시설 직원들이 무슨 말을 할지 상상하며 킥킥거렸다.

"뭐가 그렇게 웃겨?" 길거리에서 웃다가 걸린 것에 당황하며 니나는 고개를 들었다. 다들 내가 빌보 같다고 생각하겠지.

"아무것도 아냐." 니나가 답했다.

"아, 미안." 그애가 말했다.

정말 아쉽다는 목소리였고 니나는 자신이 실망시킨 사람의 얼굴을 쳐다보지 않을 수 없었다. 니나 또래거나 몇 살쯤 더 많아 보이는 여자애였다. 말투에 억양이 있었는데 외국 억양이라는 것만 알 수 있었다. 허리까지 올라오는 배기진에 깡총한 가죽조끼, 보라색 운동화, 요즘 유행하는 평상복 차림이었다. 니나는 살짝 움츠러들었다. 보호시설 아동의 의복 비용으로는 가죽조끼와 기능형 운동화는 사기 어려웠다.

"전에도 널 봤어." 그 여자애가 말했다. "도서관에 가고 있었어. 항상 도서관으로 가더라. 공부 잘하나봐."

니나는 어떻게 대꾸해야 할지 몰랐다. 계획 없이 친구를 만들어 본 적이 많지 않았다. 다른 속셈이 있는지도 몰랐다. 그애는 어깨를 으쓱하고는 말했다.

"나는 공부를 못하긴 하는데. 그래도 도서관은 좋아해. 그게 다야."

"괜찮으면 같이 갈래?"

괜찮지 않았다. 전혀 괜찮지 않았고, 이 여자애가 뭘 원하는지도 알 수 없었다. 니나는 조금 머뭇거렸다.

"괜찮아." 그애가 말했다. "나도 눈치가 있거든. 어쨌든 난 시내 나가서 운동화 하나 사려고."

니나는 그애가 신은 운동화에서 눈을 뗄 수 없었다. 완벽한 운동화였다. 첫 운동화가 이렇게 새것인데 운동화를 하나 더 산다는 게 어떤 기분인지 짐작할 수도 없었다. 물욕을 버려, 니나는 스스로에게 말했다. 뭘 갖고 있는지는 중요한 게 아냐. 사회학 시간에 나왔던 얘기였다. 니나는 사람들이 지나치게 소유만을 얘기하고 정작 중요한 건 말하지 않는다는 사실을 깨달았다. 기후 운동가들은 자선 매장과 재활용 패션에 대해 얘기했고 니나도 그들의 말이 맞다는 건 알았다. 다만 뭘 바라게 되는 것만은 어쩔 수 없을 뿐이었다. 보라색 운동화나 은 귀걸이 같은 물건들, 자녀가 학교에서 어떤 하루를 보냈는지 궁금해 안달하는 엄마와 작은 개가 있는 집. 가질 수 없는 것들.

"가고 싶으면 따라와도 돼." 그애가 말했다. "도서관에 꼭 가려는 게 아니면."

니나는 길 건너 도서관을 바라보았다. 그리 크지도 않고 가끔은 빌리고픈 책이 없었지만 안전한 곳이었다. 가겠다고 사람들에게 말하고 나온 곳이기도 했다. 하지만 오늘은 생일이었다. 열여섯번째 생일. 니나는 마음을 굳혔다.

"좋아. 가도 괜찮을 것 같아."

니나는 그애가 반색하리라 생각했지만, 슬픔에 가까운 표정을 지었다. 진심으로 니나가 오지 않길 바라는 듯했다.

"괜찮아." 그애가 말했다. "네가 안 와도 딱히 상관없어."

그 말이 맞을지도 모른다.

"아니다." 그애가 뭔가 기억나기라도 한 듯 말했다. "아냐. 분명 재미있겠지. 나는 샤즈야. 넌 이름이 뭐야?"

갑자기 그애의 얼굴이 성숙하게 보였다. 같이 가겠다고 말하지 말걸. 니나가 자신의 이름을 밝혔을 때 샤즈는 지루하단 표정이었다. 자기 이름을 이미 알고 있던 것 같은 묘한 기분이 들었다.

"니나." 그애가 말했다. "마음에 들어. 가자, 그럼."

니나는 자신이 착각했다고 생각했다. 샤즈는 이제 무심해 보였고 아까처럼 친근하게 굴지 않았다. 샤즈가 손톱을 물어뜯자 속이 메스꺼워졌다.

"남자친구는 있어?" 샤즈가 물었다. "분명 있겠지."

"아니." 니나는 사실대로 말하고 스스로에게 놀랐다. "귀찮은 일이 생기면 안 돼서."

샤즈가 웃었다.

"그게 귀찮은 일인 줄 몰랐는데. 기억해야겠네."

니나는 바보 같은 말을 꺼냈다는 걸 깨달았다. 같이 간다고 말한 걸 후회했다. 한 번도 인정하진 않았지만 니나는 늘 도서관 가는 일을 기다렸다. 책들이 순서대로 꽂힌 그 조용한 장소가 마음에 들었다. 공부하는 게 좋았다. 니나는 샤즈를 바라보았다. 샤즈는 키가 크고 약간 짧은 금발이었는데 머리 한쪽이 다른 쪽보다 길었다.

"저기, 음, 머리 예쁘다." 니나가 말했다.

샤즈가 니나의 머리카락을 훑어보더니 웃었다.

"네 머리도 괜찮을 거야. 약간 색깔을 넣거나 꾸미면 말이야."

니나의 머리는 기다랗고 짙은 갈색이었다. 아침에 뭐라도 좀더 하고 나올걸 후회가 들었다. 머리를 올려 묶든 땋든, 이렇게 풀어 헤치지 말고 나왔으면 좋았겠다는 생각이 들었다.

"넌 학교 다녀? 아니면 칼리지*나 다른 거?" 니나가 물었다.

"아니." 샤즈가 답했다. "그런 거엔 소질이 없어서 관뒀지."

샤즈에게 자신이 얼마나 독서를 좋아하고 배우는 일을 사랑하는지 말하지 않아야겠다고 니나는 머릿속으로 메모했다.

"넌 못 그만두겠다." 샤즈가 말했다. "고아원은 원래 그런 데 더 엄격하잖아."

그건 사실이었다. 니나도 알고 있었다. 시설 아동들에게는 모든 일이 판에 박힌 듯 정해져 있어서, 사람들 모르게 학교를 빼먹기가 어려웠다. 니나가 원해서 그런 건 아니었지만, 학교는 니나에게 허용된 최고의 장소였다. 하지만 쉽사리 그 사실을 인정하진 않을 터였다.

"그거 알아? 오늘 내 생일이야."

니나는 입 밖으로 말이 빠져나오자마자 후회했다. 그런 말을 크게 내뱉는 건 유치한 일이었다. 왜 말했는지 모를 일이었다. 그저

* 영국에서 16세까지 의무교육을 마친 후 대학입시 준비나 전문적인 훈련을 받기 위해 진학하는 2년제 교육기관.

바라는 건 약간의 인정이었다. 니나는 여러 차례 학교를 옮겨 다녔다. 적절한 학교 입학을 기다리는 동안 임시로 배치된 걸 빼고도 중학교만 최소 다섯 번이었다. 임시 배치까지 센다면 몇 번인지 헤아릴 수도 없었는데, 그 어떤 곳에서도 생일을 밝힌 적은 없었다. 소용없는 일이었으니까. 다른 학생들이 친구들과 생일을 축하하고 파티와 생일 기념 외출에 대해 얘기하는 모습을 바라보았지만 초대받은 적은 한 번도 없었다. 볼링 게임, 가든파티, 영화관 한번 없었다. 다른 여자애들과 친구가 되는 법을 배울 기회가 없었으므로 그들을 원망하진 않았다. 그애들이 보호시설 아이에게 노력을 들일 이유는 없었다. 너무 자주 전학을 갔기 때문이다.

니나는 샤즈를 바라보며 왜 자신에게 말을 걸었을지 생각했다. 샤즈는 오늘이 니나의 생일이라는 데 신경쓰지 않을 것이다. 자신보다 나이가 많은 게 분명했고 둘에게는 공통점이 하나도 없었다. 샤즈는 니나가 늘 만나길 꿈꿔왔던, 도서관을 좋아하고 함께 공부할 유형의 사람이 아니었다. 니나는 지금이라도 이 우스운 동행을 관두고 뒤를 돌아 원래 가려던 곳으로 향해도 될지, 너무 늦은 건 아닌지 생각했다.

"와." 샤즈가 말했다. "멋지다. 특별한 열여섯 생일이네. 사랑스럽잖아. 오늘 우리 꼭 놀아야겠다. 재미있을 거야."

나중에야 니나는 그날 샤즈가 기계적으로 말을 뱉은 건 아닌가 생각하게 되었다. 스무 개의 문장만 반복해서 말하는 인형처럼. 그 말은 미리 연습해둔 문구처럼 보였다. 하지만 그날 그 순간은 관심을 받는 게 좋았고, 이제 막 만났다 해도 그 사람에게 특별 취급을 받는 게 좋았다.

"제일 좋아하는 음식은 뭐야?" 샤즈가 물었다. "맥도날드, 난도스, 치킨, 피자, 말만 해. 거기로 가자."

"아." 니나는 무슨 말을 해야 좋을지 생각했다. "글쎄, 잘 모르겠어. 넌 뭘 제일 좋아해?"

샤즈가 웃었다. "내 생일이 아니잖아. 그치만 나였다면 음…… 뭐가 좋을까, 그래. 맥도날드에서 제일 살이 찌는 메뉴. 커다란 버거랑 밀크셰이크일까? 그건 어때?"

"좋아." 니나가 대답했다. 마음이 철렁 가라앉았다. 니나는 채식주의자였고 신념은 굳건했다. 새끼 때문에 우는 소들과 지나치게 좁은 닭장에 갇혀 자기 다리를 쪼아대는 닭들의 영상을 인터넷에서 본 적이 있었다. "맥도날드는 그런 곳이지." 니나는 중얼거렸다. 그리고 샤즈에게 고기를 먹지 않는다는, 맥도날드를 증오한다는 사실을 밝히지 않기로 마음먹었다.

사실 니나에게는 맥도날드에 관한 나쁜 기억이 있었다. 아직 엄마를 만날 수 있었던 때, 그 만남의 장소가 바로 맥도날드였다. 어느 사회복지사든 그 직원은 니나를 데리고 가서 가까운 테이블에 앉혔다. 그들은 늘 평범한 사람처럼 행동했다. 토요일 아침에 외출한 평범한 아이와 엄마처럼.

마지막으로 엄마를 본 건 니나가 열한 살일 때였다. 엄마가 반응하도록 온갖 애를 다 써봤지만 소용이 없었다. 엄마는 무심했다. 말없이 슬픔에 잠긴 채, 니나가 학교에서 책을 가져오거나 자신이 지어낸 이야기를 가져와도 말 한 마디 해줄 생각조차 못하곤 했다.

그날은 초등학교 마지막 성적표를 가져왔다. 성적은 훌륭했고 니나는 당연히 엄마가 기뻐하리라 생각했다.

니나는 사회복지사와 일찍 맥도날드에 도착했다. 수선화를 가져와 엄마가 앉을 자리 옆에 조심히 내려놓았다. 누구나 수선화를 좋아하니까, 하고 생각했다. 그렇게 엄마가 도착하기를 기다렸다. 매장은 전부 가족들로, 요란한 아이들과 행복한 표정의 어른들로 가득했다. 오늘 만남이 계획한 것만큼 좋지 않을 수 있다는 건 알았다. 하지만 그럼에도 뱃속에 기대감이 맴돌았다. 니나는 시계를 보며 엄마가 도착하기만을 기다렸다.

두 시간이 넘도록 니나는 포기하기를 거부하고 있었다. 분명 착오가 있는 거라고, 엄마가 어딘가 다쳐 누워 있거나 인질로 잡힌 거라고 굳게 믿었다. 자신만큼이나 엄마도 토요일 만남을 좋아했다고 니나는 확신했다. 말수가 없긴 했지만 그래도 괜찮았다. 마지막에 그들은 가능한 한 오래도록 서로를 눈에 담아놓으려 뒷걸음질을 하다 다른 사물에 부딪힐 것이었다. 그것이 두 사람만의 특별한 작별 방식이었다. 엄마가 그냥 안 올 리가 없다. 니나는 자리를 지키며 기다려야 했다.

결국 사회복지사가 도움을 요청하러 전화를 걸어야 했고, 다른 복지사가 와서 수선화를 꼭 붙든 채 흐느끼며 우는 니나를 데려갈 수밖에 없었다. 그후로 엄마를 만나지 못했고 니나는 다시 맥도날드에 가지 않았다.

니나는 웃음을 지어 보이려 노력했다. 행복한 이유로 친구와 가는 맥도날드는 분명 다를 거야. 그럼에도 샤즈와 하는 대화는 반응

없는 엄마와 나누던 대화와 이따금 비슷하게 느껴졌다.

"야채버거를 먹는다고? 그건 쓰레기야. 쓰레기통이랑 바닥의 먼지로 만드는 거야." 니나가 메뉴를 고르자 샤즈가 말했다.

니나는 무슨 얘기를 하면 좋을지, 공통의 관심사는 뭘지 고민했다. 별로 좋아하지 않았던 드라마와 운동화에 대해 간신히 대화를 나눌 수 있었지만 전반적으로 어색했다.

니나는 나중에야 생일에 뭘 해야 했을지 고민해봤다. 빌보와 노는 것?

이후 니나는 집으로 돌아가 다른 사람들과 〈미스터 빈〉을 보았고, 빌보는 그런 니나를 애타게 바라보며 그녀를 따라 웃었다. 그제야 니나는 생각이 들었다. 내가 미처 말을 꺼내기도 전에 샤즈가 먼저 고아원 얘기를 하지 않았나? 자신이 먼저 그 말을 꺼낼 리는 없었다. 그런 한물간 용어를 사용하지도 않았을 테고. 한다면 보호시설이라는 말을 썼겠지. 니나는 시설에 산다는 얘기를 그 누구에게도 한 적이 없었는데, 샤즈는 고아원이 아이들에게 엄격하다는 말을 했다.

그리고 잠들 무렵 한 가지 사실을 더 기억해냈다. 바로 니나가 열여섯번째 생일을 맞이했는지를 샤즈가 어떻게 알고 있었느냐는 것이다. 자신과 자신의 삶의 모든 것이 얼굴에 써 있기라도 한 걸까? 모두에게 다 보일 정도로?

Chapter 4

대프니

2월 25일 월요일

대프니는 걱정 전문가였다. 기후 변화 같은 중차대한 일부터 구걸하는 사람에게 얼마를 줘야 할지 같은 사소한 일까지, 모든 것을 걱정했다. 늘 주머니에 돈을 채워 다녔고 어떤 날은 놀라울 만큼 많은 돈을 나눠주기도 했다. 언젠가는 인터넷에서 요청하는 모든 사람에게 돈을 주었지만 그녀가 가진 돈의 양은 변화가 없었다. 대프니는 돈이 너무 많았고 그게 문제였다.

오늘 대프니는 압도당하는 기분을 느꼈다. 현금을 나눠주는 것과 누군가를 직접 돕는 것은 전혀 다른 일이었다. 너무 많은 것들이 생각났다. 메그의 집에 도저히 머무를 수 없었다. 너무 과했다. 그 여자아이, 그 남자, 아이를 숨겨주고 겁에 질렸던 일. 대프니는 겁에 질리는 일에 익숙했지만 그게 오늘의 공포감을 희석시켜주진 못했다. 사실 상황을 더 악화시켰다고 생각했다. 그건 예전에 겪었던 무서운 일들이 메아리처럼 되돌아와 늘 자신과 함께한다는 것을 의미했다. 대프니에겐 대프니만의 떨쳐낼 수 없는 악령이 있었다.

대프니는 가로수 길 위아래를 살폈다. 다른 사람들과 함께 있을 걸. 대체 자기가 뭐라고 이렇게 빠져나온 걸까? 살짝 취한 듯한 기분이 들었고, 날이 흐리고 음침한데도 금방 들킬 것만 같았다. 주위엔 아무도 없었다. 카페의 그 남자는 아마 지금쯤 멀리 있을 것이다. 대프니는 몸이 떨렸다. 그 남자가 나무에 걸터앉아 기다리고 있진 않을까 나무 속을 확인하고픈 충동을 억누르려 애썼다. 멍이 있었지, 대프니는 생각했다. 여자아이의 몸에 있던 멍은 낯설지 않았다.

“결정을 내릴 시간이야, 대프니.” 스스로에게 말했다. “그애는 네가 필요해. 본인 생각은 이제 그만하라고. 여자답게 행동해.” 또렷하지만 나직한 소리로 말을 내뱉자 마음이 진정되었다. 대프니는 한 번도 팀 플레이어였던 적이 없었다. 자기도 왜 그런지 몰랐다. 자신이 아는 한 본인도 팀 플레이어가 되고 싶었건만. 그 자리에서 그렇게 모든 것이 달라 보이기 시작했다. 대프니는 한 팀의, 무리의, 목표가 분명한 여성들의 일원이 된다는 게 얼마나 멋진 일인지 잠자코 생각했다.

“아니, 이건 말이 안 돼, 대프니.” 대프니는 조용한 거리에 대고 중얼거렸다. “너 없이도 저들은 잘할 거야. 그레이스를 봐. 무슨 일이든 할 수 있을걸. 잘 굴러가고말고. 놀라운 그레이스, 놀라운 은총.” 대프니는 자기 말장난에 빙그레 웃으며 이걸 나중에 그레이스에게 들려줄 수 있을까 생각했다. 다들 그레이스가 얼마나 훌륭한지 아니까 귀에 못이 박이게 들었으려나.

대프니는 소녀를 쫓아 카페로 들어온 남자를 다시 한번 떠올렸다. 그 남자는 아무렇지 않은 척, 우연히 그 카페를 둘러보게 된 것처럼 행동했지만 아이를 쫓아 들어왔다는 표현이 옳았다. 대프니는 다른 사람들도 그자의 눈을 보았는지 궁금했다. 누가 봐도 초점 없는 눈빛을 다른 사람들도 아마 보았겠지. 차갑고 비린 그의 눈은 꼭 사람의 눈과 거대한 죽은 물고기의 눈을 맞바꾼 것 같았다. 세상 어딘가에 그 인간의 눈을 한 커다란 물고기가 있을 거라 생각하니 몸서리가 쳐졌다.

메그와 대프니의 집은 서로 십 분도 안 되는 거리에 있었지만, 집에 방문한 건 이번이 처음이었다. 대프니는 종종 메그와 그레이스가 어디에 사는지, 어떤 집에 사는지, 자신처럼 혼자 사는지 궁금했었다. 코어를 강화시키는 필라테스 수업에서 그런 생각을 하곤 했다. 메그는 어쩐지 세계 곳곳의 세련된 기념품을 걸어놓은 집에 살 것 같았다. 사람들이 선물해준 자수 문구가 액자로 걸려 있을 것만 같았다. 이를테면 이런 것.

> 전사로 키울 수 있는데 왜 굳이 공주로 키우겠어요?
> 노래를 부르며 새로운 세상을 만들어가요.
> 아이의 정신 건강이 성적보다 중요합니다.

그런 것들을 상상했지만 메그의 집은 전혀 그렇지 않았다. 사실, 숙박시설이나 흔한 가구점 모습처럼 평범해 보였다. 벽에는 아무것도 걸려 있지 않았다. 집은 작고 아담했는데, 그 점이 놀라웠다. 대프니는 자신의 집이 얼마나 커다란지 늘 깜박하곤 했다. 쓸모 없을 정도로 컸지만 집에 있을 때는 평범한 크기처럼 보였다. 창피한 기분이 들어 대프니는 오래도록 사람들을 초대하지 않았다. 운이 좋다는 건 운이 나쁜 것과 마찬가지로 외로운 일이었다. 대프니는 오래전부터 이 사실을 분명히 알고 있었다.

집에 마지막으로 사람이 온 건 십오 년 전 직장 컨퍼런스에서 돌아오는 길에 동료가 방문했을 때였다. 더비에서 차로 대프니를 태워 데려다주면서 화장실을 빌려 쓰러 잠깐 들렀었다. 대프니는 그 여자의 이름을 생각해내려 애썼다. 앤 아니면 캐럴라인이었는데, 앤이던가 캐럴라인이던가는 거실에 꼼짝 않고 서서 화장실 가는 것도 잊은 채 입을 벌리고 대저택을 방문한 사람처럼 높은 천장과 벽에 걸린 그림을 바라보았다. 꼭 돈을 내고 입장권을 사서 본전을 찾으려고 결심한 사람 같았다. 대프니는 그 순간이 싫었다. 안락한 일터에서 느끼던 안전한 기분은 그후 영영 사라졌다. 사람들이 자신의 집에 대해 알고 있는지, 그로 인해 미움을 사는지, 혹은 뒷말이 오가는지 알 수 없었다.

대프니는 가능한 한 빨리 시 의회의 다른 직무로 승진해 전근을 갔고, 그곳 직장 동료와는 더욱 거리를 두며 지냈다. 수치스러운 일. 대프니는 그게 늘 부끄러운 일임을 알고 있었고 머릿속에선 늘 다른 삶을 살았다. 겁쟁이, 그게 나야. 몸집만 커다란 겁쟁이지. 자기 그림자로부터 도망치는 겁쟁이야. 이제 대프니는 생각했다. 저 여자들은 내가 필요해. 저 가엾은 아이. 너무 작고 연약하지. 중요한 건 나도 과거도 아냐. 아무것도 중요하지 않아.

대프니는 포장도로 가운데 잠자코 서 있었다. 늦은 2월의 햇살은 화창해서 그녀가 내리는 결정을 되짚어보게끔 했다. 대프니의 선택지는 둘 다 불가능해 보였다. 집에 가서 문을 걸어 잠그고 안전하게 문제로부터 벗어나는 쪽. 그게 가장 이치에 맞았다. 대프니는 문제가 무엇인지 알고 그 문제의 향방과 영향을 아는 여성이었다. 아니면 메그의 집으로 갈 수도 있었다. 초인종을 누르고 '안녕, 사라져서 미안하지만 도와주러 다시 돌아왔어'라고 말할 수 있었다. 무엇보다 일을 파악하는 건 대프니의 전공이지 그레이스나 메그의 전공이 아니었다. 그 아이, 니나는 세 명 모두에게 다가왔다. 하지만 대프니를 좀더 확실히 쳐다본 것만 같았다. 어쩌면 니나는 나머지 두 사람보다 대프니가 자신이 겪어온 일을 잘 이해해줄 거라고 알아봤는지도 몰랐다.

대프니는 안전하고 든든한 자기 집 쪽을 힐끗 보고는 방향을 돌려 돌아가기로, 일을 대면하고 도와주기로 결심했다. 조용한 거리에 자신의 타박거리는 발소리가 들렸고, 갑자기 사방이 고요한 게 의아했다. 그 때문에 자신의 결심이 더욱 결연해 보였고, 불길한 일이 일어나기 직전인 영화 속 장면처럼 느껴졌다. 메그의 집으로 가기 위해 길을 건너려고 발을 내딛는 순간, 검은색 레인지로버가 갑자기 나타나 대프니를 향해 돌진했다. 그 자리에 차가 나타나기까지 대프니는 차를 보지도, 소리를 듣지도 못했다. 가까스로 뒷걸음질을 쳐 인도 연석에 올라섰다. 고함을 치며 경적을 울리는 소리가 들렸고 대프니는 인도 바닥에 털썩 주저앉았다. 그렇게 한참을 앉아 있다가 정신을 가다듬고 일어섰다. 그 차에 뭔가가 있었다. 옳지 않은 어떤 기운이.

바닥에서 보는 세상은 달랐다. 나무는 키가 더 커 보였고 하늘 높이 솟아 더 많은 어둠을 드리웠다. 추위도 더 심했다. 대프니는 레인지로버의 남자가 뭐라고 소리를 질렀는지 기억해보려 했으나 분명하지 않았다. 화가 난 듯했고 말에 욕설이 섞였는데 알아들을 수 없었다. 대프니가 그나마 아는 한 가지는 절대 혼자 있고 싶지 않다는 것이었다. 크고 좋은 집의 문을 열고 누군가가 안에 있는 것처럼 안녕, 인사를 건네는 것. 문과 창문이 잠겼는지 확인하고 침대 아래를 살피는 것. 매일처럼 모든 장소, 모든 찬장을 살피는 것.

대프니는 일어섰다. 불안했지만 돌아가는 것이 옳은 결정임을 알 수 있었다. 사람들이 자신을 보고 기뻐하고 자신을 필요로 할 터였다. 집으로 혼자 가서 그…… 그 멍든 자국을 다시 생각하는 것보다 훨씬 나았다. 니나의 팔에는 멍 자국이 있었다. 다른 사람들도 보았는지 알 수 없었지만 자신은 분명히 보았다. 성이 난 듯 시커멓게 먹구름같이 생긴 멍이었다. 니나가 어둠 속에서 가구에 부딪히거나 밖에서 뛰다가 나무와 부딪혔을 수도 있지만 대프니는 그렇게 생긴 멍 자국을 이전에도 본 적이 있었다. 동정심을 느끼는 대프니의 어깨 한쪽이 아파왔다. 그 멍 자국을 자세히 보면 회색 배경보다 짙은, 둥그런 손가락 자국이 있으리란 걸 알았다.

멍 자국을 떠올리던 대프니는 다시 열여덟 살의 순간으로 돌아가 있었다. 요크대학교에서의 첫 학기였다. 다른 학생들은 전부 백인이었고 학교에서 문제될 만한 일은 아니었지만 그곳 대학에선 문제가 되었다. 교실과 수업, 가는 곳곳마다 어색함을 느꼈다. 사람들은 미소를 지어줬지만 거리를 두었다. 그네들은 갈색 피부와 친구가 되기엔 자기 자신의 위치를 공고히 하느라 바빴다. 요즘은 학생들이 유행을 따르느라 소수 민족 친구를 만드는 데 열심이겠지만 1968년은 그렇지 않았다. 요크의 가게 점원들은 대프니가 이해하지 못할까봐 천천히 주의깊게 말을 걸었고, 신입생 행사에서 그녀는 가장자리에 앉아야 했다.

대부분의 사람들은 어디서 왔느냐는 이상한 질문을 던지며 관심을 보이려 애썼다. "헐*에서 왔어." 대프니는 늘 그렇게 답했지만 사람들이 듣고 싶어하는 답은 그게 아니라는 걸, 그 대답에 사람들이 실망한다는 걸 알 수 있었다. 누군가 더 자세히 물으면 어머니는 실론에서 왔다고, 아버지에 대해선 아는 것이 없지만 부유한 백인 남성이었다고 알려줄 수도 있었다. 하지만 다들 첫 질문 이후 더는 묻지 않았다. 다들 서로 어디 출신인지 묻는 걸지도 몰라. 대프니는 그렇게 생각했다. 어쩌면 자신이 민감한 거라고.

입학하고 삼 주가 됐을 때 앤드루를 만났다. 대프니가 먼저 그를 발견했는데, 워낙 눈에 띄어 그러지 않을 수 없었다. 하지만 앤드루가 먼저 다가와 말을 걸고 어디 출신이냐고 묻지 않았던 건 믿을 수 없이 놀라운 일이었다.

그 시절 대프니는 자기만의 걷는 방식이 있었는데, 바로 고개를 푹 숙이고 재빨리 발을 옮기며 여기저기 기웃하거나 살피지 않는

* 영국 이스트라이딩오브요크셔주에 있는 항구 도시.

것이었다. 옷은 단순한 디자인에 어두운색, 이목을 끌지 않는 것을 입었다. 반면 앤드루는 밀리터리 재킷에 줄무늬 바지를 입었고, 대프니가 바라볼 때마다 어딘가를 기웃거리며 벽에 기대 있거나 맥주를 마시고 있었다. 그가 책을 읽는 모습은 단 한 번도 보지 못했다. 앤드루는 잘생긴, 그것도 아주 잘생긴 편이었고 다른 여자애들도 공공연히 넋을 놓고 그를 바라보곤 했다.

"헤이 주드……" 지금 대프니는 조용한 거리 가운데서 노래를 부르고 있었다.

오랫동안 잊고 있었지만 앤드루를 만났을 때 좋아했던 노래였다. 그건 확실했다. 앤드루. 온 대학가를 술렁이게 만든 사람이 대프니를 선택했다. 그녀를 콕 지명했다. 대프니는 대체 자신이 뭘 했고 어떻게 보였길래 앤드루가 자신을 바로 그 사람이라고 생각했는지 여전히 몰랐다. 대프니는 둘이 어떻게 만났는지를 정확히 기억하려 애썼다. 옷이 든 트렁크가 늦게 도착하는 바람에 대프니가 수업에 늦은 날이었다. 대프니는 개강 이래 매일 똑같은 옷을 입어도 괜찮아 보이도록 오랫동안 애쓰고 있었다. 옷을 더 가져올 수도 있었지만 엄마가 어디선가 읽고 와서는 대학에 갈 때는 트렁크로 보내야 한다고 했다. 하지만 오로지 대프니의 트렁크만 도착하지 않았기에 수세미로 치마를 빨고 칫솔로 블라우스 겨드랑이 부분을 문지르며 버텼다. 비누 자국을 지우는 데 오랜 시간이 걸렸고, 대프니는 젖은 겨드랑이를 숨기기 위해 팔을 옆구리에 딱 붙인 채 강의실 밖에 서 있었다. 들어가는 것도 문제고 밖에 서 있는 것도 문제였다.

메그의 집에 거의 다 온 대프니는 길 가운데 서서 그날을 떠올리며 몸을 떨었다. 정말 옛날이잖아. 대프니는 스스로에게 일깨웠다. 지금쯤 죽었을지도 몰라. 세상에 정의란 게 있다면 그는 죽어야 했다. 그게 아니라면 극심한 불행에 빠져 있거나 치매로 고생해야 했다. 그래, 그게 좋겠어. 기분이 나아지는걸. 거름망처럼 머리에 구멍이 송송 뚫려 자기 이름도 기억 못하도록. 그리고 정말 그런 상황이라면 그를 만나러 가고 싶다고 생각했다. 벌로 그가 늘 싫어했던 작고 딱딱한 견과류가 붙은 다크 초콜릿을 전화로 주문해서.

한편 대프니는 자신이 강의실 밖에 서 있던 그날처럼 메그의 집 앞에 서 있다는 걸 깨달았다. 땅에 붙박인 듯 멈춰 서서 꼼짝도 못하고 입도 뻥끗하지 못한 채. 오십 년이었다. 대략 오십 년 안팎으로 적당히 성공적으로 경력을 쌓아왔지만 달라진 건 없었다. 그녀는 여전히 가엾은 대프니, 패키 대프, 대피 팩*이었다. 바깥에서 대프니는 늘 그랬던 것처럼 다른 사람들을 지켜보고 있었다. 두려움 그 자체, 그게 두려워해야 할 유일한 것이다. 대프니는 이 말이 진실이 아니란 걸 알았다. 셰익스피어, 케네디, 루즈벨트, 누가 한 말이든 간에, 그들은 잘살다 간 사람들이었다. 가끔 자신감이 남다르다는 문제가 있긴 했지만, 무서울 게 없는 인생을 살다 갔다. 대프니는 구체적으로 두려워할 만한 게 없었다면 자신의 삶이 어떻게 달라졌을지 궁금했다. 깊이 심호흡을 하고 메그네 집 초인종을 눌렀다. 그레이스가 아직 있었으면 했다. 이건 나에 대한 문제가 아

* '패키' '팩'은 파키스탄 사람을 비하해서 부르는 명칭이다.

냐. 그 가엾은 아이에 대한 문제야. 대프니는 홀로 중얼거렸다. 그 멍 자국을 생각하면서.

문이 열리고 거기 그레이스가 있었다.

"미안해." 대프니는 말했다. "어쩌면 내가 도움이 될 것 같아서. 그러니까 내 말은, 도움이 될 만한 아이디어가 있을지도 모르잖아. 자기도 알다시피." 대프니는 목소리가 점점 기어들어갔고 땅바닥만 물끄러미 바라보았다.

"뭐, 아이디어가 하나만 있다고 해도 나보다 많은걸." 그레이스가 말했다. "그러니 환영해. 내 집은 아니지만. 돌아와서 기쁘네. 우유는 가져왔어?"

대프니는 우유를 핑계로 장을 보러 가겠다고 하고 도망치려 했던 일이 기억났다.

"음, 아니." 대프니는 손바닥을 앞뒤로 뒤집어 허공에서 우유를 짜는 시늉을 했다.

그레이스는 이해한다는 듯 그녀를 바라보았고, 대프니의 얼굴은 붉게 달아올랐다. 그레이스는 훌륭한 여자야, 대프니는 생각했다.

집안은 떠날 때와 거의 똑같았다. 대프니는 자신이 얼마나 자리를 비웠는지, 잠깐인지 한 시간쯤 됐는지 궁금했다. 알 방법은 없었지만. 니나는 팔걸이의자에 앉아 발을 올려 무릎을 끌어안고 있었다. 대프니는 니나를 안아주고 싶었다.

"그래." 메그가 말했다. "돌아와서 좋네. 우린 계획을 짜야 할 것 같아."

대프니는 고개를 끄덕였고 그레이스도 마찬가지로 고개를 끄덕였다. 오로지 니나만이 가만히 자기 무릎을 응시할 뿐이었다.

침묵이 흘렀다.

메그가 입을 뗐다. "아, 내 생각엔, 그러니까 확실히는 모르겠지만 말이야, 내가 의견을 내도 될까?"

대프니는 메그 역시 부끄러움이 많은 성격이라는 것을 깨달았고, 그러자 외로움이 좀 나아졌다.

"그럼, 일단 던져봐." 그레이스가 말했다.

"단기 계획이랑 장기 계획이 하나씩 있어." 메그가 말했다. "괜찮지? 음, 일단은 니나가 여기 있어야 해. 무슨 일이 생기든, 니나가 안전하다고 확신할 수 없으니까. 니나, 그래도 괜찮겠니?"

니나는 어깨를 들썩였다. 대프니 생각에는 눈물을 참는 듯했다.

"무슨 일에든 세 분을 끌어들이고 싶지 않아요. 그냥 제가 떠나는 게 좋을 것 같아요." 니나가 말했다. "제 친구가 걱정되기도 하고요. 걔가 아프거든요."

니나가 떠나고 싶어하지 않는다는 걸 대프니는 알 수 있었다. 씩씩한 척하는 아이가 측은했다. 대프니는 검은색 차가 얼마나 위협적이었는지 생각했다.

"니나." 대프니가 말했다. "혹시 몰라서, 우리가 알아야 주의할 수 있으니까 말인데 널 찾아다니는 그 남자, 무슨 차를 몰고 다니는지 아니?"

니나는 의자 안쪽으로 더욱 몸을 옹송그렸다.

"그때그때 달랐어요. 여러 대였는데 주로 커다란 검은색 차를 탔어요. 높은 차요. 뭐라고 부르는지 모르겠어요."

니나는 중요한 걸 빼먹지 않았느냐는 질문을 들은 듯한 표정을 지었다.

"기억해야 했죠? 그런 거죠? 번호판이랑 그런 걸 전부 기억해야 했는데, 생각도 못했어요. 저는 정말 바보예요."

세 여자가 모두 펄쩍 뛰며 니나를 달래려 했는데, 그레이스가 가장 빨랐다.

"얘야, 다들 영화나 소설처럼 할 줄 알았다면 세상은 달라졌을 거야. 다들 자신이 할 수 있는 일을 조금씩 해야 하는 거지. 가능하다면 할 수 있는 것보다 조금 더 많이 하는 거고. 그런 다음 그걸 해결해가는 거란다."

대프니는 그 말을 기억하기로 했다. 자신이 할 수 있는 일을 조금씩. 그래, 한번 해보자.

Chapter 5

그레이스

2월 25일 월요일

문을 열었을 때 대프니가 있어서 어찌나 기쁘던지. 와락 껴안고 보고 싶었다고 말해주고 싶었지만 나는 사람들 심리를 잘 알았고, 대프니가 어쩐지 불편해할 것 같았다. 그래도 언젠간 말해줘야겠어, 그렇게 생각했다. 내가 다들 생각하는 그런 차갑고 얄미운 여자가 아니라는 듯, 마음속에서 작은 기쁨의 미소가 우러나오는 게 믿기지 않았다. 대프니를 보면 고향 자메이카의 누군가가 생각났는데 그 이유는 알 수 없었다. 대프니의 주변이 빛나서일까. 다소 꾸며낸 문장처럼 들린다는 건 알지만.

엘리너는 늘 빛이 났다. 대프니를 보면 왠지 엘리너와 해변에서 보냈던 아침이 생각났다. 대프니가 문가에서 슬픈 표정으로 서 있었는데, 엘리너 때처럼 대프니의 발을 감싸는 파도가 보였다. 나는 대프니에게 사러 간다던 우유를 샀는지 물었고 그게 얼마나 바보 같은 질문인지 깨달았다. 당연히 우유 같은 건 없을 게 분명한데. 대프니는 내가 난감한 부분을 건드리며 비난하고 있다고 생각하겠지. 하지만 대프니는 심호흡을 했고, 나는 그녀가 얼마나 용감한 사람인지 알게 되었다.

"아이는 괜찮아?" 대프니가 물었다.

"괜찮지 않아." 내가 답했다. 나는 내가 얼마나 걱정하고 있고 이 모든 것이 두려운지 말해주고 싶었지만, 대프니의 얼굴을 쳐다보니 이 모든 걸 견디는 그녀가 더 힘들어 보였다. 왜 그런 게 보이는지 모르겠지만 보였고, 대프니가 나를 보호해주고 싶어하는 만큼 나도 대프니를 보호해주고 싶었다.

"그래도." 내가 말했다. "아이에겐 우리가 있으니까, 우리가 안전하게 지켜줄 수 있어."

"맞아." 대프니가 응수했다. "내가 도와줄 수 있어."

대프니의 몸이 떨리는 듯했다. 상태가 엉망이었다. 걸음을 옮기는 대프니가 휘청거렸고, 그제야 구멍난 조깅 바지와 살짝 피 묻은 손이 보였다. 대프니는 나를 바라보고 얼굴을 붉혔다. 맙소사.

"아무것도 아냐." 대프니가 말했다. "넘어졌어."

단순히 넘어진 게 아니란 걸, 내게 말해주고 싶지 않다는 걸 알 수 있었다. 숨기는 표정. 예전에 그런 표정을 본 적 있었다.

"우리가 뭐 알아야 할 거라도 있어?" 내가 묻자 대프니는 너무나 처참한 표정을 지었다.

"차를 본 것 같아. 그 사람이 운전하는 차. 쫓아와서……" 대프니는 문 안 쪽을 손짓으로 가리켰다.

"아." 나는 짧게 내뱉었다. 그 소리가 대프니 말을 믿지 않는 것처럼 들린다는 걸 깨달았고 그 사실이 마음에 들지 않았다. 내가 의도한 건 그게 아니었다. 순간 기억이 섬광처럼 머리를 스쳤다. 전화로 자신은 괜찮다고 말하던 엘리너. 몇 년 동안 그 전화를 잊고 살았다. 한참 지나서야 그때 엘리너가 괜찮지 않았다는 걸 알았다. 그런 단서를 다시는 절대로 놓치지 않겠다고 맹세했는데 지금 또다른 단서를 이렇게 놓친 것이다. 두 번이면 이제 충분했다.

"잘 모르겠어." 대프니가 말했다. "내 말은, 경계심이 들 정도로 확신은 없었어. 그게, 커다란 검은색 차는 너무 많잖아."

"많지."

내 목소리가 몹시 시큰둥하게 들린다는 걸 알아차렸지만 나는 곰곰이 생각하는 중이었다. 더이상 실수해선 안 돼, 그레이스. 진실은 이 모든 문제가 내게로 왔다는 것이니까. 대프니는 나를 바라보고는 웃었다. 무척이나 사랑스러운 미소였다.

"무릎 좀 봐도 될까?" 내가 물었다.

"그레이스 당신이 여기 있어 다행이야." 대프니가 답했다.

저렇게 훌륭하게 말을 하다니. 우리 둘 다 그다음엔 뭘 해야 할지 몰랐다. 나는 손을 폈다가 다시 주먹을 쥐었고, 대프니는 살짝 한 걸음 나왔다가 주춤 물러났다. 해가 너무 오래 머물렀다는 듯 거리가 어둑해졌다. 우리는 하늘을 올려다보고 서로를 바라본 뒤 웃었다. 뭔가 이상한 일이 벌어지고 있었고, 대프니 역시 그걸 아는 듯했다.

"우리 안으로 들어가는 게 좋겠어." 저절로 웃음이 났다. 당연히 들어가야 했다. 문가에 서 있는 건 바보 같은 일이었고, 그 문을 막고 있는 사람은 나였다.

"고마워." 우리는 동시에 말했다.

대프니를 안아줄 수 있다면 얼마나 좋을까.

Chapter 6
메그

2월 25일 월요일

내가 감이 썩 좋은 편은 아니지만 왜 대프니가 사라졌는지는 알 수 있었다. 우유를 사러 가는 게 아니란 건 알았다. 대프니가 겁이 났음을 아는 데 깊은 생각이나 초능력 같은 게 필요하진 않았다. 부끄러워할 필요 없다고 말해주고 싶었다. 우리집만 아니었다면 나도 자리를 떴을 터였다. 심지어 우리집인데도 도망치고 싶었다. 대프니가 돌아왔을 땐 기뻤다. 나는 이 두 여성을 신뢰했다. 당신은 아무나 무턱대고 믿잖아, 헨리는 그렇게 말하곤 했다. 돌이켜보면 그는 늘 선을 넘었다. 헨리는 내가 믿으면 안 됐지만 믿어버린 사람들 중 하나였기 때문이다. 나는 그가 그 사실을 마침내 깨닫길 바랐다.

어쩌면 이번엔 다를지도 몰랐다. 좀더 쉬울 것이다. 이 여자들을 믿을 수 있다고 생각했다. 그래서 대프니가 돌아올 거라 생각했고,

또 돌아오길 바랐으며, 대프니는 정말 돌아왔다. 그렇게 우리는 둥근 테이블에 모여 앉아서 누군가가 논의를 주도하고 계획을 세울 거라는 듯 서로를 바라보았다.

"어쩌면 우리가 과잉반응을 하고 있는지도 몰라." 내가 말했다. "다들 그 생각은 해봤어? 이 일이 우리가 생각한 것처럼 심각한 일일까?"

왜 그런 말을 했는지 모르겠다. 모든 일이 다 괜찮아지기를, 나쁜 일은 일어나지 않길 바라는 마음에 그랬던 것 같다. 근래 나는 헨리의 죽음과 그 이후의 일들까지 힘든 일을 충분히 겪었지만, 그래도 바보 같은 발언이었다. 입 밖으로 꺼내자마자 잘못 말했다는 걸 알았다.

니나는 빰이라도 맞은 듯 나를 쳐다보았고, 나는 그런 말을 뱉은 게 미안해졌다. 헨리는 내가 입만 열면 헛소리를 늘어놓는다며 우스워했다. 헨리의 승리를 인정해야 했다. 일면 맞는 말이었다. 나는 잘못된 타이밍에 잘못된 말을 뱉는다.

"메그가 네 말을 못 믿는다는 뜻으로 말한 건 아닐 거야." 그레이스가 말했다.

나는 미친 사람처럼 고개를 끄덕였다. "믿고말고. 정말 믿는단다. 미안해라. 그런 의미로 말한 게……"

말끝이 흐려졌다. 그레이스가 다시 말을 이어가줘서 기뻤다.

"우리가 좀 알아야 할 것 같아. 그러니까 내 말은, 대략 간단히라도 말이야. 시시콜콜 자세히는 몰라도 되지만, 우리가 무슨 문제를 해결하려 하는 건지 알면 유용할 것 같구나."

대프니가 고개를 끄덕였다. 나는 고개를 끄덕이고 바보 같은 말을 지껄이는 것밖에 못하는 자신과 다르게 저들은 저렇게 이성적이라는 사실에 더 울적해졌다. 당연히 우리는 무슨 문제와 마주하고 있는지 알아야 했다. 나 홀로 뒤떨어지는 기분이 들었다.

"그래." 나는 같은 생각을 하고 있었다는 듯 거들었다.

"아." 니나가 탄식했다. "아, 말하기 좀 어려운데요."

"그놈은 나쁜 사람이지." 대프니가 말했다. "우리 모두 그건 알겠어."

우리는 다 1960년대에 자동차 뒤쪽에 앉혀놓던 개들처럼 고개를 끄덕였다.

"말하고 싶지 않은 건 하지 않아도 돼." 그레이스가 말했다. "하지만 한 명의 여성으로서, 싸울 상대를 모르는데 싸우는 방법을 어떻게 알 수 있겠니?"

그레이스가 말하는 방식은 꼭 오래된 속담처럼 들렸고, 나는 그 말을 기억하려 속으로 되뇌었다. 나중에 생각하자. 이 모든 일을 나중에 생각하자. 특히 다른 세 사람과 우리집에 있었던 일이 어땠는지에 대해 나중에 생각하도록 하자. 모두 내가 무슨 말을 하기를 기대하며 나를 바라보고 있었다.

"그 사람이 널 왜 쫓는 거야?" 내가 물었다.

그레이스와 대프니는 모두 놀란 표정이었다. 아마 내가 좀더 돌려 물어야 한다고 생각했던 것 같다. 하지만 나는 헨리가 내게 질문을 할 때를 떠올렸다. 그는 내가 어디에 있었는지, 뭘 했는지 같은 것들을 물었지만 결코 직접적으로 묻지 않았다. 오후 잘 보냈어? 하는 식으로 돌려 물었고 나는 종종 응, 고마워, 좋은 하루였어, 라고 답했는데, 헨리는 그런 뜻으로 말한 게 아니었기에 내 대답은 오답이 되곤 했다. 그래서 나는 가능하면 직접적으로 질문하는 쪽을 선호했다.

니나는 손톱을 깨물었다. 하도 물어뜯어 더 뜯을 곳이 없어 보였는데도 잘근잘근 소리를 내며 뜯어서 나는 속이 울렁거렸다.

"설명하기가 어려워요." 니나가 말했다. "그 사람은 제가 빚을 졌다고 생각해요."

우리는 모두 다음 말을 기다렸다. 다른 사람들은 니나가 자기 속도 대로 말하는 게 낫다고 생각했는지 모르겠지만, 나는 계속 이어가야 한다고 생각해 다시 개입했다.

"그러니까 돈을 말하는 거야? 돈을 빚진 거니?"

그러고는 잠시 고민한 후 덧붙였다.

"바보 같은 질문이었다면 미안하구나."

"있잖아." 그레이스가 말을 꺼냈다. "바보 같은 질문이란 건 없어."

그레이스 당신은 헨리를 안 만나봤잖아. 만났다면 다르게 생각했을걸. 대프니는 비슷하게 생각하는 듯했다. 어쩌면 대프니에게도 과거에 헨리 같은 사람이 있었으려나.

"돈만 그런 건 아니고요." 니나가 답했다. "영혼이라고 해야 하나, 아시죠, 나의 정수精髓 같은 거요."

그 말에 나는 입을 다물어야 했다. 나의 정수. 그렇게 생각해본 적은 한 번도 없었지만 그게 바로 헨리가 내게 원했던 것이었다.

내 안에서 나를 나답게 만드는 것.

"여전하네." 내가 말했다.

니나는 무슨 말인지 모르겠다는 표정을 지었지만 대프니는 고개를 끄덕였다. "정말이야."

"그 사람이 남자친구는 아닌 거구나." 그레이스가 말했다.

니나는 방송에서 민달팽이, 나무늘보 발톱 같은 역겨운 음식을 먹어야 하는 사람들이 지을 법한 표정을 지었다.

"우욱, 아니에요." 니나가 말했다. "진짜 늙었는데요." 니나는 그렇게 말하고는 얼굴을 붉게 물들였는데, 세 명의 노인 앞에서 늙었다는 말을 비난의 말로 쓰는 일이 적절치 않다는 사실을 깨달은 게 분명했다.

"그러니까 제 말은……" 니나가 이어 말했다. "그런 게 아니라요……"

니나가 머뭇대자 우리는 일제히 웃음을 터뜨렸다. 긴장이 탁 풀리며 나오는 안도감이 너무나 눈에 잘 보여서 그걸 잘라 액자에 걸어둘 수 있을 것만 같았다.

"괜찮아." 대프니가 말했다. "우리도 그 인간이 역겹다고 생각하니까. 그리고 우리가 늙은 건 사실이고. 그치보다 한참 늙었지. 그래도 우리에겐 품위라는 게 있어. 다들, 안 그래?"

"품위." 새로운 개념이라는 듯 니나가 중얼거렸다. "그 말이 좋아요. 그게 제가 되고픈 모습이에요. 아까 아프다던 제 친구는 기품이 있거든요."

"내 생각을 말하자면, 얘야." 그레이스가 말했다. "나는 네가 막

대한 품위를 지니고 있고, 그자로부터 도망치길 잘했다고 생각해. 잘했어. 그러니 괜찮으면 좀더 말해주렴. 아니면 다음에 해도 괜찮고. 다들 그렇게 생각하지? 어때?"

대프니와 내가 고개를 끄덕였다. 당연히 알고 싶은 게 많았다. 내가 무슨 일에 연루된 건지 알고 싶었지만 니나에게 벅찬 일이란 것도 알았다.

"좀 쉴래?" 내가 물었다.

내가 위협적인 말이라도 한 듯 니나가 겁에 질린 표정을 지었다.

"있잖아." 대프니가 말했다. "우선 기본적인 원칙을 몇 가지 정리해야 할 것 같아. 첫째, 니나 너는 우리와 있으면 안전하다는 거야. 우리가 보장할게. 둘째, 아무도 네가 말하고 싶지 않은 것에 대해 물어보지 않을 거야. 세번째로 덧붙이고 싶은 거 있어?"

내가 보통 좋은 의견을 내는 사람은 아니었지만 머릿속에 번뜩 떠오르는 게 있었다. 영화에서 보았던 것 같다.

"이 일은 영원히 우리 사이에 묻는 거야."

내가 그 말을 했다는 사실에 셋 다 놀란 표정이었다.

"아주 좋은 원칙이야." 그레이스가 말했다. "없었으면 아쉬울 뻔했는걸. 메그의 부엌에서 일어난 일은 메그의 부엌에 묻는 거야. 아니면 묻을 만한 장소에."

"알았어요, 돈 문제였어요." 니나가 말했다. "그러니까 제 말은, 돈이 중간에 끼어 있어요. 제가 자기에게 돈을 빚졌다는데 그 이상이에요. 그 사람은 저한테 자기밖에 없다고 생각하고, 정말 그런데, 그러니까 제 말은, 그 사람 말이 아예 틀리진 않았다는 거예요.

다 엉망진창이에요."

금방이라도 울음을 터뜨릴 것 같은 표정이라 나는 나머지 두 사람의 얼굴을 살폈다. 우리가 뭘 해야 한다고 생각하는지 보고 싶었다. 당장이라도 니나를 침대에 눕히고, 핫초코를 손에 쥐여주고, 무서운 게 하나도 나오지 않는 이야기를 들려주고 싶었다.

나는 오래도록 충동적으로 행동하지 않는 법을 배워왔다. 헨리는 이렇게 말했다. 메그, 처음 생각난 대로 행동해버리면 세상은 아수라장일 거야. 헨리는 머리 옆을 톡톡 두드리곤 했다. 이걸 써야지. 그게 우리가 해야 할 일이야, 메그. 그 낡은 머리통을 굴려보라고. 그가 그렇게 말할 때면 나는 아무 대꾸도 하지 않았다. 헨리는 토론하고 논의하길 좋아하는 부류의 사람이 아니었다.

"차 좀 마시겠니?" 내가 물었다.

티백이 넉넉해야 할 텐데.

"감사합니다, 메그 할머니." 니나가 답했다.

나는 다른 사람들을 바라보았다. 다들 더이상 니나를 밀어붙이지 않는 편이 낫겠다고 생각하는 듯했다. 오늘은 이 정도면 충분하지. 그래도 걱정이 되었다. 사위가 어두워지고 있었다. 나쁜 놈, 아니면 거의 나쁜 놈이 주변에 머물고 있었고, 우리는 니나를 어떻게 해야 할지 정해야 했다. 내가 감당할 수 있는 것 그 이상이었다.

"그럼 내가 밖에 좀 다녀와야겠다." 그레이스가 말했다. "간단한 요깃거리 좀 사올게. 피시앤드칩스라든가, 생선 안 먹는 사람들은 할루미 치즈 버거 어때?"

니나는 전혀 기뻐 보이지 않았다. 당연했다. 젊은 사람들은 우리 늙은이들처럼 음식 생각에 신나지 않겠지.

헨리와 막 결혼했을 때 그는 우리 둘을 위한 영양분석표를 그렸다. 칼로리를 어느 정도 섭취해야 하는지, 어떤 음식군을 섭취해야 하는지 그런 것들. 특히 우유가 기억난다. 탈지유가 지금처럼 흔하지 않은 때라 분유로 매일 300밀리리터씩 만들어 마셔야 했다. 나는 그 우유가 싫었다. 헨리가 보지 않을 때마다 그의 가루를 슬쩍 내 차에 탔는데, 헨리는 탈지유 대신 일반 우유 가루를 타서 마셨기 때문이다. 니나도 누군가가 영양분석표 같은 걸 그려주는 바람에 먹는 데 걱정이 많아진 건 아닐까.

"배가 고프지 않으면 먹지 않아도 돼." 내가 말했다.

대프니와 그레이스가 무슨 소리냐는 듯한 표정을 지었다. 밥을 먹여 힘을 북돋아주고픈 두 사람의 마음은 알았지만 때로는 밥을 거르는 결정도 해야 한다. 정신과 몸은 연결되어 있으니까.

"초콜릿만 먹어도 되고." 내가 말했다.

니나가 웃었고, 지금껏 고조되던 긴장이 말끔히 사라졌다.

"메그 할머니." 니나가 말했다. "안 되죠, 그건 나쁜 조언이잖아요. 그렇지만 정말 고맙습니다. 다들 너무 감사드려요. 미리 예상하셨던 일도 아닌데 이렇게 친절하게 대해주시다니 저는 정말 운이 좋은가봐요. 당연히 피시앤드칩스를 먹을게요, 그레이스 할머니. 괜찮다면 그중 감자튀김만 먹고요."

그날 저녁 우리는 온갖 얘기를 나눴다. TV 방송, 영화, 책…… 대부분 우리 늙은이 셋만 떠들었고 니나는 듣다 졸다를 반복했다. 제법 아늑하고 편안했고 우리는 서로에게 친절했다. 나는 다리를 쭉 뻗어 발가락을 꼼지락거렸는데 그건 긴장이 풀렸다는 표시였다.

마침내 니나가 잠에 푹 빠지자 그레이스가 말했다. "해결할 일이 좀 생겼어, 친구들."

그레이스의 말하는 방식이 몹시 마음에 들었다. "친구들"이라고 할 때가 특히 좋았다. 살면서 보다 일찍 친구를 만들었다면 좋았을 텐데.

"알지." 대프니가 말했다. "물어볼 게 너무 많아서 머리가 터질 것 같네."

"아, 나도 그래." 그렇게 말했지만 정확히는 사실이 아니었다. 나는 사실 이 모임을 즐기고 있었고, 또 햇살 아래 누운 뱀처럼 늘어진 니나를 바라보느라 정신이 없어서 큰 그림을 보지 못하고 있었다. 그렇지만 그들이 이 사실을 알길 바라진 않았다. 내가 이렇게 쉽게 산만해진다는 게 당혹스러웠다.

"남는 방이 둘 있어." 내가 말했다. "원하면 자고 가. 방 하나에 침대도 두 개 있고, 여기에 소파도 있으니까."

말을 하면서도 내가 그런 말을 꺼낼 줄 몰랐다. 불안한 마음이 들었다. 내 집에 머물고 싶지 않을 게 뻔한데. 그럴 만한 집이 아니니까. 그림도 없이 온통 회색, 아니면 너무 오래되어 결국엔 회색처럼 보이는 색으로 칠해진 벽 하며.

"난 바로 옆에 사는데." 대프니가 말했다. "그렇지만 원한다면 꼭 여기 있을게. 나도 잘 모르겠네. 그레이스는 어쩔 생각이야?"

"글쎄." 그레이스가 말했다. "메그, 어떻게 생각해? 우리 중 하나가 있는 게 나을까? 그쪽이 더 맘이 편해?"

잘 모르겠다. 아니, 둘 중 하나가 남아주면 좋지만 문제가 좀 있었다. 첫번째는 그들이 정말 원해서 하는 말인지, 아니면 내가 혼자 감당할 깜냥이 안 된다고 생각해서 하는 말인지 모르겠다는 것이었다. 두번째는 정말 머물고 싶더라도 그 역시 내가 답이 없는 사람이라 그렇게 생각한 게 아닐까 하는 거고. 그리고 무엇보다 침실들이 깨끗한가? 방 상태를 보고 비위가 상하는 건 아닐까? 아니면 그런 퀴퀴한 방을 보고 나를 동정한다거나?

"고마워, 그렇지만 괜찮을 거 같아." 내가 말했다.

마음을 좀 가라앉히자. 비록 아이가 잠들어 있을 때만이라도 단둘이 시간을 가질 수 있을 테니까. 적어도 한 번은 내가 책임자가 될 터였다.

"정말 괜찮은 거지." 그레이스가 말했다. "우리한테 언제든 전화할 수 있으니까 잊지 마. 가기 전에 창이랑 문이 다 닫혀 있는지 확인해야겠어. 바보 같은 소리일 수도 있겠지만 저런 놈들과 문제가 있을 땐 확인해서 나쁠 게 없으니까."

저런 놈들이라니. 우리는 아직 그가 누군지도 모르는데. 내가 아는 것을 제외한다면 말이다. 나는 확실히 뭔가를 알고 있었다. 그의 이탈한 음과 비틀거리는 발걸음. 그는 경계해야 할 사람이었다. 그 사람에게서 바이올린이 빽빽거리는 소리를 들었다.

"다 잠갔지." 내가 말했다. "혼자 살아서 그건 확실히 챙겨. 죽은 남편이 늘 보안에 말이 많았거든. 걱정 안 해도 돼."

정말 말이 많았지, 나는 생각했다. 그러나 언제나 생각을 실행으로 옮기는 사람은 아니었다. 그는 차라리 사람을 믿는 편이었다.

두 사람은 집에 가려고 가방을 챙기고 코트를 걸치는 내내, 잠이 든 니나를 마치 우리가 함께 낳은 귀한 아기라는 듯 바라보며 조용히 움직였다. 그런 인상을 받았다. 둘은 전혀 다른 생각을 했을지도 모르지만. 그런데 그들이 떠나려는 순간 니나가 울음을 터뜨렸다. 이상하게도, 잠든 채로 자신만이 볼 수 있는 뭔가를 밀치면서 울고 있었다.

"꺼져. 꺼지라고, 안 돼." 니나는 소리지르면서 가슴께로 무릎을 모아올려 태아처럼 웅크리려 했다.

나는 곧장 니나에게 가 머리를 쓰다듬었다.

"괜찮아." 나는 아이를 키웠다면 냈을 수도 있는 상냥한 목소리로 말했다. "괜찮아."

니나는 일어나 똑바로 앉았지만 아직 잠에서 깨지 않은 듯 나를 미는 바람에 다른 두 사람까지 밀려 반쯤 뒤로 넘어졌다. 그레이스는 발을 완전히 헛디뎌 방금 일어났던 의자에 쾅 세게 주저앉았다. 우리는 모두 니나가 여전히 자고 있을까봐 헉헉대고 버둥거리면서도 조용히 움직이려 했지만 니나는 이미 깬 상태였다. 만화에 나오는 아이처럼 눈을 비비고 있었다.

"죄송해요. 제가 그랬어요? 저예요? 괜찮으세요?"

"무슨 꿈을 꿨니?" 그레이스가 물었다. "우리한테 더 말해줄 게 있을까? 우리가 도울 수 있게 말이야."

갑자기 결혼 초기에 꿨던 꿈이 생각났다. 꿈을 잘 꾸는 편이 아니라 기억했다. 그 꿈은 아주 본격적이었는데, 울부짖는 괴물들이 하염없이 나오는 끝나지 않는 성인용 영화였다. 전부 다 생각나진 않았고 그러고 싶지도 않았지만 이것만은 기억났다. 나더러 괜찮느냐고 묻고, 자기가 있으니 다 괜찮다고, 나는 안전하다고 말해주던 헨리. 우리가 지금 니나에게 얘기한 것처럼. 나는 꿈과 현실의 경계에 묻힌 채 그를 밀쳤다. 그를 밀쳐내며 소리쳤다. "너야, 바로 너, 네가 그 괴물이야!" 아니면 그와 비슷한 말을 했거나. 그때 음을 이탈한 바이올린 소리를 들었고, 방금 니나가 꿈을 꿀 때도 그 소리를 들었다. 심지어 그레이스와 대프니가 어수선하게 인사말을 건네고, 코트 자락을 털고, 주머니를 확인하는 중에도 그 소리가 들렸다. 뭘 해야 할지 모를 때 하는 모든 행동이 만들어내는 그 소리 가운데서도 말이다.

"저랑 있어주실 건가요?" 니나가 내게 말했다.

세상에서 가장 중요한 일이라는 듯 나를 똑바로 바라보고 있었다. 그 누구도 나를 이렇게 바라본 적은 없었다. 나는 고개를 끄덕였다.

"네가 괜찮아진다면 우리도 여기 있을게." 그레이스가 말했다.

"아, 그럼." 대프니가 말했다. "아무 문제 없어."

니나가 살짝 미소를 지었는데, 마치 우리 둘이 모종의 공모자라는 듯한 미소였다.

"아냐, 괜찮아. 너희는 가도 돼." 내가 말했다.

이 분 전까지만 해도 불안했고 빌어먹을 바이올린 소리가 들려왔는데 이제는 더없이 뿌듯했다. 질질 늘어지는 음, 이어지는 또다른 늘어진 음들이 고조되다 다시 새 지저귀는 듯한 소리를 내며 훅 가라앉았다. 죽어가는 새, 아니면 다른 새를 죽이기 위해 대기하는 새의 삐끗거리는 음이었다. 나는 들려오는 음을 무시했다.

"나랑 니나는 괜찮을 거야. 침대로 올라가서 한잠 푹 자야 할 것 같아. 아침엔 한결 나아지겠지."

나아지지 않으리라 제법 확신했지만, 니나의 눈동자에 피곤함이 묻어났다. 저렇게 진이 빠져 있기엔 너무 어린 나이였다. 그런 건 우리 같은 늙은 노인들이나 늘 병마와 싸우는 사람에게 어울리건만. 니나는 지금 그렇게 피곤에 절어 있었다. 두 사람이 머뭇거리며 차마 떠나지 못하는 모습이 보였지만 이젠 내가 제대로 하고 있다는 생각이 들었다. 그래서 더 머무르라고 권유하고픈 마음을 꾹 삼켰다.

두 사람이 떠난 후 나는 니나의 팔을 잡고 부축해 계단을 올랐다. 그들과 전화번호를 교환했고 필요하면 연락하기로 약속했다. 니나를 위해 녹차를 내왔고, 그애가 차를 마시는 동안 나는 침대 가장자리에 앉아 있었다.

"왜 이렇게 잘해주시는지 모르겠어요. 정말 감사해요. 안 도와주셔도 됐는데. 그래도 괜찮았을 거예요, 아시죠."

"저마다 인생에 문제가 있는 법이니까. 나이가 들면 그게 보여. 남들이 무슨 난관을 겪는지. 그러면 도와주고 싶고. 그게 다야."

니나는 믿을 수 없다는 얼굴이었다.

"그런가요."

니나는 노인들이 처음부터 노인이었다고 생각하는 게 분명했다. 젊은 사람들 대부분은 그렇게 생각한다. 우리는 안 저러겠지, 다를 거야. 쭉 날씬하고 건강하고 관심사도 변하지 않을 거야. 아니, 그렇지 않아. 우리 늙은이들은 그렇게 말할 것이다. 아니, 그렇지 않아. 모든 건 변한단다. 하지만 그렇게 말한들 무슨 소용이 있을까? 그들은 우리 말을 믿지 않을 것이다. 그건 크리스마스의 산타클로스를 믿는 것 같은 일이니까. 자기는 다를 거라 믿는 젊은이들을 우리는 내버려둔다. 그 모습을 보고 있노라면 우리는 분명 다를 거라고 생각했던 옛날이 떠오르므로.

"그만 자렴." 내가 말했다. "아침에 더 얘기하자꾸나. 이곳에 잘 왔어."

Chapter 7

니나

3월: 사건 발생 11개월 전

생일 이후로 니나는 샤즈를 몇 차례 더 만났다. 왜 샤즈가 자신과 놀고 싶어했는지, 왜 샤즈 같은 사람이 보호시설에 살고 도서관을 좋아하는 아이를 선택했는지 여전히 궁금했고 꺼림칙하기도 했다. 그렇지만 우쭐한 기분도 들었는데 그건 낯선 느낌이었다. 한편으로는 선택을 받았다는 것이 기뻤다. 이게 오래가지 않으리란 건 알았지만 그래도 누군가 자신의 가치를 알아봐줬다는 사실에 모든 것이 전보다 나아졌다.

"뭐가 그렇게 즐거운 거야." 수가 말했다. "요즘 정말 다른 사람 같아."

"다르지 않아." 빌보가 즉각 불안해하며 응수했다. "다르지 않아. 하나도 다르지 않아. 니나는, 니나는 누구지? 누가 니나야?"

"난 똑같아, 빌보. 여전히 나야. 걱정하지 마."

"그래, 니나. 똑같은 니나. 니나는, 니나는 누구지?"

빌보는 자기 마음을 진정시키려고 니나의 머리를 쓰다듬으며 중얼거렸다. "똑같아, 똑같아, 똑같아." 손길 한 번에 한 마디씩 내뱉었다.

"니나는 똑같아." 수가 말했다. "이걸 알았어야 했는데. 니나, 걱정하지 마. 다음엔 절대 빌보 앞에서 네가 다른 사람 같다고 하지 않을 테니까."

니나와 수는 함께 웃었다. 니나는 보호시설의 집이 그렇게 나쁘진 않다고 생각했다. 삶에 기대할 거리가 생기자 보호시설의 삶이 한결 나아졌다. 만날 친구와 방문할 장소가 있었다. 어쩌면 이민법을 반대하는 시위에 함께 가자고 샤즈를 설득할 수 있을지도 모른다고 생각했다. 다른 사람과 같이 가면 좋을 거야.

저녁을 먹고 도서관 앞에서 샤즈를 만났다.

"여기야." 샤즈가 말했다. "네가 입을 옷을 좀 가져왔어."

니나는 샤즈가 건넨 쇼핑백을 들여다보았다.

"이게 대체 뭐야? 아니, 너무 좋은 물건들이잖아." 니나는 반짝이가 붙은 상의를 꺼내 들었다. "몇 개는 아직 가격표도 달려 있는데. 새거네."

샤즈가 어깨를 으쓱했다.

"별거 아냐. 네가 좋아할 것 같아서. 범생이처럼 입고 있으니까 계속 같이 다닐 수가 없잖아. 모양 빠진다고."

니나가 웃었다.

"고마워, 정말. 다 너무 예쁘다. 그런데 내가 그렇게 이상해 보여? 내 말은, 청바지랑 멸종반란 패치 붙은 스웨터인데 이게 별로 일 게 뭐가 있나 해서."

니나는 무대에서 걷는 모델처럼 거리를 왔다갔다했다. 샤즈는 웃지 않았다.

"왜 그래?" 니나가 물었다. "너 지금 표정이 장난 아냐. 그냥 장난치는 건데. 자, 이거 도로 가져가. 그래도 신경써줘서 고마워."

니나는 도로 쇼핑백을 내밀었다.

"아, 젠장." 샤즈가 말했다. "그만 좀 해. 그냥 물건이잖아. 그게 다야. 굳이 알아야겠다면 말해줄게. 슬쩍 좀 했어. 나나 딴 사람이 손해볼 일 없다고. 그냥 그런 거야. 이게 꼭 그렇게 좋아할 일이야?"

니나는 얼어붙었다. 스스로가 몹시 바보 같았다. 전형적인 보호시설 아이가 싸구려 옷이 든 쇼핑백 하나에 잔뜩 흥분한 거구나.

"그래, 알았어." 니나는 샤즈처럼 태연한 투로 말하려 애썼다. "그냥 말해본 거야. 그게 다야."

"야." 샤즈가 말했다. "얼른 입어봐."

샤즈의 목소리는 다시 의욕이 생겨난 듯했다. 심지어 신나 보이기까지 했다. 니나는 대체 어떤 어조로 장단을 맞춰야 할지 알 수 없었다. 샤즈는 잔뜩 신나서 춤을 추다가도 일 분 뒤에는 니나를 처참한 기분으로 몰아넣었다. 맞춰주기 어려웠다.

"저기서 하자." 샤즈가 지나가다가 맥도날드를 가리켰다. "얼른. 화장실 가서 갈아입어봐. 그럼 내가 사진 찍어줄게."

니나는 맥도날드만 가면 얼마나 비참해지는지 샤즈에게 아직 말하지 못했다.

"사진?" 니나가 말했다. "샤즈, 내 사진을 뭐하러 찍어?"

니나는 친구들끼리 보통 뭘 하고 노는지 알고 싶었다. 어쩌면 이게 남들은 늘 하는 일인지도 몰랐다. 서로에게 옷 봉투를 건네고 사진을 찍는 것. 자기 혼자 또 어떻게 행동해야 할지 모르는 괴짜처럼 굴고 있는 걸까. 니나는 냄새 나는 작은 화장실의 문을 걸어 잠그고 쇼핑백 안을 살폈다.

뭔가 착오가 있는 게 분명했다. 이런 옷은 입을 수 없었다. 반짝이가 붙은 상의까진 괜찮았다. 반들거리는 소재에 예쁘장한 옷이었고, 몸에 딱 달라붙으면서 소매는 팔꿈치까지 내려왔다. 그렇지만 반바지가 문제였다. 그걸 보고 니나는 실소를 터뜨렸다. 청바지를 잘라낸 디자인의 반바지는 너무 짧게 잘라 다리보다 더 위가 보일 정도였다. 이 우스꽝스러운 옷을 니나가 입을 리 없었다. 엉덩이를 내놓고 걸어다닐 순 없으니까. 샤즈가 바보가 된 기분을 느끼지 않도록 친절하게 설명해야겠다고 생각했다. 그래도 상의는 걸쳤다. 제2의 피부처럼 몸에 달라붙는 게 놀라웠다. 쇼핑백 제일 아래에 있는 티팬티 스타일의 속옷도 우습긴 마찬가지였다. 보호시설 직원이 빨랫감 사이에서 이걸 발견하는 장면을 상상하며 니나는 키득거렸다. 브래지어는 니나가 살면서 봐온 그 어떤 것과도 달랐기에 착용해보는 일은 생각도 못했다. 전혀 맞지 않을 거라 생각했다.

쇼핑백에서 나온 제일 마지막 물건은 신발이었다. 니나는 신발 한 켤레를 손에 들고 바라보았다. 영화에나 나올 법한, 누군가를 근사한 장소로 모셔가기 위해 택시가 건물 밖에 대기하고 있는 그런 세상에나 나올 듯한 신발이었다. 이 신발은 도저히 관심을 뗄 수 없었다. 가늘고 기다란 굽과 발목 끈이 달린 빨간색 구두. 구두에 발을 밀어넣은 니나는 사이즈가 정확히 맞아 떨어지는 것에 놀랐다.

이 정도면 되겠지, 니나는 생각했다. 상의와 신발 두 가지는 걸쳤으니 기뻐할 거야. 니나는 지저분한 운동화와 셔츠, 스웨터를 쇼핑백에 쑤셔넣고 화장실에서 나왔다. 도저히 걸을 수 없는 굽이라 아주 천천히 발을 디뎌야 했다. 죽마를 탄 것 같아 줄타기 곡예사처럼 팔을 양쪽으로 쭉 뻗고 싶은 걸 참아야 했다. 니나는 샤즈가 기다리는 테이블 쪽으로 고개를 돌렸다. 눈을 마주치고 웃을 생각이었지만 샤즈는 이상하게 생긴 남자와 한창 대화중이었다. 머리는 크고 목은 없다시피 해서 니나가 서 있는 곳에서는 정확히 두꺼비처럼 보였다. 샤즈는 몸이 잔뜩 굳어선 버틸 수 있는 한 최대로 상체를 뒤로 젖히고 있었다. 처음에는 남자가 위험해 보이니 샤즈를 도와줘야 한다고 생각했으나 뭔가가 니나의 발목을 붙잡았다. 샤즈가 겁에 질린 듯 보여서 선뜻 움직일 수 없었다. 니나가 도우러 달려들면 상황이 더 나빠질 것 같았다. 게다가 겁쟁이 같은 끔찍한 생각이라는 건 알았지만, 샤즈가 저렇게 겁먹을 정도라면 저 남자는 다른 차원으로 무서운 게 분명했다. 니나가 아는 샤즈는 무심한 성격이라 쉽게 놀랄 만한 사람이 아니니까. 두 사람은 실랑이를 벌이는 것 같았다. 그러다 샤즈가 손짓하자 남자는 샤즈의 얼굴에 대고 손가락을 좌우로 흔들어 보였다. 조금만, 조금만 더 있다가 가봐야겠다. 아니면…… 니나는 레스토랑을 살펴보았다. 아니면 누군가에게 말하고 도움을 구하는 거야.

니나는 물러서서 레스토랑 메모판에 붙은 광고를 쳐다보았다. 들키지 않을 선에서 계속 샤즈와 남자를 바라보았다. 샤즈가 끼어드는 걸 좋아할까? 친구라면 그러는 건가? 이 바보 같은 신발을 신지 말걸 그랬다. 쳐다보면 볼수록 니나는 점점 그 남자의 모습에 불길한 뭔가가 있다는 걸 알게 되었다. 보기만 해도 몸이 떨려왔고, 셰익스피어 수업 때 배운 공포의 징조라는 것이 떠올랐다. 구름, 떨어지는 잎사귀들, 날씨의 반전, 기우는 태양, 이 모든 건 초봄 저녁의 소란한 맥도날드에는 존재하지 않는 것들이었다. 그대신 맥도날드에서는 떽떽거리는 아이들과 지친 엄마들, 특이한 커플들을 볼 수 있었다. 그럼에도 느껴지는 건 공포의 기운이었다. 그것도 형언할 수 없는 정도로 커다란.

방 하나를 함께 쓸 세입자를 구한다는 광고를 절반 정도 읽었을 때 샤즈가 니나의 어깨를 쳤다. 남자는 온데간데없었다.

"너 뭐야?" 샤즈가 말했다. "옷 입고 나오는 줄 알았는데? 너무 오래 걸려서 네가 어디 있는지도 몰랐잖아."

니나는 한 번도 샤즈가 그렇게 화를 내는 걸 본 적이 없었다. 분노와 또다른 뭔가, 그러니까 두려움. 그랬다, 샤즈는 여전히 두려움에 차 있었다.

"미안해. 넌 괜찮은 거야? 너한테 가려고 했는데 네가 어떤 남자와 얘기를 하고 있어서 가도 되는지 몰랐어."

"젠장, 네 일 아니니까 신경 꺼. 너랑 존나 상관없는 일이야. 옷

준 거는 입지도 않았네. 네 꼴을 좀 봐. 그놈의 청바지 때문에 구두가 꼭 엄마 옷으로 장난치는 애가 신은 것 같잖아."

샤즈는 증오한다는 듯 니나를 쳐다보았다. 니나는 혼란스러웠다. 왜 이렇게 갑자기 상황이 나빠졌는지 알 수 없었다.

"미안해. 가서 너를 도와야 한다고 계속 생각은 했거든. 그 남자가 누구든 너한테 갔어야 했는데, 내가 가도 될지 몰라서, 그래서 그만……"

"망할, 무슨 남자? 남자 같은 건 없었어, 이 멍청한 년이."

니나는 흠칫 놀라 움츠러들었다. 내가 여기서 대체 뭘 하고 있는 거지. 이렇게 화를 내면서 겁에 질려 날뛰는 여자애랑 뭘 하고 있는 걸까? 샤즈는 피가 맺힐 때까지 입술을 꽉 깨물었다.

"이건 좀 너무하다." 니나가 말했다. "도와주지 못해서 미안해. 옷들도 고마워, 정말이야. 그런데 바지가 너무, 너도 알다시피, 엉덩이랑 다른 게 죄다 보이잖아. 게다가 브래지어는, 사이즈가 안 맞았거든. 그리고 그 팬티 말이야." 니나는 목소리를 낮췄다. "샤즈, 그건 정말 코미디야. 불편해 보이기도 하고, 그런 걸 입었다간 분명 한소리 듣는단 말이야. 그래도 정말 고마워. 멋진 선물이었는데 싸가지 없게 굴어서 미안하다."

샤즈는 거세게 씩씩거리며 몇 차례 심호흡을 했다. 그러고는 뒤로 걸어가 밝은색 의자에 앉았다. 마음을 진정시키려 한다는 걸 알 수 있었다.

"너 진심이야? 난 정말로 너랑 뭘 해야 할지 모르겠다. 너 지구 사람이긴 한 거야? 보호시설 세탁기에 그 팬티를 넣는다고? 제발." 샤즈가 테이블에 머리를 대고 신음했다.

"샤즈. 그러니까 내 말은, 조심해. 테이블에 소스가 묻어 있잖아. 머리에 그런 거 묻으면 안 돼. 안 떨어진다고."

"앉아." 샤즈가 옆에 있는 의자를 만지며 말했다.

니나는 앉았다. 의자는 테이블과 조금 떨어진 자리 바닥에 나사로 고정되어 있었다. 굽 높은 구두를 신고 앉으려니 불편했다.

"너 정말 아무것도 모르지, 그렇지?"

이런 모습이 있었나 싶을 정도로 샤즈는 비참한 표정이었다. 짜증을 부리고 화를 내고 두려워하고 심술궂게 굴고 아주 조금 행복해하는 모습은 본 적 있었다. 그게 전부였다. 이런 처참한 얼굴은 니나를 불행한 기분이 들게 했다. 엄마가 떠올랐다.

"나중에 다시 입을 수 있을지도 몰라. 난 정말 네가 이렇게 화낼 줄은 몰랐어."

니나는 샤즈의 팔을 어루만지려 손을 뻗었지만 샤즈는 곧바로 팔을 홱 뿌리쳤다.

"미안해." 니나가 말했다. 이젠 어떻게 해야 할지 도무지 알 수 없었다. 교실에서 늘 관찰했던 친구들 간의 불화를 떠올려보려고 애썼지만 이건 다른 아이들의 갈등과는 양상이 전혀 달라 보였다. 작은 불화라도 언제든 눈덩이처럼 불어날 수 있었다. 니나는 작은 싸움이 커다랗게 번지는 걸 여러 번 보았다. 코번트리에서 학교를 다닐 때, 머리가 붉은 엘라가 자신의 핸드폰 충전기를 가져갔다고 다른 여자애를 의심한 일이 있었다. 다른 아이들은 그애가 가져가지 않았다는 걸 알았고 나중에 충전기도 찾았지만, 그 둘은 화가 머리끝까지 나서 다섯 달 후 니나가 전학을 갈 때까지도 복도에서 마주칠 때마다 서로를 밀쳐댔다. 니나는 샤즈와 그런 사이가 되고 싶지 않았다. 샤즈가 상처에 취약하고 불안정한 사람이란 걸 알 수 있었다.

"정말로 널 화나게 하려던 거 아냐." 니나가 말했다. "계속 친구로 지내면 좋겠어. 저기, 그 가방 다시 줘봐. 내가 다시 제대로 입어볼게."

샤즈는 옷이 든 쇼핑백을 꽉 붙들고 있었다.

"네가 뭘 해야 하는지 알고 싶어?" 샤즈가 말했다. "집으로 가. 집으로 가야 해, 지금 당장. 나를 조금이라도 믿는다면 그렇게 해야 한다고. 자, 여기." 샤즈는 니나에게 스웨터와 신발을 건넸다. "이거 다시 입고 구두 다시 줘. 상의는 가져도 돼. 그 빌어먹을 도서관으로 얼른 가라고. 솔직히 난 너 필요없어. 너도 내가 필요없고."

친구 하나 없이 교실에 앉아 다른 아이들이 친구 사귀는 걸 지켜보던 그 시간들, 자기 방에서 빌보와 함께 음악을 듣던 그 쓸쓸한 저녁들, 어떻게든 외로움을 덜어내려 아트갤러리와 시장을 기웃대던 토요일들. 그 모든 시간이 주마등처럼 스쳐지나갔다. 니나는 별일 아니라고, 샤즈는 이상한 사람이고 두 사람은 아무 공통점도 없었다고 스스로 위안했다. 실제 만남은 기대에 못 미쳤다고, 시험공부를 해야 한다고, 친구 같은 건 필요 없다고 위안했지만 그 무엇도 소용이 없었다. 니나는 누군가를 만나는 것이 좋았고, 도서관 외에도 갈 곳이 있다는 게 좋았다. 이 모든 게 끝나 다시 혼자가 된다고 생각하니 견디기 힘들었다.

"미안해, 샤즈." 니나가 말했다. "쓰레기 같은 친구라서. 널 도와줬어야 했는데. 그 옷도 입고 나오고. 네가 이렇게 화낼 거라고는 생각 못했어. 진심이야. 정말로, 정말로 미안해. 넌 나한테 잘해줬는데."

샤즈를 기쁘게 하려면 저 쇼핑백을 빼앗아 화장실에서 그 바보 같은 옷으로 갈아입으면 된다. 하지만 니나는 여전히 선뜻 마음이 가지 않았다.

"아, 니나." 샤즈가 말했다. "너 진짜 이상한 애다. 그냥 가, 좀 가면 안 돼? 내 말 좀 믿어. 넌 내가 없는 게 낫다고."

확신할 순 없었지만 샤즈의 목소리가 갈라지는 듯했다. 뭘 해야 좋을지 알고 싶었다. 샤즈는 자리에서 일어나 문가로 걸어갔고, 니나는 그들의 우정이 그렇게 끝났다는 걸 믿을 수 없었다. 옷가지가 든 쇼핑백 때문에 이럴 순 없어, 고작 이런 것 때문에 끝날 리 없다고. 그 남자와 관련 있는 게 분명했다. 샤즈가 뭐라고 하든 그곳에 정말로 있었던 그 남자.

"샤즈." 니나가 입을 열었다. 니나는 자신이 다음에 할 말이 중요하다는 것을, 그리고 상황이 쉽사리 나빠질 수 있다는 것을 알고 있었다.

"샤즈, 그러지 마. 이리 와, 여기 왔잖아. 배 안 고파? 맨날 배고프다고 했잖아. 아니라고 해도 못 믿겠어. 평소처럼 야채버거랑 치즈버거 하나씩 먹자. 바보같이 감정적으로 굴지 말고."

"하." 샤즈가 말했다. "진짜 고마운데, 난 감정적으로 구는 거 아냐. 너한테 조언을 해주는 거지. 지금 집으로 돌아가지 않으면 넌 후회할 거야. 분명히 알아들었어?"

알아듣지 못했다. 아무것도 분명하지 않았고, 니나는 어쩔 줄 몰랐다. 한편으로는 그저 집에 가고 싶었다. 그 남자는 너무나 무서웠고 일이 이상하게 굴러가고 있었다. 또 한편으로는 완벽한 패배감을 느꼈다. 샤즈를 저렇게 놀래키고 뒤집어놓은 일이 분명 일어났는데 니나는 형편없는 친구처럼 행동했다. 남들을 보면 우정이 쉬운 일 같던데. 모두에게 친구가 있었다. 심지어 빌보도 그가 다니는 특수학교에 단짝친구가 있었다. 이름은 크레이그였지만 빌보는 그를 베스트라고 불렀고 늘 그 아이 얘기를 했다. 니나는 자신에게는 왜 베스트가 없는지, 이제껏 한 번도 있었던 적이 없는지 이해할 수 없었다.

"너랑 있을게." 니나가 말했다. "집은 따분하잖아."

샤즈는 아주 심각한 표정으로 니나를 바라보았다. 다른 사람 같네, 니나는 생각했다. 더이상 껌을 씹지도 않았고 평소 짓던 따분하다는 표정도 사라지고 없었다.

"보통은 이런 거 안 해." 샤즈가 말했다. "그리고 나도 내가 지금 왜 이러는지 모르겠거든. 꺼져, 니나. 네 보호소 집으로 꺼져버려. 널 위해서 하는 말이야. 여기 이런 데는 널 위한 곳이 아냐." 샤즈가 손으로 맥도날드를 가리켰다. "넌 좋은 애야. 그렇지만 우린 절대 친구가 될 수 없어. 너 지금까지 제대로 해왔잖아. 내 말 들었으면, 제대로 들었으면 내가 무슨 말 하는지 알 거야. 나 지금 장난하는 거 아냐. 제발 가."

놀이공원에서 기구를, 그것도 사람을 공중에 띄웠다가 다시 바닥으로 내동댕이쳐 속을 뒤집어놓는 기구를 타는 기분이었다. 니나는 스웨터와 신발을 손에 들고 가만히 서서 무슨 말을 해야 할지 생각했다. 아무런 할말이 없었다. 니나는 허리를 숙여 구두를 벗었다.

"여기 있어." 니나는 샤즈에게 구두를 건넸다. "가져가. 난 그거 신고는 못 걷겠어. 들어가서 위도 갈아입을게. 여기선 못하겠네, 잡혀갈지도 몰라."

니나는 아무렇지도 않다는 듯, 전혀 신경쓰지 않는다는 듯 웃어 보이려 했다. 화장실에서 반짝이는 상의를 벗고 오래된 스웨터를 걸치면서는 손을 덜덜 떨었다. 편안하고 익숙한 기분이었다. 옷을 갈아입으며 이따금 옷에게 안녕이라고 인사를 건네는 빌보처럼 니나도 안녕이라고 말하고 싶었다. 나는 제대로 미친 인간이야. 친구 만드는 데도 젬병이고. 혼자 사는 게 낫겠어.

니나는 샤즈의 눈길을 피하면서 상의를 건넸지만 그럼에도 샤즈가 울먹인다는 걸 알 수 있었다. 젠장, 꼴 좋다. 니나는 생각했다. 업보 받는 거야. 가는 만큼 오는 법이지, 너도 언젠가 못되게 구는 인간을 만나서 이게 어떤 기분인지 느껴봐. 하지만 니나는 진심으로 그러길 바라지는 않았고, 샤즈도 그게 어떤 기분인지 이미 알고 있는 듯했다.

니나는 자기 방으로 돌아와서 생각에 빠졌다. 니나가 떠날 때 샤즈는 정말 슬퍼 보였다. 마치 어린 두 사람이 헤어지는 것 이상이라는 듯했다. 니나는 옮겨다닌 학교마다 책상에 앉아 다른 친구들이 헤어지던 모습을 구경하던 때를 생각했다. 전혀 지금과 비슷하지 않았다. 여자애들은 화를 내거나 안도하거나 신경질을 냈지만 단 한 번도, 니나가 기억하는 한 샤즈처럼 울먹이진 않았다. 명백한 슬픔이었다. 하지만 내 알 바 아닌걸. 니나는 생각했다. 샤즈가 분명히 밝혔으니까.

빌보가 니나의 방문을 두드렸다.

"빌보는 안 하지, 빌보는 안 하지, 뭘 안 할까?" 그가 문 저편에서 물었다.

니나가 문을 열자 빌보가 풀쩍 방으로 뛰어들었다. 학교에서 그린 그림을 들고 있었다.

"빌보는 쳐들어가지 않지." 그가 자문자답했다. "쳐들어가지 않아, 빌보는 쳐들어가지 않아. 빌보는." 그는 다시 문밖으로 나가 또 노크를 했다. "빌보는 노크를 하지. 노크를 하지. 잘했어, 빌보. 착하다."

니나는 의욕이 없었지만 그래도 웃어줬다.

"빌보, 넌 나한테 별이야." 별생각 없이 니나가 말했다. 그러고는 이십 분을 빌보가 별이 아니라고 말하느라 애를 먹어야 했다. 빌보는 별이 아니라고, 하늘에 있지 않다고, 반짝거리지 않는다고.

니나는 침대에 누운 뒤에야 오늘 일어난 일을 생각할 수 있었다. 보통은 잠들기 전에 책을 읽었지만 오늘은 『앵무새 죽이기』가 효험이 없었다. 단어들이 희뿌예지면서 샤즈의 그 처참하던 얼굴이 떠올랐다. 그 표정에는 니나가 딱히 꼬집어낼 수 없는, 염려되는 뭔가가 있었다. 잘못된 뭔가가. 거의 잠들려던 순간에 그게 뭔지 알 수 있었다. 그 남자. 두꺼비 목을 한 그 남자. 니나가 화장실에 간 사이 샤즈와 얘기하던 그 남자. 니나가 알 수 없는 슬픔에 차 맥도날드를 나올 때, 그 남자는 맥도날드 바깥에 서서 미친듯이 화를 내고 있었다.

Chapter 8
그레이스

2월 25일 월요일

그 가엾은 아이와 백인 친구를 두고 와도 되는 건지 확신이 서지 않았다. 아이가 문을 열고 들어오자마자 심각한 상황에 처해 있다는 걸 알았다. 나는 사건의 냄새를 맡을 수 있었다. 이렇게 오랜 시간이 지났는데도 말이다. 사건은 만조 후에 밀려온 해초처럼 훅 뚫고 들어오는 냄새가 났다. 고통이 섞여 있는 냄새였다. 자메이카에서 나는 늘 공상적인 아이라는 소리를 들었다. 아주 오래전이긴 하지만 사람은 변하지 않는 법이다. 사람의 내면은, 핵심은 변하지 않는다. 니나는 그걸 '나의 정수'라고 표현했다. 어떤 사람들은 그걸 영혼이라 부르지만 나는 모르겠다. 그건 너무 형이상학적인 힘이 깃든 표현 같았다. 내가 여기 오기 전까지 믿었던 신이나 그런 것들 말이다. 신은 또다른 백인 중 하나라고 사람들이 설명해주기 전까지 내가 믿었던 것들.

언제든 사건의 냄새를 맡을 수 있던 때가 있었다. 처음에는 그 힘을 두고 온 줄 알았다. 이렇게 추운 나라는 사건의 냄새가 다른가보다고 생각했다. 이십오 년을 그렇게 믿었다. 심지어 내 딸이 죽고 내 주변 세상이 블랙홀처럼 무너지는 것 같았을 때조차.

내게 무슨 사건이 닥치든 냄새를 맡을 수 없었으므로 나는 내 특이한 능력이 사라졌다고 생각했다. 하지만 1989년 1월 12일, 내 후각은 더욱 발달해 있었다. 아침에 일어났을 때 그 냄새가 났다. 옷을 입기 전에 킁킁 옷감 냄새를 맡아야 했을 정도로 강렬했다. 그날 나는 한 마리의 훈련견이었다. 교실마다 코를 들이밀고 뒤집고 다닌 뒤에야 그 아이를 발견했다. 내가 가르치는 교실 중 하나였다. 딘 스미스. 11학년 영문학 수업 시간에 뒤에 앉던 그 아이는 어떤 말썽도 부린 적이 없었다. 착한 학생이었다는 건 아니다. 그렇긴 했지만 학교에 워낙 착한 애들이 없었다. 두어 명의 여자아이들만 열심히 공부를 했고, 학생 중 절반 정도는 GCSE*를 통과할 성적만 받으면 되는 아이들이었는데 딘은 그런 무리도 아니었다. 여느 사람들처럼 나도 훗날 딘의 성적을 열람해봤다. 가을학기에 제출했던 과제 몇 개는 딱히 성적이 좋지 못했지만 교실의 다른 아이들보단 나은 편이었다.

그중 『앵무새 죽이기』와 관련된 신문 과제가 하나 있었다. 아이들이 신문기자가 되어 소설의 소송에 관해 지역신문에 실릴 기사

* 영국 중등교육과정 자격시험. 이 시험을 통과해야 대학 입학을 준비하는 A레벨 과정에 들어갈 수 있다.

를 쓰는 과제였다. 사실을 분명히 적시할 것, 그런 유의 과제였다. 딘의 과제는 괜찮은 편이었는데 반짝이는 상상력을 이용해 좋은 점수를 받았다. 남자아이들은 자신들이 보기에 제대로 된 글쓰기라 생각하는 것, 이를테면 신문기사 같은 것에는 능숙했지만 여성적 글쓰기라 생각하는 것, 소설, 시, 창의적인 글쓰기 등에는 영 아니었다. 조금이라도 감성을 사용해야 하는 것들 말이다.

그날 아침 그 아이에게는 심기에 거슬리지만 정체를 알 수 없는 뭔가가 있었다. 딘은 눈을 끔뻑일 뿐이었다. 울지 않으려고 애쓰는 듯했다. 나는 누구든 울음을 참는 모습을 보는 것이 싫었다. 곧바로 엘리너가 떠올랐기 때문이다. 내 사랑스러운 엘리너가 손가락으로 눈가를 비비고 치맛자락에 손을 문지르는 모습이. 그래서 그날 아침 딘을 바라보던 순간, 내 딸을 보는 듯 마음이 무거워졌고 그애는 즉시 열여섯이 아닌 여섯 살 아이처럼 보였다.

"너 괜찮니?" 내가 물었다.

그 나이 또래의 아이들과 대화를 할 때는 조심해야 한다. 덜 자란 강아지와 같아서 궁지에 몰렸다고 생각하면 사납게 돌변한다. 그래서 다른 아이들이 대부분 교실을 떠날 때까지, 그애가 가방을 어깨에 걸치고 일어설 때까지 질문을 참고 기다렸다. 가방은 삼 주간 트레킹이라도 가는 듯 묵직해 보였다.

"뭐가요?" 딘이 말했다.

그는 바닥을 기어다니는 것들 중 가장 역겨운 뭔가를 보았다는 듯, 증오에 찬 눈빛으로 나를 바라보았다. 나는 한껏 움츠러들었다. 흑인들은 그런 식의 시선에 익숙하다. 그들은 그런 눈빛에 이

내 적응하지만 나는 아니었다. 적어도 그런 눈빛을 원한 적은 없다고 말은 해야 맞겠다. 그때는 물론이고 지금도 마찬가지였다. 누가 그런 시선을 받고 싶겠는가? 늘 불시에 그런 눈빛을 받곤 했다. 좋아. 나는 생각했다. 좋아, 딘, 하고 싶은 대로 해, 맘대로 하라고. 나는 내 책상으로 가 책과 출석부를 챙겼다. 딘을 걱정하지 않으려 무진 노력했던 것이 분명히 기억난다. 짜증이 났고 나를 그렇게 바라보는 것이 속상했으므로 걱정의 스위치를 꺼놓으려 했다. 일부러 다른 선생님과 휴게실에서 내려 마실 차를 떠올리고 밤에 볼 TV 프로그램 등을 생각했다. 그 잠깐 사이 아이들이 모두 떠난 것도 몰랐고, 교실에는 딘과 나 둘만 남았다.

"얼른." 내가 말했다. "다음 수업이 뭐니? 이러다 늦겠어."

나는 다시 아이의 얼굴을 보았다. 그애가 또다른 기분 나쁜 표정을 지을 게 분명해서 쳐다보고 싶지 않았는데, 아이는 그 모든 감정을 씻어낸 듯했다.

"못해요."

대체 뭘 못한다는 건지 알 수 없었지만 묻지 않았다.

"할 수 있고말고."

내가 냉정한 목소리로 말하진 않았다고 확신한다. 살짝 퉁명했을 순 있지만 기분 나쁘게 말하진 않았다. 그건 분명했다.

"얼른 나와."

교사들이 습관처럼 뱉는 말이었다.

아이는 책상을 살짝 밀면서 일어섰다. 분명 눈물을 흘리고 있었다. 진짜 눈물이었다. 무슨 말을 꺼낼지 생각하기도 전에 아이는 교실을 박차고 나갔다. 이상한 일이었다. 사건의 냄새가, 해초와 증기가 섞인 냄새든 다른 어떤 냄새든 바로 그 냄새가 훅 끼치고 지나갔다. 신체 중 코만 작동하는 것처럼, 오로지 내 코만 사건에 대해 안다는 것처럼.

그후로 이렇게 강렬하진 않아도 실내에 있을 때면 간혹 냄새를 맡았다. 그건 곧 나나 다른 사람에게 어떤 문제가 생길 거라는 경고처럼 느껴졌지만, 나는 웬만하면 문제를 피하고 싶을 정도로 너무 늙어 있었다. 지겹도록 많은 문제를 봐왔기 때문이다. 하지만 오늘 아침 니나의 경우는 조금 달랐다. 그 아이가 딘 스미스처럼 보였다는 말이 아니다. 니나는 딘 스미스와 다르게 생겼으니까. 하지만 나를 걱정시키는 뭔가가 있었다. 니나의 표정이 난 못해요, 라고 말하고 있었고 그애가 궁지에, 그것도 완전히 막다른 곳에 몰렸다는 걸 알 수 있었다. 나는 기꺼이 끼어들고 싶었다. 사건에 뛰어들고 내 손으로 직접 해결해주고 싶었기에 결국 그렇게 했다. 아무도 내게 강요하지 않았으며 나 스스로 한 일이었다. 그러므로 다른 여자들을 탓할 순 없다. 길바닥에 사는 것처럼 옷을 입는 사랑스러운 대프니는 겁에 질렸고, 자신과 타인의 그늘에 갇혀 사는 다른 친구는 정신을 놓은 상태였다. 나는 내 의지로 개입했고 끝을 볼 생각이었다. 나쁜 일 뒤에는 으레 배후가 있기 마련이고 그 배후는 두꺼비 남자인 게 분명했다. 카페에 들어온 그 남자, 목 없는 두꺼비 악당 그 자체인 남자.

오늘밤 나는 그 두꺼비남과 딘에 대해 생각하고 있었다. 그때 했어야 하는 일을 하지 못했던 것에 대해, 그리고 두번째 기회가 왔다는 것에 대해.

언젠가 친구가 내게 물은 적이 있었다. "타임머신이 있어서 과거로 돌아가 역사를 바꿀 수 있다면 언제로 갈래?"

어디서부터 시작해야 할지 알 수 없었다. 히틀러는 남들도 다 생각할 법한 평이한 대답이고 그게 나쁜 선택이라고 여기진 않았다. 하지만 생각보다 훨씬 복잡한 일이었다. 이미 다른 사람들이 살고 있던 미 대륙을 처음으로 발견했다고 생각한 그 사람은 어떨까. 아니면 피부색이 다르다는 이유만으로 다른 인간을 소유하고 강제노동을 시켜도 된다고 처음으로 결정한 사람은? 역사는 집에 처박혀 책이나 읽으면서 그 어떤 문제도 일으키지 말았어야 했을 멍청이들로 가득했다. 수백 명, 수천 명, 수백만 명.

하지만 지금 그 질문을 받는다면 이렇게 대답할 것이다. 자메이카에 딸을 두고 떠난 날로 가겠다고. 나와 함께 영국으로 딸을 데려올 것이다. 결말은 동일하더라도, 어릴 적에 걸렸던 그 바보 같은 병 때문에 여전히 죽음을 맞게 되더라도 내가 딸아이의 곁을 지킬 테니까. 그리고 만약 한번 더 과거로 돌아갈 수 있다면, 1989년 1월 12일이라고 답할 것이다. 그 생각을 많이 했다. 딘 스미스를 곧바로 죽이진 않을 것이다. 그 아이와 앉아 얘기를 나눌 것이다. 왜 그런 짓을 하고 싶었는지 물어보고, 그런 방식을 택했던 이유가 무엇인지 물어볼 것이다. 만약 대답이 올바르지 않으면, 무슨 생각을 했고 동기는 무엇이었는지 내 성에 찰 때까지 대답하지 않으면, 그렇게 행동해선 안 되는 이유를 설명할 때 귀기울이지 않으면, 바로 그때 그 앙상한 모가지를 비틀 것이다. 그게 세상 모두를 위한 일은 아니어도 적어도 세 가족의 상황은 나아질 테니까.

그러나 그 두꺼비남과는 앉아서 얘기를 나누지 않을 것이다. 아무 소용이 없을 테니까. 그는 확실히 내가 한동안 본 적 없는 수준의 악당이었고, 함께 앉아서 얘기를 나누며 그 문제를 해결하도록 도와주고 싶지 않았다. 사양할게요. 누군가 그 일을 해야 한대도, 저 같은 여자는 아닐 겁니다.

두꺼비 남자. 그자는 어딘가에서 자기다운 짓을 벌이며 남을 해칠 사람이었다. 그가 문을 두드리며 언제든 들어오기라도 할 것처럼 나는 내 집안을 두리번거렸다. 무엇으로 방어해야 할까? 진작 없애버려야 했던 저 수백 권의 책들? 거실에는 뭐가 많이 없었다. 그저 책만이 바닥부터 천장까지 채웠고 커피 테이블과 온갖 구석에도 책이 제법 쌓여 있었다. 책이 대체 얼마나 많은지, 나도 믿을 수 없었다. 집구석을 돌아본 지도 오래였다. 일흔다섯 해나 산 사람이 사는 곳 같지가 않았다. 읽을거리 말고는 보여줄 만한 것도 없었다. 사진도, 장식품도 없었다. 내게 필요한 모든 사진은 머릿속에 있었다. 나는 조용한 인생을 선택했다. 누군가는 공허하다고 할 그런 삶을.

나는 집구석을 돌아다니며 이것저것 줍고 내려놓고 책갈피 여기저기를 열며 단서를 찾았다. 메그와 니나, 두 사람을 그렇게 두고 와도 됐는지 확신이 서지 않아 난감했다. 메그에게 그 작은 여자아이를 돌보게 해도 되는지 알 수 없었다. 연락이 올까봐 또 전화를 바라보았다. 바보같이 굴지 말자. 세상이 네 중심으로 돌아간다고 생각하지 마. 그런 생각을 하면서 나는 신발을 신고 목에 목도리를 두르고 패딩점퍼 지퍼를 올렸다. 내 도움이 필요한지도 모르고 아직까지 깨어 있을지도 모르지만 어쨌든 가야 했다. 지금쯤이면 잠들었을지도 모르지. 확인만 하면 돼. 그게 전부다. 모든 게 괜찮은지 확인해야 했다. 전에도 상황을 바꾸고 더 낫게 만들 기회가 있었다. 두 번. 무려 두 번이나 역사를 바꿀 수 있었는데, 나는 두 번이나 쉬운 길을 택해버렸다. 이제 다시 그렇게 기회를 놓치는 일은 없을 것이었다.

엘리베이터가 작동하지 않아 계단을 걸어내려가야 했다. 재미있게도, 엘리너가 따라오는 소리가 들렸다. 가요, 엄마, 가서 확인해요. 내가 기억하는 것보다 훨씬 의젓했고 분명한 영국 억양이었다. 그것도 심지어 런던 토박이 억양. 엘리너는 분명 런던을 좋아했을 것이다. 처음 이곳에 왔을 때 나는 딸아이와 함께할 일들을 따로 정리해두었다. 런던 탑, 세인트폴 성당, 관광객들이 하는 모든 것. 가끔은 그런 곳들을 스케치해 편지에 보내곤 했다. 그림 속에선 늘 딸과 함께였다. 지금 너는 버킹엄궁전 옆에 있어. 그렇게 적었다. 어쩌면 여기 살게 될지도 모르지. 물론 지금은 그 스케치와 설명이 아이를 도리어 슬프게 만든 건 아니었을까 생각한다. 아이가 어떻게든 자신의 병에 대해 알고 있었다면. 그게 그애를 그렇게 말수 없고 속 깊은 아이로 만든 것이라면.

우리집에서 메그네 집까지는 몇 분 걸리지 않았다. 이렇게 오래 붙어살면서 서로를 몰랐다니. 나이가 든 뒤에야 걸음을 멈춰서 주위를 돌아보고 '그래, 저 사람이 바로 내가 친해지고 싶은 사람이야' 하고 생각할 여유가 생긴다. 그건 삶을 바꿀 마지막 기회이며,

잘 들여다보지 않으면 그 기회를 놓치게 된다. 우리는 아직 그 기회를 놓치지 않았다. 나와 두 명의 나이든 여자들. 하지만 조심하지 않으면 그 놓치지 않은 기회를 망쳐버릴지도 몰랐다.

메그의 집에 다다르니 그 인근을 서성이는 사람이 하나 더 있었다. 여성을 위한 호신술 수업을 듣긴 했지만 열쇠를 쥐는 방법 부분이 조금 어려웠다. 그래서 나는 열쇠를 꼭 붙들고 손가락 사이로 열쇠 끄트머리가 삐져나오게 쥐려고 애썼다. 가로등 불빛에 다가가자 이리저리 왔다갔다하는 그 사람이 대프니라는 걸 알 수 있었다. 아무도 저 아름다운 디자이너 브랜드의 오버코트에 헤어스카프를 두르진 않을 터였다. 그렇다, 여왕이 하던 것처럼 턱 아래 매듭을 묶은, 이제는 절대 아무도 쓰지 않는 헤어스카프. 하지만 대프니에겐 잘 어울렸다.

우리는 어색하게 서로를 알아보았다.

"안녕." 이젠 정말 메그의 집 바로 앞이었기에 나는 목소리를 낮췄다.

위층에 불빛이 하나 보였지만 새벽인만큼 다들 꿈나라였으면 싶었다.

"왔어?" 대프니가 말했다. 순간 손을 내밀어 악수를 건네려는 줄 알았다. "나는, 음, 잠이 안 와서 그냥 확인이나 할까 했지, 알잖아."

"알지." 내가 말했다. "나도 마찬가지니까."

나는 이 착하고 말없고 괴이한 여성을 안아주고 싶었다. 아니면 미국 방송 프로그램처럼 좀 색다른 인사법으로 악수를 하고 싶었다. 둘이 일제히 살짝 점프를 했다가 몸을 돌려 박수를 치고 살짝 춤을 추는 인사. 전에는 생각해본 적 없었지만 지금은 그 비밀스러운 악수가 더할 나위 없이 어울릴 듯했다. 마치 나와 대프니가 함께 클럽에 있는 것처럼. 언젠가 꼭 그럴 수 있길 바랐다.

어쨌든 손을 내밀었다가 다시 생각하니 이상한 듯해서 손을 뺐는데 대프니가 이미 본 후였다. 이번엔 대프니가 손을 내밀었지만 이미 내 손은 호주머니로 돌아간 뒤였다. 그래도 둘 다 웃음을 터뜨린 덕분에 어색한 분위기가 사라졌으니 괜찮았다.

"노크를 해야 할까?" 대프니가 물었다. 그 목소리가 너무 작아서 거의 내 귀에 대고 숨을 쉬는 거나 다름없었다.

확신이 들지 않았으므로 나는 어깨를 으쓱하고서 머리를 긁적였다.

"안이 굉장히 조용한 것 같아." 대프니가 속삭였다. "그렇지만 확실히는 모르겠어."

"나도 그래."

대프니의 귀가 너무 가까워서 향수 냄새를 맡을 수 있었다. 은은하고 사랑스러운 향. 무슨 향수인지는 알 수 없었지만 맛있는 냄새가 났다. 나중에 말해줘야지.

우리는 살짝 당황한 얼굴로 서로를 바라보았다.

"이따금 여길 지나다녀야겠어." 대프니가 먼저 말을 꺼냈다. "어차피 요즘은 영 잠을 못 자서."

"나도 그래." 내가 말했다. "어릴 때 너무 자는 바람에 잠 할당량을 다 채운 모양이야."

엄밀히 말하면 그건 사실이 아니었지만, 엄밀한 사실이란 친목을 원하는 그 누구에게든 하등 소용이 없는 법이다.

나는 뭔가 특별한 일을 하고 싶다는, 이 일이 대체 무슨 일이든간에 우리가 함께하고 있다는 사실을 증표로 남기고 싶다는 감정을 느끼고는 스스로에게 놀랐다. 나는 대프니의 팔꿈치 부근에 손을 대며 말했다. “같이 이 구역을 한 바퀴 돌면 어떨까?”

처음에 대프니가 별말이 없었기에 나는 젠장, 너무 나갔구나, 이제 나를 안 믿으려나, 라고 생각했다. 하지만 이내 대프니는 웃었다. 조용하지만 진실된 웃음이었다.

“너무 웃기고 좋은걸.” 대프니가 말했다. “학창 시절로 돌아간 것만 같아.”

“자기가 어떤 학교를 나왔는지 모르지만 말이야.” 나는 느릿느릿 길을 내려가며 속삭였다. “고향에 있던 내가 다닌 학교는 한밤중 걸어다니기 수업이 없었어. 야밤에 길을 배회하며 세상의 안전을 사수하는 할머니에 대해서도 안 가르쳐줬지.”

그러자 대프니가 웃었고, 나는 우리가 메그의 집에서 벗어났다는 것이 기뻤다. 대프니는 여러 차례 웃었다.

“그게 지금 우리가 하는 일인 건가?” 대프니가 물었다. “그런 생각은 한 번도 못했네. 나는 그저, 알다시피 침묵하면 안 될 때가 있잖아. 그렇지? 목소리를 높여야 하는 순간이 있고, 사람이라면 그래도……”

대프니는 사람이라면 무엇을 해야 하는지 모르겠다는 듯 말끝을 흐렸다. 나도 알 수 없었다. 그래서 그녀가 말을 마치기라도 한 것처럼 동조했다. "대부분의 사람들이 그럴 거야."

어두워서 대프니의 반응이 잘 보이지 않았지만 고마워하는 것 같았다. 우리는 한여름의 아름다운 공원을 걷는 것처럼 길을 걸어갔다. 대프니에게 나 역시 그렇게 생각한다고 말한다. 대프니의 웃음을 다시 한번 듣고 싶었고 그녀는 세상이 무해하다는 듯, 우리가 하는 일이 유별난 일이 아니라는 듯 웃었다. 밤은 여전히 추웠고 나무들은 앙상하고 으스스한 분위기를 풍겼지만 그녀 덕분에 이 모든 것이 경이로웠다. 대프니는 대본을 읽듯 막힘없이 말을 잘했다.

"저 하얀 꽃들 좀 봐봐." 대프니가 덤불 사이로 쇼핑백 하나가 걸려 있는 화단을 가리켰다. "저 꽃들은 이름이 뭘까?"

"음." 나는 고민했다. "집에 책이 하나 있는데, 나중에 찾아봐야겠네."

"냄새나?" 대프니가 걸음을 멈추고 코로 공기를 들이켰다.

우리는 어느새 케밥집 근처를 걷고 있었다. 가게는 문을 닫았지만 매콤한 고기 지방 냄새가 남아 있었다. 나는 여전히 대프니의 사랑스러운 향수 냄새를 맡을 수 있었기에 고개를 끄덕였다. "자메이카에 딱 저런 꽃이 있어."

그건 대프니가 보여주는 또다른 면모였다. 말 그대로 대프니는 피어났다. 초고속 카메라로 담은 꽃봉오리의 개화 장면을 바라보는 것 같았다. 오늘 오후에 그녀는 너무 걱정이 가득해 보였고, 아무 말이나 하지 않으려 극도로 신중했으며, 가능한 한 자기 의견을 내세우려 하지 않았다. 대프니는 아직 죽었는지 살았는지 모를 길거리의 나무와 쓰레기를 손으로 가리키며 꽃과 관목에 대해 얘기했고, 나는 오늘 오후를 떠올리다가 별안간 깨달음을 얻었다. 어둠이 내려야 대프니는 편안해지는 것이다. 대체 네게 무슨 일이 있었던 걸까? 흐느적거리는 기이한 옷을 걸친 대프니 씨에게 대체 무슨 일이 있었을까? 무엇 때문에 그렇게 불안해서 어둠이 내린 뒤에야 껍질에서 모습을 드러내는 걸까? 나는 대프니의 팔을 꼭 붙들었다.

"고향 꽃들은 정말 색깔이 다양해." 나는 대프니에게 말했다. "여기선 절대 못 보는 색깔들이야."

왜 그런 말을 꺼냈는지 모를 일이었다. 내가 자메이카를 고향이라고 부르는 일은 좀처럼 없었고, 자메이카를 그렇게 자주 생각하는 것도 아니었다. 그 모든 단점에도 불구하고 지금 여기가 고향이다. 그러나 밤이 품고 있는 뭔가가, 그리고 우리 둘 다 지니고 있었을 근심과 피곤함 덕에 그런 말이 주술처럼 입에서 흘러나왔다.

"호주도 마찬가지야." 대프니가 말했다. "만화에서 나온 것 같은 동물들과 그림책 삽화에서 나온 것 같은 꽃들이 있어."

대프니는 한숨을 내뱉었고, 불꽃같은 기운의 일부가 그 몸에서 사라지는 것을 느낄 수 있었다. 내가 그걸 언급하면 대프니는 당황하거나 슬퍼한 뒤 입을 다물 게 분명했고, 그런 건 원치 않았다. 그래서 내가 할 수 있다고 생각하는 유일한 일을 했다. 얘기를 이어받기. 아주 부드럽게, 조금도 거슬리지 않게 얘기를 이어받아, 나는 대프니가 했던 것처럼 나무와 쓰레기를 손으로 가리키며 그녀가 잠시라도 침묵에 잠기도록 도왔다.

"저것 좀 봐봐." 가로등에 둘린 장식 술을 가리키며 내가 말했다. "크리스마스를 지나 봄까지 버티려고 애를 쓰고 있어. 좀 슬퍼 보이는걸."

"불쌍한 장식이네." 대프니가 말했다. "쓰레기통에 넣어줄까?"

좋은 생각 같아서 우리는 잠시 서로 맞잡은 팔을 놓았다. 대프니는 가로등의 장식을 떼어내며 자랐다는 듯, 어떤 동작으로 해야 하는지 안다는 듯 위엄 있게 행동했다. 그 모습을 생각만 해도 웃음이 나와서 나는 조금 웃었고 대프니도 덩달아 웃었다. 우리는 숨을 죽이고 한바탕 웃었다. 조금만 크게 소리를 냈어도 온 동네 사람들이 다 깼을 것이다.

"자." 이번엔 대프니가 내게 팔짱을 끼었다. 우왕좌왕하는 메그와 상처받은 슬픈 아이가 잠들어 있을 집으로 우리는 다시 걸었다.

거리는 쥐죽은듯 조용했다. 어슬렁거리는 사람도 없었고 수상한 차도 지나가지 않았다. 메그네 집 위층, 침실이 있는 방은 여전히 불이 켜져 있었지만 아까보다 불빛이 좀더 흐릿했다. 천장등 대신 침대 탁자 옆 램프를 켠 것 같았다.

"여기 좀더 있는 게 나을까?" 대프니가 물었다.

"잘 모르겠네." 내가 말했다. "내 말은, 도와줄 수 있도록 대기해야 하는데, 노인들은 잠을 못 자면 제대로 기능을 못하잖아."

"아이를 돕는다는 게 어마한 일처럼 느껴져. 무슨 일이 일어날지 언제 벌어질지도 모르겠어. 그렇지만 어디선가 에너지가 솟아. 기어를 올리고 준비를 하는 기분이 들어. 뭘 위한 건지는 모르지만 말이야."

어둠 속에서도 대프니가 부끄럽다는 표정을 짓는 게 보였다.

"무슨 말인지 알겠어."

나도 조금은 어마한 일을 한다는 기분이 들었다. 하지만 응당 생겨야 할 에너지가 내게는 없는 것 같았다. 적어도 아직은.

"자기는 집으로 돌아가." 대프니가 말했다. "나보다 잠이 더 필요한 것 같으니까. 난 여기서 기다릴게. 조금이라도 밝아지면 나도 얼른 집으로 돌아가서 자야겠어."

"아냐." 나는 제대로 생각하기도 전에 얼른 말했다. "우리집으로 가자. 소파에서 한 시간만 눈을 붙여. 소파가 꽤 편해. 알람을 맞춰 놓고 일찍 나오면 돼."

아무도 그 소파에서 잔 적이 없다고는 말하지 않았다. 평소 혼자 있는 걸 선호하는 편이라고도 말하지 않았다. 굳이 그럴 필요가 없는 듯했으므로.

Chapter 9
메그

2월 26일 월요일 밤에서 화요일 아침

니나에게 자는 동안 내가 곁에 있는 편이 낫지 않겠느냐고 물어봤고, 니나는 너무 마음이 놓인 나머지 눈물을 흘렸다. 그래서 나의 수면은 전혀 중요하지 않다는 결론을 내리게 되었다. 나는 니나가 누운 침대 옆 작은 의자에 앉았다. 수유 의자라고 부르는, 나같이 키가 작은 사람에게 맞는 다리가 뭉툭한 의자였다. 저 낡은 의자는 쓰레기장으로 가져가는 게 좋겠어. 수유하는 사람도 없는데 말이야. 헨리는 그렇게 말했다. 나는 그래도 그 의자가 좋았고, 그가 외출할 때면 종종 의자에 앉아 아기를 안고 있는 시늉을 했다. 헨리가 죽은 그날 밤을 빼고는 꽤 오래 그 의자를 사용하지 않았다. 그날은 위안이 필요했다.

니나를 알게 된 첫날 밤은 전혀 그런 생각이 들지 않았다. 나는 가만히 앉아서 니나가 숨쉬는 걸 지켜보았다. 이리저리 뒤척이는 바람에 몇 번은 이불을 덮어주고 다시 잠이 들 때까지 어깨를 도닥여야 했다. 얌전히 자는 편이었고 코도 골지 않아 다행이었다. 생각에 잠길 시간이 많았지만 헨리 생각이 거의 나지 않았다. 헨리는 아주 멀찍이 떨어져 있었고, 그가 이런 상황에 대해 뭐라고 말할지 상상해내기도 어려웠다. 마음에 들지 않겠지. 그건 분명했다. 모르는 사람이 자신의 침대에서 자고 있으니, 다음날 당장 매트리스를 버리고 방역을 하거나 액막이 같은 걸 했을 것이다. 그 생각을 하자니 웃음이 터졌고 그래서 니나를 깨우고 말았다.

니나는 누가 부르기라도 한 양 똑바로 몸을 곧추세워 앉고는 물었다.

"뭐라고 하셨어요? 못 들어서요."

"미안하다. 바보같이 내가 소리를 내서 그래, 괜찮아. 아무 일도 없으니까 다시 자도 돼."

"아, 죄송해요. 제가 어디 있는지 깜박했어요. 참 좋은 침대예요. 고맙습니다."

올바른 매트리스를 고르는 방법에 대해 헨리가 늘어놓았던 일장 연설이 떠올랐고, 나는 다시 웃고 싶었지만 이번엔 참았다. 니나가 나를 동화책에 나올 법한, 난롯가에 앉아 양말 따위나 깁는 주름 자글자글한 노인 같은 옛날 사람이라고 생각하면 곤란했다. 웃긴 것도 없는데 웃어대는 사람이라는 인상을 줄 필요는 없었다. 헨리에 대해서는 설명하기 불가능할 것이다. 특히나 헨리가 죽고 없는 지금, 그가 얼마나 웃긴 사람인지 설명하긴 어려웠다.

"다시 안 자도 돼요." 니나가 말했다. "날도 밝아오고 있고 충분히 쉰 걸요. 고맙습니다."

우리는 전날 밤 왓츠앱에 그룹 채팅방을 만들어놨으므로 니나가 일어났다는 소식을 알리긴 쉬웠다.

"십대 애들은 잠을 잔뜩 자야 하는 줄 알았는데." 내가 말했다. "라디오에서 들었거든. 〈여성 시간〉 특집 방송에서 들었어."

"어떤 애들은 그럴 거예요." 니나가 말했다. "그렇지만 저는 적게 자도 늘 괜찮았어요. 계속 자면 사람들이 싫어하거든요. 보호를 받는 아이라면 더욱 그렇고요."

내가 무슨 말인지 이해하지 못하자 니나가 설명했다. "그러니까 지방단체의 보호를 받는 거예요."

그걸 이렇게 표현하다니, 나는 생각했다. 니나는 내가 만난 아이들 중 가장 보호받지 못한 아이인 게 분명해. 나는 아무 말도 하지 않았다. 니나의 눈빛을 보니, 자신이 어떤 중요한 정보를 넘겼는지 자신도 알고 있는 게 분명했다. 그건 간밤에 재워주고 곁에 앉아 있어줘서 고맙다는 인사 같았다. 대가로 뭔가 보답해야 한다고 느꼈을 걸 생각하니 마음이 아팠다. 그 정보를 무시하고 아이가 아무것도 고백하지 않았다는 듯 굴어 취약해진 기분이 들지 않게 해야 할지, 아니면 방금 들은 말을 받아들이고 그걸 바탕으로 대화를 이어가야 할지 알 수 없었다. 생각할 시간이 몇 초 없었고 나는 아이에게 질문을 던지기로 했다. 누군가 더 물어봐주고 관심을 보여주길 기대하며 말을 꺼냈는데 굳은 침묵만 돌아올 때의 기분이 얼마나 끔찍한지 기억하고 있었으니까.

"보호시설에 오래 있었니?"

"인생 대부분을 거기서 보냈어요. 위탁가정에 있다가 아동 보호시설로 갔고요. 그렇지만 저희 엄마 잘못은 아니에요. 엄마는 사정이 있었거든요."

"어머니가 안됐네." 반사적으로 답했지만 제대로 대답한 모양이었다. 니나의 얼굴에 활짝 미소가 피었다.

"아직도 보호시설에 있는 거야?" 내가 물었다. "여기에 안전하게 있다고 알려야 할 사람이 있을까?"

"아, 아뇨." 니나가 답했다. "아무도 없어요. 곧 있으면 열여덟살이라서요, 다행히도."

열여덟 살이구나, 나는 생각에 잠겼다. 열여덟, 모두가 어른이 되었다고 생각하는 나이다. 실은 아이일 뿐인데. 하지만 그렇게 말할 순 없었다. 나도 열여덟일 땐 세상을 제법 안다고 생각했다. 내 삶을 그럭저럭 꾸려나갈 수 있을 거라고 믿었다.

"그래, 알았어." 내가 말했다. "나는 가서 샤워를 좀 할 테니 넌 여기서 채비를 하렴. 의자에 옷이 있어. 바지랑 스웨터는 좀 나이 들어 보이긴 할 텐데 그래도 너한테는 아주 잘 어울릴 거야. 포리지* 좀 먹겠니?"

니나가 뜨악하는 표정을 보니 젊은 아이들은 포리지를 좋아하지 않는다는 것이 기억났다. 나이든 사람이나 먹지.

포리지 때문에 혀를 차며 웃는데 초인종이 울렸다. 내 새로운 친구들, 우리 일당의 두 사람이었다. 너무 신이 나서 박수를 치고 싶

---

* 귀리에 우유나 물을 부어 죽처럼 끓인 음식.

었다. 전날 밤보다 한결 얼굴이 편안한 대프니와 그레이스가 그 자리에 있었다. 둘은 필요했던 휴식을 취한 듯했다. 이 모든 걸 가능하게 만든 그 기술이 놀라웠다. 비록 헨리랑 나는 많이 사용하지 않아 다행인 기술이었지만.

겨울이 한창이라 춥긴 했지만 아침을 먹는 우리 테이블이 햇살에 빛났다. 창이 남향인가 아니면 북향, 동향, 서향? 기억은 나지 않지만 때맞춰 제일 해가 잘 드는 방이었다. 테이블의 빵 부스러기와 버터 자국이 햇살을 받아 언젠가 갤러리에서 보았던 그림처럼 보였다. 계속 이대로 있을 수 있다면 얼마나 좋을까. 이 해사한 빛 속에서 아침을 먹는 우리 넷.

우리가 먹는 동안 그레이스는 몇 차례 창가로 갔다. 밖에서 보이지 않게 옆쪽에 서서 레이스 커튼 사이로 밖을 관찰했다. 대프니는 가능할 때마다 그레이스를 바라보았는데 어떻게 보면 당연했다. 그레이스는 내가 본 중 가장 사랑스럽고 강인한 여성이었다. 무인도에 떨어진다면 함께 있고픈 사람이라고 생각했고, 그러자 우리 넷이 꼭 무인도에 떨어진 것만 같았다. 손에 쥔 빵은 나뭇가지에 끼워 불에 구운 것이었다.

"그냥 확인하는 거야." 그레이스가 말했다. "안전한가 보려고."

그게 꼭 필요한 행동인지 확신할 수 없었다는 걸 고백해야겠다. 사실 나는 아이가 겁을 먹지 않느냐며 꼭 그래야겠느냐고 물어보고 싶어 근질거렸다. 묻지 않아서 다행이었다. 그 말을 하려던 찰나에 문가 우편함으로 휙 전단지가 날아들었기 때문이다. 피자 광고겠지, 아니면 집 매매시 감정 비용을 할인해주겠다는 부동산 광고거나. 하지만 문으로 가보니 둘 다 아니었다. 반으로 접힌 작은 종이가 거기 있었다. 종이를 펼치자 니나의 얼굴이 나를 똑바로 바라보고 있었다. 나이가 든, 그것도 정말 한참 나이가 들어 보이는 니나였다. 그건 니나가 머리를 올리고 화장을 잔뜩 하는 미래에서 온 편지 같았다.

> 이 아이를 보신 적 있습니까? 2월 25일부터 실종되었습니다. 아시는 게 있다면 아래 번호로 전화해주세요. 만약 아이를 보시거든 우리가 정말 사랑한다고, 다시 보기만을 기다리고 있다고 말씀해주세요.

그 아래에 전화번호가 있었다. 나는 서서 종이를 바라보았다.

"메그." 그레이스가 부엌에서 나를 불렀다. "커피를 좀더 마셔도 될까? 같이 좀 마시겠어?"

"고마워." 나는 전단지를 치마 주머니에 쑤셔넣었다. 이걸로 니나를 걱정시킬 필요는 없었다. 때를 봐서 어떻게 대응하면 좋을지 두 사람과 논의해야 했다.

커피를 다 마시도록 그런 기회는 오지 않았다. 니나가 샤워를 하러 자리를 뜨자 그레이스가 말했다.

"얼른 말해. 대체 뭐야."

얼굴로 그렇게 내색했다고 생각하진 않지만, 역시 그레이스는 그레이스였다. 통찰력 있고 작은 것도 놓치지 않는다. 나는 전단지를 꺼내 두 사람에게 잘 보이도록 펼쳤다.

"젠장." 그레이스가 말했다. "왜 바로 알리지 않았어? 창밖을 확인할 수 있었을 텐데."

당연히 그런 생각은 하지 않았다, 해보지도 못했다. 그게 바로 당신 문제야. 헨리는 주먹 쥔 손으로 내 머리를 툭툭, 정말 아플 때까지 두드리며 그렇게 말하곤 했다. 거, 먹어대고 돈 쓰는 걸 보면 분명 그 안 어딘가에 뇌라는 게 있을 텐데, 하지만 필요한 때는 사용하지 않기로 한 모양이지.

"미안해."

말을 더 보태려는데 대프니가 끼어들었다.

"그러지 마, 그레이스. 메그가 그럼 뭘 했어야 해? 니나 앞에서 큰 소리로 노래 부르며 춤이라도 춰? 나 역시 우리 셋만 모여 논의할 수 있을 때까지 말 안 했을 거야."

"무슨 말인지 알겠어. 미안해, 메그." 그레이스가 말했다.

나는 놀랐다. 그렇게 미안해, 메그, 라고 한다고? 남들은 대부분 그렇게 넘어가는지 궁금했고, 나는 그 순간 불같이 헨리가 살아 있길 바랐다. 사람들이 다들 그렇게 언쟁을 파국으로 끝맺는 건 아니라고 헨리에게 말해주고 싶었다. 내 말을 똑똑히 듣게 하고 싶었다.

"그러니까 우리가 알아내야 하는 건," 대프니가 말했다. "이 전단지가 집집마다 배달된 건지 아니면 누군가가 뭘 알고 딱 우리만 골라서 넣은 건지야."

"메그." 그레이스가 말했다. "이웃들한테 알아봐줄 수 있겠어?"

나는 얼굴이 붉게 달아오르는 게 느껴졌다. "다들 일하러 갔을 것 같아."

그게 제일 먼저 떠오른 말이었다.

"음, 이웃들 전부 다?" 그레이스가 물었다. "누구한테든 상관없어, 아무나 괜찮아. 저치들이 모두에게 돌렸거나 아무에게도 안 돌렸거나 둘 중 하나일 테니까."

"알았어." 내가 말했다. "시간을 좀 줘."

나는 그 자리에 서서 뭘 해야 좋을지 생각했다. 오십 년간 같은 집에 살면서 아는 이웃 하나 없다고, 그 누구랑도 '좋은 아침이에요' 같은 인사 하나 나눠본 적 없다고 실토할 순 없었다. 남들이 나처럼 살지 않는다는 건 알았다. 잘 알고 있었지만 내가 누구랑 얘기를 나눌 때마다 헨리가 길길이 날뛰었기에 사람들을 무시하는 게 내 제2의 천성이 되었다. 늘 이웃들을 지나칠 때마다 속으로 말하곤 했다. 미안해요, 미안하지만 이편이 나아요.

"지리적 우연이 우정을 낳는 건 아냐, 메그." 헨리는 그렇게 말하곤 했다.

대프니가 다시 나를 구해주려 끼어들었다.

"자기처럼 외향적이지 않은 사람도 있으니까, 그레이스." 대프니가 말했다. "이웃을 전혀 모르고 사는 사람도 있어."

"미안해." 그레이스가 말했다. 그레이스와 대프니가 서로 마주보며 씩 웃는 바람에 나는 약간 외로움을 느꼈다.

"내가 가볼게." 대프니가 말했다. "문 두드리고 물어보면 돼. 이 골목에 이사왔다고 하지 뭐. 그러면서 얘기해볼게. 정말 알아야 하니까."

대프니는 금세 자리를 떴다. 저렇게 소신 있게 행동한다는 건 어떤 느낌일까. 대프니는 늘 당당해 보이진 않았지만 필요한 상황이면 자신감을 꺼내들 줄 알았다. 나도 그렇게 행동할 수 있게 되어 모든 문제가 쉬워지고 모든 장벽이 사라지는 상상을 해봤다.

"스물두 살 젊은 여자야." 대프니가 돌아왔다. "정말 좋은 사람이네. 그 집도 전단지를 받았대."

"좋아." 그레이스가 말했다. "여유가 좀 있다는 말이네."

"여유요? 그게 무슨 말이에요?" 니나가 물었다.

아무도 니나가 아무 소리 없이 계단을 내려와 거기 있는 줄 모르고 있었다. 우리 세 노인은 서로를 멀뚱히 바라보았고, 나는 다들 같은 생각이라는 걸 알아차렸다. 알려줘야 공평하다. 그것이 바로 우리의 결론이었다.

대프니가 니나에게 전단지를 건넸다. 니나는 종이를 펼치고 읽어나갔다. 얼굴에서 핏기가 싹 사라지는 모습을 보고 있자니 끔찍했다.

"가야겠어요." 니나가 말했다. "할머니들을 위험하게 만들 순 없어요. 게다가 제 친구도 있고요. 친구가 어떻게 지내고 있는지 모르겠어요."

니나는 미친 사람처럼 머리를 헝클어뜨렸지만 내가 보기에 그건 울지 않으려 하는 행동일 뿐이었다. 그레이스가 니나의 손을 무척 다정하게 붙잡아 머리에서 떼냈다.

"괜찮아." 그레이스가 말했다. "지금 우린 고작 저 바보 같은 전단지 때문에 포기하진 않을 거거든. 안 그래, 다들?"

대프니와 내가 힘차게 고개를 끄덕였다.

"하지만 용기를 내서 우리를 도와주면 좋겠어. 무슨 일이 일어나는지, 저치가 왜 널 붙들고 있는 건지, 그런 걸 말해주면 좋을 것 같아. 그래야 우리가 제대로 도울 수 있으니까. 네 친구도 그렇고. 상황이 지금보다 나빠지지 않게 말이야."

나는 거의 미친 사람으로 보일 때까지 고개를 끄덕였는데, 달리 뭘 해야 할지 알 수 없었기 때문이다. 그리고 또다른 문제가 있었다. 바로 망할 바이올린 소리였다. 한창 교미중인 여우처럼 내 귀를 찢어놓았다. 교미중인 여우 소리를 들어본 사람은 그게 최악의 소리라는 데 동의할 것이다. 그 소리를 들어보지 못했다면 운이 좋은 거고. 이 망할 바이올린 소리도 그와 마찬가지로 끔찍한 소음이었다. 그리고 코고는 소리. 그건 헨리가 죽은 날 밤의 소리만큼 끔찍했다. 솔직히 지금 극단적인 짓은 하고 싶지 않았지만, 나는 의자에 파묻혀 머리를 움켜쥘 수밖에 없었다. 소음이 극심해 나는 그만 신음을 뱉은 것 같다. 이건 내가 아니라 니나의 문제야, 이 바보 같은 늙은이. 하지만 그런 생각은 아무 도움이 되지 않았다. 언제나 당신과 관련된 문제인 건 아냐. 헨리는 그렇게 말하곤 했다. 보통 그 말은 불공평한 말이었지만 오늘만은 그의 말이 맞았다. 망할 바이올린. 멈출 생각을 안 하네.

대프니가 의자 옆에 무릎을 대고 앉았다.

"누가 물수건 좀 가져다줄래?"

젖은 수건이 머리에 얹히는 기분은 황홀했다.

"공황이 온 것 같아." 대프니가 말했다.

나머지 두 명이 맞다고 대꾸하는 소리가 들렸지만 나는 손을 들어 휘저으며 괜찮다는 신호를 보냈다. 공황장애일 리 없었다. 바이올린 소리가 멎는 즉시 나는 설명했다.

"우리 어머니 말이야. 전쟁 때 지하 피난소에서 바이올린 연주를 했거든. 사람들을 위로해주려고. 사람들이 밤새 거기 있었어, 꽤 자주. 잠들기엔 사람이 너무 많았대."

"힘들면 말씀 안 하셔도 돼요." 니나가 말했다.

그런 말이 고마웠지만 나는 처음으로 설명하고 싶은 기분이 들었다.

"어느 날 밤은 말이야, 밸럼역이었대." 나는 말을 이었다. "사람이 여럿 있었어. 한 사람은 트롬본, 다른 한 사람은 아코디언이 있었고, 사람들이 전부 노래를 따라 불렀대. 다들 자신이 어디에 있는지, 무슨 일이 일어나는지 잊고 싶었던 것 같아."

나는 더 말하고 싶었다. 제대로 설명하고 싶었지만 머릿속에서 다시 소음이 들려왔고 대프니가 고맙게도 나를 소파로 데려갔다. 머리의 물수건을 붙들고 잠에 빠졌던 것 같다. 왜냐면 그다음 기억은 오후였기 때문이다. 몹시 부끄러웠다. 일어나 앉으니 바이올린 소리는 가고 없었다. 코고는 소리도 없었고, 여우 교미 소리도 없었다. 모든 것이 차분하고 조용했다.

"정말 미안해." 내 말에 모두가 웃음을 터뜨렸다.

세 명이 다 웃었다. 니나가 이렇게 말했을 땐 거의 상처받기 직전이었다. "메기 할머니, 일어나면 딱 그 말 하실 거라고 저희 다 생각했거든요. 우리 생각이 맞았네요."

그게 꽤 웃긴 모양이었다.

이 세 사람 사이에서 일어나는 건 놀라운 일이었다. 꼭 파티 같았다. 대프니는 차를 내렸고, 니나는 내게 다가와 소파 끝에 앉았다. 그레이스는 무슨 일이 있었는지 알려줬다.

"니나는 우리랑 더 있어야겠어." 그레이스가 말했다. "상황이 많이 나빠. 이따가 얘기해줄게. 지금 당장 다 들을 필요는 없으니까."

"응, 알았어, 나중에 들려줘도 돼." 내가 말했다. "정말 미안해."

셋이 다시 크게 웃음을 터뜨렸다.

"메기 할머니, 미안하단 말을 얼마나 자주 하는지 알고 계세요?" 니나가 물었다. "사과 그만하셔야 해요. 누가 화내는 것도 아니잖아요. 사실 저는 할머니가 멋지다고 생각해요. 저희 모두를 여기 머물게 해주고 이것저것 다 내주셨잖아요."

메기라니, 정말 듣기 좋다. 바보 같으니. 내가 얼마나 고마워하고 또 스스로를 한심하게 생각하는지 들키지 않으려면 기침이라도 좀 해야겠어. 이 바보야.

Chapter 10
니나

10월: 사건 발생 4개월 전

옷 사건 이후 몇 달이 지났다. 도서관과 보호시설 집을 오가며 니나는 이따금 멀찍이서 샤즈를 발견하곤 했다. 확신할 순 없었다. 샤즈를 발견할 때마다 꼭 피부가 먼저 누군가의 시선을 감지하는 듯 얼얼한 기분이 들었고, 니나가 샤즈를 바라보면 샤즈는 누구보다 빨리 몸을 돌려버렸다. 가끔 가게를 들르거나 모퉁이를 돌 때 아주 선명한 보라색이나 주황색, 샤즈가 즐겨 입는 색깔이 섬광처럼 스치곤 했다. 착각일 수도 있다는 걸 니나도 알았다. 엄마가 정기 만남에 나오지 않았을 때도 똑같은 경험을 했다. 도처에서 엄마를 보았다. 버스, 영화관, 심지어 니나의 학교에서 저녁을 배식하는 직원을 보고도 착각했다. 그 직원이 엄마와 전혀 닮지 않았다는 것을, 머리 색깔도 다르고 심지어 열 살이나 더 많은 사람이라는 것을 깨달았을 때, 니나는 울면서 식당을 뛰쳐나왔다. 저런 말도 안 되는 것에 또 속기엔 넌 이제 나이가 너무 많아. 니나는 중얼거렸다.

니나는 학교 공부에 집중했고, 또래의 학생들과 친구가 되려 노력했으며, 가능할 때마다 빌보를 돌봤다. 몇몇 여자애들은 니나가 똑똑하고 재미있는 아이라는 것을 깨달았고, 니나가 나이가 들면서는 보호시설에 산다는 게 이제 그리 큰 문제처럼 여겨지지 않았다. 사실 몇몇 여자애들은 그게 꽤 멋지다고 생각하기까지 했다. 니나는 이를 트레이시 비커* 효과라고 불렀다. 니나는 샤즈와 그애의 이상한 행동을 마음 한구석에 묻고 시험과 학교생활에 집중했다.

니나가 샤즈에게 다시 말을 건 것은 이듬해 가을이 되어가는 무렵에 버스를 기다리면서였다. 칭얼거리는 빌보를 피해 외출하는 일이 점점 어려워졌고, 니나는 빌보가 걱정되었다. 어쩌면 빌보가 따라왔을지도 모른다고 생각했다. 필사적으로 따라오려고 했으니까. 니나는 코트 옷깃을 귀까지 끌어올리고 두리번거렸다. 그리고 바로 뒤에 샤즈가 있었다. 니나는 펄쩍 뛰었다.

"샤즈." 니나가 말했다. "몰래 딱 붙어서 대체 뭐하는 거야? 너 괜찮아?"

최고로 바보 같은 질문이라고 니나는 생각했다. 분명 샤즈는 괜찮지 않았다. 눈가가 까맸고 놀라울 정도로 머리는 산발이었다. 칠을 하지 않은 맨 손톱에는 때가 가득했다.

---

* 동화 작가 재클린 윌슨이 쓴 '트레이시 비커 시리즈'의 주인공. 보호시설에서 사는 열 살배기 소녀로, 상상력이 풍부하고 규칙에 얽매이지 않는다.

"칼리지 학생이네." 샤즈가 냉소하듯 말했다.

무슨 말을 해야 할지 몰랐다. 니나는 이제 친구 사귀는 일에 좀 더 자신감이 생겼고 다른 여자애들과도 교유할 줄 알았지만 샤즈는 달랐다. 니나는 어서 버스가 오기만을 기다렸다.

"그렇게 굴지 마." 샤즈가 말했다. "우리가 같이 놀지 못하게 된 건 유감이야."

니나는 전혀 유감스럽지 않았다. 다만 그렇게 생각하니 죄책감은 들었다. 무엇보다 샤즈는 니나가 가장 암울했던 때 함께해줬고 친구가 되어주려 노력했다. 옷이 든 쇼핑백과 그 옷을 보고 웃음을 터뜨렸던 일을 떠올렸다. 부끄러움이 니나를 덮치고 지나갔다. 니나는 물었다.

"커피나 한잔할래?"

젠장, 집에서 아이들과 조용히 보내려 했던 오후는 어쩌고? 대체 무슨 생각이야? 문제는 왜 그런 제안을 했는지 니나 스스로 잘 알고 있다는 것이었다. 샤즈와의 우정은 끔찍한 미완의 감정을 남겼고, 니나는 지난 일 년간 초조함을 느꼈다. 대체 무슨 일이 일어났는지 알 수 없었지만 샤즈가 니나에게 상처받았다는 건 알았다.

"난 돈 없어, 칼리지 학생."

샤즈의 목소리는 공격적이기보단 방어적으로 들렸고 니나는 슬퍼졌다.

"그러지 말고." 니나가 말했다. "내가 커피 살 수 있어. 네가 잘만 해주면 버거도 살게."

샤즈는 어깨를 으쓱했고 두 소녀는 버스정류장을 떠나 맥도날드가 있는 언덕을 향해 걸어갔다. 니나는 작년 이후로 맥도날드에 가지 않기 위해 평소보다 더 기를 쓰고 노력했고, 거기 돌아간다는 게 전혀 달갑지 않았다. 여전히 좋은 일은 결코 일어나지 않는 곳일 거야. 차라리 공원을 걷는 편이 좋았지만 그게 샤즈한테는 얼마나 어처구니없는 일일지 생각했다. 그냥 야채버거 하나만 먹으면 돼, 니나는 속으로 중얼거렸다. 오랜 빚을 정리하고 다시 동네로 돌아가자.

니나가 처음 집을 나설 때보다 거리는 한층 더 차가워 보였다. 온통 회색 빛깔인 하늘이 샌드위치 박스의 뚜껑처럼 거리를 걷는 그들을 짓누르고 있었다.

"그럼 시험은 잘 본 거네? 칼리지 학생?" 샤즈가 물었다.

니나는 신경이 곤두섰고, 그날 처음으로 작년의 그 외롭던 작은 괴짜가 된 기분이 들었다.

"그랬나봐." 니나가 어깨를 으쓱했다.

"그럼 요즘은 뭐해?" 샤즈가 물었다.

니나는 샤즈가 상냥하게 굴려고 노력한다는 걸 느꼈다. 니나는 더 다정한 사람이 되어 샤즈를 안아주고, 모든 게 괜찮다고 말해주고, 다시 친구가 되길 바랐다.

"루이셤에 있는 식스폼 칼리지야." 니나가 말했다. "블랙히스 근처에 있는 거. 그냥 괜찮아."

니나는 얼마나 이 얘기를 더 끌어야 할지 궁금했다. 다 네 잘못이야, 니나는 스스로에게 말했다.

쌀쌀한 바깥과 달리 맥도날드는 따뜻하고 김이 서려 있었다. 익숙한 냄새가 났다. 다진 고기를 튀기는 냄새와 망가진 화장실 변기 냄새.

니나가 샤즈에게 말했다. "너, 맥도날드는 늘 똑같은 냄새가 나는 거 알아? 어떤 해, 어떤 날에 들어와도?"

샤즈가 웃었고 잠시나마 니나는 자신이 그렇게도 이끌렸던 재미있고 사랑스러운 소녀의 모습을 다시 볼 수 있었다. 니나는 햄버거를 사고 샤즈가 햄버거 포장을 벗기는 것을 지켜보았다.

"여기." 니나가 제 몫의 햄버거를 샤즈에게 밀었다. "나 집에서 점심 먹었거든. 배가 안 고파."

나이 많은 샤즈가 무척이나 대견해했을 거라고 니나는 생각했다. 사실 몸무게를 걱정해서이기도 했다. 오늘 만난 새로운 샤즈는 단숨에 햄버거를 잡아들었다. 샤즈가 민망하지 않도록, 관찰당하는 기분이 들지 않도록 니나는 옆 테이블의 가족을 쳐다보았다. 엄마와 아빠, 그리고 어린 딸과 그보다 조금 큰 아들, 네 명 가족이었다. 완벽한 구성이네, 니나는 생각했다. 다시 이쪽 테이블로 고개를 돌리니 샤즈 역시 그 가족을 바라보고 있었다.

"완벽해 보이네, 그렇지?" 샤즈가 입가의 토마토소스 자국을 훔치며 말했다. "하지만 보이는 것만 같진 않을걸. 절대 그렇지 않아. 아무도 안 볼 때 남편이 아내를 때릴지도 모르고. 아이들이 옷을 벗을 때 문 아래로 훔쳐볼지도 모르지."

"샤즈." 니나가 말했다. "부탁인데 목소리 좀 낮춰. 그런 사람들 아냐. 난 아니라고 생각해."

"하." 샤즈가 마치 반박할 수 없는 분명한 것을 입증해낸 사람처럼 말했다. "가족은 다 그래, 칼리지 학생, 몰랐어? 남들 말이나 행동을 다 믿어선 안 돼. 그걸 빨리 깨달을수록 좋은 거야."

니나는 샤즈를 진정시키기 위해 무슨 말을 해야 할지 몰라 당혹스러웠다.

"그래, 무슨 말을 하려는지 알겠어. 하지만 난 여전히 저 사람들을 변호할 거야." 저들에게 들리지 않길 바라며 니나는 작은 목소리로 속삭였다. "그러니까 내 말은, 저들은 정말로 괜찮은 사람처럼 보인다고. 딸이 손가락이랑 여기저기를 닦는 걸 아빠가 도와주는 것 좀 봐봐. 아이가 지저분해지는 게 싫은가봐."

"아이고, 까라 그래." 샤즈가 큰 소리로 말했다. "한심한 패배자들."

샤즈가 포장지와 상자를 테이블 밖 바닥으로 밀치고 문을 향해 걸어갔다. 니나는 몸을 숙여 쓰레기를 치운 다음 따라 나섰다. 옆 테이블의 가족에게 미안하다는 표정을 지어 보일지, 아니면 아무도 못 보았길 바라며 그냥 고개를 숙이고 나갈지 고민이 되었다. 옆 테이블의 부모는 혀를 끌끌 찼고, 몇몇 사람들은 뛰쳐나가는 샤즈와 그 뒤를 쫓는 니나를 보려고 고개를 돌렸다.

"샤즈." 밖으로 나오자마자 니나가 말했다. "대체 뭐가 문제야? 무슨 일인데? 아이들도 있었잖아. 대체 왜 그러는 거야?"

샤즈는 말이 없었고, 니나는 그애가 울고 있다는 걸 깨달았다.

"왜 그래." 니나가 말했다. "괜찮아, 괜찮아."

니나는 샤즈의 팔을 토닥였다. 다른 시간에 집을 나설걸. 그 시간 말고 아무때나. 그럼 지금쯤 앉아서 커피를 마시며 책을 볼 수 있었을 텐데. 아니면 톱숍에서 청바지를 구경하거나. 니나에게 아무런 친구도 없을 때, 둘 사이에 아무런 공통점이 없음에도 니나가 친구를 만들려고 노력할 때 샤즈는 그곳에 있어줬다. 샤즈가 자신을 고마움도 모르는 인간이나 재수없는 년이라고 생각하지 않았으면 했다. 이곳만 아니면 어디든 좋겠다는 것이 진심이었지만 그래도 샤즈에게 그 마음을 보이고 싶진 않았다.

"내가 도와줄 일 없어?" 니나가 물었다. "네가 이렇게 속상한 거 보고 싶지 않아."

"너 돈 좀 있어?" 샤즈가 물었다. "얼마든 되니까 좀 빌려줄래?"

니나는 자신이 한 푼도 없을 때 샤즈가 사줬던 옷과 햄버거를 떠올렸다. 니나도 거의 돈이 없다시피 했지만 샤즈에게는 진 빚이 있었고 갚고 싶었다. 지금 가진 돈이라도 건네면 샤즈는 자리를 뜨고 자신은 일상으로 돌아갈 수 있을지도 몰랐다. 이 일로 남에게 다정해지는 법을 배울 수 있을 거야, 니나는 생각했다.

"그럼, 당연하지." 니나가 말했다. "5파운드야, 이것뿐이긴 해. 가져가도 돼."

"미안해." 샤즈가 손을 내밀며 말했다. "남은 돈까지 탈탈 털어가서 미안해. 모든 게 다 미안해. 진심이야."

"미안할 거 없어. 정말 괜찮아."

Chapter 11
대프니

2월 26일 화요일

메그의 공황발작 소란이 가라앉자 대프니는 십 분 정도 쉴 요량으로 메그의 침대로 갔다. 지난밤 스스로 자처했던 경비 임무 이후 그레이스의 소파에서 밤을 보냈지만 거의 잠을 자지 못했다. 대프니는 불면증이 익숙했다. 하지만 남의 집에 있다는 것이 몹시나 어색한데다 메그의 공황 때문에 잠이 더욱 달아났다. 대프니는 본인이 원하지 않는 방식으로 생각이 돌고 돈다는 걸 느낄 수 있었다. 대프니는 자신이 저지른 '큰 실수들'에 대해 생각하고 있었다. 몇 년 동안은 '큰 실수들'에 대해 생각하지 않았다. 대프니는 그렇게 믿었지만 사실과는 달랐다. 사실이 아니란 건 대프니도 알았다. 오십 년이 넘도록 대프니의 모든 감정 에너지는 자기기만을 제대로 해내는 데 쓰여왔다. 대프니는 깨어 있는 모든 순간 동안 '큰 실수들'이 자신의 모든 사고를 점령하고 있다는 사실을 모르는 척했다.

기만할 수 없는 생각들을 위한 시간은 없었다. 관계를 위한 시간, 자녀를 위한 시간, 일 이외의 것을 위한 시간은 존재하지 않았다.

일이 최고였다. 그게 대프니가 감옥에서 들은 말이었다. 다들 그렇게 말했다.

"적어도 대프니 씨는 자녀가 없으니까요." 사람 좋은 작문 선생은 그렇게 말했다. "교육도 받았고요. 좋은 직업을 가질 수 있어요. 이건 그저 일시적인 거예요."

적어도 나는 아이는 없으니까. 매일 아침 시 의회로 출근할 준비를 할 때마다 대프니는 그렇게 생각하곤 했다. 아이가 있었다면 얼마나 힘들었을지 생각해봐. 확신할 순 없었다. 언제나 축복처럼 느껴지진 않았고, 아이들이 노는 소리를 들을 때면 특히 그랬다. 아이들이 꽥꽥거리는 소리, 행복에 겨워 내지르는 비명, 이따금 흘리는 눈물. 대프니의 삶은 매우 조용했다.

그러나 일이 있었다. 일이 치유를 부른다는 그들의 말이 맞았다. 대프니는 일을 사랑했고, 매일 같은 장소로 가는 행위, 항상성과 예측 가능성을 사랑했다. 일을 시작하고 몇 년이 지나니 베스의 편지를 열어서 읽어내려갈 수 있었고, 눈물 흘리는 일 없이 베스가 보내온 사진을 볼 수 있었다.

대프니는 아침 일찍 사무실에 들어가 늦게까지 머물다가 서류들을 집으로 들고 오는 것을 좋아했다. 모든 면에서 일이란, 절대 인정할 수 없는 자신의 두려움과 끔찍한 생각으로부터 벗어나는 휴식이었다. 은퇴할 때까지 대프니는 대부분의 사람들보다 늦게까지 남아 일했고, 예순다섯 살이 될 때까지 의회 회계를 맡으면서 이런

저런 직함을 거쳤지만, 몸이 아프자 나이를 이길 방법이 없었다. 그제야 대프니도, 대프니의 상사들도, 대프니에게 연금이 지급되어야 함을 깨달았다. 상사들은 대프니가 유방암과의 작은 전투에서 돌아오기를 기다렸다가 상품권을 주었다. 상품권이네, 대프니는 생각했다. 상품권이라니. 금으로 만든 모종삽이나 명품 여행가방 같은 개인적인 물건도 아니고. 대프니는 일을 하며 아무도 자신을 모르도록 공을 들여 숨어 살았고 그 노력은 성공적이었다. 결국 끝에 가서야, 떠나는 날이 되어서야 대프니는 자신이 성공을 증오했다는 것을 깨달았다. 상품권. 그레이스라면 이런 대우를 받지 않았을 거라고 대프니는 확신했다.

대프니는 그레이스에게 무엇보다 상품권 얘기를 들려주고 싶었다. 그레이스는 꼭 이해해줄 것만 같았다. 두 사람은 어쩌면 이 모든 일이 끝난 뒤 친구가 될 수 있을지도 몰랐다. 대프니가 그보다 더 바라는 것은 없었다.

대프니는 몸을 곧추세워 앉았다. 자신이 다시 과거를 생각하고 있다는 걸 깨달았다. 여자아이의 생명을 구하기 위해 애써야 했던 일을. 저지른 실수들, 감옥, 상품권, 이 모든 것을 생각에서 지워야 했다. 대프니는 고개를 저으며 호흡을 고르게 유지하는 데 집중했다. 다른 걸 생각해봐. 주위를 둘러보는 거야. 메그의 침실은 조용하고 품위 있는 회색이었지만 개성을 드러내는 것이 없었다. 메그가 진정으로 어떤 사람인지 보여주는 것도 없었다. 침대 옆 테이블에는 아무것도 없었고 서랍장 위 역시 휑뎅그렁했다. 그레이스의 책장이 가득한 거실 같은 것이 없었다. 어쩌면 이게 정상일지도 모르지, 대프니는 생각했다. 남들과 너무 단절된 바람에 정상이 무엇인지 내가 전혀 알지 못하는 건지도 몰라.

도무지 잠들 것 같지 않아 노트를 꺼내 계획을 짜려 했다. 첫째. 대프니는 적었다. 니나가 무엇으로부터 도망치는 것인가? 글씨를 적자 기분이 바로 나아졌다. 무엇인지는 분명하지. 대프니 자신의 '큰 실수' 같은 유의 문제일 터였다. 세부적인 건 중요하지 않았다. 두꺼비 남자는 줄무늬 바지와 밀리터리 재킷을 걸치지 않았음에도 앤드루 같은 구석이 있었다.

대프니는 창가로 가서 레이스 커튼을 살짝 들췄다. 아무도 없었다. 가로등 주변을 어슬렁거리는 사람도, 길에 서서 지도를 들여다보는 사람도 없었다. 의심스러운 건 아무것도 없었다. 하지만 여전히 공기 속에서 위협적인 뭔가가 느껴졌다. 거리는 촬영 직전의, 뭔가가 시작되길 기다리는 영화 세트장처럼 보였다. 해가 일찍 지고 있었다. 뭔가가 일어날 것 같다고 대프니는 생각했다. 다른 때도 빛이 이랬던 것이 기억났다. 빛이 딱 이 정도였기에 마음을 비운 것이 하루의 끝이었는지 시작이었는지 확신이 서지 않았다. 헷갈리게 하는 밝기였다. 커튼을 칠 시간이다. 대프니는 살짝 몸서리를 쳤다.

아래층이 훨씬 안전하게 느껴졌다. 메그는 니나에게 뜨개질을 가르치고 있었고 그레이스는 야채를 썰고 있었다. 대프니가 들어오자 세 사람 모두 고개를 들어 미소를 지었다.

"내가 계속 생각해봤는데 말이야." 대프니가 말했다. "여기는 안전하지 않은 것 같아. 무슨 말이냐면, 확신할 순 없는데 자꾸 어떤 예감이 들어. 메그 당신의 바이올린처럼. 모두를 놀라게 하고 싶지 않지만 우리가 자리를 옮겨야 할 것 같아. 다른 곳으로 말이야."

말해버렸다, 이제 말해버렸어. 이다음에 무슨 일이 일어나든 적어도 나는 노력은 한 거야.

"그 남자를 봤어?" 그레이스가 손을 훔치고 칼을 내려놓으면서 물었다. "밖에 있는 거야?"

니나가 울음을 터뜨렸고 메그는 니나를 감싸안았다.

"아냐, 아냐. 밖에 없어." 대프니가 말했다. "다들 불안하게 해서 정말 미안해. 그렇지만 어떤 예감이 들어. 그리고 어제 그 남자를 본 건 분명하거든. 내 인생에 무방비하게 앉아만 있던 때가 있었어. 그냥 앉아서 기다렸지, 그게 최선이라 생각했거든. 아무 문제도 안 일으키는 게 모두에게 도움이 된다고 생각했던 거야. 그때 행동을 취했어야 했는데 하지 않았어. 그런 일이 다시는 안 일어났으면 해서 말하는 거야. 이번엔 우리가 움직여야 할 것 같아. 여기서 기다리며 앉아 있는 것보단 움직여야 한다고 생각해. 미안해."

"그래, 알았어." 그레이스가 다가와 대프니의 팔을 어루만졌다. "예감이 중요하지 않다고 말하는 게 아냐. 하지만 대프니 당신 말이 틀렸을 수도 있고, 누군가 따라올지도 모르는데 알지도 못하는 곳으로 다들 떠나는 건 미친 짓일지도 몰라. 니나가 우리와 있다는 걸 두꺼비가 안다고 단정할 이유는 없잖아. 사실 지금 멀리 있을지도 모르고. 그리고 간다고 해도 어디로 간단 말이야?"

그레이스가 팔을 어루만져준 덕분에 대프니는 마음이 한결 나아졌다.

"갈 곳이 한 군데 있어." 대프니는 말했다. "마게이트, 여기서 멀지 않은 해변에 내 집이 하나 있어. 차도 있긴 한데 내가 운전을 한 지 좀 돼서. 둘 중 하나가 운전할 수 있다면 그쪽이 하는 게 좋겠어, 정말로."

"나는 운전을 배운 적이 없어서." 메그가 말했다. "미안, 난 이런 건 구제 불능이야."

"내가 운전할 수 있어." 그레이스가 말했다. "운전할 줄 알아. 그렇지만 난 우리가 이동하면 안 된다고 생각해. 우리가 진짜 해야 할 일이 뭐겠어?"

그레이스는 나머지 사람들을 차례로 바라보았다. 대프니는 생각했다. 그레이스는 정말 타고난 리더구나. 어쩌면 그레이스가 제일 잘 알지도 모른다.

"그냥 말해본 거야. 내 말은, 내가 꼭 맞단 건 아냐, 사실 틀렸을지도 몰라. 그건 그냥……" 대프니는 말끝을 흐렸다.

"잠깐만요." 니나가 말했다. "제가 약간 말씀드리긴 했지만 더 아셔야 할 것들이 있어요. 그 사람은 정말 나쁜 사람이에요. 극악무도, 그 말이 딱이에요. 할머니들께 정말 감사해요, 감사드려요. 하지만 저 때문에 이 모든 위험을 감수하는 건 옳지 않아요. 대프니 할머니 말이 맞아요. 그 인간은 나쁜 사람이고 정말 위험한 사람이에요."

메그는 경탄의 눈빛으로 니나를 바라보았다.

"말 아주 잘했어." 메그가 조용히 속삭였다.

"무슨 말인지 알겠어, 얘야." 그레이스가 말했다. "하지만 그 남자가 누구고 넌 누군지, 네가 우리에게 말해줘야 한다고 난 생각해. 도망치는 건 상관없어. 그런 일에 내가 신경쓰지 않는다는 건 하느님은 아시지. 그러나 내 전제는 내가 누구로부터, 왜 도망치는지 알아야겠다는 거야."

메그는 걱정스러운 표정을 지었다. 양손을 비틀며 니나부터 시작해 다른 사람으로 시선을 옮겼다. 떨고 있구나, 대프니는 메그에게 미안한 마음이 들었다.

"최선의 결과를 위해서야, 메그." 대프니가 말했다.

니나는 차분했지만 몸을 떨고 있다는 걸 알 수 있었다. 얼굴에 핏기가 없어 어두운색 머리가 더욱 짙게 보였다.

"저도 그렇게 생각해요." 니나가 입을 열었다. "정말 괜찮아요, 솔직히 저는 괜찮을 거예요. 말해드릴게요. 모두를 믿으니까요. 모두 제게 잘해주셨으니 아셔야 한다고 생각해요."

위로와 위안의 대표주자인 야채스프와 으깬 감자를 먹으며 니나는 얘기를 시작했다. 대프니는 니나가 배가 고프다는 것을 눈치챘고, 세 사람은 니나가 밥을 먹고 얘기를 하도록 기다렸다. 니나가 말을 마쳤을 때 대프니는 전에도 그런 얘기를 들은 적이 있다는 걸 깨달았다. 오래전인데, 어쩌면 똑같은 게 아니라 비슷한 얘기였을 수도 있고, 심지어 대프니 자신의 얘기 중 일부였을 수도 있고, 전혀 비슷하지 않을 수도 있었다. 확신하진 못했다. 대프니는 아무것도 확신하지 못한 채 일어나 커튼 주위를 둘러보았다. 하지만 감옥문이 쾅 닫히며 울리는 메아리를 들었고, 커다란 검은색 차 한 대가 집밖을 천천히 지나가는 모습을 두 눈으로 똑똑히 보았다. 대프니는 사람들을 안전한 곳으로 데려간다는 자신의 원래 계획이 좋은 계획이라는 사실을 알게 되었다. 그레이스도 그 차를 보았다. 그레이스가 보내는 걱정어린 표정을 통해 알 수 있었다. 꼭 둘이 말없이도 소통하는 것 같네. 공포와 불안 한가운데서도 둘이 연결되어 있다는 것이 기뻤다.

대프니는 더이상 말할 필요가 없었다. 니나의 얘기는 그들이 이동해야 한다고 메그를 설득하기에 충분했고, 니나는 세 노인이 무엇을 제안하든 기쁘게 따라올 듯했다.

"그럼 내가 가서 차를 가져올게." 대프니가 말했다. "메그, 뒤로 나가서 마당을 통해 가도 될까? 그게 쉬울 것 같아. 내 차가 거기 가까이 주차되어 있거든, 우리집 앞에 세워두질 않아서. 차를 더 가까이 가져올게. 몇 블록 떨어진 오래된 도서관 있잖아, 그 옆으로. 거기가 밝거든. 어두운 데서 만나는 것보다 나을 것 같아. 몸만 나와. 다른 건 안 챙겨도 돼. 거기 냉동실에 음식이 있어, 코트랑 털모자도 있고. 그리고 혹시 누가 볼지 모르니까 그냥 잠깐 외출하는 것처럼 보이는 게 좋겠어. 차를 끌고 나오면 그레이스에게 메시지를 보낼 테니까 다들 그때 나오도록 해. 괜찮지?"

대프니는 자신이 그렇게 단호했다는 게 믿기지 않았다. 꼭 다른 사람이 대신 말을 하는 것 같았다. 다들 불쾌해하지 않았으면 좋겠는데. 대프니는 그레이스를 바라보았다. 그레이스는 타고난 리더였고, 대프니보다 그 역할에 훨씬 더 잘 어울렸다. 늘 확신에 차 있었으며 남을 잘 아는 사람이었다. 대프니는 그레이스를 바라보았고, 그레이스는 미소를 띄우면서 양손으로 엄지를 척 내보였다.

"잘했어, 대프." 그레이스가 말했다. "좋은 계획 같아."

메그는 니나의 어깨에 팔을 둘렀다. "쇼핑백에 먹을 거 몇 개만 넣어야겠어."

"메그 할머니는 모두의 엄마 같아요." 니나가 말했다.

메그의 얼굴이 붉게 달아올랐고 모두 웃음을 터뜨렸다. 긴장이 풀려서 다행이었다.

홀로 밖으로 나오자 기분이 한결 좋아졌다. 밤은 언제나 대프니의 시간이었고, 어둠 속에서 런던 이곳저곳의 비밀 장소를 돌아다니면 머리가 맑아졌다. 대프니는 언제나 두려움이 없었고, 무슨 일이 일어난들 과거의 일보단 나으리라 확신했다. 지금까진 그랬다. 지금 여러 사람들과 엮일 때까지는, 걱정하고 돌봐야 할 다른 사람이 생길 때까지는. 이제 너 혼자의 문제가 아냐. 대프니는 메그네 마당 뒤쪽 펜스의 작은 문으로 나가면서 혼자 중얼거렸다.

문은 공동주택 앞에 있는 안뜰로 통했다. 아무도 없었다. 춥고 어두웠고, 대프니는 보이지 않는 사람이 된 것처럼 건물 옆을 빙 돌아 차가 서 있는 조용한 도로로 내려갔다. 왜 차를 내 집 문 앞에 주차하지 않았는지 아무도 물어보지 않아서 고마웠다. 만약 이유를 알았다면 그들이 자신을 운전자로 받아들이지 않았으리라는 생각이 들었다. 대프니 생각에도 그러지 않는 편이 옳았다. 자신은 시험을 통과한 사람들 중 가장 형편없는 운전자다. 사실 왜 합격했는지도 전혀 알 수 없어서, 그저 그날 합격자 수가 부족한 바람에 시험관이 억지로 통과시킨 것이라고 추측할 뿐이었다. 진실은, 삼

십 년이 지나도록 대프니가 후방주차를 하지 못한다는 것이었다. 대프니는 전면주차를 할 수 있을 만큼 너른 공간을 찾아 차를 세워야 했다.

대프니는 그간 운전에 손을 놓고 지냈다. 마지막으로 운전한 게 몇 주 전이었으나 행운을 빌며 운전대를 잡았다.

"잘했어. 착하고 믿음직한 내 친구."

대프니가 차를 세웠을 때 다른 사람들은 도서관에서 기다리고 있었다. 다들 재빨리 차에 올랐다. 그레이스는 조수석에, 니나와 메그는 뒤에 탔다. 대프니는 그레이스가 몸을 가누는 모습을 보고 무슨 일이 일어났음을 즉각 알아차렸다. 그레이스는 잔뜩 긴장한 듯했고 입을 가로로 굳게 다물고 있었다. 대프니는 차에 시동을 걸며 그레이스의 팔을 만지려고 손을 뻗었다.

"다들 안전벨트 매야지?" 대프니가 말하자 니나가 쿡쿡 웃었다.

"꼭 학교에서 소풍 가는 것 같아요."

그레이스는 웃지 않았다. 차가 출발했고, 대프니는 그레이스가 수시로 백미러를 확인한다는 걸 눈치챘다.

"전부 괜찮은 거야?" 대프니가 물었다.

"응." 그레이스가 조용히 말했다. "그런 것 같아. 그런데 집을 나설 때 누군가가 있었던 듯해서. 뒤뜰로 빠져나왔으니 괜찮아, 라디오랑 불도 켜두고 나왔고. 그렇지만 어쨌든 건물 입구에서 누굴 본 것 같단 말이지. 어딘가 문제가 있어 보이는 사람들이었어. 그땐 확실하지 않아서 아무 말 꺼내지 않았지만 여러 집을 기웃대는 이가 있었던 것 같아."

니나는 지친 듯 메그에게 몸을 기댔고, 메그는 니나의 팔을 쓰다듬었다. 대프니는 더욱 빨리 차를 몰았다.

"좋아." 몇 분 후 그레이스가 입을 열었다. "우리가 봤을지도 모르는 그 사람, 이제 제친 것 같아. 그 사람들한테 아주 빠른 자동차가 있지 않는 한 말이야. 더 빨리 달리려면 아주 특별한 차여야 할 거야. 제임스 본드나 대단한 스파이나 이중첩자가 타는 그런 차."

"아." 대프니가 말했다. "내가 너무 빨리 가고 있는 거야?"

메그와 니나, 그레이스가 웃음을 터뜨렸다.

"공격하려던 말이 아닌데." 그레이스가 말했다. "그렇지만 세상에, 뭐, 그랑프리 우승이라도 해본 거야?"

"미안해." 대프니가 말했다. "겁주고 싶진 않았는데 말이야, 사실 나는 운전을 정말 못해." 대프니가 승객들과 직접 대화를 나누려 뒤와 옆을 돌아보자 세 사람이 전부 비명을 질렀다.

"도로에서 눈을 떼지 마, 자기." 그레이스가 말했다.

'자기'란 말이 너무 놀랍고도 기쁜 나머지, 대프니는 운전에 대한 조언에는 거의 신경쓰지 않았다. 사실 그레이스가 운전을 하겠다고 했을 때 대프니는 그저 안도했다. 최대한 빨리 차를 세워 그레이스와 자리를 바꿨다.

"좋아." 차 밖에서 서로 스쳐지나갈 때 그레이스가 조용히 말했다. "우리끼리니까 하는 말인데, 분명 두꺼비 남자랑 뚱뚱한 똘마니였어. 그 자식들이 우리를 보았는지 차로 뒷걸음질을 치더라고. 분명 우리를 본 거야. 그렇지만 저 어린애를 놀라게 하고 싶지 않아서. 무슨 말인지 알지?"

"응." 대프니가 대답하며 그레이스의 볼에 재빨리 입을 맞췄다.

내가 지금 저지른 거야? 대프니는 생각했다. 도주 차량을 운전하다 자리를 바꾸는 이 와중에, 이 밤에 내가 정말 이 여자에게 입을 맞춘 거야? 아직 내 인생이 마무리되지 않은 걸까. 이상하기도 해라.

Chapter 12
메그

2월 26일 화요일

다 함께 차를 타는 건 즐거운 일이었다. 그 남자의 차가 얼핏 보였던 건 확실했지만 아주 잠깐은 안전한 기분이 들었다. 저 바깥 어둠 속에 무엇이 있든 그저 넷이서 문 닫힌 차에 함께 있다는 것만으로 긴장을 내려놓을 수 있을 듯한 기분이 들었다. 차를 보았다고 말하진 않았는데, 왜냐면 목소리를 들어보니 그레이스는 패닉에 빠졌고 대프니는 무엇보다 운전 때문에 긴장했다는 걸 알 수 있었기 때문이다. 물론 걱정은 되었지만, 늘 이것 아니면 저것을 걱정하며 일평생을 보내도 무엇 하나 변하지 않았었다. 게다가 분명 바이올린 소리도 들리지 않았다. 또하나는, 다소 미친 소리처럼 들리겠지만 점점 어떤 사실을 알아가고 있었기 때문이다. 내 말은, 정말로 깨달았다는 뜻이다. 헨리가 더이상 내 옆에 없다는 사실을. 그의 부활은 없었다. 그의 코고는 소리도 없었다. 마게이트에 가기 위해 차를 탈 때까지, 헨리가 문 어딘가에 고개를 들이밀고 "나 여기 있어. 별일 없나?"라고 말해도 전혀 놀랍지 않았을 것이다. 그는 출장을 자주 갔는데 한 번에 사나흘쯤 다녀왔다. 대부분은 저렴한 호텔에 머물렀고, 그곳 음식이 내가 만든 그 어떤 것보다 낫다고 종종 말하곤 했다. 그리고 동행인도 나보다 낫다고 했다. 그 말에 놀라진 않았다. 나는 한 번도 흥미진진한 동행인이었던 적이 없었으니까.

대프니의 차를 타고 출발하자 꼭 평범한 세계를 뒤로하고 떠나는 기분이었다. 그 세계에는 헨리도 있었다, 그게 죽은 헨리든 살아 있는 헨리든. 그레이스와 대프니가 조용히 대화를 나누는 소리가 들렸다. 무슨 말인지 다 알아들을 수 없었지만 둘 사이에 특별한 기류가 흐른다는 건 알 수 있었다. 서로를 바라보는 방식이나 서로 팔을 어루만지는 방식이 그랬다. 질투 나지는 않았다. 헨리는 늘 나더러 질투가 많다고 했지만 그가 틀렸다. 나는 그레이스와 대프니가 둘만의 뭔가를 나누는 모습을 지켜보는 것이 좋았다. 아마 니나와 나의 관계 덕분인지도 몰랐다. 나를 필요로 하는 니나, 그 애는 너무나 사랑스러웠다. 나를 메기라고 불렀다. 니나는 처음부터 특별했다. 사랑 같은 건 없어, 그건 그냥 사회적 구조야. 헨리는 말하곤 했다. 나는 그게 무슨 의미인지 몰랐고, 생각하면 할수록 헨리 역시 모르긴 마찬가지라는 확신이 들었다. 주간지 어디서 주워들은 소리겠지. 나는 사랑이란 게 있다고 생각한다. 늘 그렇게 생각했다. 나는 니나를 거의 처음 만난 그 순간부터 사랑했다. 니나는 작고 깡말랐으며, 늘 구불거리는 머리를 다듬으려 애썼지만 야생적인 머리는 좀처럼 가라앉지 않았다. 나는 머리를 땋아 위로 틀어올린 니나의 모습이 좋았다. 나도 그렇게 해보고 싶었지만 내 머리는 그 누구의 머리보다 가늘고 납작하게 눌려 있었다. 세상엔 온갖 종류의 사람이 있는 법이니까요. 니나는 그렇게 말한다. 나를 진지한 눈빛으로 바라보며 그렇게나 확신에 차서 말을 한다. 나는 니나의 말은 듣는 게 좋다.

어느새 우리는 이차선 도로를 달리며 마게이트로 향하고 있었고 상황은 끔찍했다.

“나, 지금 운전 괜찮게 하고 있는 거야?” 대프니가 그레이스에게 물었다.

그레이스가 선생님이었다는 건 쉽게 알 수 있었다. 차분하면서도 격려를 해주는 성격으로, 내게 아이만 있었으면 바라 마지않았을 유형의 선생님이었다. 어쩌면 내 딸을 가르쳤을지도 모르지, 그런 우연은 쉽게 일어나곤 하니까. 딸의 이름은 뭐고 어떻게 생겼는지 모른다는 게 아쉬웠다.

대프니는 점점 더 공황상태로 빠져들고 있었다.

“분명 누가 따라오는 것 같아.” 대프니는 말했다.

걱정하지 말자고 결심했지만 그레이스마저 걱정에 가담하자 나는 생각했다. 이것 봐, 세상엔 정말 옳지 않은 일이 있다니까. 나는 바이올린 소리에 귀기울이지 않았다. 그때나 지금이나 내 탓이었다. 바이올린 소리를 듣지 못한 건, 행복할 때는 소리가 들리지 않기 때문이다. 나는 너무나 행복했다. 그 순간에는 진심으로 절실하게 미칠 듯이 행복했다. 이토록 행복했던 때가 언제인지 생각해봤다. 딸이 태어나고 사람들이 그애를 데려가기 전에? 아니면 헨리가 죽은 그 여름에? 아니면 헨리를 만나기 전 겨울? 개를 키우던 때였을지도 모르겠다. 그때 느낀 감정들이 이날 밤 차 안에서 느낀 감정과 살짝 비슷했다는 것만 알 뿐이다.

이 차 안에는 함께한다는 느낌이 있었다. 니나는 내 품에 안겨 있었고 그레이스는 수시로 등을 돌려 물었다. "뒤에 다들 괜찮은 거지?" 그러면 나는 엄지를 들어 보였다. 물론 차 바깥에 무시무시한 것들이 있다는 건 알았다. 내가 아는 걸 대프니와 그레이스도 알고 있길 바랐다. 그래도 개와 아기, 또 젊은 사람들이 모르도록 침착함을 유지해줘야 한다. 그레이스가 내게 염려어린 표정을 지어 보이려 했던 것 같다. 나를 어른의 세계에 끼워주려 한 것이다. 그게 고마웠다.

"운전 잘하네." 대프니가 뭔가를 추월할 때 내가 말을 걸었다.

"고마워, 메그." 대프니는 기뻐 보였다.

가끔 두 사람은 내가 그들만큼 상황을 이해하고 있는지 확신하지 못하는 듯했다. 그게 내가 똑부러지는 제안을 할 때마다 놀란 표정을 짓는 이유겠지. 하지만 다 내 상상이고 확실하진 않았다. 나는 그 위험한 순간마저 얼마나 아늑한지 말하지 않았다. 내가 바보라는 사실을 입증할 뿐이니까. 하지만 그럼에도 차 안은 아늑했다. 단지 우리 넷뿐이었다. 우리 모두가 안전한 길을 찾을 수 있길 바랐다. 절대 실패하지 않을 행운의 부적이 필요했다.

그레이스가 운전대를 잡으니 한결 나았다. 덜컹대는 게 확 줄었다. 잠시 내가 운전을 했다면 잘했을지 생각해봤다. 나는 운전하는 방법을 정확히 알고 있었다. 헨리가 운전하는 걸 닳도록 보았으니까. 그는 아주 명확하게 설명할 줄 알았다. 물론 그 설명에는 내가 절대 이해하지 못할 거란 전제 역시 늘 명확하게 깔려 있었다.

"이거 보이지, 메그." 쇼핑을 하러 가던 어느 날 그가 말했다. "회전교차로에 가까워지면 이 기어를 내리는 거야. 사람들 대부분은 여기서 브레이크를 밟아대지. 당신이 운전했다면 분명 우린 캥거루처럼 점프했을 거라고, 펄쩍."

그는 고개를 뒤로 젖히고 자기 농담에 마구 웃으며 운전대를 내려쳤다. "펄쩍펄쩍, 아이고, 웃기네. 안 그래? 캥거루 메그?"

헨리는 마치 내가 정말로 그렇게 운전했다는 것처럼 굴었다. 그게 정말 싫었다. 불공평했고 화가 났다. 단 한 번도 운전대를 잡아보지 못한 나를 그는 몇 달이고 캥거루 메그라고 불렀다. 다른 환경에선 내가 운전을 잘했을지도 모른다고 생각한다.

"운전을 정말 늦게 배우는 사람들도 있을까?" 내가 차 안의 다른 두 사람에게 물었다.

"못할 이유가 없지." 대프니가 말했다. "안 그래, 그레이스?"

"내 생각엔." 그레이스가 헨리보다 훨씬 더 부드럽게 운전하면서 말했다. "우리는 나이가 들어야 대부분 일에 더 능숙해진다고 생각해."

"고마우셔라." 니나가 대꾸했고 모두가 웃었다.

나는 니나가 정말로 기분이 상한 게 아니란 걸 알았다. 덕분에 분위기가 조금 누그러졌고, 그레이스와 대프니는 언제 운전을 배웠는지 그리고 얼마나 빨리 시험을 통과했는지에 대해 얘기를 나누기 시작했다.

"개가 있으면 운전하기 좋아." 내가 말했다. "좋은 공원에 데려가 산책시킬 수 있잖아."

돌이켜보면 나는 안전을 위해 개로 화제를 전환하고 싶었던 것 같다. 하지만 그런 일은 일어나지 않았다. 뒤에 있는 차가 우리를 쫓아온다는 사실이 점점 더 분명해졌기 때문이다.

"큰길을 벗어나서 다시 한번 확인해야겠어." 그레이스가 말했다. "다들, 꽉 붙들어."

그레이스는 감기에 걸렸거나 울고 있었던 양 코를 훌쩍였다.

나는 우리가 길을 벗어나야 하는지 확신할 수 없었다. 큰길이 더 안전할 것만 같았다.

"큰길에 계속 붙어 있는 편이 낫지 않을까?" 내가 말했지만 그레이스가 이미 길을 틀었기에 소용이 없었다.

"내가 잘못 생각했나봐." 그레이스가 말했다. "우리를 따라오는 게 아니었나본데."

"아냐." 대프니가 말했다. "아무 이유 없이 따라오고 있었는걸. 나중에 후회하느니 안전한 게 나아."

나도 동의한다는 듯 웅얼거리긴 했지만 다시 차 안은 긴장으로 차올랐다. 이렇게 긴장감이 가득할 때는 무슨 말을 해야 할지 안다. 나는 필요에 따라 긴장감의 범주를 나누고 또 하위범주로 분류해 등급을 매길 수 있었다. 오랫동안 그렇게 해온 탓이었다. 지금 이 긴장감은 마치 차에서 공기를 빨아들이는 것처럼 팽팽했다. 좋지 않은 상태였다. 나는 우리가 어려운 상황에서 최선이라고 생각한 대로 행동하고 있다는 사실을 기억해야 했다. 그게 중요했다.

그 일은 우리가 작은 길을 따라 빠르게 달릴 때 일어났다. 길가 주변의 집들은 마당이 큰 탓에 다들 멀리 있었고 대부분 불이 켜져 있지 않았다. 다들 잠에 들었나보다고 말하려는데 쾅 하고 부딪히며 갈라지는 소리가 들렸다.

"제길." 대프니가 탄식했다. 하지만 그레이스는 핸들 방향으로 몸을 구부리고 계속 속력을 올렸다. 나는 니나를 감싸안았다. 니나는 내 손을 꼭 붙들며 매달렸고, 관절염에 걸린 내 엄지는 울부짖듯 아파왔다.

"괜찮아." 내가 말했다. "걱정하지 마. 다 괜찮아질 거야."

그런 말은 하지 말아야 했다. 다 괜찮지 않았기 때문이다. 전혀 그렇지 못했다. 차가 미친듯이 빙그르르 돌았고 커다란 검은색 차, 누군가의 악몽에서 나타난 그 커다란 검은색 차가 우리를 추월하더니 끽 소리를 내며 앞을 가로막고 서버려서 우리 차 역시 멈추지 않을 도리가 없었다. 영화였다면 그레이스는 아마 속도를 높여 방향을 틀면서 부아앙 소리를 냈을 거라고, 그 잠깐의 틈을 타 나는 생각했다. 하지만 대프니의 차는 오래된 프랑스 자동차였고 추격전을 벌이기에는 적합하지 않았기에 우리는 멈췄다.

"문 잠가!" 대프니가 소리를 질렀고, 나는 니나가 공포에 질려 굳어 있다는 걸 눈치채고 몸을 뻗었으나 속도가 부족했다.

나는 제때 문에 손을 뻗지 못했고, 훗날 두고두고 그 순간을 떠올렸다. 내가 조금만 더 빨랐다면 해낼 수 있었을 텐데. 분명 할 수 있었을 것이다. 하지만 망할 바이올린 소리가 머릿속에서 깡깡 울려댔고 그게 내 속도를 늦췄다. 어머니도 이것 때문에 늦어버렸을까. 그 짧은 순간에 대체 얼마나 많은 생각이 사람의 머리를 스칠 수 있는지 놀라울 따름이었다.

나는 니나 위로 몸을 기울여 문고리를 잡았다. 문을 닫고 잠그려 했지만 이미 누군가 나와서 문을 잡아당기고 니나를 끌어내리고 있었다. 니나는 비명을 질렀다. "메기 할머니!" 내게 손을 뻗었고 나 역시 손을 뻗었지만, 뭔가가 내 얼굴을 강타했고 나는 손을 놓쳐버렸다.

손을 놓쳐버렸다. 니나의 비명이 들렸고 그레이스와 대프니가 차에서 내려서 소리를 질렀다. 그레이스는 나중에야 그때 한방 맞았던 것 같다고 했다. 온통 어두웠고 정신도 없었으며 우리는 노인일 뿐이었다. 우리는 날씨가 좋은 날에도 차에서 내리는 데 도움이 필요할 만큼 나이든 사람들이었다. 서른 살은 한참 더 어린 놈들이 떠밀고 때리고 밀치면 어떻게 될지는 말할 필요도 없었다.

그놈들은 우리가 니나를 구하려 뭘 하기도 전에 큰 차를 타고 멀리 달아났다. 니나. 그 깡패 놈들 때문에 견딜 수 없이 괴로운 생각이 몰려왔다.

"번호판." 대프니가 말했다. "차 번호판, 누구 봤어?"

우리 누구도 번호판을 보지 못했다는 걸 알면서도 물어본 것 같았다.

"가려져 있었어." 그레이스가 말했다. 그렇게 말하면서 울고 있었다. "덮어놔서 볼 수 없었어. 따라가야 할까?"

"그래." 대프니와 내가 답했다. "가자, 가보자."

나는 내 불쌍한 얼굴이 얼얼한 것도 잊은 채, 자동차 추격 영화 속에 나오는 인물보다는 추격 영화를 보는 관람자처럼 자리 끝에 걸터앉았다. 그레이스가 앉은 운전석 뒤를 붙들었지만 앞으로 밀지 않으려고 애썼다. 다들 소용없다는 걸 알았지만 인정할 수 없었다. 그때도 앞으로도 인정해선 안 됐다. "출발해, 가자, 얼른." 나는 중얼거렸다. 우리는 그들과 똑같은 방향으로 질주했고, 내 온몸은 잔뜩 긴장하고 초조해하며 전차의 전선처럼 지지직거렸다. 하지만 의심의 여지 없이 그놈들의 차가 빨랐다. 금세 우리는 놈들을 놓쳤다. 교차로에서 어떤 길로 빠져나갔는지 흔적도 없었다. 모든 길을 다 가봤지만 코너를 돌 때마다 점점 절박해졌음에도 보이는 건 없었다. 우리는 벡슬리 부근 일시정차 구역에 차를 세웠고, 그레이스는 운전대에 얼굴을 묻고 흐느꼈다. 대프니가 그녀를 팔로 감싸안고서 쉬잇 하고 달랬지만 그레이스는 사람이 슬플 수 있는 최대한으로 슬퍼하고 있었다.

"아이를 죽일 거야." 그레이스가 울먹였다. "죽일 거라고."

나는 그런 생각은 하지도 못하도록 스스로를 막고 있었던 것 같았으나, 그레이스의 말을 듣자마자 그것이 사실임을 깨달았다. 니나에게 불같이 화가 난 그 작자들은 그애가 우리에게 이 모든 사실을 털어놓았다는 걸 알게 될 것이다. 니나를 죽일지도 몰랐다.

"경찰은?" 내가 말했다. "가서 신고를 해야 하지 않을까?"

"모르겠어." 대프니가 말했다. "모르겠어. 난 모르겠어. 그런다고 상황이 바뀔까? 지금 와서 괜찮을까? 니나를 정말로 돕고 싶은데 모르겠어. 그랬다가 상황이 더 어그러지지 않을 거라고 장담을 못하겠어."

그레이스는 대프니를 쳐다보았다. 사람이 말을 멈추고 생각하게 만드는 표정이었다.

"무슨 말이야, 대프?" 그레이스가 조용히 말했다. "우리가 올바른 결정을 내리게 도와줘봐."

"그래." 대프니가 말했다. "잠깐, 좀 따져볼게. 최악의 경우? 그 작자가 니나를 죽이는 거지, 입을 닥치게 만들려고. 아니면 그놈은 빠져나가고 니나가 감옥에 가거나. 감옥이라니, 그 가엾은 아이가. 그런 일이 일어나잖아. 내 말은, 나한테 그런 일이 있었어. 오래전에 저멀리서 생긴 일이지만, 어쨌든 그런 일이 생길 수 있다고."

대프니가 정말 끔찍한 일을 겪었다는 걸 짐작할 수 있었다. 그레이스의 표정을 보니 그레이스 역시 같은 생각인 듯했다.

"얘기해줘서 고마워." 그레이스의 말에 나는 고개를 끄덕였다. 그렇게 털어놓는 게 얼마나 힘든 일이었을지 안다고 알려주고 싶었다. 그레이스는 대프니의 얼굴을 어루만졌다.

"말할 필요도 없네." 그레이스가 말했다. "신뢰하지 않겠지. 생각해봐. 늙은 여자 세 명, 그것도 둘은 유색인종인 노인들이 아이 실종사건을 신고한다고 나타나면. 사회복지시설에서 이미 실종신고를 했겠지만, 아이가 아직 열여덟 살이 안 됐다고 해도 친구들과 가출했다고 여길걸. 경찰은 그런 애들을 그렇게 열심히 찾지 않으니까. 안 찾는다에 걸겠어. 그러니 수사망에 오르지도 않을 거고. 우리는 친척도 아니고, 니나의 가운데 이름도 모르고, 신고할 주소도 모르잖아. 상황이 더 나빠지겠지."

모두가 상황을 이해하느라 잠시 동안 침묵이 이어졌다. 나는 알 수 없었다. 여전히 당국에 알리고 규칙대로 하고 싶었다. 우리 아닌 다른 사람들이 니나를 찾으러 가야 했다. 내 생각은 그랬다. 대프니와 그레이스의 말 역시 설득력이 있긴 했지만. 그게 당신 문제야, 메그. 헨리는 그렇게 말했을 것이다. 메그, 당신은 아무것도 모르잖아, 안 그래?

"난 잘 모르겠어." 내가 말했다.

"나도 그래." 대프니가 말했다. "우리가 그저 만전을 기해야 하는 걸까? 나 때랑 다르게 경찰이 바뀌지 않았을까?"

"맙소사." 그레이스가 말했다. "맙소사, 우리는 만전을 기해야 해. 저자들이 니나를 데리고 있는 동안 저들을 긁어선 안 돼. 하지만 누군가는 알아야겠지. 내가 경찰에 전화할게."

나는 안도했다. 그건 인정해야겠다.

그레이스가 주머니에서 핸드폰을 꺼내자 기다렸다는 듯 전화벨이 울렸다.

"젠장." 그레이스가 화면을 보았다. "니나야, 내가 어젯밤에 니나에게 준 전화야."

그레이스는 스피커 버튼을 누르고 전화를 받았다.

"아무 말 안 해도 돼." 남자가 말했다. 벨기에 억양이 섞인 그 남자의 끔찍하고 위협적인 목소리에 나는 몸을 떨었다. "솔직히, 난 당신네들이 할 말에는 관심이 없거든. 그러니 닥치고 있어. 댁들 중 바보 같은 생각을 하는 사람이 있을지도 모르니까 말해두지. 나한테는 니나가 내 딸이라는 걸 입증하는 서류가 있어. 내 딸이 실종됐다고 경찰에 신고하면, 나는 당신들이 모두 노망난 미친 인간이라고 말할 거야. 댁들 주소를 아니까, 거기로 찾아갈 거야. 알았어? 아, 그리고 한 가지 더. 찾아가기 전에 이 멍청한 년을 조지겠어. 이해했냐고?"

우리는 모두 어둑한 차 안에 앉아 서로를 바라보았다. 모두 말이 없었다. "니나." 그 남자가 말했다. "조디악, 아니면 다음 이름이 뭐든, 여기 와서 이 친절한 여성분들한테 내가 진심이라고 말해."

우리는 모두 니나의 목소리를 들으려 숨을 참았다.

"저는 괜찮아요." 니나의 작은 목소리는 겁에 질려 있었다. "저는 괜찮아요. 하지만 저 사람은 진심이에요. 신경쓰지 마세요."

니나의 목소리가 멀어지더니 신음 같은 소리로 바뀌었다. 꽉 입이 틀어막혔는데 소리를 내려는 것만 같았다. 전화는 끊겼다. 나는 완전히 절망에 빠졌다. 그 순간 그 남자, 그 두꺼비가 나타났다면 나 혼자서 그를 갈기갈기 찢어버릴 수 있을 것만 같았다. 다른 사람도 같은 마음인 듯했다.

정신을 제일 먼저 가다듬은 건 그레이스였다.

"안전벨트를 매." 그레이스가 말했다. "더 얘기를 해야겠어."

나는 굳이 안전벨트를 매지 않았고, 그레이스는 밝은 거리의 카페로 빠르게 차를 몰았다.

"얼른." 그레이스가 거의 차에서 뛰어내리며 말했다. "우리 얘기를 좀 하자. 내게 좋은 생각이 있어."

보통 집에 앉아 있던 시간에 카페에 있으려니 기분이 이상했다. 니나에 대한 생각을 멈출 수 없었다. 잘 있는지, 다치진 않았는지,

무슨 일을 당하고 있는 건 아닌지, 나를 원망할지. 우리 주변의 정상적인 삶을 사는 사람들은 데이트를 하거나, 교대 근무를 마치고 집으로 돌아가는 길에 들르는 등 저마다의 이유로 카페에 왔지만, 우리처럼 끔찍한 이유로 그곳에 온 사람들은 없었다. 그건 분명했다. 나는 저 사람들이 지금 우리 같은 처지라면 뭘 할지 궁금했다. 보다 나은 아이디어가 있을지, 경찰에 연락할 만한 사람이 있을지, 아니면 사용할 만한 안전한 집이 있을지. 심지어는 니나가 다른 사람의 문제였으면 좋겠다고 생각했다. 그 사람이 일을 더 잘 해결한다는 전제하에.

얼른 그레이스의 좋은 생각을 듣고 싶었지만 무슨 얘기일지는 전혀 알 수 없었다. 기진맥진할 즈음에야 그레이스가 자기 생각을 들려줬다. 그레이스의 제안, 그 엄청난 제안은 즉 그를, 그 두꺼비 남자를 죽이자는 제안이었다. 살면서 들어본 것 중 최고의 제안이었다. 대단하고 또 대담했다. 박수를 치고 싶었다. 내 피 묻은 입술과 부어오른 얼굴은 신경쓰이지도 않았다. 난생처음 삶에 의미를 찾은 것처럼, 나는 살아 있음을 느꼈다.

"내 손으로 해치울 수도 있을 것만 같아." 대프니가 말했다.

나는 말이 나오지 않아서 고개만 끄덕였다.

그레이스는 손으로 머리를 그러잡았고 우리도 곧이어 머리를 쥐어뜯었다. 돈과 방법, 그 외 모든 것을 두루 얘기했다. 나는 스스로를 바쁘게 만들기 위해 머릿속에 메모를 했고, 우리는 서약을 통해 계획을 굳혔다.

"꼭 초보자로 돌아가는 것 같네, 그렇지 않아?" 그레이스가 말했다. "내 말은, 난 거의 대부분 내가 하는 일을 잘 알고 있거든." 그레이스는 대프니를 바라보며 얼굴을 붉혔다.

"무슨 말인지 알아." 내가 말했다. "이 문제에서 우린 모두 초보니까."

물론 사실 나는 그들처럼 초보는 아니었지만, 그건 다른 문제였고 굳이 말할 필요를 느끼지 못했다.

얘기를 마치니 시간이 한참 흘러 있었다. 핸드폰이 윙윙거리는 걸 느끼고 화면에 '헨리'라는 단어가 뜬 것을 보고 나서야 번뜩 기억이 났다. 나이가 많다는 게 유일한 변명이라면 변명이었다.

"니나에게 전화가 하나 더 있어." 내가 말했다. "어젯밤에 헨리의 옛날 핸드폰을 하나 줬거든."

나머지 두 사람이 나를 쳐다보았다. 그걸 잊어버리다니 어이가 없었다.

"길게 통화는 못해요." 니나가 말했다. "하지만 전 괜찮아요. 정말이에요. 걱정하지 마세요. 괜찮을 거예요."

그게 전부였고 통화는 끊겼다. 복권에 당첨된 셈이나 마찬가지였다. 니나 말을 믿을 수 없다는 것만 빼고는. 니나의 목소리는 전혀 괜찮아 보이지 않았다. 나는 우리가 계획을 세워놓았다는 사실이 기뻤다. 하지만 다른 것이 하나 더 있었다. 그 전화는 내게 또다른 사실을 상기시켰다. 그 최신 기술이 다른 여자들과 내게 이 일을 헤쳐나가도록 도움을 줄 것이다. 헨리가 그렇게 고리타분한 인간이었다는 데 기쁨을 느꼈다. 통제광, 요즘은 그를 그렇게 부르는 것 같다. 강압 지배, 그게 헨리의 전공이었다.

"헨리는 늘 내가 어디 있는지 알아야 했거든."

두 사람은 대체 그게 무슨 말이냐는 표정을 짓고 있었다.

"헨리는 내 남편이야." 내가 설명했다. "제대로 된 남편은 아니지만 어쨌든."

"우리는 이 일을 진행시켜야 하니까, 메그." 그레이스가 말했다. "그 얘기는 다음에 하는 게 좋을 것 같아."

"아니." 내가 말했다. "자긴 지금 이해를 못했는데. 헨리는 내가 늘 어디 있는지 알고 싶어했단 말이야. 그래서 그걸 깔았어. 우리 둘의 핸드폰에 전부. 그래야 상대가 어디 있는지 아니까. 헨리는 자기만 볼 수 있게 하려고 했어. 자기 위치는 나한테 알릴 필요 없다고 생각했거든. 그런데 기술을 잘 몰라서 말이야. 스스로는 잘한다고 믿었지만 실은 전혀 그렇지 않았어. 내가 그이보다 많은 걸 할 줄 알았거든. 하지만 난 절대 말 안 했어. 바보 시늉을 했지. 어렵지 않은 일이니까. 그 기능을 안 껐다고. 그게 핵심이야. 왜인지는 몰라. 나도 그이가 어디 있는지 아는 게 좋았던 것 같아, 지금은 그 어디에도 없지만. 아이러니하지."

두 사람은 어리둥절한 표정이었다. 헨리가 자주 했던 말이 떠올랐다. 당신은 간단한 사실 하나를 말하려고 온 집을 휘저어서 사람을 뒤죽박죽 헷갈리게 한다니까. 그냥 말해, 이 멍청이. 그래서 나는 단도직입적으로 말했다.

"니나가 그 전화를 들고 다니는 한 말이야, 우리는 니나의 위치를 알 수 있어. 봐."

나는 핸드폰을 꺼내고 앱을 켰다.

"브로클리로 돌아갔네." 내가 말했다. "우리집에서 엎어지면 코 닿을 거리야. 봐."

이번에 두 사람은 내가 행한 기적을 보기 위해 머리를 들이밀었다. 그레이스는 허공에 주먹을 내질렀고, 대프니는 내게 키스를 날렸다.

"아아, 잘했어, 메그. 당신이 있어서 정말 다행이야. 기술도 그렇고 다른 것도 그렇고." 대프니가 말했다.

나는 몹시 뿌듯했다. 처음으로 우리의 계획이 이뤄지리라 믿었고 진심을 다해 믿었다. 우리는 해낼 것이다.

"집으로 가자." 그레이스가 코를 훌쩍였다. "우리에겐 이게 있어, 숙녀분들. 우리는 초보자지만 똑똑하잖아. 다 부숴버릴 거야."

Chapter 13
니나

크리스마스: 사건 발생 2개월 전

니나는 가끔 멀리서 샤즈를 보곤 했지만 확신할 순 없었다. 샤즈는 늘 몸을 돌려 다른 방향으로 가버렸다. 학기가 끝날 무렵 니나는 샤즈를 거의 잊었다. 이제 칼리지도 있었고 새로운 친구들도 있었으며 또 생각할 것들이 많았다. 잠깐 함께했던 기억을 떠올리면 불편해졌다. 니나는 할머니가 언젠가 까치와 까마귀를 보면 오싹한 기분이 든다고 했던 일을 떠올렸다. 샤즈를 생각할 때마다 니나가 느끼는 기분도 그랬다. 어딘가 역겹고 어딘가 불결했다.

그래서 니나는 샤즈를 그리워하지도, 생각하지도 않았다. 어느 12월 오후, 학교를 나오면서 식스폼 칼리지 정문 앞에서 기다리고 있는 샤즈를 발견했을 때 니나가 처음으로 한 생각은 새로 만든 친구들에게 보이고 싶지 않다는 것이었다. 그 자리에 서서 샤즈가 누군지 설명하고 소개해주는 것보단 샤즈와 인사를 나누고 같이 길을 걸어가는 편이 쉬웠다. 샤즈와 니나는 블랙히스까지 빠르게 걸어올라갔다. 탁 트인 공간에서 바람을 맞아 세게 흔들리는 풀밭이 사생활을 보호해줄 것 같은 곳이었다. 니나는 벤치에 앉았고 어떤 남자가 연을 날리러 올라오는 모습을 샤즈와 함께 지켜보았다.

"어떻게 지냈어?" 니나가 물었다.

니나의 목소리엔 날이 서 있었다. 자신도 그 사실을 알았다. 사실 샤즈가 어떻게 지냈는지는 상관없었기 때문이다. 너무나 위태롭고 외로웠던 옛날의 니나는 이제 사라지고 없었다. 니나는 뛰어난 성적으로 GCSE를 통과했다. 보호시설 출신이지만 수학을 빼고는 전부 A를 받았다. 니나는 A레벨과 식스폼 칼리지 생활을 즐기고 있었고 자신에게 미래가 있다고 생각했다. 심리학을 공부하기로 결심했다. 주변 사람들과 자신의 어머니를 이해하기 위해서, 그리고 아마도 보호시설 아동들을 돕기 위해서였다. 니나는 잘해가고 있었다.

"괜찮았어." 샤즈가 대답했다.

샤즈는 계속 흘끔흘끔 어깨 너머를 살폈고 니나는 불편해졌다.

"뭘 찾아?" 니나가 물었다.

샤즈는 일어나서 과장되게 한숨을 내쉬었다.

"아무것도 아냐. 젠장, 여자애는 간섭 안 받고 주위도 못 둘러봐?"

니나는 생각했다. 그게 바로 내가 비밀 많고 괴짜인 너와 더이상 어울리고 싶지 않은 이유야. 니나는 자리에서 일어나 걷기 시작했다.

"기다려." 샤즈가 말했다. "별 뜻 없었어."

샤즈의 목소리에서 느껴지는 어떤 절박함이 니나의 발걸음을 멈추게 했다. 샤즈를 떨쳐내고 싶었던 것이지 상처를 주려는 게 아니었다.

"괜찮아." 니나가 말했다. "그저 너도 알다시피, 해야 할 일이 많아. 과제가 있어서, 더는 못 있어."

"아직 가지 마." 샤즈가 말했다. "그렇게 급하지 않잖아. 그러니까 여기까지 온 거지, 안 그래?"

니나는 한숨을 내쉬고 다시 자리에 앉았다. 샤즈가 손톱 물어뜯는 걸 관뒀으면 했다. 남아 있는 손톱은 없다시피 했고, 잘근잘근 물어뜯는 소리가 니나의 신경이 곤두서게 했다. 언덕은 고요했고 니나는 비가 올지도 모른다고 생각했다.

"오 분이야." 니나가 말했다. "그뒤엔 정말 가야 해."

"그 사람들 말이 맞았어." 샤즈가 말했다. "너 사실은 네가 나보다 우월하다고 생각하지, 아냐?"

"너 정말 그렇게 생각하는 거야?" 니나가 물었다. "왜 그런 말을 해?"

"알게 될 거야. 금방 제대로 알게 될 거야. 안녕. 미안해."

샤즈는 일어나더니 가버렸고 곧이어 한 남자와 여자가 니나에게 다가왔다. 의도가 있어 보였고 니나는 그들이 길을 물어볼 거라고 생각했지만 아니었다. 계속해서 가까이 다가왔다. 자리를 벗어나려 했지만 이미 늦은 상태였다. 니나가 일어날 수 없게끔 두 사람이 양옆에서 막고 있었다.

니나는 도움을 요청하려 친구를 찾았지만 샤즈는 불과 몇 미터 떨어진 곳에서 이것이 무슨 일이든 이미 알고 있었고 자신도 일행이었다는 듯 서 있었다. 손에는 커다란 갈색 봉투가 들려 있었다. 속았구나, 니나는 생각했다.

"샤즈!" 니나가 외쳤다. "대체 무슨 짓이야?"

샤즈는 등을 돌렸고 남자와 여자는 각각 니나를 한 팔씩 붙잡고 언덕 옆에 대기중인 소형 밴으로 데려갔다. 그때는 확신할 수 없었지만 나중에 생각해보니 샤즈는 울고 있었던 게 분명했다.

Chapter 14
그레이스

2월 27일 수요일 자정 이후

다 같이 차를 탈 때까지만 해도 여전히 사건의 냄새가 났지만, 더 빠르게 차를 모는 순간 냄새는 날아가버렸다. 메그와 대프니가 내 난폭한 운전에 놀랐는지 모르겠으나 다들 별말이 없었다. 걱정해야 할 것들이 너무 많았다. 우리는 이제 무법의 갱스터로군, 나는 생각했다. 자매들은 모두 자기 자신을 위해 이 일을 하고 있었다. 나, 메그, 대프니. 다만 지금 대프니에 대해 생각하는 일은 불가능했다. 미친 소리 같겠지만 나는 우리가 옳은 일을 하고 있다는 걸 알았다. 엘리너가 보였다. 엘리너는 실제로는 되지 못한 어른이 되어, 박수를 치며 손을 흔들고 있었다. 나는 운전을 하면서 머리로 상황을 판단하려 애썼다. 거의 남에 가까운 두 사람과 함께 나쁜 놈을 죽이기로 서약을 했다. 손녀뻘인 여자아이를 구출해내기 위해. 그건 옳은 일이어야 했다. 그렇다고 화가 덜 났을까? 유감이지만 아니었다. 화가 쌓이고 쌓여 터져버릴 것 같다는 생각이 들 때까지 계속 가속하며 달렸다. 돌아가는 길에 그놈이 차 밖으로 나오기만 했다면 기꺼이 박아버렸을 것이다.

무사히 메그의 집으로 돌아갔을 때는 기쁘면서도 피곤했다. 화는 늘 피곤을 부르기에 나는 들어가자마자 잠들고 싶었다. 곯아떨어져서 나 자신과 모두에게서 벗어나고 싶었다. 대프니는 예외였지만 지금 그녀에 대해 생각할 여유가 없었다. 일단 잠을 자고 일어난 뒤 이 모든 게 꿈이었단 걸 깨닫고 싶었다. 나의 일곱 살짜리 아이들이 썼던 이야기들처럼 말이다. 잠에서 깨어났더니 이 모든 것이 꿈이었습니다. 아이들은 더 쓸 이야기가 생각나지 않으면 그 문장을 넣곤 했다. 마치 자신이 그런 산뜻한 결말을 최초로 발명한 사람인 양 늘 의기양양하게 굴었다. 지금 생각하면 내가 아이들에게 평가가 박했다는 생각이 든다. 그 문장이야말로 슬픈 이야기를 마무리짓는 유일한 방법인지도 모른다.

"앉아봐." 대프니가 말했다.

아냐, 우린 할일이 있어, 라고 말하고 싶었지만 그건 환영할 만한 아이디어였고 나는 메그의 멋진 회색 소파에 앉았다.

"미안해." 내가 말했다. "한동안 운전을 안 해서."

지금 적절한 말은 아니었고 나도 그걸 알았지만 그게 내가 할 수 있는 최선이었다. 나머지는 말할 필요가 없었다. 대프니의 눈이 말하지 않아도 안다고 얘기하고 있었다. 그 고통과 분노를 이해하고 공감한다고. 심지어 이 모든 걸 이해하지 못하는 메그마저 같은 생각이었다. 메그가 주문을 속삭이듯 중얼거리는 게 들렸다. "안전하게 있어줘, 안전하게." 자신이 뭘 하는지 의식하지 못하는 듯했다.

두 사람은 고개를 끄덕이고 동의하고 공감하면서도 아무도 일의 핵심인 살인을 언급하진 않았다. 사건의 냄새 때문에 나는 코가 간지러웠고 절망적인 기분이 들었지만, 이 문제를 모두 함께한다는 게 진정 도움이 되었다. 진부한 표현이 아니었다. 함께할수록 강해진다. 우리가 아무리 다른 사람들이더라도, 상황이 아무리 심각하더라도 우리는 함께할 때 강해진다. 나이도 많고 배짱도 많구나, 나는 생각했다. 나이와 배짱. 이상한 날에 하는 이상한 생각이었다. 우리가 누군가를 죽이기로 서약했다는 사실이 새삼 다시 떠올랐다. 예전에는 왜 이런 해결책을 생각하지 못했는지 자못 이상했다. 주님은 아신다. 내 인생에는 죽이지 못한 사람들이 여럿 있었다.

"차를 내릴 거야." 메그가 말했다.

메그가 부엌에 있는 동안 대프니는 내 의자 팔걸이에 걸터앉았다. 나는 대프니의 팔을 어루만졌다. 대프니를 위로하는 일인지 나를 위로하는 일인지는 알 수 없었다. 아마 둘 다일 것이다.

"이게 옳은 일이야, 그렇지?" 내가 물었다.

"그럼." 대프니가 말했다. "우리는 그 아이를 구해야 해. 되도록 빨리. 나는 그 작자 같은 사람들을 겪어봤어. 그 세계를 조금은 알아. 그놈은 말로 허세를 부리는 게 아냐. 난 알 수 있어."

"대체 어떻게 해야 일해줄 사람을 찾을 수 있을까?" 메그가 말했다. "지역신문에 광고를 낼 순 없잖아."

메그는 차가 담긴 쟁반을 커피 테이블 위에 내려놓았다. 비스킷 접시와 우유 주전자가 담긴 쟁반은 여기에 전혀 어울리지 않았다. 살인 계획의 한가운데 어색하니 자리하고 있었다. 너무나도 영국적이었다. 모두가 특이한 것이라도 보듯 쟁반을 뚫어져라 바라보는 걸 보니 다들 같은 생각인 듯했다.

"생각해보자." 내가 말했다. "어딘가에 누군가가 있을 거야."

대체 어디서 사람을 구할지 전혀 모르겠다고 말하고 싶지 않았다. 사기를 꺾을 수도 있다. 생각을 너무 많이 하니 머리가 아파왔다. 하지만 창의력은 평소처럼 작동하지 않았다.

"나는 아는 사람이 거의 없어." 메그가 말했다. "계획을 밀어붙이는 것도 잘 못하고. 상식이 없어서."

세상에, 메그가 저렇게 자신을 깎아내릴 때마다 돌아버릴 것 같았다.

"메그." 대프니가 말했다. "누가 그런 말도 안 되는 소릴 했는지 모르겠지만 그건 지금 당신에게 전혀 도움이 안 돼. 우리나 니나에게도. 우리는 당신이 필요해. 우리는 우리 모두가 필요해. 우린 지금 그 어떤 연금 수급자 노인들보다 최상의 상태여야 해. 많은 게 거기 달려 있고, 우리는 할 수 있다고 난 믿어. 실현 가능한 계획을 짜려면 우리 모두 최대한 열심히 생각해야 한다고."

와, 나는 감탄했다. 잘한다. 대프니는 사람들이 무엇이든 하도록 설득할 줄 알았다. 나는 확신할 수 있었다. 나까지도 설득할 수 있을 것이다. 내게 능력만 있다면 말이다.

"나는 예순다섯 살보다 어린 사람들은 거의 몰라." 내가 말했다. "게다가 지금은 전혀 아는 바가 없어, 그런 일…… 그러니까 살인을 할 사람 말이야."

그 단어를 뱉는 내가 굉장히 새침해 보인다는 걸 깨달았다. 하지만 진실이었다. 나는 조용한 삶을 살아왔다.

"나한테 친구가 있어." 대프니가 말했다. "감옥에 있던 친구인데 이름이 데스고 이 근방에 살아. 오해하지는 마, 나쁜 사람은 전혀 아냐. 하지만 우리를 도와 충분히 나쁜 짓을 할 만한 사람을 데스가 알고 있을지도 몰라."

"세상에." 내가 말했다. "대프니, 당신이 우리 구세주야. 굉장해. 그 사람이 싫어할까? 그런 걸 물어보면?"

"아, 아닐 거야." 대프니가 말했다. "우리는 좀 사연이 있거든. 내가 구직 활동을 살짝 도와주면 그 사람이 우리집 수도를 고쳐주는 그런 거. 그리고 우리 둘 다 눈물 나는 영화를 좋아해."

나는 머릿속에 그 사실을 새겨두고 시간이 나면 대프니에게 영화를 보자고 청하기로 했다. 나는 〈잉글리시 페이션트〉를 좋아했다.

"착수하자." 내가 말했다. "그 사람에게 전화할 수 있겠어, 대프? 우리는 니나를 되찾아야 해."

이제는 그렇게 피곤하지 않았기에 나는 자리에서 일어나 대프니를 재빨리 안아주고 소외감을 느끼지 않도록 메그도 안아줬다. 뭐라도 하는 건 기분이 좋다.

"잠깐만." 메그가 뒤로 물러서며 말했다. "그 사람은, 그러니까 그 사람은 위험한 사람 아닌 거지?"

메그는 흐릿한 거실을 둘러보았고 나는 메그를 바라보았다. 메그가 걱정하고 있다는 걸 알 수 있었다. 그녀는 재산 그 이상의 것,

생명을 걱정하고 있다. 그것이 눈에 보였고, 나는 메그에게도 무섭고 두려운 과거가 있음을 알 수 있었다. 이 착한 중산층 영국 여성에게. 애잔했다.

"응." 대프니가 답했다. "무슨 일이 있어도 신뢰할 수 있어. 그는 내 친구야."

이렇게 말해놓고 대프니는 스스로 놀란 듯했다. 사랑스러운 대프니, 무엇 때문에 자신을 믿지 못한 거야?

"걱정하는 이유를 알 것 같아, 메그." 내가 말했다.

대프니와 메그가 순간 동작을 멈췄다. 내 말을 기다리고 있다.

"계속해봐." 대프니가 말했다.

"다른 사람을 쓰니까 걱정되는 거지. 남을 연루시키는 거니까 그래. 언제나 남을 개입시키는 건 무서운 일이야. 하지만 우리를 봐. 우리는 그렇게 젊지 않아."

나는 반점과 주름으로 가득한 손을 들어 보였다.

"내 생각에 말이야." 내가 말을 이었다. "서른 살이었으면 우리끼리 거뜬히 해결했을 거야. 직접 했겠지. 하지만 우리는 서른 살이 아니니까 약간의 도움이 필요할 것 같아."

"그리고 아주 조심할 거고." 대프니가 말을 받았다. "우리는 완벽한 적임자를 찾아낼 거야. 내 친구가 못할 일이라면 제안하지도 않았을 거야. 약속해."

"알았어." 메그가 말했다. "대프니를 믿어. 우린 여기 함께한 거니까."

메그가 그렇게 빨리 침착해져서 놀랐다. 당신에게 무슨 일이 있었구나. 모든 걸 통제할 수 있는 방법을 배워버린 거야. 아무것도 드러나지 않도록. 아무래도 메그의 남편과 관련이 있겠지.

"친구에게 전화를 걸게." 대프니가 말했다.

대프니가 방을 나갔고 멀리서 웅얼거리는 통화 소리가 들렸다.

"부탁이야." 말소리가 들렸다. "정말로 도움이 필요해."

나는 메그의 손을 잡고 속삭였다.

"걱정 마. 대프니가 제대로 할 거야."

메그는 고개를 끄덕였지만 숨소리를 들으니 울고 있다는 걸 알 수 있었다. 꼭 문을 잡아당기는 것처럼 뭔가를 잡아당기고 있었다. 나는 깨어 있으려고 한껏 애썼지만, 소파가 너무 편안했고 잠시 눈을 감아버린 것 같았다. 왜냐면 그다음 기억이 누군가 메그네 유리문을 두드리는 소리였기 때문이다. 마당 쪽으로 나 있는 문이었다. 방어태세로 돌입하며 핸드백을 집어 휘두르려는 나를 대프니가 뒤에서 진정시켰다.

"괜찮아. 내 친구야. 둘 다 현관을 피하는 게 좋겠다고 생각해서. 걱정 마."

메그가 마당 방향으로 난 문을 열자 데스가 문가로 들어섰다. 어떤 인상을 기대했는지 모르겠지만 확실히 내가 생각한 사람은 아니었다. 그는 동양인에 키가 컸고, 미소를 짓자 밤이 환해지는 듯한 인상의 사람이었다. 어디선가 알았던 사람 같았다. 그는 문가에서서 방으로 발을 들이지 못하고 있었다.

"들어와." 대프니가 말했다.

"무례하게 굴려는 건 아니지만, 이 계획에 대해 잘 모르겠어서요." 데스가 말했다.

메그와 나는 대프니를 바라보았다.

"어쨌든 들어와." 대프니가 말했다. "뭘 기대하는 건 아니지만 도움이 필요해. 얘기 좀 할 수 있을까?"

이번엔 대프니가 제대로 처리한 것 같지 않았다. 이 사람이 적임자일 리 없었다.

"알았어요." 그가 말하고 나서도 여전히 문가를 맴돌았다. 메그는 그제야 뭐가 문제인지 깨달았다.

"아." 메그가 말했다. "신발. 괜찮아요, 신경 안 써요."

"하지만……" 그가 이제 막 춤 동작을 시작하려는 사람처럼 발을 들어올렸다.

"알아요." 메그가 말했다. "벗어요, 괜찮으니까."

데스는 그 말에 안심한 듯했고 나는 그에게 호감이 갔다.

"네, 감사합니다. 그렇게 할게요."

나는 대프니에게 걱정어린 표정을 지어 보였지만 대프니는 알아차리지 못한 듯했다. 대프니 역시 걱정에 빠져 있었던 것이다.

그는 신발을 벗어 문가에 모아뒀다. 양말에 구멍이 여러 개인 것을 보니 마음이 또 아팠다. 메그가 주변을 둘러보았고, 나는 생각했다. 분명 집 어딘가에 반짇고리가 있겠지, 이 여자. 메그는 런던에서 이토록 멋진 집에 살고 있음에도 킹스턴 외곽의 시골에 사는 내 조모를 떠올리게 했다.

"제가 도움이 될지 정말 모르겠어요." 데스가 말했다. "대략 뭐가 필요한진 알겠지만 할 수 없어요. 전 못해요."

나는 다른 두 사람을 바라보았다. 그가 다른 의견을 꺼내길 간절히 바라고 있었다. 하지만 두 어절만이 내게 맴돌았다. 전 못해요.

"알았어요, 걱정 마요. 어쨌든 우릴 생각해줘서 고마워요." 내가 말했다.

대프니가 내 쪽으로 살짝 손을 들었다. 내게 보내는 사인, 우리가 그를 설득하고 그가 받아들이게 해야 한다는 사인이라는 건 알았지만, 그게 옳은 결정이란 생각이 들지 않았다. 대프니의 손은 말하고 있었다. 걱정 마. 그는 할 거야.

"문제가 생겼어요." 메그가 말했다. "그 가엾은 아이." 메그는 울기 시작했다. 메그도 데스도 더럭 겁이 난 표정이었다.

"도울 수 있다면 좋겠지만요." 데스가 말했다.

데스는 자기 손가락을 하나하나 살펴보았다. 긴장한 듯했다. 못된 구석이 없어 보이는 사람이었고 사건의 냄새도 나지 않았으며, 무엇보다 살짝 눈주름이 진 게 꼭 진지할 때마저 가볍게 웃고 있는 것처럼 보였다. 이 사람은 절대 못할 거야. 집에 보내야 해. 내가 이 말을 꺼내려는 찰나 대프니가 끼어들었다.

"문제는 말이야, 우리가 휘말린 상황이거든. 남자가 있는데 정말 끔찍한 작자야. 우리 생각엔 인신매매범에다 포주가 확실하고. 우리가 아는 어린 여자아이를 데리고 있어. 정말 어린애인데. 그놈이 우리가 그 사실을 아는 걸 알아서, 그게 난감한 부분이고. 우리가 원하는 건……"

대프니는 말끝을 흐렸고 메그는 공황에 빠진 듯했다. 내가 개입했다.

"살인해줄 사람을 고용하고 싶은 건데, 하지만 괜찮아요. 다른 사람을 찾을 테니까. 내가 보기에 당신은……" 나는 문장을 어떻게 마무리해야 할지 몰라 그대로 두었다. 데스는 입을 떡 벌렸다 닫기를 반복했고, 사람들은 모두 충격에 빠진 표정이었다. 덜 노골적으로 말할 수도 있었겠지만 나는 방법을 몰랐다. 그 단어를 꺼내야 했다.

데스는 근래에 수염을 민 것처럼 턱을 매만지며 말했다.

"저는 몹시 비폭력적인 사람이거든요. 퀘이커교도에 더 가까워서요, 아시다시피, 살인이나 그런 건 하지 않아요. 아이는 몇 살인가요?"

"열일곱이에요." 메그가 말했다.

"제게 여동생이 있었어요." 데스가 다시 전력을 다해 턱을 매만지며 말했다. "저는 절대, 아시다시피 그 일은 제 일이 아니긴 한데, 제가 아는 사람들이 있습니다. 이 사람들이 도와줄 수 있을 거예요. 하지만 걱정되네요."

데스는 자리에서 일어나 문가로 걸어간 다음 다시 돌아와 앉았다가 일어서기를 두 차례 반복했다. 계속해서 무슨 말을 꺼내려고 입을 열었다가 다물었다.

"우리도 몹시 걱정돼요." 내가 말했다. "그리고 당신이 개입하는 건 옳지 않아요. 다른 방법을 찾을게요."

나는 다른 두 사람을 바라보았다. 다들 동조하는 표정이었다.

"미안해, 데스." 대프니가 말했다. "난감한 상황에 끌어들여서 미안. 우리가 알아서 할 테니 걱정 마. 가도 돼."

대프니는 어깨를 으쓱하고 메그와 나를 바라보았다. "부르지 말았어야 했는데, 미안해."

나는 이제 끝났다고 생각하고 다시 계획을 세우려 했다. 하지만 메그는 아니었다.

"정말 확실해?" 메그가 말했다. "정말로, 정말로, 확실해요? 이 아이, 정말 착하고 사랑스러운 아이에요. 그치들이 이 아이에게 시킨 일은……"

데스는 조금 전보다 더 손가락을 들여다보았다. 저마다 머리 위의 말풍선이 보였다면 아마 '생각중'이란 말이 쓰여 있을 터였다. 데스는 그런 사람이었다.

"어쩌면 도울 수 있을 것 같아요." 마침내 그가 말했다. "열일곱 살이라니, 너무 어려요. 그냥 아이잖아요. 정말로 돕고 싶어요. 제 여동생은, 그러니까 그 아이도 엄청 어렸어요. 공포에 떨었죠. 저는 제가 할 수 있는 일을 했고요. 하지만 그런 부류의 인간들은 위험하니까 걱정돼서요. 그냥 경찰에 가면 안 되나요?"

대프니가 상황을 설명하자 그가 손을 들어 보였다.

"제가 바보였네요. 왜 안 갔는지 확실히 알겠어요. 바보같이 굴어서 죄송합니다. 저는 영웅은 아니지만, 제가 할게요."

"영웅은 저마다 모습도 다르고 크기도 다른 법이지." 내가 말하자 다른 사람들도 현명한 말이라는 듯 고개를 끄덕였다.

"정말 그래요." 데스가 말했다. "여기 세 숙녀분도 영웅이고요.

하지만 영웅이라 해도 도움이 필요하죠."

아무런 경고도 없이 사방의 벽이 내게로 몰려드는 기분이 들었다. 나는 다시 니나를 떠올렸다. 우리는 못해. 할 수 없어, 우리 중 누구도. 나는 모든 걸 포기하고 경찰에 맡기자고 말하려 했다. 그때 데스가 내 고개를 번쩍 들게 하는 말을 했다.

"그 사람들은 경험이 있어요, 그게 요점이에요. 성공했거든요."

우리는 별안간 서로를 바라보았다. 꿈이 아니었다. 갑자기 그 사랑스러운 아이를 되찾을 기회가 생겼다. 아이가 누려 마땅했을 삶을 살도록 도울 기회가.

"전화 좀 할게요." 데스가 말했다. "그렇지만 여기로 데려오진 않을 거예요. 그들을 집으로 부르고 싶진 않을 테니까요, 장담해요. 제 친구들이지만, 그러니까 정확히는 지인들이지만, 좋은 사람들이고 진국이긴 한데요. 하지만 돈이 필요해요. 무슨 말인지 이해하신다면요. 돈이 필요한 사람들이에요."

곧바로 경고등이 켜졌다. 우리가 부탁을 할 사람이 순전히 직업적 만족을 위해 일해야 한다는 뜻은 아니었다. 그것도 엄연히 일이니까. 나는 미친 사람이 아니다. 하지만 살면서 돈에 절박한 사람들을 여럿 만나봤다. 정말로 절박한 사람들. 그런 사람들은 가장 신뢰할 수 있는, 혹은 침착한 부류가 아니었다. 우리는 정말 신뢰할 만한 사람이 필요했다. 하지만 그건 무리한 요구라는 생각이 들었다. 메그와 대프니도 비슷한 생각을 하는지 둘 다 한동안 말이 없었다.

"아." 데스가 말했다. "별로 만족스럽지 않나보네요. 다른 걸 기대하셨나봐요. 제 말이 맞나요?"

우리 셋은 서로 얼굴을 바라보았고 아무도 무슨 말을 할지 알지 못했기에 내가 입을 열었다.

"걱정이 돼서요, 그게 다예요, 데스. 아주 고맙지만 걱정도 되니까."

"제 얘기를 털어놓으면 저를 좀 믿으실까요?" 데스가 말했다. "간단히요?"

나와 메그가 고개를 끄덕였다. 이 젊은 남자에 대해 좀더 알고 싶었다. 그에게 많은 것이 달려 있었다. 대프니는 이미 들은 듯했고 그걸로도 거의 충분했지만 그래도 여전히……

데스는 구멍난 자신의 양말을 보고 마치 방심하면 도망갈지도 모른다는 듯 긴 양말을 무릎까지 끌어올렸다.

"위기가 닥쳤을 때 여동생을 구하려고 노력했어요. 그렇지만 끔찍한 일이 일어났죠." 데스가 말하기 시작했다. "감옥에 오랫동안 있었어요. 말썽을 피우는 편은 아니었지만 제 인생 전부가 망가졌죠. 여기 있는 대프니 할머니가 절 도와줬어요."

"미안해, 데스." 대프니가 말했다. "이렇게 도움을 청해서 미안해. 얼마나 조용히 살고 싶은지 알아."

"저도 이해해요." 데스가 말했다. "그저 완전히 맘을 정하신 그 일이 해결책이 맞는지 잘 모르겠어서 그래요. 저는 이해하고요, 아마 의사 결정 과정에서 도움이 될 수 있겠죠. 제 인생에서 잘못된 결정을 많이 내려봤거든요. 보통은 딱 보면 잘못된 결정이란 걸 알아요."

그건 우리가 부탁한 게 아니다. 전혀 도움되는 소리가 아니잖아. 그저 우리를 대신할 손이 필요할 뿐인데, 영화에선 손쉬운 일이건만.

"그럼 우리가 또 뭘 할 수 있죠?" 아무 말이나 뱉으려던 건 아니었지만 속에서 말이 자기 마음대로 분출했다.

"혹시." 데스가 말했다. "그 남자에게 알레르기가 있는지 아나요? 바나나라든가. 가끔은 목숨이 위험할 정도거든요. 견과류 같은 거요, 고통스러워하다가 비극적인 결과를 맞죠."

세상에, 나는 생각했다. 요즘 아이들이 메시지를 보내는 것처럼 '세상에'에 온점을 넣어야 한다. 세. 상. 에. 이 남자는 제정신이 아니야. TV를 너무 많이 본 게 분명했다. 드라마라면 그게 통했을 것이다. 그놈에게 치명적인 알레르기가 있을 수도 있다. 하지만 이건 현실 세계였다.

"유감스럽지만." 내가 조용히 말했다. "우리가 그놈 의료 기록에 접근할 수도 없는 노릇이고. 우린 진지해요, 데스. 그건 정말 확실해."

다들 내가 강아지를 발로 차기라도 한 것처럼 나를 바라보았다. 나는 어깨를 으쓱했다. 누군가는 또렷이 사고해야 해. 내 어깻짓에서 그 뜻이 읽히길 바랐다. 대프니가 먼저 정신을 가다듬었다.

"독은 실패하는 법이 없지." 대프니가 말했다. "사람이라면 전부 독 알레르기가 있어."

"저는 돌진형이라서요." 데스가 말했다. "제 말은, 몸이 아니라 믿음의 측면에서요." 데스는 바지에서 보이지 않는 먼지를 털어냈다.

데스와 돌진이라는 말이 어울리지 않아서 나는 웃지 않으려 애썼다. 메그는 놀란 얼굴이었다.

"여러분이 진심이라면, 해볼 만한 계획이 있어요." 데스가 말했다.

이건 내가 기대한 게 아니었다.

"우리에게 필요한 건 그자를 다른 곳으로 빼내는 거예요. 만날 약속을 잡는다거나 해서요. 그때 친구들을 보내고 짠, 작전 완료인 거죠."

데스는 의견을 내놓고 뿌듯해했다. 입을 한번 크게 벌렸다가 사람들을 바라보고는 미소를 지었다.

나는 기겁했다. 진심인가? 이야, 퍽이나 신선한 발상이네. 다른 두 사람이 고개를 끄덕인다니 믿을 수 없었다. 하지만 대프니의 표정을 보고 그녀가 진심으로 노력하고 있다는 걸 깨달았다. 대프니는 니나를 위해, 그리고 데스와 우리 모두를 위해 이 일을 성사시키고 싶어했다. 대프니를 도우려면 나도 적절히 맞장구를 쳐야 했다. 그가 아무리 뻔한 말을 하든, 우리끼리 생각해도 충분히 나올 만한 의견이든 상관없었다. 일은 성사되어야 했다. 두꺼비를 혼자 빼내어 처리한다, 그것도 의견이라고? 그게 내가 읽거나 시청했던 모든 살인 계획의 기본이라지만, 나는 좀더 구체적인 것을 바랐는데? 그가 감옥에 있었든 없었든 데스도 초보이긴 마찬가지였다. 나는 창가로 가서 커튼 귀퉁이를 살짝 들어올렸다. 방안에는 무거운 침묵이 감돌았고, 자신들이 아무거나 괜찮다고 하기 전에 내가 한마디해주길 두 사람이 기다리고 있다는 걸 깨달았다. 좋아, 마음을 굳게 먹자. 뻔한 아이디어였지만 뭔가가 있을 것이다. 나는 고개를 끄덕여 보였다.

그러자 대프니가 말했다. "좋은 생각이야."

"정말 좋은 생각이야." 메그가 받아쳤다.

"어떻게 그놈을 따로 빼내지?" 내가 물었다. 불쾌한 회사 연수라는 역할극을 하고 있다는 기분을 떨칠 수 없었다.

"제가 의견을 내도 될까요?" 데스가 말하며 다리를 꼬자 양말 바닥에 나 있던 또다른 커다란 구멍이 훤히 보였다. "그자는 돈을 좋아하는 놈이에요. 알 만하죠. 우리 다 좋아하지 않느냐고 물으실 테지만 어떤 사람들은 정도가 남다르죠. 어떤 사람들에겐 돈이 아침에 일어나고 잠자리에 드는 이유거든요. 이놈도 그중 하나예요."

일리 있는 지적이다, 나는 생각했다. 계속해봐요.

"그리고 돈을 좋아하는 사람이 늘 지능을 쓰는 건 아니거든요. 조금만 더 돈이 된다면 손을 뻗겠죠."

그가 말하는 방식은 8학년 아이들의 과장하는 글쓰기와 똑같았다. 나는 선생처럼 굴지 않으려고 애썼다.

"그래서 제 제안은요." 데스가 말을 이어갔다. "친구를 풀어주는 대가로 부인들께서 돈을 제안하는 거예요."

"통하지 않을 거야." 대프니가 말했다. 그녀가 똑바로 사고하고 있어서 다행이었다.

"바로 그거예요." 데스가 손뼉을 치며 말했다. "이게 우리가 이미 알고 있는 거죠. 어떤 조건에도 우리 요구에 응하지 않을 거예요. 그게 바로 이 계획의 핵심이고요. 그자는 돈을 가지러 나타날 거예요. 제 머리를 전부 써서 예측을 하자면, 그가 돈을 거절하진 못할 거예요. 그후 우리가 요리조리해서 일을 해치우는 거죠."

데스는 요리조리라는 말을 뱉으며 무릎을 탁 내려쳐 강조했다. 메그는 겁에 질린 표정이었다.

"우리 친구는?" 대프니가 말했다. "그게 어떻게 아이를 구하는 거지?"

"아, 아직 끝나지 않았어요." 데스가 말했다. "두번째 파트는 당연히 그 아이의 구출이에요. 그자에게 만남 자리에 아이를 데려오라고 요구합니다. 돈을 건네기 전에 아이를 확인하도록요. 그자가 아이를 데려오면 그게 바로 빼낼 기회입니다. 아이를 그것의 문턱에서 구하는 겁니다. 바로 그……" 데스는 연료가 동났는지 가만히 서서 우리 반응을 기다렸다. 아주 흡족하다는 표정이었다.

"그 계획엔 구멍이 있어, 데스. 버스를 몰고 통과할 만큼 커다란 구멍이." 대프니가 말했다. "그자가 아이를 데려온다면 다른 사람도 데려올 거야. 아이가 도망가지 못하도록."

메그와 내가 고개를 끄덕였다.

"아니, 아니에요." 데스가 말했다. "세상에, 그건 애초부터 막을 수 있어요. 그자에게 말하는 거예요. 아이 말고는 아무도 데려오지 말라고. 안 그러면 돈은 없다고요."

우리는 모두 데스를 쳐다보았다. 다른 사람들은 어떤지 모르겠지만 나는 그런 생각이 들었다. 뭐라고? 그자가 대체 왜 우리가 시키는 대로 하겠어? 우리가 정말 그 가엾은 아이를 도울 수 있을까?

"여러분에겐 유리한 점이 하나 있어요." 데스가 말했다. "아무도 깨닫지 못하신 것 같지만요. 그는 재미난 일이 일어나리란 걸 예상

못하거든요, 우리 사람들 말이에요. 그게 중요해요. 그는 이렇게 생각하겠죠, 실례지만 제 맘대로 그 인간 흉내를 좀 내볼게요. 힘없는 할망구들. 멍청한 늙은이들 주제에. 내 맘대로 구워삶을 수 있지. 그 노파들 돈을 갖고 튀자."

"그 말은 정말 너무하네." 메그가 말했다. "하지만 매우 익숙한걸."

그놈의 헨리 얘기인 듯했다.

대프니는 어깨를 살짝 추어올리며 나를 바라보았다. 무슨 의미인지 알았다. 대안이 있는 것도 아니고 뭐든 해봐야 했다. 니나를 위해.

"좋아요." 내가 말했다. "그 계획을 따르면 그다음은?"

잘 모르겠다. 이번엔 내가 완전히 틀렸을 수도 있다. 중요한 때 틀렸던 적이 있었다.

"맞아요." 데스가 말했다. "무슨 말인지 알겠어요. 생각해볼까요."

데스는 천장에 자동 입력창이라도 있는 양, 손가락으로 무릎을 툭툭 치며 위를 올려다보았다.

"제 신사 친구들에게 연락해서 만남을 주선할 수 있어요. 여기서 '신사'란 넓은 의미죠, 이해해주세요. 말씀드렸듯 만남의 장소는 되도록 여기서 먼 곳이 좋아요. 공원이나 카페 같은 곳이요."

카페가 또 어디 있을까. 다행히도 요즘 런던 남동부에는 카페가 넘친다. 나는 브로클리가에 있는 한 카페 이름을 댔다. 거기선 사람들과 서약을 하지도, 아이를 구해내지도 않았다.

"아침 10시 어때? 그 정도면 충분할까? 우리가 얘기를 나누는 이 시간에도 니나는……" 대프니가 말끝을 흐렸다.

"충분해요, 충분해요." 데스가 말하며 손목시계를 쳐다보았다.

조금도 희망적이지 않다는 생각을 떨칠 수 없었지만 데스가 우리가 가진 전부였다. 우리에겐 그가 전부였고, 니나는 끔찍한 운명에 처해 있었다.

데스는 자리를 뜨려고 일어났다. 그가 기지개를 하고 신발끈을 푸는 동안 어색한 기류가 흘렀다. 왜 그렇게 미적거리는지 궁금했고 다른 사람도 그런 듯했다.

"문제는요." 그가 말했다.

우리는 잠자코 다음 말을 기다렸다. 제발 지금 관두겠단 말은 하지 말아줘.

"문제는요, 지금 제가 곤란한 상황이라서요. 혹시나 해서 그런데, 절대 강요는 아니고요. 혹시 오늘 여기서 하루 신세를 져도 될까요? 그러니까 전화도 좀 돌리고요."

우리는 말없이 데스를 바라보았다. 진실된 사람인 듯했지만 거긴 내 집이 아니었으므로, 메그가 입을 뗐을 때 안도감이 들었다.

"침실이 세 개라서." 메그가 말했다. "우리가 전부 여기서 잘 거고. 여기 세 명 말이야. 미안해요."

나는 대프니를 쳐다보았다. 메그의 말이 맞았다. 우리 셋이 뭉쳐 있는 게 최선이었다. 뭔가가 해결될 때까지는 함께 있어야 했다. 그게 무슨 의미든 간에.

"어떻게 말해야 할지 잘 모르겠네요." 데스가 말했다. "너무 뻔뻔하게 들리겠지만 소파가 딱일 것 같아요. 그리고 또 제가 돌릴 전화는 여러분 대신 하는 것이고요. 누구나 엿들을 수 있는 길바닥에서 할 법한 통화는 아니잖아요. 남들 모르게 하는 게 좋겠죠."

"데스." 대프니가 말했다. 그 목소리를 듣자 곧바로 내가 일했던 학교 중 하나가 떠올랐다. 옆 교실 교사는 늘 출석을 부를 때조차 화를 내며 큰 소리를 질러댔다. "데스, 월세로 또 문제가 생긴 거야? 내가 말했잖아. 다음 납부 전에 나한테 오라고. 납기일이 밀리기 전에 도와주는 게 훨씬 편하다니까."

데스는 물끄러미 자기 손톱을 쳐다보았다.

"불행한 일이 연달아 일어나서요. 변수가 많았어요, 정말로요."

"그중 네 잘못은 하나도 없다고, 데스?" 대프니가 웃으며 말했다.

데스는 숙제를 깜박한 7학년 학생처럼 고개를 숙였다.

"그래, 알았어요." 메그가 말했다. "담요랑 베개를 갖다줄게요. 원하면 샤워를 해도 좋아요. 수건도 가져올 테니."

데스는 참을 수 없이 부끄럽다는 표정을 지었다. 나는 대체 저자가 우리가 맡긴 임무를 어떻게 해낼 수 있을지 의아했다. 하지만 나중에 메그의 침실에서 우리 셋이 자기 전에 짧게 정리를 하러 모였을 때 대프니가 전혀 다른 말을 했다.

"속지 마. 아주 영리하고 그걸 잘 활용하는 친구야. 세상에 도박이란 게 없었다면 큰 저택에서 살거나 성공적인 사업가가 되었을걸. 정말 말 그대로 무일푼이 될 때까지 도박을 못 관두는 거지. 도박으로 모든 걸 날리고 재활 치료 프로그램도 다 실패했어. 그게 전부는 아닌데 나머지는 데스가 언젠가 말해줄 거야. 중요한 건, 내 생각엔 데스가 옳은 부류의 사람을 알아보는 눈이 있다는 거야."

메그는 웃음을 터뜨렸고, 우리 상황이 얼마나 기이하고 절망적인지 알면서도 나랑 대프니 역시 동참하지 않을 수 없었다.

"옳은 부류의 사람이라." 메그가 고개를 절레절레 흔들며 말했다. "헨리가 늘 했던 말이지. 옳은 부류의 사람."

Chapter 15
메그

2월 27일 수요일

니나가 가버리고 없는 지금, 나는 도저히 잠들 수 없었다. 침대 이쪽에서 저쪽으로 뒤척이며 헨리가 코고는 소리를 무시하려 애쓰면서 니나를 생각했다. 니나는 어디 있을까, 지금 어떻게 대처하고 있을까. 익숙한 감정이었다. 전에도 이런 기분이 든 적 있었다. 하지만 떠올리고 싶지 않았다. 참을 수 없었기 때문이다. 니나에게 무슨 일이 생길지 생각하는 것 역시 참을 수 없었다. 잠들지 못하고 누워만 있던 그 모든 시간들, 특히 헨리가 죽은 후로 잠들지 못했던 시간들을 생각했고, 이제 나는 더이상 오래 잘 필요가 없다는 걸 깨달았다. 나에 대해 새로운 점을 발견하는 건 이상한 일이었다. 언제나 나는 잠이 많이 필요한 사람이라 생각했건만, 착각이었고 다른 모든 것도 잘못 알고 있었던 모양이다.

오래전, 헨리의 상사가 자신의 아내와 아침 일찍 산책을 가지 않겠느냐고 물었던 적이 있다. 나는 그게 직원들 간의 결속 증진을 위한 것이라 생각했지만 헨리는 전화로 이렇게 답했다. "죄송합니다. 못 가겠어요. 메그가 정오 전에는 구제 불능이거든요. 아침에 전혀 일어나질 못해요."

상사는 우리에게 아이가 없다는 게 얼마나 다행이냐고 말한 게 틀림없었다. 헨리는 이렇게 답했다. "네, 하느님의 섭리를 알 순 없지만 제가 씻기고 학교에 보냈을 게 뻔하죠. 하늘이 내려준 작은 자비에 감사할 따름이에요."

그때 참을 수 없는 분노가 일었다. 나는 산책을 갔다면 좋아했을 것이다. 사람들이 개를 데려올 테니까. 학교에 등교시키는 일은 더욱 좋았을 것이다. 헨리와 그 망가진 영혼에 절대 아이를 내맡기지 않았을 것이다.

오전 6시가 되고 나는 잠에 드는 걸 포기했다. 모두에게 아침을 대접하는 것 외에는 도움될 방법이 떠오르지 않았다. 그런 생각을 하면서 잠시나마 가엾은 니나와 우리의 계획에 신경을 끌 수 있었다. 하지만 아래층으로 내려가니 이미 사람들이 선수를 친 뒤였다. 모두 빈 접시를 앞에 두고 뜨거운 음료를 마시고 있었다. 상황을 따라잡으려 토스트를 만드는 동안 나는 열심히 귀를 기울여야 했다. 무슨 일이 일어나는지 몰라 바보처럼 굴고 싶진 않았다. 듣자하니 데스가 '친구들'에게 연락을 한 모양이다. 우리는 그날 아침 카페가 아니라 공원에서 그들을 만날 예정이었다.

"공원에서 만나다니." 그레이스가 말했다. "괜찮을 거라 생각해? 이런 날씨엔 아무도 힐리 필즈에 가지 않는데. 분명 눈에 띌 거야."

나는 창밖을 바라보고 그레이스의 말이 맞다는 걸 알았다. 비바람이 몰아치는 겨울이었다. 개를 산책시키는 사람들마저 집에 있을 날씨였다.

"아뇨, 이게 가장 좋은 날씨예요." 데스가 말했다. "아무도 우리를 못 볼 테니까요. 무사히 일이 끝날 겁니다."

말이 된다. 나머지 두 사람을 바라보니 같은 생각인 듯했다.

나는 데스에게 주기 위해 헨리의 옷을 뒤졌고 등산용 양말도 좀 찾았다. 헨리는 한 번도 산에 가지 않았기에 양말은 태그도 떼지 않고 나란히 붙어 있었다. 데스는 의자에 앉아 이리저리 발을 움직이며 새 양말을 몹시 마음에 들어했고, 우리는 덕분에 그런 상황에서도 함께 웃을 수 있었다. 사람들이 쓸 목도리와 모자도 찾아 나눠주는데 대프니가 말했다. "우리 계획이 좀더 분명해야 하지 않을까? 그러니까 나는, 목표도 알고 낼 수 있는 금액도 아는데 뭔가 부족한 느낌이 들어."

그레이스와 나는 동의했다. 데스는 헨리의 조깅 바지를 입으러 화장실에 가 있었다.

"우리끼리 있을 수 있는 건 일이 분이야." 그레이스가 말했다. "우리가 무슨 일을 하는지 다들 분명히 아는 거지? 내가 한번 정리하게 해줘. 좋아, 우리는 이 친구들을 만나. 두 명일 거야. 아주 세세하게 설명해줄 필요는 없어. 데스가 이미 했을 테니까. 그래도 그 사람들이 으레 알고 있겠지 싶은 것들을 정말 아는지 확인해야 해. 빈틈이 있으면 채워주고."

"그 사람들한테 어떤 방법을 쓸 거냐고 물어봐야 할까?" 내가 말했다. "내 생각엔 그냥 모르는 게 나을 것 같아. 그 일이 안 일어나길 바라는 게 아냐. 성사되면 좋겠어. 하지만……"

제대로 설명할 수 없었다. 너무 지나치다는 게 순전한 이유였다. 이미 볼 만큼 본 것 같았다. 엄청난 겁쟁이처럼 보이고 싶지 않았지만 나는 한계였다.

"비위가 상할 것 같으면 조금 떨어져 있어도 돼." 그레이스가 말했다. "그렇지만 세부사항을 알아놔야 한다고 생각해. 그래야 모든 걸 확인할 수 있잖아. 일이 어그러질 요소가 많으니까."

나는 알아야 하는 이유를 이해할 수 있었다.

"끄떡없어." 내가 말했다. "미안. 우리는 이 일을 함께하는 거니까."

나는 등뒤로 손가락을 꼬아 행운을 빌고 토스트를 식히기 위해 그릇에 옮겼다.

더이상 얘기를 나눌 시간이 없었다. 우리는 감시당할 경우를 대비해 각자 다른 문으로 집을 나섰다. 나는 그레이스와 앞문으로 갔다. 그레이스는 우리가 대화를 하면 내 마음이 편안해지리라 생각한 듯했다. 친절한 사람이었다.

"레이저 사격 파티에 가본 적 있어?" 그레이스가 말했다.

나는 가보지 않았다고 대답하려 입을 열었지만 그레이스는 멈추지 않고 얘기를 이어갔다.

"나는 가봤어. 학교에서 협동심 훈련을 갔는데 끔찍했지. 다른 팀 누군가가 나를 쏘리란 걸 알면서도 어둠 속을 걸어다녀야 해. 레이저로 쏘는 거긴 해도 말이야. 지금 약간 그런 느낌이야, 당신은 어때?"

이런 세상에, 그레이스가 겁을 먹은 걸까? 나는 그레이스가 사실상 무적이라고 생각했다. 줄곧 우리의 승산이 점점 낮아지는 듯 느껴졌다. 아니면 높아지고 있을까? 무엇이 맞는지 확신이 서지 않았다. 그레이스는 내가 위로의 말을 해주길 바란 걸까? 나한테? 내 안에서 자부심이 솟는 게 느껴졌고, 동지애 비슷한 것도 솟아올랐다. 전투에 나간 군인처럼.

"그거 알아?" 내가 말했다. "대부분의 사람들 눈에 여성 노인은 똑같이 보인다는 거? 정말이야, 어린 학생들을 대상으로 한 테스트에서 노인 여덟 명의 얼굴을 암기하라는 과제를 줬대. 그런 다음 열두 시간이 지난 뒤 스물네 개의 얼굴을 보여주고 고르라고 한 거야. 대부분이 네 개도 못 맞혔대. 심지어 인종도 맞히지 못했다지. 절반의 여성이 유색인종인데도 백인을 골랐다는 거야. 그러니 우린 익명의 사람이나 다름없어. 긴장 풀어도 돼."

"그게 사실이야?" 그레이스가 물었다.

나는 화제를 돌리려고 했지만 그레이스는 이미 알고 있었던 것 같다. 헨리라면 내가 기분을 띄우려 이야기를 꾸며냈다는 사실을 인정할 때까지 끝까지 물고 늘어졌을 것이다.

그레이스가 나를 보고 미소를 지었다.

"우리는 괜찮을 거야, 메그. 아무 일 없을 거야."

그레이스에게 입을 맞출 수도 있었다. 대프니라면 아마 했겠지.

대프니 쪽이 우리보다 빨리 걸어갔기에 우리는 환상열석 앞에서 만나기로 했다. 우리가 수상해 보인다는 생각을 떨칠 수 없었지만 적어도 대화를 엿듣는 사람은 없으리라. 환상열석은 2000년부터 공원에 있었고 주민들은 그게 선사 유물인 양 자랑스러워했다. 돌은 카페 뒤 공원의 꼭대기에 세워져 있었다. 나는 화창한 날에 거기서 뛰노는 아이들과 강아지들을 지켜보는 걸 좋아했다. 무슨 일이 생기더라도 그 즐거움을 망치는 일은 없길 바랐다. 그곳에 여럿이 있으니 이상한 기분이 들었다. 보통은 늘 혼자 갔기 때문이다.

돌 앞으로 가니 데스와 대프니가 이미 와 있었다. 대프니는 굉장했다. 대프니와 그레이스는 강한 사람들이었다. 정말 멋지고 차분한 사람들이었다. 그저 그들을 바라보는 것만으로도 기분이 좋아졌다. 둘은 분명 서로에게 속해 있었다. 날아오르는 아름다운 바이올린 선율이 들렸다. 편안하고 준비가 된 기분이 들었다.

"안녕, 여러분." 대프니가 말했다.

마치 자기 집에 칵테일파티를 하러 온 우리를 반기듯 대프니가 미소를 지었다. 그레이스와 나는 웃지 않을 수 없었다.

"부인들을 돕게 되어 영광입니다." 아직도 헨리의 양말을 내려다보며 데스가 말했다.

늘어선 돌들 사이 바닥에는 금이 간 해시계가 있었다. 그들, 데스의 지인들이 나타났을 때 나는 해시계를 바라보고 있었다. 그걸 보느라 그 사람들이 어디서 나타났는지 보지 못했다. 꼭 우주에서 지상으로 혹은 비행기에서 낙하산을 타고 착륙한 것만 같았다. 일순간 조금 전까지 없던 사람들이 삽시간에 등장했다. 남자 한 명, 여자 한 명, 그렇게 둘이었다. 내가 예상했던 것과 전혀 달랐다. 달라도 너무 달랐다. 우선 여자가 올 거라곤 생각지도 못했다. 여자들이 할 만한 일이 아니라고 여겼다. 하지만 세상은 바뀌었고 변하고 있었다. 헨리는 늘 내가 시대에 뒤처진 사람이라고 했다. 그다음으로, 두 사람 다 몸집이 작았다. 그러니까 내 말은, 정말로 작았다. 고작 155센티미터인 내가 그 여자 옆에선 농구선수처럼 보였다. 남자는 나보다 오 센티미터 컸나 그랬다. 몸은 넓고 다부졌으며, 키는 작아도 절대 시비를 걸고 싶지 않은 외모였다. 좋네, 그 점은 마음에 들었다.

"음, 다들 여기 온 이유를 알고 있어요." 데스가 말했다. "그러니 딱히 설명은 필요 없어요." 모두 고개를 끄덕였고, 나는 순간 교회 예배가 떠올랐다. 목사가 예배 처음에 꼭 '사랑하는 형제 자매들이 오늘 이곳에 모였습니다' 하고 말하는 부분 같았다.

남자가 여자를 바라보았다. 그 둘의 대변인은 분명 여자였다.

"여성분들과는 일을 많이 안 해봐서요." 여자가 말했다. "반갑다고 꼭 말해야겠군요. 여기 데스가 우리가 처리해야 할 문제를 대략 알려줬습니다. 그리고 대체로 데스가 제시해준 조건에 만족해요. 제가 알기로는, 지시를 받으면 등장해서 일을 수행하고 가능하다면 뒷정리를 하는 거라고 알고 있어요. 질문 있나요?"

우리는 모두 고개를 저었다. 우리 중 누구도 말을 할 상태가 아니었던 것 같다.

"우리 조건은 이래요. 절반을 선불로 하고, 가능하면 오늘요. 나머지 절반은 일이 끝나면 받고요. 뭐가 잘못되면 우리가 돌려줄 것도 없고 그쪽에서 줄 것도 없어요. 이해됐나요? 이메일, 문자메시지도 안 하고, 여러분 핸드폰으로 통화하지도 않고요. 모든 건 옛날 방식으로 합니다."

"컴퓨터를 싫어해서." 남자가 말했다.

대프니가 남자에게 공감하는 표정을 지으려고 했지만 키 작은 여자가 중간에 끼어들어 그에게 인상을 썼다. 그는 더는 말하지 않았다.

"얼마나 빨리 약속을 잡을 수 있을 것 같나요?" 여자가 물었다.

"백 퍼센트 장담은 못하겠어요." 대프니가 말했다. "하지만 가능한 한 빠를수록 좋겠죠. 24시간 안에 말해줄게요."

나는 내가 니나에게 건넸던 핸드폰 얘기를 대프니가 꺼내길 바라고 있었다. 하지만 생각해보니 대프니는 정보를 최소한으로 전하려 했던 것 같다.

"좋아요." 키 작은 여자가 말했다. "이 작전의 수행을 위해, 저를 클래라라고 부르세요. 실명은 아닙니다. 이 폰을 가져가서 제게 시간과 장소를 알려주세요. 새 기기고, 심카드엔 제 번호만 있습니다. 사용한 뒤 버리고요. 아시겠죠?"

갑자기 이 모든 장면이 더이상 게임이나 TV 방송처럼 느껴지지 않았다. 오싹했고 현실감이 들었다. 누군가가 죽어야 한다. 그 사람이 더이상 다른 어린 여자아이들을 해치는 걸 우리가 원치 않으므로, 니나를 구출해야 하므로. 우리는 이 일을 하고 말 것이다. 갑자기 속이 철렁했고 다른 사람들도 그런 것 같았다. 우리는 서로를 쳐다보았고, 또 집중할 만한 다른 것, 안전한 뭔가가 필요하다는 듯 먼 데를 바라보았다. 그제야 이 두 사람이 개와 같이 왔다는 걸 알아차렸다. 정확히는 남자와 온 것이었다. 어떻게 보지 못하고 지나쳤는지 모르겠지만 전혀 몰랐다. 너무 조용해서 그랬나. 헨리는 늘 작은 개들이 최악이라고 했다. 자신들이 큰 개와 같다는 걸 입증하려 언제나 왈왈 짖어댄다면서. 하지만 이 조그만 녀석은 목줄을 한 쥐처럼 얌전했다. 남자 암살자는 강아지를 쳐다보는 나를 보고 아주 작은 미소를 지었다.

"슈라고 합니다." 그가 말했다.

클래라가 날카롭게 그를 째려보았고 남자는 다시 정면을 바라보았다.

나는 슈를 쓰다듬지 않으려고 양손을 몸에 붙였다. 손가락 사이로 만지는 슈는 얼마나 부드러울지, 애정을 살짝 주면 얼마나 좋아할지 떠올려봤다. 만지는 대신 나는 미소를 지어줬다. 그걸 좋아하는 개들도 있고, 슈도 그중 하나인 듯했다. 이 사람들이 언제 무엇을 하든 강아지는 데려가지 않았으면 했다.

침묵이 감돌았다.

"참조할 만한 건 있어요?" 그레이스가 물었다.

그레이스는 다소 걱정하는 얼굴이었는데, 좀처럼 없는 일이었다. 그레이스가 그걸 물어봐서 기뻤다.

"하." 클래라가 답했다. "날카로운 질문이네요. 여기 광대 두 명이 이런 걸 해보긴 했나 생각하는 거죠? 맞나요?"

"데스가 추천해준 사람들이니까." 그레이스가 말했다. "그거 하나로 충분해요. 하지만 안다면 유용하겠죠."

그 말이 얼마나 프로다웠는지, 나는 감탄했다. 데스는 손톱을 깨물고 먼 곳을 응시했다.

"꼭 필요한 것만 알려드리는 게 원칙입니다." 클래라가 말했다. "하지만 제법 참조할 것들이 있다는 건 분명히 말씀드리죠. 보여드릴 수 있다면 좋을 텐데요."

'꼭 필요한 것만 알려주는 원칙'은 헨리가 제일 좋아하는 말이었다. 수시로 그 말을 쓰며 나를 배제하곤 했기에, 왜 저렇게 말하는지 이해하면서도 그 말에 약간 거부감이 들었다. 그레이스는 여전히 걱정하는 표정이었다.

"긴밀함이라는 원칙하에 논의할 수도 있을 텐데요."

그레이스가 그렇게 말하고 손짓하자 그 두 사람은 우리에게서 벗어났다. 그들이 무슨 말을 하는지 알 순 없었지만 클래라가 제스처를 하며 말하는 모습은 보였다. 내 상상인지 모르겠지만 그레이스가 여자로부터 한 걸음 뒷걸음질친 것 같았다. 아주 작은 보폭으로.

우리는 딱히 할일이 없이 어색하니 남았다. 나와 대프니, 데스, 키 작은 킬러와 강아지 슈. 나는 몸을 숙여 슈를 쓰다듬었다. 뭐라도 말하고 싶었지만 "착한 개네"라는 말만 떠올랐다.

"감사합니다." 그 킬러가 말했다. "슈는 최고예요."

그레이스와 클래라가 돌아왔고, 그레이스는 우리에게 고갯짓하며 클래라가 한 말에 만족했음을 알렸다.

"하나 더." 대프니가 말했다. "확실히 할 순 없는 거지만 그래도 알고 싶어요. 어떤 방법으로 할 건지 말이에요."

돈을 냈으니까, 당연히 알아야지. 헨리가 자주 쓰던 또다른 표현이었다. 그가 여기서 협상을 한다면 어떻게 나올지 궁금했다. 우리보다 뛰어났을까? 그가 앉아 있는 동안 그 사랑스러운 여자아이가 카페로 뛰어들었다면 같은 일을 했을까? 어땠을지 알 것 같았다.

"남의 인생이야, 메그. 다른 사람 인생이라고."

홍수나 쓰나미, 유기된 어린아이 등 끔찍한 사건에 내가 화를 낼 때마다 그는 그렇게 말했다. 우리에 담겨 국경에 버려진 아기들, 참수된 어린 여성들, 노예로 잡혀간 여학생들. 헨리에겐 그저 '남의 인생'일 뿐, 그게 얼마나 끔찍한 얘기인지는 중요하지 않았다. 그러니 뭐라고 했을지 추측 가능했다.

그 잠깐 사이 나는 내가 어디 있는지 잊어버렸다. 그 정도로 헨리는 진짜 같았다. 그가 했을 말을 떠올리는 것만으로도 그는 살아 돌아왔다. 난 이제 달라, 나는 그에게 소리를 지르고 싶었다. 내게는 친구와 다른 모든 것들이 있고, 우리는 중요한 일을 하고 있어. 그의 결말을, 숨을 헐떡이던 그의 모습을 떠올렸다. 가엾은 헨리.

나는 다시 돌아와 클래라의 말을 들었다. "방법은 중요한 게 아닙니다. 사전조사를 하고 결정될 겁니다."

그 여자의 파트너가 몸을 숙여 강아지를 어루만졌다. 클래라의 말에 당황한 게 분명했다. 선택할 수 있다면 이 남자가 대화하기 더 쉬운 상대였다. 나중에 사람들에게 이걸 말해줘야겠다고 결심했다.

"감시 중간에 잠깐 시간을 낼 겁니다. 여러분이 돈을 건네줄 약속을 잡은 뒤에요." 클래라가 말했다. "이해되죠?"

데스는 일이 진행되는 방식과 자신의 역할에 태연히 굴려고 노력했지만 실패했다. 데스는 헨리의 코트, 스웨터, 양말, 속옷, 바지를 걸치고 화려한 모습으로 거기 서 있었다. 나는 그에게 좀더 다가갔다. 헨리의 옷을 입은 그의 모습이 좋아서였다. 그게 전부다.

대프니가 돈 봉투를 건네면서 접선은 끝났다. 이미 니나가 가까이 있는 것만 같았다. 우리는 집으로 돌아갔다. 이번에는 그레이스와 유리문으로 들어갔다. 자기 집에 그렇게 들어가는 게 이상했지만 그게 최선이었다. 데스도 함께 왔다. 그는 집에 머물고 싶어했고 내가 나가라고 하지 않아 안도한 것 같았다.

집안의 분위기는 묘했다. 다들 혼자 생각하고 걱정할 시간이 필요한 듯했다. 하지만 그래도 우리는 오후의 다과회처럼 함께 있었다. 나는 줄곧 니나를 떠올리며 흐느끼고 싶었지만 다른 사람을 위해 정신을 붙잡아야 했다. 다들 마찬가지였다. 침묵을 깬 건 데스였다.

"청소기를 좀 돌려도 될까요? 아무도 안 일어나셔도 돼요."

나는 깜짝 놀랐다. 나 말고는 아무도 이 집에서 청소기를 돌린 적이 없었다. 카펫도 놀랄 소리였다. 남자가 집안일을 할 수 있다니 들어보지도 못했을 것이다.

"아니, 괜찮아요." 내가 말했다. "물어봐줘서 고마워요."

"아니, 메그." 그레이스가 말했다. "지금 바로 니나를 도와줄 순 없잖아. 우리가 흙이란 흙은 다 밟고 이 집에 쓱 눌러앉았고. 집을 꼼꼼히 관리하는 듯한데 데스가 좀 돕게 하면 어때?"

나는 소스라치게 놀랐다. 도움을 극구 거절하고 싶진 않았지만 데스가 의자 아래 먼지 뭉치를 발견하고 나를 형편없는 살림꾼으로 생각할까봐 지나치게 걱정되었다. 하지만 이내 이런 생각이 들었다. 가엾은 니나는 지금 그런 놈이랑 같이 있는데 이게 다 뭐가 중요할까?

그런데 전혀 걱정할 필요가 없었다. 데스는 청소 대충파처럼, 군사보호구역을 청소하듯 물건과 가구 사이를 조심스럽게 돌며 청소했다. 우리는 몇 분간 계약 얘기를 꺼내지 않았으나 곧 그레이스가 말했다. "이 상황이 그리 만족스럽지 않아. 다들 어떻게 생각해?"

"나도 그래." 대프니가 말했다. "그래도 여전히 일이 잘 풀릴 가능성이 있다고 봐. 내 말은, 우리가 그자에게 현금을 건넬 때, 충분히 혹하게 만든다면 돈을 들고 튈지도 몰라. 그러니까 정말로 니나를 넘겨줄지도 모른다고. 둘이서 말할 때 클래라는 뭐라고 했어?"

대프니가 물어봐줘서 기뻤다. 나도 궁금하던 차였다.

"그 여자 생각엔 그놈이 돈을 받고 니나를 우리에게 돌려줄 가능성이 있대." 그레이스가 답했다. "하지만 그 여자가 너무 필사적으로 애를 쓰는 것 같단 말이야. 실은 그 사람들이 이런 일을 해봤는지조차 확신이 안 서. 말은 그렇게 한다지만……"

"그래도 가능성이 있어." 내가 말했다. "그 사람들, 아는 게 제법 많았어. 아무 방법이 없는 것보단 낫잖아. 부딪혀봐야 해. 돈으로 해결할 수 있을지도 몰라. 생각해봐!"

헨리는 돈을 찔러 안 먹히는 사람은 없다고 믿는 사람이었고 나는 그 사실을 굳이 언급하지 않았다. 말해봤자 별 도움 안 됐을 것이다. 피 보는 일을 피할 수 있기를 간절히 바랐다. 나는 말벌을 죽이는 것도 싫었다. 내 뒤통수에서 잔소리를 해대는 뭔가가 있긴 했다. 헨리와 관련된 뭔가가. 하지만 그게 무엇인지 정확히는 알 수 없었다. 바이올린은 완전히 고요했다. 딱히 도움을 줄 게 아니라면 그 편이 나았다.

그레이스는 살인을 안 할 수도 있다는 생각에 기쁜 듯했다.

"정말 좋지 않아? 그냥 돈을 주고 그걸로 끝나면. 아무도 다치지 않고."

"음, 제가 범죄자 심리에 일가견이 있는데요." 데스가 말했다. "죄송합니다만, 부인들은 그런 심리를 모르시죠."

"그건 모르는 일이지." 그레이스가 말했다. "댁이 생각하는 것만큼 갇혀 살지 않았거든."

그레이스의 목소리는 약간 날이 서 있었다. 나는 대프니를 바라보았고, 우리는 서로 재빨리 점잖게 찡긋했다. 그레이스와 데스의 사이가 틀어지는 것만큼 최악의 사태는 없었다. 그리고 실제로 나는 갇혀 살기도 했으니까. 헨리가 죽었을 때 이 집을 팔아 해변 방갈로로 이사할걸, 아주 잠깐 생각했다. 실제로 많은 사람들이 그렇게 하는데.

"무시하려는 건 아니었어요." 데스가 말했다. "이렇게 표현해도 괜찮다면, 그자는 쓰레기예요. 자기 할머니도 10펜스 받고 강에 던져버릴 인간이에요. 구제 불능인 놈이라는 데 얼마든 걸 수 있어요. 돈을 얼마를 줘도 만족 못할 인간이라니까요. 그 인간이 아이를 살려준다고 해봤자 다른 가엾은 아이가 또 희생될 뿐이란 건 말할 필요도 없겠죠."

"알아." 대프니가 말했다. "잘 알아. 하지만 그런 생각을 하는 게 싫은……"

"정면으로 맞서야 할 거야." 그레이스가 말했다. "다양한 방법을 따져봐서 우리가 그 무엇에도 놀라지 않게. 그게 도움이 될 것 같아?"

대프니가 자신 없는 표정을 지었다.

"비슷한 인간을 안 적 있어." 대프니가 말했다. "대학에 다닐 때였는데, 정말 형편없는 인간이었지. 지금이야 그 인간이 수차례 나쁜 짓을 하고 다녔다는 걸 알지만 당시에는 잘 몰랐어. 좋은 점만 보려고 했지. 어머니에게 매주 일요일마다 전화를 건다거나, 언젠가 길고양이에게 밥을 줬다거나, 그런 것들."

우리는 이 이야기가 어떻게 흘러갈지 몰라 모두 대프니를 바라보았다.

"그후 깨달았지." 대프니가 말했다. "사람들에겐 좋은 점이 있다는 걸. 심지어 나쁜 사람에게도 말이야."

그 말은 놀라우면서도 진실된 말이어서, 나는 어떻게 답해야 할지 몰랐다. 보고 있지, 헨리? 모든 일을 그렇게 확신하기만 해서 어떤 미묘한 것들을 놓치는지?

"어떤 사람들은 선함의 파편을 갖고 있을지 모르지." 그레이스가 말했다. "그게 사람들이 두 번 생각하는 이유고. 하지만 그놈은 그저 돈을 벌기 위해 아이를 이용하고 있어. 아이를 이용하고 더이상 니나가 아니게 될 때까지 굴리고 또 굴리겠지. 니나가 그놈이 아이의 영혼을 원한다고 했던가, 그 비슷하게 말했던 것 기억해봐. 결국 니나는 마약이나 술, 아니면 둘 다에 빠져 희망이라곤 없는 진창에 빠지게 될 거야. 그런 일이 일어나는 걸 난 봤어."

정수. 나는 생각했다. 그게 니나가 쓴 표현이었다. 나의 정수.

"알아." 대프니가 말했다. "나도 봤어. 남자는 여성의 몸을 영원토록 팔아왔지. 우리가 옳은 일을 한다는 것 알아, 하지만."

"나는 그런 일을 본 적이 있는지 없는지 모르겠어." 내가 말했다. "하지만 나는 굳이 껍질을 깨 열어서 냄새를 맡지 않아도 척 보면 썩은 달걀인지 알아."

사람들이 웃었다. 분위기가 다소 가벼워졌지만 나는 진지했다.

"그 얘기를 하실 거라면요, 핵심은, 지금 벌어지는 그 일을 보통 일처럼 다루는 거예요. 그게 도움이 될 거예요." 데스가 말했다. "감옥에서 단체 상담을 받은 적 있는데요, 거기서는 말하고 싶지 않은 걸 얘기하게끔 독려하거든요, 그래서 음, 뭐랄까 그걸 대면하게끔요. 그땐 효과가 없었는데 지금은 있을지도요."

우리 모두는 그 의견에 놀랐던 것 같다. 살인을 콕 집어 얘기하면 도움이 될 거란 말에. 우리는 그저 데스를 멍하니 바라보았다.

"차예요." 데스가 말했다. "그게 제일 마음에 들어요, 제게 선택권이 있다면요. 차로 쳐버리면 그렇게 의도적으로 보이지도 않고, 모두가 만족스러울 거예요. 그 러시아 독인가 그건 구할 수만 있다면 좋죠. 빠르고 깨끗하고, 다들 러시아와 연관이 있다고 생각하겠죠. 그것도 가능할 것 같고요."

"내 생각엔 말이지." 그레이스가 말했다. "그건 시장에서 구할 수 있을 것 같지 않아."

그레이스의 눈에 다시 생기가 돌아 기뻤다.

"벌도 있어요." 데스가 서슴지 않고 말했다. "벌은 모두의 친구지만 누군가에게는 치명적인 적이죠. 알레르기가 있다면 한방에 쿵, 하지만 알레르기가 없더라도 천 마리가 동시에 쏘면 보통 사람은 죽어요. 물론 체중에 따라 다르긴 하지만요."

"물론이지." 그레이스가 말했다.

"음식에 독을 넣는 것도요." 데스가 계속 말을 이어갔다. 이젠 즐거워보였다. "매해 많은 사람이 식중독으로 죽거든요. 그중 몇 건이 독살인지 아무도 모르죠."

나는 스프를 마시는 헨리를 떠올렸다. 그는 말했다. 맛이 고약하네. 독이라도 넣었나?

"물론 훌륭한 런던 지하철도 있고요." 데스가 말했다. "붐비는 역은 사람들이 노란 선 넘어서까지 나와 있거든요. 무슨 일이든 일어날 수 있죠. 일어나기도 하고요."

그레이스는 들을 만큼 들었다는 표정이었다. 대화를 가볍게 유지하려 했지만 지금은 지친 표정이었다. 데스가 그 신호를 읽었으면 했다. 그레이스는 대프니를 바라보았고, 둘 사이에 메시지가 오간 것 같았다. 나는 안도했다.

"그 정도면 충분한 것 같아." 대프니가 말했다. "이러는 게 별 도움이 되진 않는 듯해서. 앞으로 며칠을 버티려면 당장의 일을 최소한으로 얘기하는 게 나을 것 같아. 처음 계획이 실패할 경우를 대비해 예비책까지 준비해놓을 게 아니라면 말이야."

데스는 실망한 듯 보였다.

"아직 다 끝내지도 못했는데. 한참 더 남았는걸요, 솔직히."

Chapter 16

니나

1월: 사건 발생 1개월 전

고작 한 달 만에 니나의 세상은 뒤바뀌었다. 알아차리지 못하는 사이에 크리스마스가 지나갔다. 더이상 공부도, 독서도, 심지어 다른 사람과 대화도 하지 못했다. 차라리 죽고 싶었지만 목숨을 끊을 만한 물건은 전부 신중히 제거된 상태였다. 꼭 정신병원 폐쇄병동이나 감옥 같았다. 원피스 가운을 여밀 벨트도 주지 않았고, 감독 없이는 면도기로 다리를 밀 수도 없었으며, 절대 혼자서는 외출할 수 없었다.

그 사람들은 제일 먼저 니나를 런던 바깥, 바다 근처의 어딘가로 데려갔다. 밤마다 들리는 소리로 알 수 있었다. 모든 것이 아무 일 없다는 듯 밤마다 밀려와 철썩이는 소리를 들을 수 있었기 때문이다. 그게 바로 바다라는 걸 어떻게 알았는지는 알 수 없었지만 그래도 알았다. 아마 아주 어릴 적 휴일에 엄마와 왔었거나, 아니면 다녔던 학교들 중 한 곳에서 소풍을 왔을 수도 있다. 어쩌면 꿈에서 그 소리를 들었거나 소설에서 읽었을 수도 있고. 어떤 방법으로 알았든 니나는 이제 감사했다. 그 소리가 친구처럼 느껴졌고, 주위의 다른 모든 소음 사이로 그 소리를 들을 수 있었다.

다른 여자아이들이 있었다. 늘 같은 아이들이 있는 건 아니었다. 꿈에서처럼 아이들은 왔다가 떠났다. 어떤 주는 며칠을 머물러 니나가 가까스로 웃어 보일 수 있었고, 어떤 때는 한 번 보고 다시는 보지 못했다. 몇몇은 영어를 하지 못했지만 서로 눈빛만 봐도 니나는 그 슬픔을 이해했다. 그곳에서 니나가 불행한 만큼 그 아이들도 불행했다.

니나와 다른 여자아이들이 대기하는 방의 작은 어항에는 물고기, 금붕어가 한 마리 있었다. 니나는 될 때마다 금붕어를 관찰했다. 금붕어는 니나 쪽으로, 니나가 앉아 있는 방향으로 자주 헤엄쳐 왔다. 니나는 그렇다고 확신했다. 내가 없을 때는 어항의 반대편으로 헤엄치는지 알 방법이 없다는 게 문제긴 하지. 어쩌면 그냥 그 방향으로 헤엄치는 걸 좋아하고 동료가 필요하지 않은 걸지도 몰랐다. 여자아이들은 지정된 자리에 앉아야 했다. 니나는 방의 다른 편에 앉아 그래도 물고기가 자신의 방향으로 오는지 관찰하고 싶었다. 매일 매순간 그 생각만 하다보니 그것이 유일한 소원이자 강박이 되었다.

어느 금요일, 니나는 실험해볼 수 있었다. 평소보다 분주하고 남자들이 더 소란스럽고 과격하게 굴었기에 니나는 그날이 금요일이라는 걸 알 수 있었다. 폴이라는 남자는 단골이었다. 4주 동안 매주 금요일마다 방문했고, 니나를 금요일 소녀라고 불렀다. 폴은 진상 중의 진상이었는데 자신이 어떤 면에서 니나의 남자친구라고 생각하기 때문이었다. 그리고 남자친구니 여자친구니 하는 것에 집착했기에 니나는 그 무엇보다 더 소름이 끼쳤다.

"나 안 보고 싶었어?" 폴은 그렇게 물었다. 그리고 이렇게 말했다. "이걸 기다리시느라 목이 빠졌겠지."

니나는 웃지도, 받아주지도 않았다. 그래봤자 소용없었다. 전혀 차이가 없었다. 두 사람의 관계는 폴 혼자 빚어낸 상상이었다.

그는 금요일에 일찍 왔다. 그날은 물고기 금요일이었는데, 니나가 일이 끝나고 다른 여자아이들이 들어오기 전에 대기실에 가서 앉을 수 있었기 때문이다. 몸이 욱신거리고 마음은 절박했지만, 마침내 대기실에 혼자 있을 수 있다는 것이 작은 위안이었다. 이런 것이 중요할 정도로 니나의 세계는 축소되어 있었다. 이것은 강제로 하지 않고 원해서 할 수 있는 일이었다. 남들뿐만 아니라 나한테도 금요일인 거야, 니나는 머릿속으로 주문을 외듯 말했다.

이걸 성공하면 도망칠 수 있을지도 몰라, 니나는 어항 건너편 의자에 앉기 위해 방을 가로지르며 생각했다. 어쩌면 저 문이 열릴 때까지 기다렸다가 도망칠 수 있을지도 몰라. 니나는 착석이 금지된, 본인에게 지정되지 않은 의자에 앉아 금붕어가 자신을 향해 헤엄쳐 오길 기다렸다. 다른 생명과 마찬가지로 금붕어도 친근한 얼굴을 좋아한다는 증거가 될 거야. 금붕어에게 선택권이 있다면 자신도 마찬가지일 것이다.

니나는 끝내 금붕어가 자신에게 헤엄쳐 왔는지 확신할 수 없었다. 헤엄쳐 왔다고 생각했고 그러길 바랐다. 하지만 계산에 넣어야 할 변수가 많았다. 우선 소음이 문제였다. 다른 자리에 앉는 것도 문제, 아주 큰 문제 같았다. 니나는 사람들이 지켜보고 있다는 것을 알지 못했다. 짤랑이는 팔찌를 한 여자와 두꺼비처럼 목이 없고 푸아로 같은 억양을 쓰는 남자. 그 두 사람이 불쑥 들어닥친 순간, 니나는 천장 한가운데 조명에서 감시 카메라가 깜빡인다는 것을 알아차렸다.

니나는 의자에서 끌려나오면서 생각했다. 당연히 방과 자신들의 소유물을 감시할 터였다. 나 스스로 우등생이라고 했던가? 니나는 자조했다. 어린애는 물론 심지어 물고기조차 모를 수 없었는데.

"네가 앉을 의자를 주었을 텐데." 남자가 매우 관대한 일을 해줬다는 듯 계속해서 말했다. "우리는 의자를 제공했는데, 넌 우리 부탁을 듣질 않네. 그렇지?"

금붕어가 보고 싶었던 것뿐이야, 니나는 생각했다. 망할 금붕어를 다른 방향에서 보고 싶었던 게 다라고. 하지만 아무 말도 하지 않았다. 금붕어 얘기만 꺼내도 화장실 변기에 어항을 비울 게 분명했고, 더한 일이 생길 수도 있었다.

니나는 빌보가 말귀를 못 알아듣는다는 이유로 사람들이 빌보가 싫어하는 일을 억지로 시켰을 때 그애의 기분이 어땠을지 이해할 수 있었다.

만약 내가 여기서 나가게 된다면, 빌보가 좋아하는 노래를 계속 틀어줘야지. 빌보가 원한다면 말이야. 그리고 사탕을 주기 전에 초록색 사탕을 전부 골라내줘야지.

"이제 앉으라고 했던 그 빌어먹을 의자에 앉아." 여자의 앙상한 팔 위로 팔찌들이 다시 짤랑거렸다. 여자는 니나의 머리를 붙잡고 방을 가로질러 니나를 주저앉혔다. 니나는 무표정을 유지했다. 여기 온 이후로 줄곧 그 표정을 연습했다. 아무 감정도 얼굴에 드러내지 않는 기술이었다. 가끔은 그 기술이 남아버려 이곳을 벗어난 후에도 그 어떤 감정도 드러내지 못할까봐 두려웠다. 어떤 때는 이곳을 벗어난 후라는 게 존재하지 않을 것 같았다. 기대하기엔 무사히 도망칠 가능성이 너무 희박해 보였다. 니나는 의자에 앉아 몸이 아픈 곳을 셌다. 방을 질질 끌려다니느라 붙잡힌 머리. 여자가 걷어찼던 손목과 정강이. 그리고 아까 그곳, 이름을 알고 싶지도 않은 그 신체 내부.

다른 걸 생각해봐, 니나는 스스로를 타일렀다. 다른 걸 떠올리고 그걸 계속 되뇌는 거야. 정확한 날짜를 알 순 없지만 계속 칼리지에 다녔다면 모의고사를 칠 즈음이었다. 시험 장소에서 다 같이 앉아 있을 친구들이 자신이 그냥 떠나 도망쳐버렸다고 여길 거라 생각하니 슬픔이 밀려왔다. 아마 다들 그렇게 생각하겠지, 흔한 보호시설 아이야, 의리도 없고 끈기도 없어. 가끔은 왜 니나가 인스타그램에 나타나지 않는지 궁금해할지도 몰랐다. 하지만 그게 다였다. 그들은 니나를 찾지 않을 것이었고 다른 친구라면 응당 해줬을 실종신고도 하지 않을 것이었다.

니나는 위안이 필요해 『햄릿』에 나오는 대사를 읊었다. 목소리를 낮추고 단어들을 하나하나 떠올려 순서대로 말하는 데 집중했다. 그새 다른 여자아이 하나가 들어와 방 멀찍이 앉은 것도 눈치채지 못했다가 그애가 조용히 "꼭 시 같다"라고 한 뒤에야 알아차렸다.

"아." 니나가 말했다. "거기 있는지 몰랐어."

"시인 거 알았어." 그 여자아이가 대단한 승리를 거둔 사람처럼 말했다. "내가 섬세하거든."

그게 니나가 며칠 만에 다른 사람과 나눈 가장 긴 교류였다. 하도 오래전이라 얼마만인지는 정확히 기억나지 않았다.

"나는 로마나야. 진짜 이름은 아니고. 일에 쓰는 이름이야, 너도 알겠지만."

"아. 나는 니나야. 오늘 받은 이름은 모르겠어. 계속 바뀌거든."

"넌 계획이 있어?" 로마나가 물었다. "여길 버티려면 너도 계획이 필요하단 걸 알게 될 거야. 여기 우리는 전부 계획이 있어."

니나는 웃었다. 한동안 웃지 않았더니 입이 삐걱거리는 느낌이 들었다.

"창의적이지 못해서." 니나가 말했다. "바닥에 시신으로 널부러지는 결말 말고는 다른 계획이 떠오르지가 않네."

"쉿. 잠깐만."

니나는 잠시 침묵했다.

"좋아." 로마나가 말했다. "첫번째는 카메라를 주시하는 거야."

니나가 이미 알고 있는 천장 가운데 조명에 붙은 카메라 방향으로 로마나는 머리를 까딱였다.

"카메라가 널 비추지 않을 때만 말해. 계속 돌아가니까. 가끔은 다른 것보다 빠르게 돌아, 그러니 계속 살펴봐야 해. 아니면 소리는 잘 못 들으니까 말을 하는 동안 시선을 돌려도 괜찮아. 그것도 아니면." 로마나는 카메라가 다시 돌아오자 몇 초 동안 침묵했다. "기침을 하듯 손으로 입을 가리고 말해."

"몰랐어. 여기 있는 동안 아무도 나한테 말을 걸지 않았어."

"위험할지도 모르니까. 저들이 가끔 스파이를 심어서 동태를 살핀다는 소문이 있거든."

"난 아냐."

"방금 소란이 난 걸 듣고 아니란 걸 알았지. 너를 질질 끌고 방안을 질러갔다며. 괜찮은 거야?"

니나는 어깨를 으쓱해 보였다. 지금까지보다 더 괜찮지 않은 듯했고, 게다가 로마나가 신경써서 말을 걸어주니 울고 싶어졌다. 니나는 목소리에 울음이 묻어나올까봐 조용히 삭혔다. 그애는 착해 보였지만 니나는 누구에게 약한 모습을 보이는 걸 경계했다. 어깨를 한번 으쓱하는 게 좋을 듯했다.

"바보 같은 질문이네. 미안해." 로마나가 말했다. "그래, 내 탈출 계획을 알려줄게. 그래야 내가 믿을 만하다는 걸 알지. 하지만 네가 써선 안 돼, 알았지? 이건 절대 내 계획이니까, 저작권은 나한테 있어. 나는 밥을 끊을 거야. 가능하다면 마시는 것도. 아직 준비는 안 됐지만 서서히 하고 있어. 한번 시작만 하면 금방 아플 거야. 늘 쉽게 앓았거든. 분명 끙끙 앓을 거고 그러면 의사를 부르겠지. 아니면 응급실에 데려가거나. 알았지?"

로마나는 자신의 계획이 완벽하다는 듯 웃으며 니나가 맞장구쳐주길 기다리고 있었다. 니나는 무슨 말을 해야 할지 몰랐다. 로마나의 계획에는 잘못된 점이 너무 많았지만 지적하는 건 잔인해 보였다. 누구나 희망은 필요한 법이다. 절대적이고 명백한 희망의 부재야말로 자신이 여기 온 이래 일어난 최악의 일 아니었던가? 거기에 정보 부족과 완전한 혼란까지. 어쩌면 로마나가 그 부분을 도와줄 수 있을지도 몰랐다.

"계획을 잘 세운 것 같아." 니나가 말했다. "나도 하나 있었으면 좋겠다. 나는 우리가 어디 있는지도 몰라. 혹시 알아?"

"지역 이름은 잘 모르겠어." 로마나가 말했다. "하지만 다른 애 하나가 헤이스팅스일 거라고 하더라. 그래도 또 몰라, 걔는 툭하면 말을 바꾸거든. 해안인 건 확실해. 갈매기 소리가 들리니까."

"왜 여기일까? 왜 여기고 하필 나인 거지?"

니나는 심호흡에 집중하며 울지 않으려 애썼다.

"아." 로마나가 말했다. "넌 고아원 출신이야, 아니면 가출이야? 우리는 대부분 둘 중 하나야. 목표물을 신중히 고르거든."

"뭐?" 니나가 외쳤다. "그게 무슨 의미야?"

마치 아주 단순한 수학 문제를 이해하려 애쓰는 열등생처럼 바보가 된 기분이었다. 도저히 이해할 수 없었다. 뇌가 작동을 멈춘 듯했다.

로마나는 다시금 카메라가 돌아가길 기다렸다.

"아무도 우리를 찾지 않으니까. 그자들이 하고 싶은 대로 할 수 있지. 아무도 우리가 뭘 해낼 거라 기대하지 않으니까 사라져도 신경쓰지 않고. 나는 가출했어. 장담하는데 우리 엄마는 내가 사라진 줄도 모를걸. 당연히 신고도 안 했을 거고. 내가 살려고 여기저기

구걸도 하고 그랬는데 그자들이 날 발견한 거야."

니나는 그 구조를 단번에 이해했다. 쓰고 버릴 수 있는 여자아이들, 그런 아이들을 고른 것이다.

"헤이스팅스라면," 니나가 말했다. "전에 한번 왔던 것 같아."

"다시 올 수도 있어." 로마나가 말했다. "누가 알겠어? 우리는 아마 내일 이동할 거야. 그자들은 단기로 집을 빌리거든, 에어비앤비나 그런 걸로. 그러고서 우리를 광고하지. 사진도 찍고 다른 것도 해서 인터넷에 올리고. 가능하면 카메라를 달고, 고객이 오길 기다리고. 오래 걸리지 않아. 계속 새로운 장소로 움직여 다니니까 경찰이 찾지도 못해."

니나는 가슴이 철렁 가라앉았다. 생각한 것보다 끔찍했다. 로마나에게 더 많이 물어보고 싶었지만 두꺼비 같은 남자가 다른 두 남자와 들어왔다. 나이가 많은 사람들이었고 술냄새가 났다. 니나는 바닥을 바라보았다. 곁눈질을 하니 로마나도 마찬가지였다.

"수줍은 아이들이네." 두 남자 중 한 명이 말했다. "아, 수줍은 애들이 좋단 말이야."

"제 애들이 극도로 부끄러움이 많아서요." 두꺼비 남자가 말했다. "하지만 아주 고분고분하단 걸 금방 아실 겁니다. 저애가 제가 말한 그 특별한 애입니다." 두꺼비는 로마나를 가리켰다. "정말 깜짝 놀라실 겁니다."

"고분고분이라." 두 남자 중 키 작은 남자가 말했다. 입술을 살짝 깨물고 말하는 목소리가 사악하게 들렸다. "나는 고분고분한 걸 좋아하지. 그 소리가 좋아. 이리 온, 애들아."

로마나는 곧장 그 남자에게로 갔다. 로마나가 키득거리는 소리가 니나에게는 끔찍하게 들렸다. 저들은 그 웃음이 거짓이고 두려워서 내는 소리라는 걸 모르는 걸까? 정상적인 사람이라면 거기서 멈추지 않을까?

"아, 요거 마음에 드네. 나한테 보여줄 게 있을 텐데." 그 남자가 말하며 로마나의 얄팍한 가슴 속으로 손을 넣었다. "이리 와."

키 큰 남자는 시장의 말을 검사하듯 니나를 위아래로 훑었다.

"걔는 기가 좀 세요." 두꺼비 남자가 말했다. "훈육이 필요하죠, 어떻게 하는지 아시죠."

"당연히 알지." 키 큰 남자가 말했다. "알고말고."

남자는 엄지와 검지로 니나의 깡마른 팔을 쥔 다음 뼈가 으스러지는 느낌이 들 정도로 살을 세게 파고들었다.

"이리 와, 귀염둥이."

"싫어요."

니나는 그 말을 뱉을 때까지도 자신이 그런 말을 할 줄 몰랐다. 하지만 로마나와의 대화가, 자신을 해치려 들지 않는 또다른 인간과의 대화가 용기를 주었다. 니나는 쿵 발을 굴렀다.

"안 가요."

죽일 테면 죽이라지, 니나는 생각했다. 그냥 죽이라고 해. 저항하지 않아서 생길 일보다 나쁜 일은 없었다. 니나는 눈을 감고 주먹세례를 기다렸다.

"그렇다면," 두꺼비 남자가 말했다. "다른 애를 찾아드리죠."

문이 닫히는 소리를 듣고 눈을 떠보니 두 남자 모두 방을 나가고 없었다. 그들이 자신을 홀로 남겨뒀다는 걸 믿을 수 없어 가만히 서 있었다. 두꺼비 남자가 돌아왔을 때까지 같은 자리에 서 있었다.

"앉아." 그가 말했다. "넌 내가 뭐라고 생각하지? 보라색 괴물?"

아니, 그것보다 더해. 니나는 침묵했다.

"이봐." 그가 말했다. "피는, 피가 그랬던 건 유감이야. 그 여자 지금 화가 끝까지 났거든, 너도 알겠지. 하고 싶으면 어디 해봐."

니나는 두꺼비 남자를 바라보았다. 그가 무슨 말을 하는지 알 수 없었다.

"내 아이들." 그가 말했다. "난 내 아이들이 행복하기를 원해. 다른 자리에 앉고 싶으면 그렇게 해."

니나는 계속 서 있었다.

Chapter 17
대프니

2월 27일 수요일

대프니의 머릿속은 소용돌이치고 있었다. 작은 키로 고개를 젖혀 커다란 건물의 꼭대기를 바라보는 듯한 기분이 들었다. 자신을 붙들어줄 뭔가를 찾아야 했다. 순간 대프니는 자신을 잡아줄 사람이 그레이스이길 바랐지만, 메그의 회색 소파에 깊숙이 앉아 날아가지 않으려 팔걸이를 붙드는 것으로 만족해야 했다. 기억이 존재하는 곳곳에서 갖은 기억이 몰려들어 줄을 서고 있었다. 독에 관한 모든 것과 또다른 방법들. 대프니는 몸서리를 쳤다. 대학을 떠나기 직전에, 공부와 평화라는 인생의 꿈에서 걸어나오기 직전에 나눴던 대화가 떠올랐다. 같은 복도에 사는 친절한 아이인 마거릿과 나눈 대화였다. 그때가 자신에게 무슨 일이 일어나는지 누군가에게 들려주려고 노력했던 유일한 시기였음을 대프니는 깨달았다. 수년 동안 대프니는 자신이 가십의 대상임을 사람들이 알고 있다고 생각했으나, 지금 돌이켜보니 확신할 수 없었다.

"앤드루." 대프니는 마거릿에게 적절한 단어를 찾으려 노력하며 말했다. "앤드루, 좀 무서운 사람이야."

"세상에." 마거릿이 말했다. "그런 사람과 사귄다면 나도 아주 겁이 날 거야. 너무, 너무 멋있지 않니? 안 그래?"

"내 말은 그런 뜻이 아냐." 대프니가 말했다. "그리고 들여다보면 솔직히 그렇게 멋있지도 않아."

"너도 힘들긴 하겠다. 그의 세계에 어울리는 사람이 되려면." 마거릿이 말했다. "솔직히 나는 네가 안쓰러워, 정말 그래. 넌, 너도 알다시피 유색이고, 그는 뭐, 너도 알다시피 인기도 많은데다 다 가졌잖아."

대프니는 1960년대에 모든 이가 백인이 아닌 사람들에게 사용했던 그 혐오스러운 단어, '유색'을 기억했다. 까탈스럽게 군다거나 더 심하게는 '싸움닭'이란 말을 들을까봐 그 단어에 반감을 드러내지도 못했다. 그 말에 한소리하면 무슨 말을 들을지 대프니는 알았다. 그 말을 사용한 사람은 즉각 그런 의도로 쓴 게 아니라고, 너무 예민하게 군다고 했을 것이다. 한번은 파티에서 앤드루의 친구들 중 하나가 자신은 색깔에 연연하지 않는다며, 왜 유색인종들은 그런 얘기를 지겹게 반복하는지 모르겠다는 식으로 말하는 걸 들어야 했다. 대프니에게 어느 나라에서 왔느냐고 물어본 지 십 분이 채 지나지 않아서였다.

대프니는 마거릿의 말을 듣고 가라앉았던 기분을 떠올렸다. 어떤 말을 꺼낼 수 있게 되기까지 걸린 시간. 마침내 이해받을지도 모른다고, 누군가가 자신을 도와줄지도 모른다고 생각하자 느껴진 조심스러운 기쁨. 하지만 아무도 듣지 않고 있었다는, 외치고 또 외쳐봤자 아무도 듣지 않으리라는 그 끔찍하고 섬뜩한 깨달음. 그건 우물이나 사화산 안을 향해 소리치는 일이었다. 자기 자신의 목소리를 듣기 위해 소리를 지르는 것, 그 이상은 아니었다.

대프니는 다시는 누구에게도 설명하려 들지 않았다. 대학 이후 몇 년간, 특히 호주에 있을 때 사람들과 대화가 깊어진 적이 몇 번 있긴 했다. 친구들과 와인을 한두 잔 걸쳤을 때도 그랬다. 절대 그 이상은 마시지 않았다. 친구들은 자기 삼촌, 계부, 혹은 공원에서 만난 괴한들의 얘기를 털어놓았다. 여성들이 안전할 때 서로 자기 얘기를 털어놓는다는 걸 대프니는 알게 되었다. 대프니만 여전히 안전하지 않은 사람이었다. 돈이 많아졌을 때도 그랬다. 아버지가 사라지기 전에 딸을 위해 스타트업 기업에 작게 투자했던 것이 대프니를 부자로 만들어줬다. 그때도 대프니는 안전하지 못했다. 일평생 안전하지 못했다. 니나는 그보다 나은 대접을 받을 자격이 있었다. 대프니는 자신이 떠날 때 앤드루가 했던 말을 늘 기억했다.

"누구한테든." 대프니에게 얼굴을 들이밀어 두 사람의 코가 닿은 채로 앤드루는 말했다. "누구한테든 지껄이면 그땐 찾아간다. 쥐 잡듯 뒤져서 찾아내고 말 거라고, 알아들었어?"

들었다. 너무 똑똑히 들은 나머지, 몇 년이 지나도, 로봇처럼 커리어에 매달리고 친구들과 거리를 두고 살아왔음에도 단어 하나하나가 머릿속에서 울려댔다. 심지어 호주에 있는 동안에도. 남들과 거리를 두는 외로움 속에서도, 아이를 영영 갖지 못한다는 사실 속에서도, 단 한 번도 즐겨보지 못한 돈다발 사이에서도 그 단어들은 울려댔다.

"자기, 괜찮아?" 그레이스가 말했다. "원한다면 얘기해도 돼. 정말 잘하고 있어. 우리 모두 잘하고 있어. 당신에 대해 잘 모르지만 이게 얼마나 어려운 일인지는 알 것 같아. 뭔가가 울려퍼지지, 안 그래? 자기에겐 특히나 더 힘든 게 있는 것 같고."

"우리 중 누구에게도 쉽지 않아." 대프니가 말했다. "솔직히 난 특별한 것 없어, 괜찮아. 그냥 잠시 멍하니 있는 거야, 그게 다야."

"잠시만요, 숙녀분들." 데스가 말했다. "괜찮은 남자는 절대 여성의 대화에 끼어들지 않거든요. 저는 지금 상주 경호원 역할을 하고 있는데, 혹시 다들 괜찮으시다면 위층으로 올라가볼게요. 제가 필요하면 부르세요."

메그가 청소를 한다며 데스를 따라 부산스레 자리를 떴다. 대프니와 그레이스 둘만 남았다.

"정말이야, 대프. 이건 어려운 일이야. 속상해하지 마." 그레이스가 말했다. "아이들이 종종 말하는 것처럼, 나는 당신의 고통이 느껴져. 난 당신이 필요해. 당신이 강한 사람이란 걸 알아. 당신과 나는 생존자야, 처음 만난 순간부터 알아챘어. 우리가 제정신이라는 건 말할 필요도 없지. 무엇보다 이 근방에는 정상인 공급이 부족한 것 같은데."

대프니는 웃었다. 지지를 받는 느낌이었다. 그레이스의 말은 말라붙은 화초에 내리는 단비 같았다.

"우리는 별난 시대를 살고 있지. 이 별난 시대는 가끔, 한 사람이 살아낸 또다른 별난 시대를 떠올리게 해. 나는 그렇게 생각해. 그리고 괜찮아. 나도 그런 일이 있었거든. 나는 내 딸 엘리너의 얼굴을 봐. 딸아이 얼굴이 몇 년 전보다 더 선명해. 가끔은 손을 뻗으면 만질 수 있을 것 같고, 밤엔 더욱 그래. 손만 내밀면 아이가 거기 있어. 기묘한 일이지."

그레이스는 고개를 흔들었다. 대프니는 그레이스가 정말로 혼란스러워한다는 걸 알 수 있었다. 그녀에게 마음이 갔다. 그레이스는 대프니의 발 언저리에 자리를 잡고 바닥에 앉았다.

"딸은 몇 살이었어?" 대프니가 말했다.

적절한 말을 한 건지는 알 수 없었다. 하지만 일반적인 대화의 기술은 더이상 통하지 않는 듯했다.

그레이스는 고개를 저었다. "그게 참 이상해. 내가 자메이카를 떠날 때 아이는 네 살이었어. 나한테 행운의 카드를 만들어주고, 손을 흔들며 배웅해줬지. 그뒤로 다시 보지 못했어. 하지만 딸을 떠올릴 때면 십대 소녀의 모습을 하고 있어, 우리의 사랑스러운 니나처럼. 길쭉한 다리로 엉거주춤 서 있어. 무슨 모습인지 알지. 그게 내 머리가 기억하는 모습이야. 그 나이에 이르지 못했는데."

대프니는 자신이 받을 자격이 없게만 느껴지는 귀중한 선물을 받았다는 걸 깨달았다. 대프니는 숨을 깊이 들이마셨다.

"딸을 그렇게 떠올릴 수 있다니 정말 좋겠다. 아, 내 말은…… 정말 좋다는 말이 아냐. 무척 마음 아픈 일이지만, 그저……"

"이런, 무슨 말인지 알아." 그레이스가 말했다. "그리고 당신 말이 맞아. 그런 식으로 떠올리는 게 좋아, 사무치게 슬프지 않은 날에는 더욱 그래. 아이가 아픈 모습을 보지 않았다는 게 어쩔 땐 기쁘기도 해. 좋은 모습만 머릿속에 남았다는 의미니까. 아이는 홍역에 걸려서 이틀 만에 죽었어. 집주인에게 걸려온 전화를 받고 처음 알았지. 집주인의 거실에서 그 전화를 받아야 했어. 그 집 딸아이가 막 일곱 살 생일파티를 치른 다음이었는데. 케이크랑 사방에 풍선이 있었지. 아직도 꿈을 꾸면 그 파티 날이 나와. 엘리너는 언제나 그 자리에서 웃고 있어. 참……" 그레이스는 절레절레 고개를 저었다. "내가 별난 시대는 뭔가를 떠올리게 한다고 했지? 몇 년이 흘렀어도 이 얘기는 해본 적 없어. 아주 오랫동안."

"여기 오고 얼마 있다가 그렇게 된 거야?" 대프니가 물었다.

"이 년." 그레이스가 답했다. "이 년 동안 저축하고 계획을 세우면서 늘 아이만 생각했지. 대학교에서 냉담한 사람이라고 소문이 났어, 나가 놀고 싶었던 적이 없었거든. 돈을 쓰고 싶지 않아서 그랬지. 그래야 딸을 위해 저축하니까. 하지만 그게 습관이 되더라. 사람들과 어울리지 않는 게 좋아졌지."

대프니가 고개를 끄덕이고 말했다.

"나도 외톨이야." 두 사람은 서로를 바라보며 미소 지었다. 대프니는 그레이스의 손을 잡았다. "정말 힘들었겠다."

"아이를 가진 적 있어?" 그레이스가 물었다.

그레이스가 화제를 바꾸고 싶어한다는 걸 대프니는 알아차렸다.

"말하지 않아도 돼." 그레이스가 말했다. "내 생각엔 없던 것 같지만, 혹시 어딘가에 있을지도 모르고. 행복한 얘기는 아닌 것 같아서. 내 말이 맞아?"

대프니가 평소 두려워하고, 가능한 한 회피했던 종류의 질문이었다. 하지만 그레이스는 자신의 얘기를 공유했고, 그건 대프니 자신 역시 공유할 수 있다는 의미였다. 안도감이 물밀듯 밀려왔다.

"아니, 가질 수 없었어." 꼭 몇 년 동안 사용하지 않은 탓에 기름칠이 필요하다는 듯 꺽꺽 갈라지는 목소리였다. "어렸을 때 비슷한 남자를 만났어. 지금 우리가 그…… 저지하려는 그자와 비슷한. 사람들을 처참히 이용해도 괜찮다고 생각했던 남자……" 대프니는 말을 잇지 못했다.

"무슨 소리인지 알지." 대프니가 보다 밝고 산뜻한 어조로 말했다. "태곳적부터 있어왔던 일이니까."

"모르겠어, 대프니." 그레이스가 말했다. "무슨 말인지 잘 모르겠지만, 꺼내고 싶지 않다면 말하지 않아도 돼. 내 이야기와 자기 이야기를 교환하자는 게 아냐. 그런다고 나아지지 않는 걸 우리 둘 다 알잖아."

대프니는 앞으로 몸을 숙여 그레이스의 손을 맞잡았다.

"그렇다고 한 적 없어. 하지만 알잖아. 이 남자, 그 두꺼비 남자가 그 아이에게 무슨 짓을 하고 있는지. 그게 바로 내 이야기이기도 해."

대프니는 다시 침묵했다. 메그의 거실이 희미해지는가 싶더니 대프니는 돌연 앤드루의 방에 있었다. 앤드루는 기숙사에 살지 않았는데 학생이 아니어서 그랬다는 걸 대프니는 나중에야 알았다. 하지만 그때는 기숙사에 살지 않는 게 굉장히 세련되어 보였다. 벽을 보라색으로 칠한 아파트에 거대한 스피커, '대마'라 적힌 서랍에 가득한 약들. 대프니는 공부에 집중하고 싶었지만 앤드루는 정말로 말을 잘했다.

"자기가 날 사랑한다는 걸 어떻게 알겠어. 달콤한 사랑을 나누지도 않고 말이야." 앤드루는 매번 그렇게 말했다. 그는 대프니에게 꽃과 음반을 갖다줬고, 그녀가 말할 때면 귀를 기울였다.

대프니는 전날 밤 고향의 친구에게 편지를 썼다.

앤드루가 내게 관심이 있다는 게 믿기지 않아. 솔직히 아무 여자나 만날 수 있는데. TV에 나오는 팝 스타처럼 생겼거든. 지나가면 다들 쳐다보는 사람인데 나를 골랐다는 걸 믿을 수 없어. 얼마나 다정한지. 이 사람이 바로 내 인생의 사람이야. 나는 알아. 걱정하지 마, 조심하도록 할게. 무슨 일이 있었는지도 알려줄게.

그러나 친구에게 말하는 일은 없었다. 다시는 편지를 쓰지 않았고 고향으로 돌아가지도 않았다. 대프니의 친구는 착한 아이였고, 착한 남자친구와 평범하고 행복하게 살며 은행에서 일했다. 친구는 앤드루에 대해 이해하지 못할 것이었다. 그의 아파트, 그의 마약, 그가 니체를 인용할 수 있다는 사실, 혹은 대프니가 그의 부탁을 들어주기로 결심한 저녁에 세 명의 남자를 데려오고, 울고 있는 대프니를 두고 친구들과 훌쩍 떠나버렸단 사실을 이해하지 못할 터였다. 앤드루는 대프니에게 전혀 관심이 없어 보였고, 어쩌면 실제로 그랬다. 그저 대프니의 처녀성을 가장 높은 입찰자에게 팔아

넘기기 위함이었다. 당시 대학 신입생들 사이의 관행이었다. 대프니는 그 관행에 대해 읽은 적이 있었지만, 자신이 유일하다고 확신했다. 자신이 유일한 바보였다. 그들이 시키는 대로 해버린 사람은 자신이 유일했다. 비명을 지르며 도망가서 남에게 알리지 않은 사람은 자신이 유일했다. 자신은 아무 쓸모가 없다고, 주사위는 던져졌다고 포기하고 몇 번이고 돌아간 사람은 자신이 유일했다.

"감염되어버렸어. 정말 사악한 놈이었어. 그 일이 있은 후로 아이를 갖지 못하게 됐지. 대학을 떠나고 몇 년을 방황했어."

이것이 지난 일을 설명할 수 있는 가장 짧은 버전이라고 대프니는 생각했다. 눈물과 마약, 술, 남자들 따위가 그뒤로 줄줄 이어졌던 일은 언급하지도 않았다. 전부 앤드루가 항상 더 많은 돈을 필요로 했기 때문이다. 그렇게 바라던 공부를 끝내지 못한 부끄러움은 꺼내지도 않았다.

"고마워." 그레이스가 말했다. "말해줘서 고마워, 하지만 자기도 알지. 그건 정말로, 절대로 당신의 잘못이 아냐. 자책하는 걸 보니 이런 일에 자기 문제도 있다고 생각하는 것 같아서. 하지만 그런 생각은 버려야 해, 대프. 설마 니나도 지금 벌어지는 일에 어느 정도 책임이 있다고 생각하는 건 아니지? 그렇지?"

"맙소사, 아냐. 물론 아니지. 하지만 난……"

"난 뭐? 당할 만했단 거야? 무슨 말을 하려는 거야? 그렇게 생각해선 안 돼. 그거 알아? 자기는 제대로 생각하는 법을 잊은 것 같아. 간단한 일인데."

대프니는 자신이 그레이스 덕분에 웃었다는 걸 믿을 수 없었다.

어쩌면 그레이스의 말 가운데 중요한 것이 있었을지도 모른다. 삶이 달라질 수 있다는 작은 희망의 불꽃을 느꼈고, 만약 니나를 구해낼 수만 있다면 자기 자신 역시 행복해질 수도 있다는 희망을 느꼈다.

"있잖아." 그레이스가 말했다. "당신한테 그런 일이 일어나서 정말 유감이야. 내게 말해준 게 정말 영광이고 자랑스러워. 내가 잘나서 그렇다는 게 아냐, 오해하지 말아줘. 시간이 맞았고 장소가 맞았고 또 다른 것들이 적절했지. 하지만 그래도 나는 당신이 자랑스러워."

대프니는 얼굴이 발그레 달아올랐다. 그레이스는 무릎을 바닥에 대고 대프니를 올려다보았다. 그 강렬한 눈빛에 어쩌면 그레이스의 인생에도 앤드루가 있었는지 모른다는 생각이 들었다. 입을 맞추고 싶은걸.

"엘리너가 죽은 후에는 어떻게 했어?"

그레이스가 말을 하려고 입을 여는 그 순간, 메그가 전화를 손에 들고 평소보다 빠르게 허겁지겁 계단을 내려왔다.

"니나한테 문자를 받았어." 메그가 말했다. "니나에게 핸드폰이 있다는 걸 그놈들은 몰라. 별일 없이 있대, 정말로. 나쁜 일은 일어나지 않았대. 하지만 내일 니나한테 무슨 짓을 하려고 작당중이래. 그렇게 말했어."

세 여성은 서로를 바라보았고 무슨 일을 해야 하는지 직감했다.

"누가 전화를 걸지?" 메그가 말했다.

그레이스와 대프니가 동시에 입을 여는데 다시 메그가 끼어들었다.

"있잖아. 내가 해야 할 것 같아. 내 말은, 난 그런 거 잘 못하지만……"

"우리 중 그 누구도 이런 일에 능숙하진 않을 거야." 대프니의 말에 그레이스가 빙긋 웃었다.

"나는 한 번도 헨리에게 맞서지 못했어." 메그가 말했다. "내 남편, 헨리 말이야. 난폭하게 굴지도 몰라서 정말 단 한 마디도 맞서지 않았지. 뭐, 끝까지 그랬던 건 아니긴 하지만. 다들 괜찮다면 내가 지금 하고 싶어. 그 사랑스러운 아이를 위해 하겠어."

메그가 그렇게 나서자 대프니도 거절할 수 없었다. 그레이스를 힐끗 쳐다보니 같은 생각이라고 말하고 있었다. 대프니의 유일한 걱정은 메그가 말실수를 하거나 어떤 식으로든 자신들의 특별한 비밀을 발설하는 것이었다. 미리 연습하면 될 거야, 그러면 되지. 그렇게 생각했지만 실은 걱정할 필요도 없었다. 메그가 프로처럼 일에 착수했기 때문이다. 네 명이 함께 메그가 읊을 대본을 적었다. 니나를 돌려주는 대가로 돈을 제안하고, 만남을 주선하기만 하면 됐다. 그 외의 대화에 말려들지 않아야 했다. 메그는 학교 연극에서 주연을 맡은 것처럼 전념했다.

"한 명만 나오도록." 메그가 핸드폰에 대고 말했다. 메그는 자신의 핸드폰을 이용하되 발신자번호가 보이지 않게 했다. "사람 숨겨놓으면 모두 무효야. 돈도 그냥 우리 거고. 사실 그 편이 훨씬 끌리네."

"와." 통화가 끝나고 대프니는 감탄했다. "정말로 아이가 돌아오든 말든 신경쓰지 않는 것처럼 들렸어. 아주 똑똑한 처사야."

"그랬어?" 메그가 말했다. "헨리한테 배운 거야. 절대 뭔가가 귀중하다는 티를 내지 마라, 안 그러면 놈들이 앗아가 박살을 낼 것이다. 신경도 안 쓴다는 시늉을 해라. 그것만이 유일한 방법이다."

Chapter 18
메그

2월 27일 수요일

전화를 건 사람은 다름 아니라 바로 나였다. 자원한 것이지만 무서웠고, 다른 사람들이 나를 믿어준다는 게 믿기지 않았다. 대프니나 그레이스, 무엇보다 그레이스가 적임이리라 생각했지만 두 사람 다 내게 괜찮을 거라 말해줬고, 나는 해냈다. 나무 이파리처럼 와들와들 떨긴 했지만 완전히 망치진 않았다. 통화 후 스스로를 도닥이며 진정하려고 애썼다. 내가 인생을 다르게 살았더라면 또 무엇을 해냈을지, 어떤 직업을 가졌을지 생각해봤다. 스파이가 될 수도 있었을 것이다. 국제 거래를 하고, 원치 않는 나라에 갇힌 사람들을 구출하고. 아니면 도시에서 도시로 날아가 다른 중요한 사람들과 협상하는 거대 다국적 기업의 수장이 되었을 수도 있을 것이다. 헨리처럼 가망 없는 사람은 쳐다보지도 않고, 전혀 다른 부류의 남편을 가졌을 것이다. 좀더 키가 크고 어쩌면 콧수염을 기르는 누군가.

기세를 타긴 했지만 두번째 전화는 훨씬 더 어려웠다. 처음 전화에서 그 두꺼비 놈은 우리에게 한탕할 수 있다는 생각에 매우 기뻐했고, 돈을 준다고 하자 목소리에서 흥분을 감추지 못했다. 두번째는, 강아지 슈를 데리고 다니는 키 작은 킬러들에게 건 전화였다. 그건 또 전혀 다른 일이었다. 나는 그때그때 열심히 임기응변으로 맞서야 했다. 마음을 먹었으면 그대로 밀어붙여, 헨리는 그렇게 말하곤 했다. 그의 말이라고 다 도움이 안 되는 건 아니었다.

"오늘밤이에요." 내가 말했다.

"정말 금방이군요." 일정을 살펴보고 있었다는 듯 클래라가 말했다.

"알아요. 하지만 여유 부릴 이유가 없어요. 그놈에게 생각할 시간을 주는 건……" 계속 말을 이어가려는데 클래라가 내 말을 잘랐다.

"지엽적인 얘기는 하지 말죠."

클래라는 '지엽적인'을 음절 하나하나씩 발음했다. 책을 소리 내어 읽다가 처음 보는 단어를 맞닥뜨린 사람 같았다. 그녀의 목소리 어딘가에 자부심이 느껴졌고 나는 정말 잠깐이나마 말을 배우는 아이를 지켜보는 게 어떤 기분인지 알 수 있었다.

"좋아요."

나도 클래라처럼 사무적으로 말하려 했지만 내 목소리는 떨리고 있었던 것 같다. 당신은 활짝 펼쳐놓은 책처럼 수가 읽히지, 헨리는 그렇게 말했다. 마음은 물론, 다른 장기들까지 다 훤히 들여다

보여.

"힐리 필즈 뒤로 가면 카페로 이어지는 길이 있어요. 환상열석 근처에 있는 카페인데요, 오후 5시에 문을 닫으니까 사람이 없을 거예요. 이스턴 로드라는 곳이에요. 주차장 같은 곳 끄트머리에 있어요. 그 사람을 거기서 자정에 만나기로 했고, 우리는……"

"일 치르고 뜹니다." 클래라가 말했다. "완전히 이해했습니다. 거기서 뵙죠."

나는 전화를 끊고 다른 사람들을 바라보았다.

"괜찮았어?" 내가 물었다. "평소 하던 일이 아니라서." 사람들이 전부 웃음을 터뜨렸다.

"나라고 평소에 하는 일이겠어?" 그레이스가 말했다. "그렇게 생각한다면 완전히 오산이야."

나는 지난 며칠 전까지 사람들이 서로를 불쾌하게 만들거나 깎아내리지 않고도 웃을 수 있다는 사실을 모르고 있었다. 헨리가 살아난다면 꼭 알려주고 싶다. 웃음 덕분에 나는 들떴고, 나중에 강아지 슈의 킬러들을 떠올렸을 때, 그들과 한 통화를 불편하게 느끼지 않을 수 있었다. 내가 그들을 괜찮다고 생각하게 된 것처럼.

"혹시 지금 바로 위험을 느낀 사람은 없어?" 대프니가 물었다. "핸드폰을 버려야 할까?"

우리는 모두 웃다가 멈췄다.

"조금 기다려보고 판단해도 될 것 같아." 그레이스가 말했다. "나는 어두워지면 가서 장소를 살펴보고 싶네. 그럼 한결 낫겠지. 각자 있을 자리가 아주 중요할 거야. 그자는 우리보다 젊고 몸도 좋고 이런 일에 더 익숙하겠지."

"이런 일?" 대프니가 물었다. "사람들이 그를 죽이려는 일 말이야?"

끽끽 울려대는 바이올린 소리가 들렸다. 코고는 소리도 들렸지만 전부 머릿속에서 나는 소리였다. 나는 얼어붙었고 다른 사람들도 마찬가지였다. 우리는 서로를 바라보았다. 누가 무슨 말이라도 해주지 않으면 나는 울음이 터질 것만 같았다. 니나는 어떡하고? 우리가 실패하면? 우리가 한 짓 때문에 니나를 해치면? 괜한 짓을 시도하고 실패해서 니나를 가만 내버려둔 것보다 더 나쁜 결과가 생기면? 다른 사람들도 분명 비슷한 생각을 하는 것 같았다. 화장실로 달려가 아주 잠깐만이라도 혼자 있고 싶었다.

"괜찮아요, 숙녀분들. 다들 침착하세요. 침착해요." 데스의 그 말을 들으니 안심이 되었다. 숙녀분들이란 말은 상냥한 말이었다.

"두꺼비 남자랑 메그 할머니가 나눈 대화를 다시 살펴봐요." 데스가 말했다. "완전히 이해가 될 때까지 훑어보자고요. 자, 제가 두꺼비를 맡을 테니 메그 할머니가 그대로 역할을 해주세요. 아까 뭐라고 하셨죠?"

"다들 내가 통화하는 걸 들었잖아. 이건 좀 바보 같은데."

"아냐." 그레이스가 말했다. "데스 말이 옳아. 다들 조금씩 다르게 들었을 수도 있어. 저마다 다른 부분에 집중하느라. 파편을 모아서 합칠 필요가 있어, 그리고 우리 모두 같은 내용을 알게 되는 거지. 교사생활을 하며 배웠어. 처음 들었을 때 기억에 남는 건 16퍼센트야. 아무리 애써도 말이야. 노인이라면 더하겠지."

"아니면 스트레스를 받은 사람이라거나." 대프니가 말했다. 그들이 하는 말에는 일리가 있었다. 나는 내가 실제로 했던 말에 최대한 가깝게 다시 말해보려고 노력했다.

"우리한테 계획이 있어. 만나자고. 아이가 걱정되니, 아이를 건네주면 우리도 현금을 주겠어."

우리는 2만을 제시했다. 시작으로는 그 정도가 적절해 보였기 때문이다. 데스랑 다시 전화를 하는 척하면서 대화를 전부 반복했다. 어디서 만날지, 몇시에 만날지를 설명했다. 전화를 걸기 전에 이미 여러 번 얘기를 나눴기에 완전히 외우고 있었다. 데스는 두꺼비 남자가 된 것처럼 응수했다. 저음의 위협적인 목소리를 꾸며서 웃음이 나올 뻔했지만 데스는 최선을 다하고 있었다. 우리 모두가 그랬다. 절대적으로 불안정한 상황에서 최선을 다하고 있었다. 또한 가지 깨달은 것이 있었다. 데스가 어떤 종류의 범법자였든, 혹은 범법자이든, 능숙한 범죄자는 아니란 것이었다. 처음부터 분명하긴 했다.

"메그." 대프니가 말했다. "괜찮은 거야? 우린 마지막에 그 두꺼비가 뭐라고 했는지만 정확히 기억하면 돼. 그게 중요할 테니까."

"미안해." 내가 말했다. "헨리도 늘 나더러 그놈의 공상 때문에 수렁에 빠질 거라 했어."

대프니와 그레이스는 서로를 바라보았다.

"내가 보기엔," 그레이스가 말했다. "헨리는 정말 이런저런 말을 많이 했던 것 같네."

"그레이스의 말은," 대프니가 덧붙였다. "헨리란 사람이 말로 당신을 찍어누르던 사람 같다는 거야. 그 말들을 기억하느라 의기소침해지는 것 같아. 정말 안타까운 일이네. 당신은 이렇게나 잘하고 있는데."

대프니의 말을 이해하는 데 일이 분쯤 걸렸다. 내가 완벽한 바보라서 그런 게 아니었다. 헨리가 나를 움츠러들게 만들면서 늘 내 단점만 집어낸다는 걸 분명 잘 알고 있었다. 하지만 그런 말 속에도 일말의 진실이 있었고, 나 역시 항상 그렇게 믿어왔던 것이다. 그레이스와 대프니가 옳다면, 내 어깨의 짐을 덜어내고 내 삶과 그 결과를 좀더 가볍게 받아들일 수 있을 것만 같았다.

"알았어." 나는 말했다. "그렇게 생각해볼게."

나는 다시 전화를 재현했지만 머리로는 계속 헨리를 생각했다.

두꺼비가 혼자 니나를 데리고 와서 같이 차에서 나오겠다고 동의한 부분을 반복하고 있었다.

"양손을 보이게 하고 나오라고 내가 요구했던 것 같아."

"그랬어요." 데스가 말했다. "자랑스러웠죠."

"그 둘이 우리를 향해 천천히 걸어올 거야." 내가 말했다. "우리 셋이 거기 있으리란 걸 두꺼비는 알면서도 개의치 않는 듯했어."

"개의치 않겠지." 그레이스가 말했다. "우리를 멍청한 늙은이들로 여길 테니까. 왜 신경이 쓰이겠어? 두꺼비가 우리 요구대로 행동하면 슈 일당의 작전은 취소하는 데 다들 동의한 거지?"

"응, 그 사람들도 알아." 내가 말했다. "우리 중 하나가 신호를 주는 걸 기다리기로 했어. 우리가 '세상에'라고 큰 소리로 말하면 행동을 취할 거야. 아무 말 없으면 그냥 카페에서 잠복할 거고. 어느 쪽이든 돈은 주는 걸로."

우리는 이것이 유일한 방법이라는 데 동의하고 "그저 돈일 뿐이야, 쓸 가치가 있어" 같은 말을 했다. 헨리는 공연히 돈 쓰는 일을 싫어했을 것이다. 하지만 나는 당분간 헨리의 지혜를 사람들에게 들려주지 않는 게 좋겠다고 생각했다.

남은 하루를 어떻게 보내야 할지 난감했다. 어떤 면에서는 기차나 비행기를 타고 특별한 곳으로 갈 준비가 된 것처럼 들떠 있었지만, 어떤 면에서는 치과 대기실이나 사형수 수감소에 있는 느낌이기도 했다. 처음에는 집을 떠나면 안전하지 않을 것 같았다. 데스가 요리를 하기로 결심하고는 부엌에서 한참 동안 내 찬장을 뒤졌다. 내가 유통기한이 지난 음식과 캔을 너무 많이 가지고 있어서 데스는 개인적으로 분노한 듯했고, 그런 것들을 발견할 때마다 우리가 앉아 있는 거실로 소리쳤다. 나는 헨리 생각을 조금 했다. 그 사람이 저런 일을 얼마나 좋아했는지 생각했지만 입 밖으로 꺼내진 않았다.

혼자서 조용히 몇 차례 전화를 하면서 종이에 뭔가 계산하며 끄적이던 대프니는 현금을 더 만들러 오후 늦게 슬쩍 외출했다. 나더러 당분간은 돈을 준비하지 않아도 된다면서 나중에 우리가 더 필요할 때 내리라 믿는다고 했다. 대프니가 옷은 이상하게 입지만 그녀에게 돈은 전혀 문제가 되지 않는다는 인상을 받았다.

돈을 갖고 돌아온 대프니는 옷이 바뀌어 있었다. 자기 집에 들렀다 온 게 분명했다. 위장하려는 의도 같았다. 여전히 조합이 이상하긴 했지만 평소보다 훨씬 얌전한 차림새였기 때문이다. 주황색

체크무늬가 있는 갈색 바지에, 보라색과 빨간색 줄무늬가 있는 스웨터. 대프니에게 아주 잘 어울렸고, 대프니의 옷이라고 아우성치고 있었다. 나는 속으로 다음에 쇼핑을 간다면 배경에 묻히는 옷은 그만 사자고 다짐했다. 니나랑 쇼핑을 가서 예쁜 옷을 사준다면 어떨까 상상했다. 이날 나는 불쑥불쑥 뜬금없는 생각을 했다. 다시 요리를 한다면 정성이 들어간 야채스튜를 만들어야지. 그리고 다시 헨리의 무덤에 간다면 이 모든 걸 말해줄 테다. 나는 무슨 일이 일어날지 논리적으로 하나하나 짚어보다가 결국 감옥 아니면 모두가 총을 맞아 피살되는 상황만 떠올라 관뒀다.

데스가 네일파일로 손톱을 다듬는 소리를 더이상 참아주기 힘들어질 무렵, 만남의 장소를 살펴볼 시간이 되었다.

유용한 일을 하고 있다는 것이 기뻤다. 나는 자주 가는 곳도 시각적으로 형상화하는 일이 늘 어려웠다. 사물이 어떻게 서로 연결되어 있는지, 그런 것들 말이다. 카페까지 올라갔을 때는 더욱 기뻤다. 카페와 주차장 사이의 거리가 생각보다 멀다는 걸 알 수 있었다. 모든 변수가 발생할 수 있으니 확실히 해두는 편이 좋다. 결과를 성취하고 싶을 때 계획을 잘 세우는 일이 얼마나 중요한지 헨리가 내 귀에 대고 말하는 게 들렸다. 하지만 친구들에게 들려주진 않았다. 우리가 지금 제대로 하고 있으니까. 확신이 들었다.

"그놈이 여기에 주차할 거야." 그레이스가 길 위를 가리키며 말했다. "우리는 여기서 기다릴 거고."

그레이스는 경사로에 선 나무를 가리켰다. 우리 주변을 두루 둘러볼 수 있는 자리였다.

“우리한테 이렇게 다가올 거야.” 그레이스가 말했다. “우리는 여기서 기다리고.” 나는 학교 연극을 성공리에 지휘하는 그레이스를 상상할 수 있었다. 설명하는 데 아주 능숙했다. 어떻게 일이 흘러갈지 설명해줄 때 모든 것이 굉장히 분명해 보였고 일이 성공하리라 믿게 되었다. 이건 우리가 얻은 최선의 기회였고, 별다른 행동 없이 돈으로 해결할 수 있을지도 몰랐다. 나는 계속 생각했다. 우리가 한 사람을 구해내고 그 사람의 세상을 바꿔놓았다는 것을, 응당 누렸어야 할 삶을 돌려주었다는 것을 알게 된다면 기분좋지 않을까? 니나의 작은 얼굴을 보고 그애가 안전하다는 걸 알게 되는 것이 세상에서 가장 좋은 일이 아닐까? 그레이스와 대프니가 얘기하는 동안 잠시 멍하니 있었던 모양이다. 아주 잠깐 넋이 나간 것일 텐데 다시 정신을 차려보니 그레이스는 무거운 물체를 쓰레기통으로 질질 끌고 가는 시늉을 하고 있었다. 나는 충격에 빠졌다. 그 모습을 본 게 틀림없었다.

“여기에 그냥 놔둘 순 없어.” 그레이스가 말했다. “슈 일당이 치우면 좋겠지만 그게 아니라면 다음날 아침 학교에 가는 아이들이 걱정되잖아.”

마땅한 말이었다. 길에서 치워둬야, 우리가 건 익명의 신고를 받고서 경찰 당국이 방호복을 입고 출동할 때까지 아무도 역겨운 장면을 마주하지 않을 터였다.

“모든 사람이 우리처럼 책임감이 강하다면 말이야.” 대프니가 말했다. “세상은 훌륭한 곳이 되지 않을까.”

나는 동의하려 했지만 그레이스와 대프니가 웃음을 터뜨렸고,

그제야 그게 농담이란 걸 깨달았다. 나는 그 말이 웃긴지 알 수 없었다. 물론 우리는 살인을 계획하고 있었고 그건 그리 책임감 강한 행동이 아니긴 하다. 하지만 나는 우리가 천사의 편에 있기를, 그래서 이게 일반적 살인과는 다르길 바랐다. 자비의 살인, 그렇게 생각해야 했다.

나는 계속 그렇게 생각하려고 노력했다. 처음부터 끝까지 그렇게. 바이올린 소리에 귀를 기울였지만 너무 많이 듣지 않고 적당히 들으려고 노력했다. 감정에 휘말리지 않고 들으려 노력했다. 솔직히 말하자면, 벌어지고 있는 일들을 분 단위 초 단위로 인식했고, 지금보다 더 또렷이 의식할 수도 없었다. 갑자기 슬로모션 영화 속에 들어온 기분 같았다.

우리는 그곳에 일찍 도착했다. 당연한 일이었다. 그 누구도 절대 늦을 리 없었다. 나이든 사람들은 지각하지 않는다. 데스도 왔지만 그는 카페 뒤 나무 옆에 서 있었다. 날은 춥고 어둡고 지독하게도 으스스했지만 우리는 서서 기다렸다. 미리 표시해둔 자리에서 온기를 유지하려고 굼지럭대면서 서로 기운을 북돋우려 노력했다. 나는 우리가 기다리는 대상을 잊고 싶었다. 순간 세상에는 우리 네 사람과 밤, 그리고 나무만이 존재하는 것 같았다. 잔뜩 찌푸린 채 실눈을 뜨면 나뭇가지의 잎눈 모양이 보일 것 같았다. 우리를 위한 특별한 메시지가 숨겨져 있는 듯 보였다. 때를 기다리면 다시 좋은 일이 생길 거예요. 잎눈들이 그렇게 약속했다.

밤 11시 45분경, 슈 일당이 도착해 감쪽같이 나무 사이로 사라졌다. 그들은 숨소리도 내지 않았고, 나는 그 자그마한 개가 추위를 피해 집에 남은 게 기뻤다. 웃으며 손을 흔들고 나와줘서 고맙다며 어떤 제스처든 취하고 싶었지만 그레이스와 대프니한테 아주 구체적인 주의사항을 들은 후였다.

"슈 일당에게 아무리 말을 걸고 싶어도 말이야." 그레이스가 말했다. "주변 어딘가에서 두꺼비가 보고 있을 수 있다는 걸 기억해. 우리한테 아무것도 안 보여도 감시당하는 중일 수 있어. 머리 위 헬리콥터에서 망원경으로 누군가가 보고 있다고 생각해봐. 그러면 크게 실수하는 일은 없을 거야."

나는 베트남전쟁에 관한 다큐멘터리가 기억났고, 포복하며 테니스코트를 건너가는 내 모습을 상상했다.

대면할 준비가 되지도 않았는데 자동차가 비포장도로 위를 달리며 우리 쪽으로 다가오는 소리가 들렸다. 자갈 위로 바퀴가 구르는 소리를 들으며 나는 가지 못했던 여름 여행을 아주 잠깐 떠올렸다. 밤늦게 야영지의 텐트에 누우면 분명 이런 소리가 들리겠지. 그때 그레이스가 나를 쿡 찌르며 속삭였다.

"괜찮아?"

나는 끄덕였다. 두꺼비가 차에서 나왔다. 옷을 터는 모습에서 세상 그 어떤 근심도 없다는 태도가 보였다. 그는 마치 작은 파티에서 마주쳤다는 듯 우리 셋을 바라보았다.

"아." 두꺼비가 입을 뗐다. "이런, 숙녀분들, 안녕하십니까."

이 범죄 사업에 착수한 뒤로 예전엔 들어보지도 못했던 숙녀 소리를 자주 듣는구나 싶어서, 나중에 다른 사람들에게 이 말도 해줘야겠다고 기억에 새겼다.

그레이스와 대프니는 니나가 차 안에 있는지 보려고 고개를 쭉 뺐다.

두꺼비 남자도 확인하려는 듯 고개를 돌려 차를 쳐다보았다.

"아." 두꺼비가 말했다. "똑똑하시네요, 확인해야겠지요. 저 안에 잘 있습니다. 그렇지, 귀염둥이?"

두꺼비가 말 끝자락을 올리자 차 안에서 뭔가가 뒤척이는 게 보였다. 확신할 순 없었다. 온몸에 힘이 잔뜩 들어간 걸 보니 그레이스와 대프니도 같은 생각임을 알 수 있었다. 어깨선이 말해주고 있었다. 내가 그레이스의 팔에 손을 올리자 그녀가 살짝 앞으로 나섰다.

"좋아." 그레이스가 말했다. "아이를 나오게 해. 그러면 합의대로 하겠어."

대프니가 돈이 든 윗주머니를 만졌다. 의식하고 만지는 건지는 알 수 없었지만 두꺼비가 하나하나 다 지켜보고 있다는 건 알 수 있었다.

"그렇게 할 생각이 없는데 말이야." 두꺼비가 말했다. "그럴 생각이신가?"

"합의했을 텐데." 그레이스가 말했다.

그레이스의 목소리는 단호하고 준엄하여 한 치의 흔들림도 없었다. 나는 진심으로 깊은 존경을 보냈다. 나였다면 처량한 염소 울음소리나 뱉었을 것이다. 나는 대신 차 안에 니나가 있는지, 정말 괜찮은지 보려고 애썼다. 확인할 순 없었다. 밤에는 늘 눈이 잘 보이지 않았고 백내장 수술 이후로는 밤눈이 더욱 어두워졌다.

"이런." 두꺼비가 말했다. "생각이 바뀌어서. 얌전히 돈을 먼저 내놓으시지. 댁들 규칙대로 할 맘 없거든."

우리는 계속 앞만 바라보았다. 무슨 일이 일어나든 서로 얼굴을 쳐다보거나 뒤를 돌아보지 말고, 다른 걸 바라보지도 말고 그자만 쳐다보기로 약속했다. 나는 차 안에서 니나를 찾는 일을 멈췄다. 그레이스가 한 걸음 더 앞으로 나아갔다.

"아이를 줘."

그레이스는 조용히 말했지만 목소리에는 강철 같은 단단함이 있었다. 학교에 스탠리 나이프를 들고 오는 남자애들에게 분명 먹혔을 목소리였다.

두꺼비는 아무 말도 없었다. 뭔가를 기다리는 양 그 자리에 서서 옆구리에 양손을 올리고 있었다. 분명 뭔가를 기다리고 있었다.

Chapter 19
니나

니나는 로마나가 거의 삼 주가 다 되어가도록 밥을 먹지 않는다는 걸 알고 있었다. 그 기간 동안 두 사람은 같은 집에 머물렀으므로 로마나를 거의 매일 볼 수 있었다. 니나는 물고기 관찰하는 일을 관뒀다. 두꺼비 남자가 물고기가 헤엄쳐 통과할 수 있는 작은 플라스틱 다리와 어항 바닥에 놓을 성城을 가져온 날부터였다. "여기 있다." 그가 말했다. "네가 그 물고기를 좋아하는 거 알지."

로마나는 얼마나 오랫동안 밥을 안 먹는지 니나에게 알려줄 방법을 찾았다. 대화를 나누는 게 언제나 안전하진 못했기에 굶은 날수를 손가락으로 표시하며 뺨을 톡톡 두드렸다. 가끔은 대담해져서 니나 앞에 손가락을 내밀기도 했다. 두꺼비 남자랑 책임자인 여자는 전혀 모르는 듯했다. 니나는 로마나가 여자아이들의 사기를 떨어뜨리기 위해 잠입시킨 스파이인지 잠시 궁금했지만, 그자들이 그 정도로 똑똑하다는 생각은 들지 않았다.

처음에는 로마나가 그렇게 달라 보이지 않았다. 로마나가 진실을 말하고 있는지도 확신하지 못했다. 하지만 오늘은 아니었다. 오늘은 분명히 알 수 있었다. 니나가 첫 고객을 맞고 들어온 대기실에 로마나가 앉아 있었는데 상태가 끔찍해 보였다.

니나는 처음에는 로마나를 쳐다보지 않았다. 방금 받은 고객 때문에 너무 아프고 몸이 부들부들 떨렸다. 자신에게 무슨 일이 일어나고 있는지 이해할 수 없었다. 강간이 언제쯤 아무렇지 않게 될지 생각하다가 그게 그 무엇보다 두려운 일이란 사실을 깨달았다. 만약 그 일이 아무렇지 않게 된다면, 잠시라도 맞서 싸우지 않는다면, 자신을 잃어버릴 것이다. 절대 자기 자신으로 돌아갈 수 없을 것이다.

니나는 창문을 바라보았다. 묵직한 블라인드 때문에 빛이 거의 들어오지 않았지만 가장자리로 회색 하늘이 보였다. 니나는 갈망했다. 머리 위의 병든 불빛을 부수고 구름을 볼 수 있도록 블라인드를 올리고 싶었다.

"하지 마." 로마나가 말했다. 너무도 조용히 말해서 니나는 정말로 그 말을 들었는지 아닌지조차 분간이 안 갔다. 로마나에게 고개를 돌리니 그애는 머리를 움직여 천장 중앙의 작은 카메라를 가리켰다.

"화낼 구실이 생기면 좋아하거든. 원하는 대로 놀아나지 마." 로마나는 기침을 했다. 고통스럽게 들리는 소리였다.

"난 나가야 해." 니나가 말했다. "미칠 것만 같아."

"좋아. 내가 아는 걸 알려줄게." 로마나가 말했다. "십칠 일 전에 먹는 걸 관뒀어. 저자들은 어떻게 해야 할지 몰라. 곧 의사를 부르거나 내가 죽겠지. 솔직히 말하면 저자들이 먼저 날 죽일 수도 있다고 생각하긴 해."

로마나는 카메라가 다시 한 바퀴 돌 때까지 기다렸다.

"어쨌든 나를 투명인간처럼 대하기 시작했어. 그래서 약간 엿들을 수 있었지. 우리는 내일 이동해. 그게 내가 아는 것 중 하나야. 그러니 넌 다시 세상으로 돌아가게 될 거야. 도망칠 기회가 생길 거고. 꼭 성공하길 바랄게."

"로마나." 니나가 말했다. "나랑 같이 가지 않을래? 알다시피 둘이 하나보다 낫잖아. 그리고 어딘데? 우리가 어디로 이동하는데?"

로마나는 미소를 지었지만 니나는 그게 슬픔의 미소라는 걸 알았다.

"나는 내 길을 선택했어." 로마나가 말했다. "지금은 뛰지도 못해. 몸이 정말 아플 때 아프다고 얘기하면서 내 계획은 시작된 거야. 모험처럼 보이겠지만. 이제 정말 상태가 좋지 않아. 넌 가, 그리고 가능하면 나 좀 도와줘. 끝까지 기다릴게. 그리고 미안해. 어디로 이동하는지는 몰라."

니나는 자신이 어떻게 로마나를 바보 같은 아이라며 무시할 수 있었는지 의아했다. 지금 로마나는 놀라울 정도로 용감해 보였다.

"그리고 또 하나." 로마나가 말했다. "난 로마나라는 내 이름이 싫어. 맨 처음에 저자들이 이름을 줬을 땐 멋지다고 생각했거든. 하지만 바보 같았지. 로마나로 죽고 싶지 않아. 그건 내가 아니야."

니나는 카메라가 돌기를 기다렸다.

"나는 로니야. 그게 내 진짜 이름이야."

"로니." 니나가 말했다. "더 잘 어울려. 그러지 마, 로니. 다시 생각해봐, 나랑 가자. 재미있을 거야. 내가 돌봐줄게."

"불가능해. 내가 옆에서 질질 끌면 시간이 두 배로 걸릴 거야. 내가 할 수 있는 건." 로니는 말을 멈추고 다시 기침을 했다. "지금 너랑 계속 얘기하면서 네가 어설픈 계획 말고 제대로 된 계획을 세웠나 확인하는 거야. 알았지?"

니나는 끄덕였다. 두 소녀는 평소보다 길게 시간을 쪼개가며 속삭였다. 니나는 다음 남자가 언제라도 자신을 데리러 올까봐 소리가 날 때마다 움찔했다. 매리앤이 들어올 때까지 시간이 제법 흐른 듯했다. 매리앤은 다른 여자아이들 중 하나로, 니나도 자주 보긴 했지만 실제로 얘기를 나눠보진 않았다. 아이들은 서로 거리를 두고 있었는데, 니나 생각엔 조직적으로 저항할 가능성을 최소화하기 위해 그런 것 같았다. 게다가 매리앤이 두꺼비 남자와 함께 웃고 있는 걸 본 적이 있다. 니나는 저애를 믿을 수 없다고 확신했다.

"안녕." 매리앤이 말했다. "그거 알아? 눈이 오고 있어."

니나와 로니는 가만히 있었다. 이 아이에 관해 예전에 얘기를 나눈 적이 있었고 둘 다 매리앤과 있는 것이 불편했다.

"정말이야." 매리앤이 말했다. "돌아다니는 게 어려울 테니까 오늘은 조용할 거야. 눈 오는 날인 거지."

매리앤은 방 한가운데 있는 작은 커피 테이블에서 포르노 잡지를 집어들더니 읽어내려가기 시작했다.

"샐리는 생물학 석사였다." 매리앤이 큰 소리로 잡지를 읽었다. "그리고 인간 신체의 마스터였다. 지적인 블루스타킹*이었지만 그녀의 가터벨트에는 옆자리 여자보다 더 화려한 프릴이 달려 있었다."

매리앤은 역겹다는 표정으로 잡지를 방 저편으로 집어던졌다. "어디서 이런 쓰레기를 가져오는 거야?"

니나는 어떻게 반응해야 할지 알 수 없었다. 지난 몇 주간 자신의 룰을 지켜왔다. 고개를 숙이고 다른 사람들과 말하지 않고, 무엇보다 계속 저항할 것. 그것이 니나의 주문이었다. 아무도 믿지 않는 것이 유일한 방법 같았는데 갑자기 동료가 생기려 했다. 니나는 친절이 자신을 망칠 수 있다는 걸 알았다. 대부분의 시설 아이들은 친절에 취약했다.

"들어봐." 매리앤이 말했다. "너희 둘이 나와 말을 하고 싶든 아니든 신경 안 써. 하지만 난 너희가 생각하는 그런 망할 스파이가 아냐. 그저 너희보다 게임에 능숙한 거야, 그게 다라고. 그리고 지금 아무도 카메라를 안 보고 있단 걸 알아." 매리앤이 천장 조명에 붙은 카메라 눈을 가리켰다. "너희가 필요할 만한 것들도 알고 있고. 기꺼이 공유할 수 있지만 내가 망할 스파이란 생각부터 거두는 게 먼저야."

현재 상황에 대한 호기심이 매리앤에 대한 두려움을 앞질렀다. 설령 매리앤이 정말 스파이더라도 궁금했다.

---

* 18~19세기 영국 사교계에서 문학과 사상에 취미를 가진 지식인 여성들을 조롱하며 이르던 말. 그 여성들이 푸른색 스타킹을 신은 데서 유래했다.

"여기가 어디야?" 니나가 물었다.

"그건 네가 물어야 할 질문이 아냐." 매리앤이 말했다. "하지만 어쨌든 답은 해줄게. 우린 헤이스팅스 외곽, 해안가 언덕 위에 있어. 휴가 장소를 빌리고 우릴 넣어놓은 거야. 우리 같은 애들이 분명 다른 데 더 있을걸. 브로델, 소위 사창가지. 네가 있는 곳의 옛날식 이름이고. 네가 어디 있는 건지 모를 수도 있으니 알려주는 거야. 네가 입은 옷도 브로델이라 불러."

세 사람 모두 밖에서 찬바람이 들어오는데도 브래지어와 팬티만 입고 있었다. 불쌍한 병든 로니도 속옷 차림으로 웅크리고 앉아 무릎을 끌어안고 체온을 유지하려 했다.

"우린 내일 런던으로 갈 거야. 밝은 불빛과 그 모든 게 있는 곳으로. 그렇지만 좋은 소식은 아냐. 거기선 감시가 더 심해질 테니까. 우리가 도망갈까봐 신경이 곤두설 거야."

니나에겐 '런던'이란 말만 들렸다. 안전을 찾을 수 있는 유일한 장소이자 사람들을 알고 있는 곳.

"네가 저들 중 한 명이라 생각해서 미안해." 로니가 말했다.

매리앤은 어깨를 으쓱했다. "어쩌겠어."

어색한 침묵이 흘렀고 로니가 질문을 던졌다. "저 사람들 이름은 뭐야?" 로니의 목소리에 다급함이 묻어 있었다는 사실을 알아채고 니나는 우려스러웠다.

"내 말은," 로니가 계속했다. "만약 우리 중 한 명이 도망쳐도 나는 저들이 누군지 모르니까 말할 수 있는 게 없잖아. 저들은 극도로 조심스러우니까. 그 여자가 '피'라는 건 알지만, 그걸 이름이라고 할 수 있나?"

"그 사람 이름 내가 알아." 매리앤이 말했다. "남자는 팻이야, 패트리스 홈. 벨기에 사람이야. 여자는 피오나야. 그래서 피라고 부르는 거야. 우리가 그 짓을 하는 동안 돈을 걷어."

니나는 그 이름을 기억에 새겼다. 눈이 그치고 남자들이 하나둘 나타나기 시작한 뒤에도 그 이름을 주문처럼 외웠다.

"너희 이제 두 배로 뛰어." 피오나가 니나의 팔을 꼬집으며 말했다. "아침 시간은 좋았지, 둘러앉아 수다나 떨면서. 먹고 싶으면 일을 해, 이 게으른 것들."

니나는 피오나를 노려보았다. 어깨에 닿을 듯 말 듯 내려오는 염색한 금발. 파란 눈. 얇은 입술. S가 들어간 단어를 발음할 때 보이는 약간의 언어 장애. 억양이 살짝 있었지만 오락가락하는 걸 보면 꾸며낸 억양일 수도 있었다. 꼬집을 때 사용하는 긴 손톱. 잔인하고 잔인하고 또 잔인했다. 니나는 피오나를 응시하며 생각했다. 널 묘사하긴 쉬워. 누구든 알아챌 만큼 몽타주를 그릴 수도 있어. 사진을 합성하거나 아니면 심지어 레고로도 네 얼굴을 만들 수 있어. 난 어디서든 널 알아볼 수 있어. 널 잊지 않겠어.

그 생각이 다음 몇 시간을 버틸 수 있게 했다. 그 생각과 탈출 결심으로 버텼다. 니나는 가능한 한 빨리 달릴 작정이었다. 런던에서 해야 했다. 거기서 하면 수월할 것이다.

이동이 시작되었고 니나는 런던이 이보다 더 아름다웠던 적이 없다고 생각했다. 차창 밖의 지저분한 거리와 질척이는 눈을 바라보았다. 완벽하게 도망칠 수 있다면 다시는 런던을 떠나지 않겠다고 생각했다. 보도 위로 솟은 높은 건물들, 나뭇잎 없이 앙상한 나무들, 건물 문간에서 잠든 사람, 걷는 사람, 뛰는 사람, 서로 대화를 나누는 사람. 사람들, 사방에 사람들이 있었다. 사방에 여자들이 있었다. 누군가가 도와줄지도 몰라, 니나는 생각했다. 거리에서는 사람들이 장사를 하고, 먹고, 마시고, 웃고 있었다. 이 수많은 사람들 중 한두 명은 선할 것이다. 한두 명은 도와줄 수 있을 것이다. 그것이 니나가 필요한 전부였다.

"창문 밖으로 뭘 그렇게 찾지?" 두꺼비가 말을 걸었다. "내 멋진 뒤통수를 보는 게 좋을 텐데? 피, 재를 보라고. 내 좋은 차를 즐기시는 양 밖을 보잖아."

니나는 움찔했다. 다른 아이들은 미니버스를 타고 이동했고, 니나는 그들이 떠나는 모습을 보았다. 니나와 로니만이 두꺼비, 피오나와 함께 좋은 검은색 승용차에 올랐다. 이유는 알 수 없었다. 로니는 자고 있었다. 상태가 끔찍해 보였고, 니나는 그들이 로니를 병원으로 데려가는 것이길 바랐다. 니나는 그들이 병원에 가는지 확인하는 게 자신의 의무라고 생각했다.

"저기요." 니나가 말했다. "로마나는 정말 아파요. 병원으로 데려갈 수 있을까요?"

두꺼비는 뒤돌아보지 않았다.

"뭔 소리 들려? 난 안 들리는데. 뭐가 귓가에 윙윙거리네."

피오나는 니나가 한 번도 아니고 백 번은 부탁했다는 듯 크게 격분했다.

로니가 눈을 뜨고 니나에게 미소를 지었다.

"괜찮아." 로니가 속삭였다.

니나는 발밑에 있는 가방에서 물병을 꺼내 로니의 입에 갖다댔다. 로니의 눈이 잠시 기운을 찾았다.

"한 모금이면 돼, 니나." 로니가 말했다. "기억해."

니나는 로니가 자리에 고꾸라진 모습을 바라보았다. 손목이 말도 안 되게 가늘어 보였다. 따끔거린다는 듯 목에 두른 얇은 목도리를 손으로 만지작거리고 있었다. 로니는 폭삭 늙은 여자처럼 보였다. 마치 니나가 병원에 있을 때 보았던, 바퀴 달린 침대에 실려 지나가던 여자 같았다. 곧 죽을지도 모르는 사람처럼 보였다. 니나는 다시 두꺼비를 바라보며 용기내어 말하려 했지만 로니가 니나의 손목을 잡았다.

"하지 마." 로니가 속삭였다. "그럴 필요 없어. 난 괜찮아. 정말이야."

로니는 차창에 머리를 기댔다. 그 몇 마디를 뱉었다고 지쳐버린 것 같았다. 니나는 다시 자리에 기대 밖을 내다보았다. 빨간색 버스가 사람들을 태우고 회사로, 병원으로, 수영장으로, 대학교로 실어날랐다. 니나에게 불가능해 보였던 그 모든 평범한 일이었다. 그리고 남자들이 있었다. 니나는 모든 곳에서 남자들이, 마치 그 장소를 점령한 듯 돌아다니고 있다는 걸 깨달았다. 망설임 없이 또 자신을 해치고 로니를 해치는 남자들. 가격만 맞으면 원하는 건 무엇이든 하는 남자들. 가격이 안 맞아도 어떻게든 해버리고 마는 남자들. 니나는 좋은 남자들도 있다는 걸 알고 있었고 확신도 했다.

자신의 짧은 인생을 돌아보니 오로지 빌보만 떠올랐다. 빌보를 생각하니 갑자기 현실감이 들었고, 차 안 옆자리에 그애가 앉아 있는 것만 같았다. 빌보에게 손을 뻗어 만져보고만 싶었다.

"니나는 아냐." 빌보는 그렇게 말했을 것이다. "니나 아냐. 니나 왜? 왜 때문에?"

니나는 슬프지 않아. 빌보의 말뜻을 이해하고 니나는 그렇게 답했을 것이다. 니나는 슬프지 않아, 빌보. 니나는 스스로에게 아주 조용히 중얼거렸다. 너무나 작게 속삭였으므로 니나 곁에 꼭 붙어 있는 로니도 듣지 못했다.

"니나는 슬프지 않아."

니나는 도로 표지판을 보고 자신들이 런던 남동부, 어쩌면 뉴크로스나 포리스트힐에 있다는 걸 알았다. 그들은 큰길에서 떨어진 막다른 길의 평범해 보이는 집 앞에 차를 세웠다. 아담하고 네모난 모양에 작고 깔끔한 잔디밭이 딸린 새로 지은 주택들이 있었다. 도저히 사창가로 보이진 않는 곳이었고, 순간적으로 니나는 상황이 달라졌을지도 모른다는 비이성적인 희망을 품었다.

차가 한 집 밖에서 멈췄고 두꺼비 남자가 뛰어내렸다. 그는 뒷문을 열고 아이들에게 윽박질렀다. "너희 둘은 여기 있어, 알았어? 안 그러면 재미없을 거야. 허튼짓하면 바로 올 테니까."

그는 악랄하게 들리는 프랑스어로 뭐라고 말하더니 로니에게 다가와 다리를 세게 꼬집었다.

"안녕하세요." 두꺼비는 옆집에서 막 나온 여자에게 고개를 돌리며 말을 걸었다. "10호 에어비앤비 열쇠를 찾으러 왔습니다."

니나는 그 여자에게 말을 거는 두꺼비를 보고 목소리가 그렇게나 달라질 수 있다는 것에 경악했다. 꼭 유럽 대륙 로맨스의 주인공처럼 부드러운 목소리였다.

"여기 가져왔어요." 그 여자가 아이들이 있는 뒷좌석을 들여다보며 말했다.

"제 딸들입니다." 두꺼비는 말했다. "아이 친구들이 이따가 올지도 모르는데, 꼭 조용히 하라고 주의시키겠습니다."

그 여자는 수줍게 미소를 지어 보였다. 전혀 도움이 되지 않을 사람이라는 걸 알 수 있었다. 저 사람에게 도와달라고 소리지르며, 경찰을 부르라고 하고, 아이들을 꺼내달라고 부탁하는 상상을 해봤지만, 오므린 입술과 팔짱을 낀 모습을 보니 개입할 인물이 아니란 느낌이 왔다. 두꺼비도 그걸 알아차리고는 니나를 보며 히죽 웃었다.

"우리가 묵을 집이 정말 멋진 곳 같구나." 두꺼비는 말했다.

니나는 아무 반응을 보이지 않으려 노력했다. 그의 오만함과 뻔뻔함, 악의 앞에서 시간을 버티는 것 말고는 할 수 있는 일이 없었다. 자신이 할 수 있는 건 그저 살아남는 일뿐임을 떠올렸다. 기회를 찾고, 두꺼비를 쓰러뜨릴 만큼 충분히 오래 살아남는 일. 야망을 갖는 게 좋다고 말해줬던 모든 선생님을 떠올렸다. 니나는 몽유병 환자처럼 두꺼비와 피오나를 따라 안으로 들어갔다.

내게도 있어, 니나는 생각했다. 내게도 야망이란 게 있다고. 넌 믿지 않겠지만. 니나는 에어비앤비 집 거실의 새하얀 벽을 노려보았다. 잠깐이지만 금붕어가 그리웠다. 금붕어가 이곳에 같이 있었다면 좋았을 텐데. 방이 참 멋지군요. 고문실에 어울리지 않는 환경이네요. 벽에는 햇볕이 따사로운 방에 놓인 의자 그림이 걸려 있었고, 니나는 그 속에 들어가 이 모든 걸 잊고 앉아 있고 싶었다.

피오나는 컴퓨터로 곧장 작업에 착수해 인터넷에 아이들 사진을 올리고 남자들의 예약을 받았다. 니나는 생각했다. 무슨 일이 일어나든 아주 오래 살아남아 다른 사람들은 이런 일을 겪지 않게 하겠다고.

"로마나는 일할 상태가 아닌 것 같아요." 니나가 말했다. "열이 펄펄 나고 얼굴이 새하얗잖아요."

"쟤 좀 봐." 두꺼비가 피오나에게 말을 걸었다. "너보다 낫네. 넌 로마나에 대해 아무 말 없는데. 신경쓸 필요도 없다고 생각하지, 안 그래, 자기?"

피오나가 니나를 쳐다보고 어떤 제스처를 취했는데 나중에 얘기하자는 의미처럼 보였다.

"얘야. 괜찮아." 두꺼비는 말했다. "네가 두 배로 일하면 되잖아, 어때? 말장난 좀 해보자면, 빨리 넣고 빠지면 되지. 들락날락, 알겠어?"

니나는 로니가 의자에 앉도록 도왔다. 도망치고 말겠어. 니나는 스스로에게 약속했다. 여기서 나가고 말겠어.

그후로 며칠간 니나의 삶은 나아지지 않았다. 오히려 전보다 더 나빠졌다. 고객을 받는 사이 잠도 몇 시간 이상 자선 안 됐고 수시로 감시를 받았다. 로니와는 스쳐지나갈 때만 간헐적으로 대화를 나눌 수 있었다. 그래서 어느 날 아침 로니가 외출복을 입고 짐 가방을 싸서 발밑에 내려놓고 서 있는 걸 보고는 놀랐다.

"됐어, 니나. 나 나갈 수 있어. 병원에 데려가준대."

로니가 하이파이브를 하려고 손을 올렸다.

"정말 잘됐어." 니나가 말했다.

니나의 머리는 의문으로 가득찼다. 어떻게 로니를 내보낼 수 있는 걸까? 명백히 저들에겐 위험한 일이었다. 로니가 무슨 일이 일어나고 있는지 발설할까봐 두려울 게 분명한데?

"네가 무슨 생각인지 알아." 로니가 속삭이듯 조용히 말했다. "저자들, 다시 이동할 거야. 내가 잠든 줄 알고 얘기하는 걸 들었어. 여기서 멀지 않은 곳에 있는 다른 에어비앤비로 이동할 것 같아. 그래서 내가 뭘 말해도 안전할 거라 생각하는 거야." 로니는 기침을 하느라 말을 멈췄다. "그리고 내 여동생을 두고 협박했어. 열두 살밖에 안 됐거든. 쓰레기보다 못한 위탁가정에 있고. 진짜 협박 같았어. 그래서 우리에게 무슨 일이 일어나는지 누구에게도 말할 수 없어. 니나, 나는 못해. 정말 미안해. 정말 너도 구하고 싶었어."

"아냐." 니나가 말했다. "그러지 마. 난 스스로 할 수 있어. 넌 너부터 돌봐야 해. 우리 다른 곳에서 행복하게 만나자. 꼭 밥 다시 먹기로 해, 응?"

니나는 로니에게 손으로 키스를 보냈다. 니나는 로니 때문에 겁이 났다. 저들이 정말 로니를 병원에 데려갈까? 가능할 것 같지 않았다. 모든 곳에서 위험이 느껴졌다. 이 세상은 꼭 위험으로 만들어진 곳 같았다. 수백 수천 건의 역겨운 일들이 곳곳에서 대기하고 있는, 하나의 거대한 공포스러운 장소였다. 니나는 자신의 몸이 붕괴 직전이라는 걸 알았다. 피오나와 두꺼비는 로니가 일하지 않는 대신 니나의 하루 할당량을 늘리겠다는 약속을 지켰다. 함께 일하는 새로운 여자아이들이 몇 명 있었지만 니나는 거리를 두며 지냈다. 마음에 다른 사람을 위한 공간이 없다는 느낌이 들었다. 모든 사람과 사물에 마음이 굳게 닫혔다. 두꺼비가 아이들에게 주는 약도 먹지 않기로 결심했지만 하루하루를 견디는 것이 점점 더 힘겨워지고 있었다. 도저히 다른 사람을 상대할 여유가 없었다.

로니의 말이 맞았다. 그다음날 운영체 전부가 차로 몇 분 거리에 있는 새로운 에어비앤비로 이동했다. 적어도 두 대 이상의 차로 짐을 옮겼고, 로니가 다른 차를 타고 같이 이동했는지, 아니면 정말로 병원에 갔는지는 알 길이 없었다.

니나는 새로운 장소에 도착하자마자 고객들과 피오나가 나누는 대화를 들을 수 있었다. 언제나 그렇듯 꼬드기는 말투였다. "자기야, 우리가 도와줄게, 자기, 고마워, 내 사랑." 역겨웠다.

첫 고객이 나타날 때까지 시간이 좀 걸려서, 그사이 니나는 집 안을 둘러볼 수 있었다. 그리고 자신의 행운을 믿을 수 없었다. 한 줄기 희망이 보였다. 이전보다 훨씬 더 좋은 기회였다. 현관문. 니나가 기다리던 허점이었다. 탈출이 가능할지도 몰라, 니나는 생각했다. 현관문의 잠금장치는 번호키로 된 도어록뿐이었고 문고리는 부드럽고 조용하게 돌아갔다. 침착하게 굴고 소음이 들릴 때마다 기겁하지만 않는다면, 기회를 붙잡아 이 지옥에서 탈출할 수 있으리라는 확신이 들었다.

니나는 그날 밤 빌보를 생각했다. 만약 저들이 여동생을 들먹이며 로니를 협박한 것처럼 빌보를 두고 협박한다면 얼마나 끔찍할까. 빌보는 가장 가족이라 할 만한 사람이었고, 그애의 얼굴을 다시 볼 생각만 해도 힘이 났다. 추측건대 두꺼비와 피오나는 더이상 니나가 도망치지 않을 거라 생각한 듯했다. 니나에게 더 잘 대해주기 시작했고 심지어는 때때로 의견을 묻기까지 했다. 침대 커버나 의자의 위치 같은 것들. 그때마다 니나는 놀랍도록 어이가 없었다. 저들은 정말 니나가 자기네 사람이라 생각하는 걸까? 모두 같은 동기를 갖고 함께 일한다고? 자신이 그런 건 하나도 신경쓰지 않는다는 걸 알긴 알까? 알 수나 있을까? 저들이 스스로 속아넘어간 꼴이 볼만했다.

첫번째 기회는 새집으로 이사온 다음날 찾아왔다. 피오나와 두꺼비는 위층 침실에 있었다. 니나는 두 사람이 올라가는 모습을 보았다. 다른 아이들은 거실에 있었다. 아침에는 고객이 뜸하곤 했다. 니나는 어쩔 수 없이 새벽 4시까지 고객을 만나야 했고, 몸의 모든 부분이 쑤셨다. 니나는 생각했다. 설령 죽더라도 여기에 있는 것보단 나아. 하지만 너무나 지치고 두려운 나머지 그냥 지금 있는 곳에 남는 편이 안전하다고 스스로 납득하는 것이 세상에서 제일 쉬운 일 같았다. 니나는 자신이 찬미했던 책들의 여주인공들을 떠올렸다. 오브프레드, 매기 털리버, 엘리자베스 베넷, 스카우트.* 그

* 각각 마거릿 애트우드의 『시녀 이야기』, 조지 엘리엇의 『플로스강의 물방앗간』, 제인 오스틴의 『오만과 편견』, 하퍼 리의 『앵무새 죽이기』의 여성 주인공.

들은 무엇을 할까? 그건 분명했다. 당연히 떠날 것이다. 그들은 위험에 개의치 않고 떠날 것이다.

니나는 슬그머니 아래층으로 내려가 문고리를 당겼다. 문은 삐걱대는 소리 없이 열렸고, 니나는 순식간에 바깥으로 나온 탓에 머리로 정보를 받아들이고 처리하는 게 불가능했다. 해방감과 흥분 등 색다른 기분을 느끼리라 기대했지만 아니었다. 무섭고 춥고 아팠으며 죄수 같은 기분은 여전했다. 다 머릿속 생각이야, 하고 혼잣말을 했다. 니나는 계속해서 걸었다. 방향을 선택해야 하는 곳에선 사람들이 가장 많은 곳을 향해 나아갔다. 버스정류장에 사람들이 몰려 있으면 잠시 멈춰 서서 숨을 돌렸지만, 그럴 때가 아니면 계속해서 사람이 가장 많은 거리로 걸어나갔다. 버스나 지하철을 탈 돈이 없었고, 돈을 좀 손에 넣으려고 애쓰지 않은 자신을 나무랐다. 두꺼비가 주머니에 챙기지 않고 테이블에 버리는 잔돈만 모았어도.

날은 추웠고, 납치되던 날 입고 있던 재킷은 사라진 지 오래였다. 니나는 자신이 이상해 보인다는 걸 알았다. 짧은 치마에 다 해진 작은 티셔츠를 입고 있었고, 간신히 들고 나온 수건을 어깨에 두르고 있었다. 발에는 여자아이들이 다 똑같이 신었던 실내용 기본 샌들을 신고 있었다. 발이 얼어붙는 것만 같았다. 여기는 런던이야, 아무도 그런 것에 신경 안 써. 니나는 생각했다. 하지만 아직도 머리 위에서 거대한 섬광이 번쩍이며 '도망친 애'라는 네온사인이 빛나는 것만 같았다. 니나는 지나가는 낯선 사람들의 얼굴을 들여다보았지만 무뚝뚝하니 아무 반응도 하지 않았다. 니나가 지나온 버스정류장에 유아차를 끌고 나온 여자가 있었다. 빌보가 항상 들었던 말이 기억났다.

"길을 잃어버리면, 빌보, 아기가 있는 여자에게 물어보렴. 그 사람들이 길을 잘 가르쳐주거든." 직원이 그렇게 말해주곤 했다. 빌보의 안전을 위해서였다.

"실례합니다." 니나가 유아차를 끄는 여성에게 말을 걸었다. 길을 물어보려 했지만 그 여자는 겁에 질린 표정으로 유아차의 손잡이를 꼭 붙들어 자기 쪽으로 당겼다.

니나는 뒤로 물러서서 손을 내밀고는 해치려는 의도가 아니라는 걸 보여줬다.

"동전이 없어요." 그 여자가 말했다. "돈 안 들고 다녀요. 가보세요."

구걸하려는 게 아니라고, 그저 길을 묻는 거라고, 유아차에 탄 아기에게 절대로 해를 끼치지 않는다고 말하고 싶었다. 하지만 순간 나무 꼭대기에서 내려다보는 것처럼 자신의 모습이 그려졌다. 그 여자가 무서워하는 건 당연했다. 2월에 샌들을 신고 수건을 두른 지저분한 여자아이. 니나는 무서운 사람, 그리 인간답지 않은 사람이 되어 있었다. 나는 다가갈 수 없는 사람이구나, 누군가 나를 때리거나 강간할 때만 빼면. 니나는 돌아가는 쪽으로 마음이 기울었다. 아기만 아니었다면 아마 돌아갔을 것이다. 유아차에 탄 아기. 한 살 정도 된 어린 남자아이는 패딩점퍼를 입고 자그만 흰색 운동화를 신고 있었다. 아기는 자신의 어머니가 뒤로 물러난 줄도 모른 채 그저 친구를 만들고 싶어했다. 아기는 니나를 향해 웃고는 양손으로 얼굴을 가렸다가 뗀 후 까꿍 소리를 냈다.

니나는 같이 웃어줬고 아기 엄마는 다소 긴장이 풀린 듯, 낯선 사람들도 웃게 만드는 자기 아들을 자랑스러워했다.

"죄송해요." 니나는 물러난 뒤 고개를 돌려 아기에게 손을 흔들며 작별인사를 건넸다. "해치려던 게 아니었어요."

가자, 니나는 아주 작은 소리로 속삭였다. 계속해, 넌 할 수 있어. 그 아기는 마치 니나의 진정한 모습을 볼 수 있었다는 듯 힘을 불어넣어줬다. 큰 도움이 되었다.

그다음 변화가는 니나가 잊고 있던 오래된 기억을 불러일으켰다. 사람으로 북적이는 어느 또다른 변화가의 기억이었다. 니나는 엄마와 함께 있었다. 여름이었거나 아니면 최소한 봄이었는데, 나무에 나뭇잎이 돋아 있었기 때문이다. 햇빛이 내려쬐었다. 엄마의 눈동자에 해가 비쳤기에 기억이 났다. 자신은 아주 작아서 불평을 하면서도 간신히 엄마의 손을 잡고 어딘가로 끌려가고 있었던 것 같다. 엄마는 몹시 서두르고 있었다. 그건 확실했다.

"얼른, 니나." 엄마가 계속해서 그렇게 말했다. "서둘러. 안 그러면 늦어."

늦었다, 늦었어. 매우 중요한 날인데.* 니나는 계속 생각했다. 엄마에게 어디서 그 대사가 나왔는지, 그리고 왜 늦었는지 물어보고 싶었지만, 엄마가 너무 빠르게 걸어서 제대로 숨쉴 수도 없었다.

니나의 엄마는 울고 있었다. 그 사실을 그때 알았는지 나중에 알

* 『이상한 나라의 앨리스』에서 흰 토끼가 서두르며 하는 말.

았는지는 정확히 모르겠다. 하지만 돌이켜보면 엄마가 눈물을 참고 있었다는 게 분명했다. 두 사람은 어디로 가고 있었을까? 뭐가 그렇게 중요했고 뭐에 그렇게 화가 났던 걸까? 니나는 탐정이나 고고학자가 된 것처럼, 단서를 찾아 기억을 순서대로 짜 맞추려 애썼다. 원피스. 자신이 입고 있던 분홍색 꽃무늬 원피스가 생각났다. 엄마에게 끌려가던 중 상점의 창문에 비친 자신의 모습이 근사했다는 게 기억났다.

분명 그날이 니나가 보호시설 아동이 된 날이었을 것이다. 니나는 확신했다. 사람들이 니나를 데려가 첫 위탁가정에 맡긴 날 입고 있던 게 그 옷이었기 때문이다. 강아지가 있던 집이었다. 니나가 노상 울어댔고, 그래, 기억났는데 손톱용 가위로 원피스를 잘게 잘라냈던 집이었다. 저항, 지금은 그렇게 생각하지만 그때는 형언할 단어도 몰랐다. 그저 엄마가 없다면 그 어떤 것도, 심지어 가장 아끼는 원피스도 필요없다는 사실을 명확히 알고 있었을 뿐이다. 니나는 수건을 걸치고 샌들을 신고 거리에 서서 어린 니나에게 해명을 하려 했다. 그런 일이 일어나게 해서 미안해. 이제 그런 일은 없을 거야, 절대.

니나는 루이셤 번화가의 교차로에 서서 어느 방향으로 가야 할지 고민했다. 한쪽은 고층건물 빌딩숲을 통과했고, 한쪽은 쇼핑센터를 둘러 가는 것처럼 보였다. 고민하던 중 그 차를 발견했다. 커다란 검은색 차. 두꺼비의 차일지도 몰랐다. 엔진이 낮은 목소리로 으르렁거리는 듯 섬뜩한 분위기를 풍기는 차였다.

니나는 뒷골목으로 향했다. 운전자가 자신을 본 것 같진 않았고 그자인지도 확실하지 않았지만 모험을 할 때가 아니었다. 선택의 여지가 있을 때마다 덜 붐비는 도로를 택했고 집과 상점 쪽으로 바짝 붙어 걸었다. 어느 순간 니나는 쇼핑백을 들고 가는, 꼭 자신의 엄마 같은 여자를 발견했다. 하지만 지금 니나의 엄마는 당연히 열 살은 더 먹었고 루이셤에서 산 적도 없었다. 엄마일 수 없었다. 니나는 사막에서 길을 잃은 사람들에 대한 이야기를 기억했다. 분수, 물, 그들이 가장 바라던 것들을 어떻게 보았다고 생각했는지. 정신은 그런 속임수를 쓸 수 있다. 진짜가 아니야, 니나는 혼잣말을 했다. 뇌가 그럴싸하게 속임수를 썼지만 난 믿지 않아.

니나가 그 카페를 발견한 건 두세 시간쯤 걸었을 때였다. 창문 너머로 세 명의 노부인이 세상에 아무 문제가 없다는 듯 담소를 나누며 웃는 모습이 보였다. 마치 다른 행성에서 니나가 살고 있는 행성으로 온 사람들 같았다. 개도 있고 집도 있고 손주도 있으시겠지. 손주들은 행복하게 잘 자라서 대학에도 갔겠지. 니나는 자신이 무엇을 하는지, 무슨 말을 할지도 모르면서 카페 문을 밀어젖혔다.

니나는 나이 많은 사람에게 믿음이 없었지만 별다른 선택지가 없었다. 니나는 늙은 남자들이 싫었다. 만났다는 표현이 적절하진 않지만, 사창가에서 만난 늙은 남자들이 그랬다. 그중 하나는 『하이디』에 나오는 할아버지처럼 친절해 보였다. 사탕을 들고 나타났고 자신의 롤리팝을 빨아주길 바랐다. 니나는 어쩌면 그 할아버지가 자신을 도와줄 수 있다고, 탈출하게 도와줄지도 모른다고 생각했었다.

“저는 여기에 원해서 온 게 아니에요.” 니나는 그렇게 말했다. “저 사람들이 강제로 저를 여기에 가두고 있어요.”

니나는 말이 입 밖으로 나온 순간 자신이 실수했음을 깨달았다. 그 남자는 그 생각에 흥분했다. 이 친절하게 생긴 늙은 남자는 니나가 무력하다는 사실을 무척 좋아했다. 그 말을 반복해달라고 부탁했다. 니나는 그후로 똑같은 시도를 하지 않았다.

그게 세 여인을 만날 때까지 자신을 도와줄 가능성이 있는 사람 목록에서 늙은 사람들이 빠진 이유였다. 니나는 처음부터 세 사람은 다르다는 걸 알고 있었다. 카페에 들어설 즈음에는 곁눈질로 커다란 검은색 차를 몇 번은 보았다고 확신하고 있었다. 몸이 얼어붙을 듯 추웠고 화장실에 가야 했다. 그 남자가 차를 세워 니나를 태우는 건 무척 쉬운 일이었다. 니나는 금세 그곳으로 돌아가 있을 테고, 자신의 악몽에 갇혀 살게 될 것이었다. 런던 사람들이 자기 일에만 신경쓴다는 건 주지의 사실이었다. 그 누구도 뭐라고 하지 않을 것이다. 누군가 눈치를 채더라도 두꺼비는 설명을 준비해놓았을 것이다. 니나가 딸 아니면 손녀라고 말하면 아무도 니나의 말을 믿어주지 않을 것이다. 모든 게 두꺼비에게 유리했다. 니나는 카페의 여자들을 믿어볼 수밖에 없었다.

카페 안으로 들어서자마자 기분이 나아졌다. 세 여자는 마치 기다렸다는 듯, 도와주기로 이미 합의해놨다는 듯 친절한 눈빛으로 니나를 바라보았다. 혼자가 아니라는 기분은 니나가 기억하는 한 거의 처음이나 마찬가지였다. 이 여자들은 니나의 편이었다. 말을 붙이기 전부터 그걸 믿었다. 그들은 달랐다. 아무도 먼저 나서진 않았지만 그들은 상황에 책임을 지려고 했다.

"나이가 들면 세 분처럼 되고 싶어요, 정말로." 훗날 니나는 모두가 안전하게 메그의 집에서 차를 마실 때 메그에게 말했다.

메그는 웃었다. "그거 아니, 난 네가 그보다 더 나을 거라 생각해. 뭐, 그레이스와 대프니보다 뛰어나지 않을 순 있어도 나보단 나을 거야. 솔직히."

니나는 메그가 진심이란 걸 알았지만 그대로 받아들이지 않았다. 니나 눈에는 메그도 다른 두 사람도 부족하지 않았다.

"세 분은 제 할머니 같아요. 제겐 할머니와 할아버지가 없었지만, 만약 있다면 꼭 세 분 같았으면 좋겠어요."

니나는 말하면서 얼굴을 붉혔다. 부디 바보 같은 말을 한 게 아니길 바랐다.

대프니와 메그는 조금 당황했고, 니나 생각에 대프니의 눈에는 눈물이 맺힌 것 같았다. 하지만 그레이스는 아니었다. 그건 그레이스의 성격과 맞지 않았다. 그레이스는 꼿꼿하게 선 채 씩 웃어줘서 니나를 뿌듯하고 기쁘게 했다. 이 여자들과 있으면 안전하다고 느껴졌다. 그건 대단한 감정이었다. 너무 안전한 나머지 경계를 늦추고 도처에 숨은 위험을 잊고 말았다. 그날 밤 마게이트로 가기 위해 차를 탔을 때도, 세 사람에게 두려움이 파도처럼 덮쳐오는 걸 느낄 수 있었지만 여전히 안전하다고 느꼈다. 어른들과 함께 있다는 것, 니나는 그런 기분이었다. 그 어떤 일도 일어나지 않도록 안전하게 지켜줄 어른들과 함께 있다는 것. 심지어 '그 차'를 알아봤을 때도, 메그가 바이올린에 대해 중얼거리며 울고 있다는 걸 알았을 때도 니나는 그럼에도 모든 일이 잘되리라고 느꼈다. 차에서 자신을 끌어내는 폭력에 대비할 준비가 되어 있지 않았다. 두꺼비에게 처음으로 잡혔을 때보다 상황이 심각해 보였다. 그때는 무슨 일이 자신을 기다리는지 몰랐지만 이번에는 너무나 잘 알았다. 이번에는 메그, 그레이스, 대프니까지 걱정해야 했다. 세 사람은 이게 자신들 책임이라고 생각할 것이다. 니나는 몹시 겁이 났다.

니나를 차에 던져넣자마자 두꺼비가 말했다. "네가 나한테 얼마나 많은 문제를 일으켰는지 알긴 알까?"

"그리고 나한테도." 피오나가 조수석에서 몸을 돌려 니나의 머리카락을 한 움큼 휘어잡았다. "집에서 장사할 수도 있었는데. 오늘밤은 손해야."

"괜찮아, 피." 두꺼비가 말했다. "니나는 아주 미안할 거야. 자기 때문에 또 새 장소로 이사할 뻔했다는 걸 저년도 알고 있어. 마땅한 장소를 찾느라 시간을 톡톡히 썼지만 괜찮아, 이제부터 니나가 아주아주 열심히 일할 테니까. 우리가 고생한 만큼 제대로 갚아줄 거야. 안 그래, 니나?"

니나는 아무 말도 하지 않았다. 말해봤자 소용없는 짓이었다. 뭐라고 하든 납작하게 눌릴 테니까. 절대적으로 그들에게 유리했다.

"절대적으로 유리하다라." 니나의 머릿속에 그레이스 같은 목소리가 들렸다. "두뇌를 제외한다면 유리하겠지. 네게는 지혜가 있어, 니나. 그걸 사용해."

니나는 끔찍한 상황을 곱씹을 겨를이 없었다. 두꺼비와 피오나는 자신들이 뱉은 말을 지켰고, 집에 돌아오자마자 삼십 분 단위로 니나의 예약을 잡았다. 어떤 남자들은 두 번 이상 나타났는데, 그 자들이 단지 니나의 예약을 빈틈없이 채우기 위해 돈도 안 받고 넣어줬다는 걸 알게 되었다.

그날 늦게까지 니나는 로니를 보지 못했다. 로니가 대기실로 불려나와 다른 아이들과 앉았을 때 니나는 충격을 받았다. 로니의 상태는 끔찍했다.

"로니." 니나가 로니를 불렀다.

피오나가 니나의 뺨을 때렸다.

"새로운 규칙이다." 피오나가 말했다. "너희끼리 대화 금지야. 맘에 안 들면 여기 니나를 탓해. 얘 때문에 생긴 거니까."

몇몇 아이들이 쏘아보았지만 니나는 눈치채지 못했다. 로니를 살펴보느라 정신이 없었다. 더 앙상해진 로니는 눈에 보일 정도로 몸을 떨고 있었고 방안의 온도에도 불구하고 추워 보였다.

"그리고 자신이 똑똑한 줄 착각하고 로니가 했던 짓을 하면." 피오나가 말했다. "어떻게 되는지 이년이 제일 먼저 알려줄 거야. 이년이 아니라 이놈인가. 이 괴물에게 뭐가 더 적합한지 모르겠군."

로니는 고개를 숙였다.

"피오나 말이 맞아요." 로니가 너무나 조용히 말해서 니나는 그 말을 들으려 온갖 애를 써야 했다. "소용없는 짓입니다."

그후 로니는 끌려나갔고, 그자들이 로니를 어디에 가뒀는지는 알 수 없었다. 거대하진 않았지만 잠긴 문이 몇 개는 될 만큼 큰 집이긴 했다. 감옥이었다. 니나는 홀로 남겨지는 법이 없었다.

두꺼비가 니나를 데리러 왔을 때 무슨 일이 일어났다는 걸 깨달았다. 제대로만 한다면 또다른 기회가 생길 것만 같았다.

"옷 입어." 두꺼비가 다른 고객을 받기 전에 몇 분이라도 쉬려고 소파에 앉아 있던 니나를 끌어당겼다. "옷 입으라고, 젠장. 같이 나가야 하니까. 운이 좋으면 사랑하는 할머니들을 잠깐 보게 될지도 모르니까."

"옷이 하나도 없어요." 니나가 말했다. "다 가져갔잖아요."

"저 입만 산 년이." 피오나가 자기 침대 옆에 있는 상자를 더듬더니 니나에게 청바지와 티셔츠를 던졌다.

"그거면 됐겠지." 피오나가 말했다.

몸이 덜덜 떨려서 청바지에 발이 들어가지 않았다. 그 노부인들은 어떻게든 니나를 도우려고 했다. 성공할 수도 있지만 다칠 수도 있었고, 그거야말로 최악의 사태일 것이다.

운전을 하는 그 짧은 시간 동안 두꺼비는 아무 말이 없었다. 그가 격노한 상태란 걸 알 수 있었다. 니나는 어떤 길은 알아본 것 같았지만 확실하진 않았다. 어둠이 내린 길은 다른 길과 분간이 되지 않았다. 그래도 어떤 일이 벌어지고 있었고, 그건 아무 일도 없는 것보단 나아야 했다. 그리고 이 일엔 뭔가가 더 있었다. 그게 니나가 머릿속으로 계속 되뇌는 생각이었다. 분명 무슨 일이 더 있다, 난 포기하지 않을 거야.

차는 공원에 멈췄다. 교외처럼 보였지만 런던을 벗어날 정도로 멀리 오지 않았다는 건 알았다. 사람들이 여기서 자신을 죽이고 시신을 묻을 셈인지 궁금했다.

"나올 생각 마라. 문은 잠겼으니까. 거기서 착하게 얌전히 있어. 네 친구들이 얼굴을 볼 수 있게."

두꺼비가 차에서 내릴 때 니나는 창밖을 바라보았다. 과연 세 사람이 거기 있었다. 심장이 거세게 뛰면서 미친듯이 손을 흔들었지만 세 사람은 오로지 두꺼비만 쳐다보고 있었다. 대프니가 한 걸음 나서서 두꺼비에게 뭔가를 내밀었고, 두꺼비도 그걸 받으려고 앞으로 나섰다. 몸값이다. 이야기책에서나 보던 몸값이었다. 분명 돈을 건네주려는 것이다. 니나는 세 사람이 정말 대단하게 느껴졌고 희망에 부풀었지만 동시에 두꺼비가 그들을 해칠까봐 더럭 겁이 났다.

"고마워요." 니나는 조용히 중얼거렸다. "고마워요, 고마워요. 언젠가 꼭 갚겠어요. 맹세해요."

어떤 대화가 오가는지 알 수 없었으므로 니나는 두꺼비가 뛰는 소리도 듣지 못했다. 두꺼비가 차를 향해 부리나케 뛰어올 때에야 무슨 일이 일어났다는 걸 알아차렸다. 대프니와 두 명, 그리고 또 다른 사람이 그를 쫓고 있었다. 쫓아오며 소리치는 사람이 누군지 알 수 없었다. 니나는 창문을 쾅쾅 두드리고 잠긴 문을 열려고 애쓰며 손을 다급히 흔들었지만 두꺼비가 순식간에 운전대로 돌아왔다. 차는 끼익 소리를 내며 돌더니 노인들을 뒤로하고 떠나버렸다.

"누가 있었어, 젠장." 두꺼비가 말했다. "네 미친 머저리 친구들이 누군가를 데려왔어, 소리가 났다고. 날 속이다니."

"아무도 안 보였어요." 니나가 말했다. "정말이에요?"

두꺼비는 브레이크를 힘껏 밟아 길가에 급정거를 했다. 주택가였지만 불빛 하나 없이 캄캄했고 니나를 도와줄 사람도 없었다.

"닥치고 있어. 아니면 젠장할, 그럴 수 있게 만들어줄 테니까. 나머지 애들을 다 합쳐도 네년 하나가 일으킨 문제보다 작아, 알겠냐고?"

고마워요, 할머니들. 니나는 생각했다. 성공하진 못했지만 고마워요. 제발 한 번만 더 시도해주세요.

세 사람을 보고 느꼈던 반가움은 집으로 돌아오자마자 사라지고 없었다. 두꺼비는 참을 수 없는 고통에 니나를 넣어주겠다고 약속했다. 두번째 대안 없이 삶을 살아가는 것, 희망이 사라지는 게 가장 견디기 힘든 일이었다. 자살하는 방법조차 생각해낼 수 없었다. 벨트도 없고 밧줄도 없고 약도 없고 면도기도 없고 심지어 성냥도 없었다. 니나는 세 사람이 무엇을 하려 했을지 궁금했다. 그레이스가 두꺼비를 바닥으로 걷어차는 모습을, 나머지 두 사람이 가담해 두꺼비를 곤죽이 되도록 때리는 모습을 상상했다.

다음날 니나는 너무나 정신이 없어서 두꺼비가 외출하는 사실을 놓칠 뻔했다. 두꺼비는 보통 피오나와 집에 머물며 모든 걸, 특히나 수감자들을 감시했다. 둘 중 하나가 외출하는 건 평범한 일이 아니었다. 니나는 로니를 찾을 수 있는 절호의 기회라고 생각했다. 그게 그레이스, 대프니, 메그가 자기 같은 상황에서 했을 일이라고 니나는 확신했다. 세 사람이라면 로니를 찾아서 무슨 결과가 벌어지든 간에 어떻게든 도와줄 것이었다.

"허튼짓할 생각 마라." 피오나가 말했다. "넌 내 손바닥 안이니까. 내 옆에 딱 붙어서 다음 고객이 올 때까지 기다려."

"그럼요." 니나는 말했다.

니나는 다음 고객과 일이 끝날 때까지 기다렸다가 화장실로 가는 대신 까치발을 하고 아래층으로 내려와 현관문 옆의 닫힌 방으로 향했다. 왜 이 방이라고 생각했는지는 알 수 없었다. 그저 직감이었다. 그자들이 로니를 사람들로부터 최대한 멀리 가둬놓고 싶을 것이란 확신이 들었다. 니나는 문고리를 가능한 한 천천히, 그리고 조용히 돌렸다. 문은 잠겨 있었다. 당연히 잠가놓았겠지. 니나는 포기하고 올라가려 했지만 자리를 뜨려는 순간 걸쇠가 보였다. 아주 크고 무거운 걸쇠가 문 위에 달려 있었다. 니나는 걸쇠를 당겨 뺀 다음 다시 열어봤다. 문이 열렸고 니나는 살금살금 어두운 방으로 들어갔다.

"니나, 가. 난 괜찮아. 저 사람들이 알면……"

"로니, 로니, 나 너무 걱정했어. 괜찮은 거야? 아니, 바보 같은 질문이네. 널 도와주고 싶어, 그게 다야."

니나는 로니가 하는 대로 가능한 한 조용히 속삭였다.

"조심해, 내 친구." 로니가 말했다. "지금 나가야 해. 난 괜찮아. 네가 탈출하지 못해서 마음이 아프다. 꼭 다시 해, 포기하지 마."

니나는 로니의 손을 붙들었다.

"널 여기 두고 갈 순 없어. 같이 가자. 다시 한번 해보는 거야."

"어쩌면 조만간…… 쉿, 얼른 가. 발각되면 정말 난리가 날 거야."

니나는 문에 달린 걸쇠를 기억하며 자리를 떴다. 누군가 알기 전에 위층으로 올라왔다. 그날 하루는 로니를 생각하며 보냈다. 어떻게 로니를 구할지, 더 늦기 전에 어떻게 이 장소를 벗어날지 생각하면서.

Chapter 20
그레이스

2월 28일 목요일

나의 사랑스러운 대프니는 영웅이었다. 다른 말로는 표현할 수 없다. 대프니에겐 뭔가 특별한 것이 있었고 밤에는 더욱 그랬다. 꼭 슈퍼우먼 같았다. 대단하다는 말밖에 표현할 길이 없다. 그 두꺼비 놈은 어두운 공원 저편에 서 있었고 우리를 전혀 신경쓰지 않는 듯했다. 꼭 웃는 것처럼 보였다. 자신이 문제아라는 걸 아는 아이들에게서 저런 표정을 보곤 했다. 상대가 뭘 하든 자신에겐 털끝 하나 영향이 없다는 걸 곧바로 알아차린 아이들의 표정이었다. 나는 딘을 떠올렸다. 사건의 냄새가 너무나 강하게 피어올라 꼭 손에 잡힐 듯했다. 나는 생각했다. 작은 총이 있다면 곧바로 저 두꺼비의 두 눈 사이 정중앙을 쏴버리는 건데. 나는 슈 일당에게 보내는 신호인 '세상에'를 잊어버렸다. 두꺼비를 증오한다는 사실 외의 모든 것을 하얗게 잊고 말았다. 그리고 엘리너를 떠올렸다. 애야, 다시는 너를 실망시키지 않을게. 나의 엘리가 죽은 지 오십 년도 넘었다는 걸 생각하면 미친 짓이었다. 한참 지난 일이었다. 여기 있었다면 거의 나만큼 할머니가 되었겠지. 우리는 함께 늙었을 것이다. 그게 아직 어릴 때 아이를 낳으면 생기는 신비한 일 중 하나다. 자식이 부모를 따라잡는다. 두꺼비가 거기 서 있는 동안, 우리가 다음 행동을 고민하는 동안, 어떻게 이 많은 생각을 다 했는지 알 수 없다. 정말 알 수 없지만 그 모든 생각이 머릿속을 스쳤다는 건 맹세할 수 있다. 하나의 생각 뒤에 다른 하나가 마치 줄을 서듯 꼬리를 물고 이어졌다.

"어서 차문을 열고 아이를 줘." 대프니가 말했다. 꼭 무대에 오른 사람처럼 또렷한 목소리였다. 정말 무대였다면 뒷구역까지 목소리가 들렸을 것이다. 대프니는 돈을 들어올려 두꺼비에게 건네지 않고도 보이게 했다.

두꺼비가 머뭇거리는 게 보였다. 그가 한 걸음 가까이 나오던 순간, 카페 뒤쪽에서 뭔가가 획 빠르게 움직이는 듯한 소리가 들렸다. 슈 일당은 나중에 말하길 자기들이 낸 소리가 아니라고 했다. 여우나 뭐 그런 게 분명하다고 했지만 알 수 없었다. 어둠 속에서 이런저런 소리를 내는 건 많다. 자메이카에 있을 때 엘리너가 청개구리들이 내는 소리를 무서워해서 덜 무섭도록 청개구리에 관한 이야기를 지었던 적이 있었다. 하지만 야심한 시각 브로클리 공원에서 들리는 소리는 청개구리가 아니었다. 나는 카페 뒤쪽에서 기침하는 소리가 났다고 생각했다. 여우가 아니라 사람이 기침하는 소리였다. 그게 무엇이었든 두꺼비는 제대로 놀란 듯했다. 그는 눈

깜짝할 새에 동요했다. 펄쩍 뛰며 차를 향해 달려갔고, 동시에 니나가 차 안에서 문을 열려고 애썼다. 물론 차문은 잠겨 있었고, 우리는 두꺼비가 차로 뛰어들어 시동을 거는 사이 그 작은 아이가 겁에 질린 얼굴로 창문을 두드리는 걸 봐야 했다.

"열어봐, 니나." 대프니가 외쳤다. "다시 열어봐."

대프니는 두꺼비가 차에 올라탔을 때 뒷문 잠금이 풀렸다고 생각한 것 같았지만 아니었다. 니나는 여전히 갇혀 있었고 두꺼비가 차를 너무 빨리 모는 바람에 좌석에 뒤로 넘어졌다. 메그는 차 문고리를 당기려는 것처럼 허공에 손을 흔들며 차를 향해 달려갔다. 두꺼비가 차로 메그를 칠지도 모른다고 생각한 순간 대프니가 가까스로 메그를 잡아당겼고, 차는 언덕 너머로 달려가 공원을 벗어났다. 눈 깜짝할 새였다.

"젠장." 대프니가 말했다. "젠장, 젠장, 젠장. 거의 다 됐는데. 봤어? 아이를 찾을 수 있었다고."

대프니는 제정신이 아니었다. 모든 게 자기 잘못이라고 생각하는 것 같았다.

"당신은 훌륭했어." 내가 말했다. "그러지 마. 거의 다 왔어. 아까는 그놈이 유리했지만 다시 시도해볼 수 있어. 괜찮아."

정말이지 말도 안 되는 소리다. 하지만 대프니가 자책하는 것도 싫었고, 포기하고 싶지도 않았다. 아직 끝내야 할 일이 있었다.

"죄송해요 여러분." 카페 뒤에서 데스가 나오며 말했다. "제가 기침을 한 걸지도 몰라요, 긴장해서요."

데스는 자신이 책임을 지려고 했지만 나는 그를 믿지 않았다.

“당신은 이런 일에 능숙해야 하잖아.” 메그가 말했다.

대프니와 내가 나서서 해명하려는데 데스가 손을 들어 보였다.

“맞는 말씀이에요, 충분히.” 데스가 말했다. “제가 범죄에 잘 맞았던 적이 없다는 걸 인정해야겠어요. 죄송해요.”

“데스 말이 맞아요.” 고용한 킬러 듀오의 남자가 말했다. 그 남자가 말하기 전까지는 거기에 와 있는 줄도 몰랐다. “데스는 범죄에 적합하지 않아요. 대부분의 사람들이 적합하지 않죠. 환경이 만들어내는 거니까요. 잘못된 시기에 잘못된 장소에 있어야 하는 거죠. 그리고,” 그 남자는 계속 말을 이어갔다. “여러분이 여러 방면에서 데스보다 적합하다고 말하고 싶네요. 아주 감명받았어요. 그나저나 제 이름은 그레그입니다. 파이집 이름처럼요. 비건 소시지롤을 파는 곳이요.”

그는 손을 내밀어 제일 먼저 대프니, 그다음에 나, 그다음 메그의 손을 잡고 흔들었다. 그러고 나서는 무슨 행동을 해야 할지 모르는 듯했고, 나는 이제 저 남자가 울어버리려나 궁금했다. 매우 감정적인 상태 같았다.

“집어치워, 그레그.” 클래라가 말했다. “우린 제대로 망쳤어. 제 동생이 미안하다고 말씀드리는 것 같네요.”

상황이 걷잡을 수 없이 나빠지고 있었다. 나를 포함해 다들 두꺼비가 살아 있는 것에 책임을 지려 했고 누군가 이 상황을 정리할 필요가 있었다. 내가 앞으로 나섰다. 이건 교사가 하는 일이었다. 난 이미 딘 사건 때 기회를 한 번 놓쳤고, 평생 그 일을 이고 살 생각이었다.

"자, 모두들." 내가 말했다. "돌아가자고. 메그, 당신 집으로 가서 정리를 좀 해도 될까?"

"전화하세요." 클래라가 말했다. "아직 끝나지 않았으니까요. 핸드폰은 살아 있습니다."

슈 일당은 왔던 길로 조용히 사라졌다. 그레그는 뒤를 돌아보며 손을 흔들었다.

각자 차 한 잔과 비스킷 하나를 들고 메그의 거실에 자리를 잡으니 새벽 1시였다.

"관두고 싶은 사람 있을까?" 대프니가 말했다. "왜냐면 나는 계속하는 쪽에 찬성해서."

꼭 의학 드라마에서 심폐소생술을 계속해야 할지 중단해야 할지 결정해야 하는 응급실 의사가 된 기분이었다.

"그애를 그냥 둘 순 없어."

한참을 가만히 있던 메그가 처음으로 한 말이었다. 브라보. 잘했어, 메그.

"메그 말이 백 퍼센트 맞아." 내가 말했다. "그럴 수도 없고, 그러지도 않을 거야."

"저희는 오늘 아주 중요한 걸 배웠어요." 데스가 말했다. "시간을 그냥 버린 건 아니에요. 뭔가를 배웠으니까요. 여러분, 그건 바로 우리가 옳다는 거예요. 그자는 정말, 정말 탐욕에 찌든 인간이에요. 돈을 가지러 나왔잖아요. 최선은 다시 시도하는 거예요."

"잊지 마." 대프니가 말했다. "돈은 아직 우리한테 있어. 아무것도 건네지 않았어. 계속 시도해야 해."

역시 나의 대프니야, 나는 생각했다.

우리는 모두 계속하기로 동의했지만 분위기는 침체되어 있었다. 메그가 침실로 가고 데스는 샤워를 하러 가서 나는 기뻤다. 대프니와 나 단둘이 남았고, 이제 긴장을 풀고 스트레스를 좀 덜 수 있을 듯했다.

"이런 거 물어봐도 될까." 대프니가 말했다. "공원에서 아까, 자기가 '딘'이라고 하는 걸 들었어. 그때 별난 환경이 또다른 별난 시간을 떠올리게 한다고 했던 게 기억이 나서. 그래서 생각했어. 그 일에 대해 좀더 알 수 있다면 좋겠다고. 내 말은 만약……" 대프니의 얼굴이 수줍어 보였다. "만약 당신이 원한다면 말이야."

대프니에게 깊은 연민을 느꼈다. 어리석고 자신에 대해 확신이 없던 젊은 시절에 대프니는 어떤 모습이었을지 상상했다. 친구가 될 수 있었겠지. 내가 대프니를 겁먹게 하지 않는 이상 우리는 서로를 도왔을 것이다.

"스물다섯 살의 나는 화가 난 여자였지." 내가 말했다. "그때 우리가 친구가 될 수 있었을까?"

"세상에, 그럼." 대프니는 단숨에 대답했다. "나는 화내는 법을 배우지 못했거든. 누군가 내게 보여줬더라면 나도 화를 낼 수 있었을 거야."

"얼마든 보여주고말고. 내 사랑하는 어린 딸을 보호하지 못했다는 것에 평생 화가 나 있었으니까. 그 기회를 만회할 다른 사건이 생겼을 때, 다른 누군가를 위해 변화를 이끌어낼 수 있었던 때, 잠깐, 아니다. 다른 누군가의 목숨을 구할 수 있었던 때, 기회를 놓쳐

화가 났지."

"당신이 왜 지금 이 일을 하려는지 알 것 같아."

대프니의 말이 맞았다. 우리는 서로 말없이 앉아 있었다. 더 말할 필요는 없었지만 딘의 일에 너무 오래 머문 듯했다. 딘의 그 일이 있은 이후로 나는 가르치는 일을 관뒀다. 오버크로프트 학교의 그 누구와도 연락하지 않았다. 절대로. 거기서 함께 일했던 친한 친구들조차도 연락하지 않았다. 대부분은 이유를 짐작했지만 그들은 결코 모든 것을 알진 못했다.

대프니가 내 반대편에 앉아 가만히 기다리고 있었다. 다정한 침묵이었다. 대화를 강요받진 않았지만 몇 분 정도 부담을 내려놓고 싶었다. 엘리너 얘기를 할 때와는 달랐다. 그건 내가 결코 내려놓지 않을 짐이었다. 엘리너는 내 딸이고 내가 홀로 짊어져야 할 짐이었으므로. 그게 내가 해줄 수 있는 전부였다.

딘 스미스는 경우가 달랐다. 딘 스미스는 언제나 이고 지기 힘든 짐이었다.

"도울 수 없는 일을 누군가에게 부탁받은 적 있어?" 나는 대프니에게 물었다.

대프니는 열심히 생각하는 모양이었다. 나를 달래주기 위해, 그런 적 있다고 대답하고 싶어한다는 걸 알 수 있었다. 솔직히 말해서, 정말로 부탁받은 적이 있다면 그렇게 오래 생각하지 않을 것이다. 머리 꼭대기에 자리한 그 생각을 밀어낼 수 없을 테니까.

"내 생각엔," 대프니가 약간의 시간이 흐른 뒤 말했다. "없는 것 같아. 직접적으로 부탁받은 적은 분명 없었지. 간접적 부탁은 또다른 애기야. 들어야 할 말을 듣지 않으려 했던 것 같아. 나 자신의 문제에만 휩싸여서 사람들이 들려주려던 중요한 것들을 놓쳤을 거야. 마찬가지로 나쁜 일이지. 내가 말했던 앤드루와 내 과거 얘기 있잖아, 나는 그게 내 인생의 너무 많은 부분을 소모하도록 내버려뒀어. 실제로 몇 년이 지나도록 다른 건 생각하지도 않았지. 내가 간과했을 수많은 도움 요청들을 생각해봐. 그저 당신 기분이 나아지라고 하는 말은 아냐."

대프니가 무슨 말을 하려는지, 진심으로 전하려는 것이 무엇인지 알 수 있었다. 나는 대프니에게 손을 뻗어 그녀의 손을 꼭 쥐고는 얘기를 시작했다.

"딘 스미스. 11학년, 열다섯 살. 말썽을 부릴 때 빼고는 교사들 눈에 잘 안 띄는 아이. 말썽을 꽤 자주 피우는 아이였어. 더 심한 애들도 있었지만 대부분의 경우보다 훨씬 말썽이 잦았지. 계속 얘기를 해도 될까?"

여전히 샤워 소리가 들렸기에 얘기를 나눈 시간이 길지 않다는 건 알았다. 하지만 피곤했고 너무나 지쳤기에 대프니가 이제 그만 하자고 말해주길 기대했다. 그러나 대프니는 그러지 않았다. 그래서 나는 모든 걸 털어놓고 있었다. 딘이 "못해요"라고 말했던 것, "못해요"라는 그 말이 남긴 메아리가 나를 그토록 오래 따라다녔다는 것. 내가 딘을 저지할 수도 있었다는 것, 아마 딘도 자신을 멈춰주길 바랐다는 것, 내가 나 자신에 대해 골몰하느라 남들이라면 놓치지 않았을 신호를 놓쳐버렸다는 것.

"그건 잘 모르겠어." 대프니가 말했다. "딘이 정말 누군가 멈춰주길 바랐는지는."

나도 한참을 생각했었다. 당연히 생각해봤지만 도움이 되지 않았다. 여전히 그애가 선택한 사람은 나였고, 나는 딘을 좌절시켰다. 대프니에게 그 말은 하지 않았다. 대프니는 열과 성을 다해 내 말을 듣고 있었다.

"그래서 무슨 일이 생겼던 거야? 자기가 자책하는 그 일이 대체 무슨 일인 거야?"

대프니가 아직도 짐작하지 못하는 게 놀라웠다. 뉴스에 나온 그 이름을 기억하지 못한다는 게. 한때는 평범한 이름이었지만 이제는 찰스 맨슨이나 마이라 힌들리처럼 공포의 대명사가 된 그 이름을.

"아마 읽어봤을 거야." 내가 말했다. "쇼핑센터에서 두 명의 어린아이들을 데려간 소년. 아이들은 서로 사촌이었는데 한쪽의 엄마, 그러니까 다른 아이의 이모와 쇼핑을 하러 갔어. 스트랫퍼드 중심가였지. 호화로운 웨스트필드가 지어지기 전에 있던."

내 말을 듣고 대프니의 기억이 천천히 되살아나는 듯했다. 대프니는 이윽고 기억해냈다. 표정을 보고 알 수 있었다. 당시 온 나라가 알았고 다들 몇 주 동안 그 얘기만 했다. 딘이 한 짓은 CCTV의 초기 버전이라 할 수 있는 카메라 영상에 찍혔다. 양손에 여자아이를 한 명씩 붙잡고 길을 걷는 딘의 모습을 온 국민이 알았다. 법정에서 증언한 후 한동안 나는 가장 비난받는 사람이었다. 딘이 무엇을 했는지 사람들은 정확히 알지 못했고, 사건은 자세히 공개하기에는 너무 무거웠다. 하지만 상상력이 있는 사람이라면 누구나 내가 딘을 도와야 했다는 걸 알 수 있었다.

"내가 딘을 막았을지도 몰라." 나는 대프니에게 말했다. "딘은 누군가 멈춰주길 바란 것 같아."

"그래." 대프니가 말했다. "그랬을지도 모르지. 그걸 부정할 순 없어. 그리고 누군가 1889년에 오스트리아 신생아들을 죽이러 다녔다면 아마 히틀러를 처리했을 거고. 하지만 인생은 그렇지 않아, 알잖아? 인생은 결말부터 구성한 잘 짜맞춘 소설이 아냐. 우리는 가진 것으로 할 수 있는 일을 할 뿐이야. 그게 핵심이야. 물론 딘을 막고 싶었겠지. 그랬다면 얼마나 좋았겠어. 하지만 나는 늘 그렇게 서로를 단속할 순 없다고 생각해. 자기 자신을 단속하는 것만으로도 충분히 어렵잖아? 그게 바로 자기가 하는 말 아냐? 그리고 당신이 무슨 말이라도 건넸다면 딘이 그런 행동을 안 했으리라고 그 누가 장담하겠어? 시민 체포 같은 걸 해야 할 이유가 있던 것도 아니고. 딘이 무슨 짓을 할지도 몰랐잖아, 어떻게 막을 수 있었겠어?"

대프니 말은 일리가 있었다. 진짜 내 잘못이 아니라는 걸 나도 한편으로는 알고 있었다.

"기회를 놓쳐서." 내가 말했다. "그래서 그래. 그게 내가 지금 이 일에 참여하는 이유야."

"당신도 나도." 대프니가 말했다. "우리 둘 다 말이야, 그레이스. 기회를 놓쳤어. 내겐 돈이 있어, 당신도 알았겠지. 아버지가 나를 위해 작은 스타트업 기업에 투자하고는 사라졌거든. 그 회사가 애플이야. 생각해봐, 내겐 돈이 생겼지만 제대로 사용할 수 없었어. 나눠주지도 못했지. 자선단체에 줘도 돈은 돌아와 있어."

대프니는 내가 이해해주길 바라며 진심어린 눈빛으로 나를 바라보았다. 나는 위로해주고 싶었지만 그건 기이한 죄책감이란 생각이 들었다.

"잠깐만." 내가 말했다. "돈을 더 빨리 나눠주지 못해서 죄책감을 느끼는 거야?"

대프니가 얼굴을 붉혔다. 나는 그게 좋았다.

"나는 인생의 이면을 보았지. 그게 중요해." 대프니는 말했다. "나는 감옥에 있었어. 아주, 아주 한참 전에 머나먼 곳에서. 죄목은 성매매 호객 행위. 돈이 많이 생기기 전엔 또 한푼도 없었거든. 생계의 덫에 갇혀서 벗어나질 못했어. 감옥에서 다른 여자들과 여러 해를 보냈지. 그 사람들의 삶이 얼마나 힘든지 나는 알아. 내가 할 수 있는 걸 해보지만 그래도……"

대프니는 어깨를 으쓱했다. 각자의 사연을 서로에게 짐 지우자 묘한 기분이 들었다. 어쩌면 이건 여성들이 짐을 이는 방법일 것이다. 우리는 사연의 무게를 함께 견딘다.

"이번엔 제대로 할 수 있을 거야." 내가 말했다. "우리는 승리할 거야."

Chapter 21
메그

2월 28일 목요일 자정 이후

잠자리에 든 후 두 사람이 대화하는 소리가 들려왔다. 대프니와 그레이스. 그레이스와 대프니. 일어났던 모든 일과 그 이상의 것을 도란도란 얘기하고 있었다. 소외감이 들 줄 알았지만 그렇지 않았다. 그때 나는 니나 생각에 너무나 애통해하고 있었기 때문에 그들의 이야깃소리에 위안을 받으며 잠들었다. 참상 속에 피어나는 동료애, 바로 그것이었다. 우리는 거의 가족이었다. 데스가 샤워하는 소리, 두 친구가 말하는 소리. 빠진 건 니나뿐이었다. 니나는 어디에 있을까, 잠은 잘 수 있을까. 무슨 일이 일어날지 차마 생각할 수 없어서 나는 니나를 위한 상상의 침실을 그렸다. 십대 소녀가 좋아할 만한 방. 침대 옆에는 소파가 있고, 창가에 놓인 책상과 척추에 나쁘지 않을 의자가 있는 큰 방을. 벽 색깔로는 예쁜 노란색을 떠올리다가 그게 내 방이란 걸 깨달았다. 헨리가 늘 안방이라 부르는 곳.

"안주인 방이라고 부를 순 없겠어." 헨리는 그렇게 말했다. "외설적인 일이 벌어지는 것처럼 들리잖아." 어떤 종류의 친밀함이든 헨리는 외설로 받아들였다.

결혼 초기에 나는 아기를 더 가질 수 있을 거라고 생각했다. 허락되기만 한다면 말이다. 헨리를 유혹하기로 결심하고 일에 착수했다. 오래된 결혼생활 매뉴얼을 읽었는데, 부부 결합을 꺼리는 건 진정한 신사의 지표이며 그럴 때 아내들이 개입할 의무가 있다고 했다. 나는 속이 비치는 잠옷이며 그 모든 면에서 최선을 다했다. 하지만 헨리를 폭소하게 만들 뿐이었다. 그때 대체 왜 그런 생각을 했는지 모르겠다.

내 방이 침실 세 개 중 가장 컸기 때문에 나는 즉시 내 방을 옮기기로, 여기보다 작은 뒷방으로 옮기고 이 방을 니나에게 주기로 결정했다. 니나가 풀려났다면. 우리가 하기로 결심한 일에 성공했다면. 그런 생각을 하자니 힘겨워서 잠을 청했지만 차문을 잠가 니나를 붙잡아두지 못했던 일이 계속 떠올랐다. 그리고 오늘밤, 차 안에서 꺼내주지 못한 것도. 우리 누구도 하지 못했다. 니나를 구출할 또다른 기회를 절실히 바라는 나의 손이 파르르 떨렸다. 나의 니나. 잠시라도 니나 생각을 멈추려 했지만 소용없었다. 헨리를 떠올리는 것만이 유일하게 주의를 돌리는 방법이었다. 내가 본 마지막 모습, 관에 깔끔하게 누운 헨리. 그곳이 헨리를 위한 최적의 장소라고 나는 확신했다.

그날 아침, 나는 다른 사람들보다 먼저 일어났다. 봤지, 헨리. 나는 일찍 일어나는 사람이야. 씻고 옷을 입는데 바이올린 소리가 들렸다. 경쾌하게 메아리치는 달콤한 선율. 눈을 감고 바이올린에 머리를 기댄 어머니의 모습을 그릴 수 있었다. 그 모습은 꼭 눈 안쪽에서 음악이 들어와 손끝으로 흐르는 것 같았는데 실제로 그랬으리라 생각한다. 어머니에겐 특유의 바이올린 표정이 있었다. 어릴 때는 그 표정을 그렇게 불렀다. 그때는 그게 마음에 들지 않아서 울면서 그만해, 그만해, 외쳤고 그러면 어머니는 바이올린을 내려놓고 웃곤 했다. 어머니의 관심을 뺏기고 싶지 않았던 것 같다. 냉동실에서 크로아상을 꺼내고 진짜 커피를 내리고 아래층에서 소란을 떨면서 나는 이런 생각을 했다. 사람 하나하나가 얼마나 특별할 필요가 있는 것인지, 그러니까 내 말은, 사람들에겐 저마다 들려줄 과거와 사연이 있다는 것을 생각했다. 그 두꺼비를 예로 들자면, 사랑해주는 엄마가 있었을까? 열이 날 때 침대 옆에 앉아주는 사람? 얼굴을 봐도 두꺼비가 떠오르지 않고, 세상이 우러러볼 사랑스러운 소년만이 보이는 사람? 나는 몸서리를 쳤다. 그 불쌍한 여자. 자신의 시간과 애정, 에너지를 두꺼비에게 낭비하다니.

"괜찮으세요, 부인?" 데스가 물었다.

나는 조금 소스라쳤다. 나 말고 누군가 부엌에 있는 게 익숙하지 않았다. 부엌은 헨리가 자주 오는 장소가 아니었기에 헨리가 살아 있을 때마저 그랬다. 데스는 더는 들어오지 못하는 사람처럼 입구에 고개만 내밀고 냄새를 맡았다. 평소에는 냄새가 날 만한 게 없었다.

"우리가 하는 일이 걱정 안 돼요? 다시 시도해야 할까? 무슨 일을 더 할 수 있을까? 정당한 이유가 있다 해도 누군가를 죽이면 나쁜 사람이 되는 걸까? 선택의 여지가 없다고 해도?"

나는 목소리를 낮췄다. 말이 터져나올 때까지도 내가 그 말을 다 할 줄은 몰랐지만 기분이 좋았다. 우리가 하는 일이 완전히 만족스럽지는 않다. 그게 요점이었다. 그 소중한 아이를 진심으로 걱정하면서도 사람을 죽인다는 게 불안했다.

"질문이 많으시네요." 데스가 말했다. "그걸 묻기에 저는 적절한 상대가 아닐지도 몰라요, 부인. 그러니까, 늘 맞는 선택을 하면서 살아온 것도 아니고 저더러 형편없는 놈이라고 말할 사람도 많거든요. 하지만 제 생각은 이래요. 세상이 바뀌었어요. 모두를 돌봐주는 사회는 이제 존재하지 않아요. 그건 이상이죠, 정말. 안 그런가요? 하나도 현실적이지 않아요. 이상을 꿈꾸는 건 끝났어요. 스스로를 돌볼 줄 아는 사람들과 그러지 못하는 사람들이 남았어요. 그래서 다른 사람들이 도와줘야 해요. 그건 가끔은 불쾌한 일을 해야 한다는 의미고요."

데스가 이 문제에 대해 오랫동안 생각해왔다는 걸 알 수 있었다. 데스는 내 생각을 짐작하려는 것 같았다.

"제가 감옥에 있을 때 말이에요, 생각할 시간이 많았어요. 그리고 이런 말을 해서 죄송하지만, 제 생각에 우리 유색인종은, 이런 말을 해도 된다면요, 불행이 일어날 조짐을 남들보다 빠르게 감지하는 것 같아요. 그 불행은 우리를 먼저 겨냥하고 우리에게 유독 명백하니까요. 저는 여동생을 보호하기 위해 그 일을 했고, 별다른 수도 없었어요. 그리고 언제든 같은 선택을 할 거예요."

그 말을 듣고 맥이 빠져버렸다. 말하는 걸 들어보니 그가 누군가를 죽인 듯했다. 하지만 데스는 정말 좋은 사람 같으니 분명 죽을 만한 놈이 죽은 거겠지. 우리 둘은 같은 사람이구나. 피부색이 다른 남매, 공공선의 수호자구나. 두꺼비의 모친은 생각하지 않는 편이 최선일지 궁금했다. 두꺼비의 모친이 일찍 죽었기를, 잠을 자다가 고통 없이 죽었기를, 그녀를 위해 기도했다.

모두가 기상하자 우리는 전략 회의를 열었다. 그레이스가 진행했다. 그레이스는 모두가 빠짐없이 발언하게 만들고 모두가 합심하게 만드는 데 능숙했다. 그게 맞는 표현인 것 같다. 나는 걱정되는 것들을 털어놓았고 사람들은 귀기울였다. 정말로 다들 열심히 들어줬지만 우리는 다른 선택지가 없다는 데, 그를 저지하는 다른 방법은 없다는 것에 동의했다. 머릿속에 헨리가 둥둥 떠다녔고 두꺼비의 모친이 그 뒤를 따라다녔지만 나는 떨쳐냈다. 계속하는 데 한 표를 던졌고, 니나를 남겨두고 물러나는 일은 잘못이라는 데 동의했다. 그랬다, 의구심을 떨칠 순 없었지만, 니나가 핵심이었다. 니나가 더 중요했다.

"이제부터가 더 중요해." 대프니가 말했다. "시작한 일을 확실히 끝내야 하니까. 니나를 그 작자한테 내버려둘 순 없어. 한번 더 시도해도 될 계획이라고 생각해. 우리가 정말 돈을 준비했다는 걸 눈으로 봤으니까 이제 더 가지고 싶어할 수도 있어."

우리는 모두 동의했다. 다시 시도하지 않을 이유가 백만 가지더라도 상관없었다. 위험 요인이 많은 일이었다. 그 사랑스러운 아이. 나를 '메기'라 불렀지. 차창 너머로 나를 바라보던, 어린아이처럼 손을 흔들던 니나의 모습을 떨쳐낼 수 없었다. 손을 흔들던 모습은 꼭, 걱정하지 마세요, 괜찮을 거예요, 라고 말하는 것 같았다. 괜찮지 않을 거란 걸 우리가 아는데, 그걸 알면서도 그랬다. 우리가 이렇게 응원하고 있다는 사실을 아는 것만으로도 힘이 되었을지 모르지. 우리가 계속 시도하는 것, 포기하지 않는 것이 중요하단 걸 알았다. 니나는 우리에게 손을 흔들어줄 정도로 용감했다. 이젠 우리가 용감하게 계속 시도해야 했다.

"바이올린 소리는 어때, 메그?" 그레이스가 물었다.

나는 놀랐다. 아무도 내 말을 기억할 거라고 생각하지 않았다. 그러니까 내 말은, 다들 신경써야 할 더 중요한 일들이 있을 거라고 생각했다. 얼굴이 달아오르는 것을 느꼈다.

"바이올린은 지금 조용해."

사람들은 내게 자초지종을 들려달라고 부탁했다. 내가 살인 생각에 매몰되지 않도록 물어본 것 같았다. 그렇게 사려 깊은 사람들이었다. 나는 바이올린 얘기를 꺼내고 싶지는 않았지만, 냉담하거나 비판적인 사람처럼 보이고 싶지 않았다. 그리고 때워야 할 시간이 너무 많았다.

단 한 번도 누구에게 바이올린 얘기를 해본 적이 없었다. 나를 떠나지 않는 얘기였음에도.

"우리 어머니는 피난소에서 바이올린을 연주했어." 내가 말했다. "1940년 10월이었던 것 같아. 전에 말했듯, 그날 밤 피난소에 발이 묶인 사람들을 위해 연주를 했지. 아이들이 잠을 자야 해서 밤 9시까지만 했고. 아이들한텐 잠에 드는 게 어려웠겠지만. 피난소는 북부 전선이었어. 그날 밤은 바이올린이 좀처럼 조율이 안 됐어. 어머니는 영문을 알 수 없었고, 음을 맞추려고 계속 연주를 중단했지. 어머닌 이렇게 말했어. '바이올린을 달래봐도 아무 반응이 없었지.'

8시 2분이라고 어머니가 그랬어. 워낙 정확한 분이라 나도 늘 그 시간을 정확히 기억해. 그때 역의 시계가 멈췄다고 했어. 8시 2분에 독일군 폭탄이 수도관을 때린 거야. 피난소로 물이 콸콸 들어와 사람들은 난리가 났지. 폭탄이 만들어낸 분화구에 버스가 빠졌고. 나도 사진을 봤어. 수많은 사람들이 누워 자고 있던 지하에 꼼짝없이 갇혔고 계단은 찾을 수 없었어. 생각해봐. 지하에 갇혔는데 물이 차오르는 것을. 그것도 더러운 하수도 물이 섞여서. 임신한 여자도 있고 어린아이들도 있었지. 모두 비명을 질렀어. 양동이에 갇힌 쥐처럼 말이야. 어머니는 빠져나왔지만 바이올린은 버렸지. 바이올린을 두고 나오기로 결정하는 데 일 분은 족히 보냈다고 했어. 그 일 분 사이에 물은 무릎에서 허리까지 차올랐고."

나는 다른 부분은 말하지 않았다. 어렸을 때 들었던, 어머니가 다음 정거장까지 헤엄쳐 갔단 얘기였다. 세상에서 가장 쉽고 또 당연한 일이라는 듯 헤엄을 친 것. 나는 당연히 그 말을 믿었다. 나는 여전히 지하철을 탈 때마다 터널을 헤엄치는 상상을 한다. 어머니는 죽어갈 때 울면서 힘겹게 고백했다. 자신이 뿌리친 사람들에 대해, 자신을 붙잡았지만 데려가지 못했던 아기들에 대해.

"살아남으려면 비싼 값을 치러야 할 때도 있어." 그레이스가 말했다. 연유는 모르겠지만 그레이스는 꼭 이야기의 나머지 부분을 들은 사람 같았다.

"알겠어." 대프니가 말했다. "이제부터 우리는 당신 바이올린 얘기에 완전히 귀기울일 거야. 작전을 다시 시도할 거니까, 이번에는 그 바이올린을 작전에 포함시키자고."

그 말에 모두 웃었지만 다들 한편으로는 진심인 듯했다. 데스만이 동참하지 않고서 고개를 절레절레 흔들며 양손으로 깍지를 끼고 있었다.

"세상에." 데스가 말했다. "생각해보세요, 물이 차오르는 데 갇히다니. 젠장, 정말 최악이잖아요."

그러고 보니 데스의 얼굴이 창백하니 새하얗게 질려 있었다.

"괜찮아요." 내가 말했다. "정말 오래전 일인걸."

"네, 알아요. 그렇지만." 데스가 말했다. "모르는 거잖아요, 안 그래요? 그러니까 아침에 눈을 떴는데 그날 하루를 살아남을 수 있을지 없을지 모르던 거잖아요."

"이런, 데스." 대프니가 말했다. "폐쇄공포증이 있다는 걸 잊고 있었어. 당신한테는 정말 끔찍한 이야기였겠네."

"괜찮아요." 데스가 말했다. "곧 정상으로 돌아올 거예요. 감옥에 있어본 사람들은 대부분 폐쇄된 공간을 보면 기분이 이상해지거든요. 저는 잠시 뜰에 있을게요. 금방 피우고 오려고요."

"이런." 데스가 나가고 내가 말했다. "나 혼자만 알고 있었어야 했을까? 얼굴이 아주 퍼레졌던데."

두 사람은 나를 안심시켰다. 나는 언제나 말실수를 하던 내 모습이 조금씩 사라지고 있다는 걸 깨달았다. 헨리가 살아 있을 때 나는 말실수 그 자체였다. 좋은 친구를 사귀지 못했고, 결혼생활 내내 사람과 거리를 두며 살았다. 그게 전적으로 헨리 탓이 아니라는 건 나도 안다. 하지만 내가 사람들과 어울리기를 좋아한다는 사실을 이렇게 늦게 알게 된 것이 안타까웠다. 보이는 내 모습이 전부가 아니었다. 헨리는 그 표현을 싫어했다.

"백에 아흔아홉은 그냥 보이는 게 다야. 나처럼 훈련된 관찰자에겐 더욱 그렇지."

왜 자신이 훈련된 관찰자라 생각하는지 물어봤어야 했다. 그에게 물어봤어야 했던 것들이 너무 많았다.

걱정에 잠기다보니 대화를 쫓아가지 못했다. 내가 다시 정신을 차렸을 때, 대프니와 그레이스가 나를 바라보며 뭔가 대답을 기다리고 있었다.

"미안해." 내가 말했다. "좀 넋을 놓았어."

두 사람은 예상했다는 듯 서로를 바라보았다. 서로 같은 생각인지 확인하고 있었지만 악의적인 표정은 아니었다. 오히려 둘 다 빙긋 웃었다.

뭐라고 말하려는데 그레이스의 전화가 울렸다.

"그놈이야." 그레이스가 말했다. "다들 조용히 해봐."

그레이스는 큰 소리로 전화를 받았다. "여보세요."

그놈은 즉시 말을 잘랐다. "허튼 수작 집어치워. 돈을 받아야겠어. 우리는 거래를 했으니까, 그렇지?"

"그랬지." 그레이스가 답했다. "거래를 망친 게 우리는 아닐 텐데."

그건 경멸조에 가까운, 믿을 수 없는 침착함이었다. 대프니가 그레이스의 한 손, 전화를 들지 않은 반대편 손을 잡아주고 있었다. 처음으로 나는 조금 소외감을 느꼈다. 두 사람의 잘못은 아니란 걸 알았지만, 저런 각별한 육체적 접촉을 나눈다는 게 어떤 것일지 참을 수 없이 궁금했다.

"거래를 다시 해보자고, 어때?" 두꺼비가 말했다. "이번엔 규칙을 조금 바꿔야겠어. 이번엔 셋 중 한 명만 보겠어. 나머지 둘은 집에서 코코아나 마시라고."

그레이스가 무슨 말을 꺼내려 했다.

"허튼 수작 집어치우랬지." 두꺼비가 말했다. "내가 말하고 있잖아. 닥치고 들어. 당신들 중 한 명이 나와, 딱 한 명만. 그 머리 희끗하고 뚱뚱한 백인이 오라고 해. 나머지 자세한 건 나중에 보내주지."

그렇게 전화가 끊겼다. 두 사람은 나를 바라보고 있었고, 나는 그제야 그게 나란 걸 깨달았다. 그가 만나겠다고 한 사람. 바로 나, 그것도 혼자. 그의 묘사는 잔인했지만 틀린 말은 아니었다.

"안 그래도 돼, 알지." 대프니가 말했다. "저 작자 장단에 맞춰줄 필요 없어."

그레이스는 말이 없었다. 나와 같은 생각임을 알 수 있었다.

"우리는 해야 해." 내가 말했다. "니나를 도우려면 해야 해. 그놈도 알아." 대프니가 항의하려 했지만 그레이스가 막았다.

"내 생각엔 메그 말이 맞아. 그놈 말을 따르는 수밖에 없는 것 같아. 메그 당신이 괜찮다면."

나는 용감하게 살아보지 못했다. 자원하거나 위험을 무릅쓰는 사람이 아니었다. 이게 그런 삶을 살아온 이유, 인생을 조용히 살아온 이유겠지. 어린 딸을 지킬 수 있었다면 달랐겠지만. 기회만 있었다면 딸을 위해 위험을 무릅쓰는 사람이 되었을 것이다.

"난 괜찮아. 당연히 하겠어. 당연히."

나는 남을 위해 비범한 일을 하는 사람들의 이야기를 읽었던 것을 떠올렸다. 전혀 모르는 남을 위해 가스실 대기 순번을 교환해준 사람, 미친 인간이 총을 들고 걸어들어올 때 교실 입구를 막았던 사람, 배가 가라앉을 때 남들을 먼저 태운 사람, 대학살이 벌어질 때 어린아이의 몸을 자신의 몸으로 감싼 사람, 이 모든 일을, 그 이상을 해낸 사람들. 사람은 놀라운 존재다. 나도 나설 필요가 있었다.

"잘못될 일이 뭐가 있겠어." 내가 말했다.

웃기려고 한 말이었는데 성공한 듯했다. 두 여자가 웃음을 터뜨렸고 그때 막 데스가 들어왔다. 우리는 깔깔 큰 소리로 웃었다.

"이게 제가 보고픈 풍경이에요." 데스가 말했다. "행복한 삶을 사는 숙녀들이요. 무슨 농담이었어요?"

"무슨 농담이었다면," 내가 말했다. "나 혼자 두꺼비를 만난다는 거였지요."

침묵이 흘렀다.

"그건 재미있지 않은데요." 데스가 말했다. "메그 할머니는 그 남자가 얼마나 나쁜지 모르시는 것 같아요."

나머지도 걱정스러운 표정을 지었다. 데스의 말을 듣고 이 일이 얼마나 위험한지 다시 떠오른데다, 이 상황을 그렇게 가볍게 받아들인 것이 부끄러워진 듯했다. 두 사람이 내게 꼭 해야 하는 게 아니라고 말하려는 걸 눈치채고 내가 개입했다.

"위험하단 거 알지." 내가 말했다. "나도 바보가 아냐. 그놈이 어떻게든 나를 해칠 수 있고, 심지어 살아남지 못할 수도 있다는 거 알아. 극단적으로 들리겠지만 가능한 일이라고 생각해. 하지만 그럼에도 다른 관점에서 이 일을 바라볼 필요가 있어. 그건 헨리가 절대 못하는 것이지. 자꾸 헨리 얘기를 꺼내서 미안하네. 습관인 것 같아."

세 사람은 모두 고개를 저어 괜찮다는 걸 알렸다. 그건 무엇보다 분명하게, 내가 어떤 곤경에 빠져 있는지를 깨닫게 했다. 내가 죽을지도 모른다고 생각하기 때문에 괜찮다고 해준 게 분명했다.

"내겐 갚아야 할 빚이 있어." 내가 말했다. "오래전에 누군가를 돌볼 기회가 있었거든. 특별한 사람이었지. 나는 어리고 어리석었어. 무엇보다 사람들이 하는 말만 듣고는 나서는 일도, 행동하는 일도 없었지. 지금 이 일을 한다고 그 일을 무마할 수 없다는 거 알아. 세상일은 점수표가 아니고 점수를 계산하는 사람도 없으니까. 하지만 나는 마음속에서 계속 점수를 세고 있어. 이번에는 무슨 일이 일어나든 내게 도움이 될 거야. 날 믿어봐. 이 일을 못하면 나 자신을 견딜 수 없을 것 같아. 그리고 알고 있어? 나는 헨리랑 그 오랜 시간을 살았지. 당신들이 생각하는 것보다 강인한 사람이야. 난 괜찮을 거야."

기나긴 연설이었고 다들 놀란 표정을 짓고 있었다. 나 스스로도 놀랐다. 많은 것을 빼먹긴 했지만 사람들을 설득할 만큼은 충분히 말한 것 같았다. 헨리를 제외하고 그 누구에게도 아이 얘기를 한 적이 없었다. 그리고 더는 말하고 싶지도 않았다. 딸아이 얘기를 시작하면 그걸로 끝장이니까. 구식인 표현이지만 그 말이 내 느낌을 정확히 대변했다. 흔한 이야기였다. 십대 소녀가 아이를 낳고 입양을 위해 아기를 포기한다는 그런, 놀랍지 않은 이야기. 사람들은 화재로 온 가족을 잃기도 하고 눈앞에서 자식이 살해되는 걸 보기도 한다. 세상엔 모든 일이 일어난다. 내게 일어난 일은, 열일곱 살에 푸른 눈의 사랑스러운 아기를 낳았다는 것, 서류에 서명을 하고 떠나는 아이를 지켜봐야 했다는 것, 그 일이 내 삶의 매일매일을 지배할 줄 몰랐다는 것이었다. 나는 아이가 태어나기 전으로 시간을 되돌릴 수 있을 줄 알았다. 그 누구도 그런 일은 불가능하다고 말해주지 않았다. 시간여행이란 없었다. 나는 딸아이가 살아 있는지 행복한지 아픈지 아니면 자식을 낳았는지 평생토록 알지 못했다. 감옥에 있는지 추운지 난독증이 있는지도 알 수 없었고, 그리고 마침내 나를 용서했는지도 알 수 없었다. 이고 살기엔 너무나 잔인한 사실들이었다.

"우리 뭐 좀 먹어야 해." 대프니가 말했다. "힘을 내려면 말이야. 식사 준비 같은 평범한 일을 하고 나면 기분이 나아질지도 몰라."

화제를 바꿔준 대프니에게 고마웠다. 대프니는 정말 생각이 깊었다. 사실 두 사람 다 그랬다. 진정한 친구들이었다. 일을 쉽게 풀어가는, 논쟁하지 않는, 사이좋게 지내는 친구. 대프니는 자신이 해줄 수 있는 것 중 가장 위안이 되는 일을 해주었다. 다른 사람들도 대프니의 뜻을 알아차렸고, 다들 걱정하는 얼굴이긴 했지만 더

이상 나를 만류하려는 그 어떤 말도 하지 않았다. 오히려 내가 어떤 말이라도 해줬으면 하고 바라게 될 정도였다.

두꺼비가 다시 전화했을 때는 이미 오후였다. 그는 그날 밤에 만나고 싶어했다. 우리가 정신을 차리기 전에 만나고 싶었던 것 같다. 니나를 건네받으려면 더 많은 돈을 내라고 요구했고, 대프니는 이미 예상하고 있었다고 말했다.

"그자가 약속을 지킬 거라고 믿을 이유가 전혀 없으니까." 대프니가 말했다. "그러니 우리는 메그 뒤에 슈 일당을 숨겨놓는 거야. 그게 우리의 최선이야."

나는 운과 판단력을 믿고 혼자 하는 편이 낫다고 주장했지만 실은 미친 짓이라는 걸 알았다. 우리는 결정을 내렸고 계획을 고수하기로 했다. 슈 일당이 보이지 않는 모퉁이에서 기다린다면 한결 마음이 편할 터였다.

만남 장소는 쇼핑센터 뒤쪽이었다. 두꺼비가 차를 몰고 지나가면서 돈을 받은 다음 뒷문을 열어 니나를 보내주겠다고 했다. 조금이라도 수작을 부리면 가속페달을 밟을 거고 기회는 영영 오지 않을 거라고 했다.

"우리가 생각해봐야 할 건 말이야." 그레이스가 말했다. "그냥 니나를 안전하게 데려오고, 돈을 주고, 사건을 종결하고, 앞으로 행복한 삶을 살 것인지, 아니면 우리가 합의한 일을 하고 싶은지야. 그 더러운 손으로부터 미래의 니나들을 구하고 싶은지 말이야."

"그런 일들을 한꺼번에 멈추는 건 불가능할 거예요." 데스가 말했다. "젊은 여성을 착취하는 그런 놈들은 언제나 있을 테니까요."

"한번에 멈출 필요는 없어." 대프니가 말하고는 야채를 썰면서 한동안 생각에 잠긴 채 입을 다물었다. "그래도 많은 사람들이 그런 놈들에게 메시지를 보낸다면, 즉 당신들이 하고 있는 일이 옳지 않다는 메시지를 보낸다면, 한번 더 숙고하지 않을까?"

우리는 서로 얼굴을 바라보고 고개를 떨군 뒤 무슨 말을 해야 할지 생각하려고 애썼다.

"알았어." 몇 분 뒤 대프니가 말했다. "말도 안 되는 의견이었지, 나도 알아. 그냥 니나만 데려오자. 그게 중요한 거니까. 슈 일당에게 다른 일은 됐고 경호만 해달라고 부탁하자."

"모두를 위해 세상을 바꿀 순 없어, 자기. 하지만 한 명의 인생은 바꿀 수 있지." 그레이스가 말했다.

나는 동의하는 척했다. 하지만 고개를 끄덕이는 순간 헨리의 얼굴이, 그 죽은 모습이 번쩍 떠올랐다. 헨리가 죽은 다음날 아침에 일어나 그가 더이상 존재하지 않는다는 걸 알았을 때, 다시는 나타나지 않으리란 것, 이제 나는 자유라는 것을 알았을 때, 그 기분이 얼마나 끝내주던지. 살면서 느껴본 최고의 기분이었다. 내게 어떤 사건이 일어나든 다른 나쁜 짓을 벌이기 전에 그 두꺼비를 제거하는 편이 나으리라. 수백 명의 니나가 생겨날 수 있었다. 그 어린 소녀들은 지금 자신의 미래가 니나처럼 끔찍해지리란 것도 모른 채, 인형을 갖고 놀거나 숙제를 하거나 아니면 공원에서 뜀박질을 하고 있을 것이다.

진정한 영웅이 될 기회야. 고조되는 바이올린 소리를 들으며 나는 생각했다. 내가 사십 년만 젊었더라면 좋았을 텐데.

Chapter 22
대프니

2월 28일 목요일

대프니는 일어나는 모든 일에 개인적인 책임감을 느꼈다. 자신의 돈이 들어갔고, 자신의 친구가 그들을 도와주고 있으며, 이제는 메그가 끔찍한 위험에 처할 상황이었다. 무슨 일이든 잘못되면 양심의 가책을 느끼게 될 터였다. 이래서 남을 돕는 일에 사람들이 개입하지 않으려는 걸 거야, 대프니는 생각했다. 사람들은 일이 뜻대로 되지 않았을 때 책임을 져야 하는 그 끔찍한 기분을 피하고 싶어했다.

"만약 며칠 전으로 돌아갈 수 있다면 말이야." 메그가 대화가 들리지 않는 곳으로 갔을 때 대프니는 그레이스에게 말했다. "니나가 들어오는 걸 보고 외면해서 사건을 피할 수 있겠어?"

그레이스는 열심히 고민하는 표정이었지만 이미 내려놓은 답이 있다는 것을 대프니는 알 수 있었다. "답을 알아." 그레이스가 고개를 한쪽으로 기울이며 말했다. "답은 아니다야. 우리는 이 길을 택했어, 대프니, 우리 모두가. 정당한 이유로."

그레이스는 메그가 있는 방향을 바라보았다. 데스가 메그에게 교도소에서 요리를 배웠다는 말을 하고 있었다. 그 요리가 맛있다고 소문이 나는 바람에 교도관들까지 와서 레시피를 물어봤다고 했다.

"메그도 마찬가지야." 그레이스가 말했다. "우리 중 누구라도, 이 일에서 손을 떼고 싶다면 그렇게 했을 거야. 내가 무슨 생각 하는지 알아, 대프? 우리 모두가 우리 자신에게 책임이 있다는 거야. 우리는 동물처럼 본능을 따라야 해. 그게 우리가 할 수 있는 전부야. 이중 어떤 것도 당신 잘못이 아냐."

대프니는 찰나의 행복을 느꼈고, 잠시 1970년대의 호주로 돌아갔다. 대프니가 간 곳은 아무도 자신을 모르는 곳이었다. 아무도 자신이 수감되었다는 것을 모르는 곳. 아무도 자신이 길에서 성매매를 했다는 걸 모르는 곳. 쉬고 회복할 수 있는 곳. 절대 그 누구와도 다시는 섹스를 해야 할 필요가 없는 곳. 자신이 선택하지 않는 한 할 필요가 없었고, 그런 선택을 할 리도 없었다.

대프니는 시드니 바닷가 근처의 서점에서 일자리를 찾았다. 바다는 고요했고 평화로웠다. 대프니는 모든 길의 끝과 모퉁이마다 바다가 있다는 사실을 결코 당연하게 받아들이지 않았다. 많이 걸었고, 모든 우정의 손길을 거부하며 사람들로부터 멀리 떨어져 지냈다. 가까워지는 즉시 그들과는 다른 부류라는 사실, 정상 범주가 아니라는 사실을 알아차릴 거라고 확신했다. 돈을 벌기 위해 남자들과 끔찍한 일을 했고, 자신 몫으로 돈을 남기진 않았지만 그 돈을 얻는 데 공모했다는 사실을. 스스로가 더러웠다. 그래서 시드니에 혼자 살았다. 모든 것이 다른 곳, 아무도 자신을 알지 못하는 곳에서. 모든 것이 계획대로 흘러갔다. 대프니가 일하는 서점에 베스가 올 때까지는. 베스, 같은 방에 같이 있는 것만으로도 지금 그레이스에게서 느끼는 것과 똑같은 행복감을 안겨주는 사람이었다. 지금 생각해보니 베스와 그레이스는 심지어 약간 닮은 것 같았다. 나이가 마흔 살 가까이 차이나긴 하지만 키가 크고 우아하며 늘 미소를 띠고 있는 점 같은 것이.

"알았어." 대프니가 말했다. "내 친구, 언제나 그렇듯 당신 말이 맞아. 앞으로도 계속. 그리고 메그는 잘하고 있어, 그렇지 않아? 우리 둘만큼이나 잘 감당하고 있다고 봐."

"생각해봐." 그레이스가 말했다. "헨리가 무슨 말을 했을지."

두 여자가 웃었다.

다들 저녁을 먹기 위해 앉았을 때 데스가 자기 의견을 꺼냈다.

"말해야겠어요. 여러분에게 경호가 필요한 것 같아요. 특히 메그에게요, 그 남자를 만날 거라면요. 그래서 도움이 될 만한 걸 가져왔어요. 좀더 안전하다고 느끼시게요."

데스는 쥐고 있던 칼과 포크를 내려놓고 주머니에 손을 넣었다. 그러고는 작은 총을 꺼내 테이블에 내려놓았다. 대프니는 꼭 장난감 같다고 생각했다.

"데스." 대프니가 말했다. "그건…… 내 말은 그러니까…… 솔직히 우리는 안 쓸 거야. 그건 아냐. 내가 모두를 대표해서 하는 말이야."

대프니는 그레이스와 메그를 쳐다보았다. 그레이스는 고개를 끄덕였지만 메그는 듣지 못한 듯했다. 대프니는 메그를 제외하고 전부 식사를 멈췄다는 걸 깨달았다. 메그는 씹는 것도 잊은 채 입에 음식을 계속 욱여넣고 있는 것 같았다. 대프니는 무슨 말이라도 해야 할지 고민했다.

"메그." 그레이스가 말했다. "그러다 질식하겠어."

메그가 눈을 끔빽이고는 음식을 뱉지 않고 목구멍으로 넘기려 애를 썼다.

"미안." 메그가 목이 메자 대프니가 물잔을 건네 도와줬다.

"사격장에 간 적이 있어." 메그가 기침을 멈추고 목을 가다듬은 뒤에 말했다. "생각보다 잘했지. 하지만 살인 본능이 있었더라도 사라진 지 오래일 거야. 진작 없어졌겠지. 난 총을 원하지 않아. 솔직히 말하면, 난 괜찮을 거야."

"메그 할머니." 데스가 말했다. "저는 총을 좋아하지 않아요, 정말이에요. 하지만 이번에는 그냥 들고 가시는 게 나을 것 같아요. 장담은 못하지만, 더 안전하다고 느낄 거예요."

"무기를 소지하는 건 위험한 일이라고 생각해요." 메그가 말했다. "그게 날 더 안전하게 만들지는 않을 것 같네요."

세 여자는 모두 조용히 동의를 표하며 데스를 바라보았다. 대프니는 그가 기분이 상하지 않길 바랐다.

"좋은 뜻에서 그런 거 알아요. 신경써줘서 고마워요." 메그가 말했다.

데스는 고개를 저었다. "여러분은 결심이 확고하시네요."

대프니가 웃으며 말했다. "여자들은 거의 다 그렇지."

"마지막으로 한 가지만 더요." 데스가 말했다. "메그 할머니, 제발. 부탁인데, 제가 총알을 모두 제거하고 장전하는 법을 보여드리면 가져가실래요? 가방 맨 아래 넣어놔도 괜찮으니까요. 하지만 뭔가가 살짝 더 필요한 순간에는 적어도 거기 있을 거예요."

메그는 어깨를 으쓱했다. "가져간다고 다치는 건 아니니까. 데스 당신에게 맞춰주는 거예요."

대프니는 걱정이 되었다. 데스의 기분을 맞춰주려고 메그가 다정하게 굴고 있구나. 하지만 그저 소지할 뿐이라 해도 메그가 무기를 감당할 수 있을 것 같진 않았다. 누군가를 해치는 메그가 상상되지 않았다. 어쨌든 총을 가방에 소지하고서 좀더 자신감이 생기길 바랐고, 나중에 그레이스와 얘기해보기로 결심했다.

"너무 걱정하지 마." 메그가 말했다. "내가 다른 사람들 의견에 너무 쉽게 동조하는 거 알아. 남들을 기쁘게 해주려고 안달하니까. 하지만 이 일은 제대로 할 거야, 약속할게. 망치지 않을 거야."

대프니가 메그의 팔을 어루만졌다.

"걱정돼서 그래, 그게 다야." 대프니가 말했다. "당신이 하는 건 정말 용감한 일이야. 니나를 위해, 또 우리 모두를 위해 이 일을 하고 있잖아."

그레이스가 고개를 끄덕이고 물었다. "정말 하고 싶다고 확신하는 거야?"

"그만 걱정해." 메그가 말했다. "내가 좀 바보 같은 거 알아. 그렇지만 총이 있으니까 기분좋은걸, 쓰지는 않더라도 말이야. 행운의 부적일 수도 있잖아. 헨리 얘기를 그만하는 게 낫다는 것도 알고, 언젠가 그만할 거지만 말이야, 긴장하면 나오는 습관이니까 자기들이 조금 참아줘야 해. 헨리가 제법 자주 하던 말이 있거든, 핵폭탄이 터지면 바퀴벌레와 메그만 남을 거래. 내가 꼭 징그러운 괴물인 것처럼 들리지? 하지만 헨리가 잘 말한 것 같아. 그 말이 메그는 생존자라는 말처럼 들리니까. 어쨌든 나는 그렇게 받아들일 거야. 밝은 면을 보면서 말이야."

"메그를 위하여." 데스가 찻잔을 들어올렸다. "이제 말할 수 있겠네요. 제가 이 문제로 너무 걱정했다고요. 장전이 안 되어 있긴 하지만 이제 보호장치가 있다고 생각하니 한결 나아요."

데스는 포크를 내려놓고 냅킨으로 입을 훔쳤다. "제 동생이 열일곱 살이었을 때가 생각나네요."

식사 후에는 시간이 너무나 천천히 흘러갔다. 대프니는 시계가 멈춘 것 같다며 두 번이나 손목을 흔들었다. 뼛속까지 피곤했고 다른 두 사람을 보니 그들도 같은 생각인 게 분명했다. 하지만 분위기를 살리기 위해 애썼다.

"언제든 마음 바꿔도 돼." 대프니가 메그에게 말했다.

"일을 처리해야 하는 때가 있는 거니까." 메그가 말했다. "전에도 그런 적이 있었고."

대프니는 메그가 마음을 바꾸고 계획을 진행하지 않겠다고 거부하면 어떻게 될지 생각했다. 어쩌면 남의 안전을 담보로 삼을 필요

없이 대프니가 직접 나서서 할 수도 있을 것이다. 하지만 그럴 가능성은 없어 보였다. 메그는 몇 시간 내로 원치 않는 미장전 총을 들고 혼자서 나쁜 남자를 상대해야 하는 여자치고는 지나치게 침착했다. 오히려 쾌활에 가까웠다고 할 만했다. 메그에게도 자신만의 이유가 있음을 대프니는 알았다. 그들은 모두 저마다의 이유가 있었다. 모두에게 각자의 전투에서 얻은 상처와 니나를 돕고자 하는 분명한 이유가 있었다.

"뭐라도 괜찮아. 오늘 일이 수월하게 흘러가도록 내가 할 만한 일이 뭐가 있을까?" 대프니가 메그에게 물었다.

"어쩜, 친절하기도 하지." 메그가 말했다. "나는 괜찮을 거야. 걱정하지 마."

데스는 세 사람 발치의 바닥에 앉아 있었고 세 여자는 얘기를 나눴다. 두꺼비가 나타나지 않으면 다음에 무엇을 할지, 그놈이 돈만 받고 튀려고 하면 어떻게 해야 할지, 니나가 다치면 무엇을 할 수 있을지 같은 얘기였다. 세 사람은 돈의 절반만 주고 나머지 절반은 니나를 되찾은 후에 위치를 알려주기로 결정했다. 니나가 병원에 가야 할 경우를 대비해 대프니가 차를 대기해놓기로 했다. 거의 모든 시나리오를 준비했다고 대프니는 생각했다.

"도움이 된다면 제가 요약을 해볼게요." 데스가 말했다. "메그 할머니는 대본대로 하시고요. 그게 중요해요. 그 사람에게 돈 절반을 주지만, 나머지 절반의 위치를 알려주기 전에 니나를 요구해요. 만약 위협적이라고 생각되면, 참을 수 없을 정도로 위협적이라고 느끼면 기침을 세 번 해요. 그러면 슈 일당이 모퉁이에서 나올 거고, 그러면 두꺼비는 대단원의 막을 내리는 거예요."

"아, 잠깐만." 메그가 말했다. "그 부분을 다시 말해줄래요?"

데스는 어리둥절한 표정을 지었다. "어느 부분요?"

"대단원의 막 부분이죠, 당연히." 메그가 말했다. "그 표현을 처음 읽었을 때 너무 좋았어. 훌륭한 표현이라 생각했거든요. 실제로 누가 말하는 걸 들으리라고는 생각 못했네. 특히 '두꺼비'라는 말과 함께 들을 줄은."

그레이스는 대프니를 바라보았다. 대프니는 근심으로 가득하고 어쩌면 두려움도 섞인 표정을 하고 있었다. 메그가 불안정해지기 시작했어, 분명 그 대사를 감당하지 못할 거야. 그레이스의 표정이 그렇게 말하고 있었고 대프니도 거진 동의했다. 하지만 물러서기엔 너무 늦은 때였다. 메그는 점점 상황이 얼마나 심각한지 이해 못하는 것처럼 말하기 시작했다.

"괜찮아." 두 사람 사이에 오가는 표정을 알아차린 메그가 말했다. "정신을 놓거나 그런 거 아냐. 내가 이쪽이 쉬워서 그래. 극적으로 행동하는 게. 일을 가볍게 생각하는 편이 나으니까."

메그는 무슨 말을 더 할 것처럼 숨을 들이마셨지만 결국 하지 않았다. 대프니는 그게 메그는 동의할 수 없는 헨리의 말이리라 짐작했다. 메그가 안쓰러웠다.

"헨리는 어떻게…… 그러니까 헨리에게 일어난 일을 얘기해줄 수 있어? 준비하기까지 아직 한 시간 정도 남았으니까." 대프니는 메그에게 지난날 겪었던 아픔을 상기시켜도 괜찮을지 확신이 서지 않았다. 하지만 메그는 헨리 얘기를 하는 걸 좋아했으니 어쩌면 앞으로 있을 시련을 잊게 해줄지도 몰랐다.

"아." 메그가 말했다. "아냐, 그 얘긴 거기 묻어두고 쉬게 해주자. 다음에 전부 들려줄게."

대프니는 헨리 얘기를 꺼낸 것이 미안했다. 얼굴이 붉게 달아올랐고 머쓱해서 견디기 힘들었다. 대프니는 자신이 사회적 관계에서 형편없이 서툴다는 것, 다른 사람들과 다르다는 것, 그리고 자신이 뱉는 모든 말이 이 사실을 더욱 강화시킨다는 것을 알았다. 직장 사람들이 모이는 파티를 가면 무리에서 무리로 옮겨다니며 대화에 끼려고 노력해야 했다. 심한 날에는 모든 무리가 일제히 춤을 추듯 대프니에게 등을 돌리는 것 같았다. 대프니는 종종 화장실로 도망쳐 눈물을 흘리곤 했다. 결국 파티처럼 사람들과 대화를 나눠야 할지도 모르는 모임은 아주 잠깐씩만 들르게 되었다. 일찍 떠날 수 있도록 철석같은 변명을 준비하는 것도 잊지 않았다. 어디든 극구 가지 않으려는 대프니를 동료들이 웃기다고 생각하고 뒤에서 수군대는 것도 알고 있었다.

어쩔 수 없다, 그게 다였다. 잘못된 존재라는 느낌은 자신의 일부였다. 대프니가 기억하는 한은 그랬다. 다르다는 것, 자연히 속하는 집단이 없다는 것. 아주 어릴 적 기억 중 하나는 자신이 자란 북부 도시에서, 쇼핑을 하던 엄마의 손을 슬그머니 놓은 일이었다. 길에서 본 남자를 따라가기 위해서였다. 대프니와 엄마처럼 피부가 갈색인 남자. 반면 대프니가 아는 다른 사람들은 하얬다. 대프니는 그 남자가 알고 지내던 사람인지 아닌지는 기억이 잘 나지 않았다. 그 남자와, 자신과 비슷하게 생긴 남자와 있고 싶어했다는 기억이 전부였다. 어머니가 걱정되어 정신을 놓은 건 당연했다.

"대프니. 미안해, 화나게 하려던 건 아냐. 난 그저……" 메그가 말끝을 흐렸다.

포옹을 해야 해. 대프니는 생각했다. 메그에게 손을 뻗어야 한다. 메그는 찻잔을 치우느라 바빴다.

기다리는 사이, 세 여자는 모두 진정했다. 대본을 한번 더 검토하고, 일어날 수 있는 모든 것을 얘기했다.

"기억해." 그레이스가 말했다. "당신이 다치면 니나에게도 좋을 게 없다는 걸. 불편한 기미가 들면 그냥 뛰어, 무조건 뛰어. 두꺼비는 당신을 따라가지 않을 거야. 차에서 나오지 않을 테니까. 자동차가 그놈의 안전장치야. 그러니 두꺼비가 무슨 짓을 할 것 같으면 가만히 있지 마, 그냥 가버려."

"그놈은 생각지도 못할 거야." 대프니가 말했다. "아무도 늙은이가 뛸 수 있다고 생각하지 않으니까."

"나는 1964년 4그룹 2년 차 때 가장 빠른 주자였어." 메그가 말했다.

"4그룹 2년 차?" 데스가 말했다. "그게 대체 뭐예요? 클럽 같은 건가요?"

세 여성은 숨쉬기 어려워질 때까지 웃어댔다.

"9학년을 말하는 거예요." 그레이스가 말했다. "그땐 9학년을 그렇게 불렀어."

데스는 양손을 들고 좌절했다는 시늉을 하며 얼굴을 찌푸렸다.

"전 씻을게요." 데스가 말했다. "세 분은 가서 준비하시는 게 어때요."

별안간 데스가 찬물이라도 끼얹은 듯 세 여자는 웃음을 멈췄다.

"벌써 시간이 됐다니 믿을 수 없어." 메그가 말했다.

그레이스는 메그의 양손을 붙잡았다. "이렇게 큰 일에 준비되는 사람은 아무도 없어. 당신이 지금 관둔다 해도 아무도 뭐라고 하지 않을 거야. 니나를 도울 수 있는 또다른 방법이 있을 테니까. 언제나 방법은 있어. 당신이 괜찮은 만큼만 하는 게 중요해, 알겠어?"

재빨리 생각할 수만 있다면 자신도 메그에게 같은 말을 했을 것 같다고 대프니는 생각했다. 어조부터 걱정해주는 방식까지 모든 게 완전히 옳았다. 메그는 어깨를 으쓱했다.

"난 괜찮아." 메그가 말했다. "처음이라 긴장했어, 그게 다야. 헨리는 내가 키가 조금만 더 크고 말랐다면 무대에 올랐을 거래. 진심으로 한 말 같아. 하지만 키가 문제가 아니었어. 바보처럼 긴장하는 게 문제였지, 그 많은 것 중에 말이야. 난 셰리주 한 모금 하려는데. 도움이 될 것 같아. 다 괜찮을 거야. 잘못될 일이 뭐가 있겠어."

이번에는 농담이 잘 통하지 않았다.

모든 게 잘못될 수 있지, 대프니는 생각했다. 빌어먹을 모든 게.

Chapter 23
메그

2월 28일 목요일

데스는 혹시나 필요한 경우를 위해 총을 장전하는 법을 보여주었고 나는 그걸 보고 들었다. 할일이 있다는 것이 좋았다. 나는 늘 실용적인 사람이었다. 앉아 있자니 긴장되었고, 내가 완전히 겁에 질렸다는 걸 사람들이 알게 하고 싶지 않았다. 공포심을 나눠서 모두를 불안하게 만들 필요는 없었다. 정확히 0.05초 동안, 헨리가 여기 있어 내가 그에게 말해줄 수 있길 바랐다. 대화가 어떻게 굴러갈지 상상해봤다. 나는 이렇게 말할 것이다. 헨리, 나 약간 곤란한 상황에 빠졌어. 나는 언제나 그에게 그렇게 말했다. 무능한 시늉을 하며, 내가 바보라는 식으로. 그러면 헨리는 좋아하는 듯 보였고, 나는 내가 어떻게 보이든 별 상관 없었다.

그래서 남편이 필요한 거야. 그는 그렇게 말했을 것이다. 여자를 위해 그런 일들을 해결해주잖아. 삶을 더 간편히 만들기 위해 작은 일이라도 할 수 있으면 개입하는 거 말이야. 헨리가 내게 말하는 방식이 싫었지만 그때만은 그가 말하는 걸 다시 듣고 싶었다. 그 이상한 문장만 들으면 돼. 나는 귀를 기울였다.

우리 메그 건드리지 말라고. 헨리가 그렇게 말하는 소리가 들렸다. 조심하지 않으면 메그가 혼쭐을 내줄 테니까. 나는 부엌과 거실 중간에 죽은 듯 서서 그의 다음 말을 기다렸다. 잘한다, 메그. 힘내라고, 메그. 헨리가 말했다. 나는 깜짝 놀랐다. 옆에 있는 사람에게 이걸 들려주고 싶을 정도였다. 왜냐면 헨리는 절대 그런 말을 할 사람이 아니었기 때문이다. 이정표가 될 만한, 아주 중요한 사건이었다. 그의 말을 듣고 행복한 건 오십 년 만에 처음 있는 일이었고, 그에게 대사를 써준 것도 처음이었다. 나는 박수를 치고 싶었다. 그를 선택한 이래, 처음으로 그에게 무슨 말을 해야 할지 알려준 것이다. 이건 중요한 일 그 이상의 의미였다. 그 순간의 열기와 불안에도 불구하고 흥분감이 몰려왔다. 전에는 왜 이런 일이 없었는지 모르겠다. 이제 헨리에게 내가 듣고 싶은 말을 뱉게 만들 수 있었다. 대본을 고수할 필요가 없었다. 전혀 필요 없었다. 다시는 내게 반박하지 않을 테니까. 이제 그는 새로운 방식으로 꼭두각시 헨리가 될 것이다. 이리 와, 메그. 내 머릿속 헨리가 말했다. 당신이 할 수 있단 걸 알아. 할 수 있고말고.

그 순간 그 어느 때보다 헨리에게 사랑을 느꼈다. 나는 꼿꼿이 서서 어깨를 뒤로 젖히고 숨을 깊이 들이마셨다. 두려움과 외로움은 줄어들었고 나는 더 견고한 사람, 건드리면 안 되는 사람이 되어 있었다.

대프니와 그레이스는 부엌 식탁에 앉아 태연한 표정을 짓고 있었지만, 나는 두 사람이 내 문제로 겁먹었다는 사실을 알았다. 그들은 내가 성공할 거라 믿지 않았다. 눈을 보면 알았다. 내가 괜찮을 거라고 두 사람에게 알려줘야 했다. 실망시키지 않을 거라고. 니나 생각이 났다. 니나가 내 딸일 수도 있어. 순간 나는 내 딸이 예순 살이 되어갈 뿐만 아니라 어쩌면 손자들까지 뒀을 수도 있다는 사실마저 잊은 채 그렇게 생각했다.

"이 일에 마음의 준비가 되긴 할까?" 내가 심지어는 씩 웃으며 말하니 두 사람은 놀란 듯했다. 두 사람의 생각이 바뀌기 시작했다면 좋겠는데. 그게 무슨 의미든 간에, 나는 내가 가진 제일 좋은 카디건의 단추를 잠그고 벨트를 맸다. 그 어느 때보다 나는 준비가 되어 있었다.

밤늦게 외출을 하려니 기분이 이상했다. 꼭 자연법칙이 뒤바뀐 것만 같았다. 나는 모두가 합의한 대로 쇼핑센터로 가는 484번 버스를 탔다. 쇼핑하러 다니며 수천 번 이용했던 익숙한 경로였지만 밤에는 달라 보였다. 전혀 다른 도시의 버스를 탄 기분이었다. 뿌옇게 김이 차오른 창문 때문에 밖이 보이지 않았지만 나는 어디를 지나고 있는지 기억하려 애썼다. 공원, 잔디 볼링장, 레이디웰로 이어지는 경사진 언덕, 왼쪽에 루이셤 하이스트리트까지. 그레이스와 대프니가 없어서 다행이었다. 두 사람은 함께 오고 싶어했지만 나는 매우 단호했다. 두꺼비의 지시를 어겨 그의 심기를 불편하게 할 이유가 없었다. 우리에게는 단 한 번의 기회만 남았을지도 모른다. 데스는 달랐다. 데스는 같은 버스, 역방향 좌석에 앉아 있었다. 우리 모두 두꺼비가 데스는 보지 못했기 때문에 수상해 보이는 짓을 하지 않는 한 같이 가도 별 탈 없으리라 생각했다. 나는 데스가 수상해 보이지 않도록 잘할 수 있을지 확신이 서지 않았다. 하지만 쇼핑센터에 도착하자 그 시간에 바깥을 어슬렁거리는 모든 사람이 수상해 보인단 걸 깨달았다. 데스는 잘 섞여들 게 분명했다. 수상한 장소에 더 수상한 사람들이 가득했다. 장소에 안 맞아 보이는 사람은 도리어 나였다. 건물 입구에 모여든 사람들은 담요나 침낭, 종이상자 등 깔고 누울 것과 꽉 찬 캐리어 가방을 갖고 있었다. 나는 팔에 쇼핑백을 걸치고 좋은 겨울옷을 입는 등 쇼핑객 차림을 하고 있었다.

그때 이미 데스는 어디로 사라졌는지 알 수 없었고 보이지도 않았다. 나 역시 그 장소에 어울린다는 걸 보여주느라 정신이 없었다.

"뭘 찾으세요, 부인?" 한 남자가 내 목을 간질일 정도로 너무 가깝게 불쑥 다가왔다. "가게는 이미 닫았다고 아무도 말해주지 않던가요?"

몇몇 사람들이 웃었다. 나는 재빨리 생각해야 했다. 이 사람들은 위험해 보이진 않았다. 하지만 내가 노숙인인데 한 늙은 여자가 좋은 코트를 입고 현금이 잔뜩 들었을지도 모를 쇼핑백을 끼고서 나타나면 어떤 기분일지 상상해봤다. 그리고 실제로 쇼핑백은 현금으로 가득했다, 그게 문제였다. 두꺼비에게 돈을 주느니 차라리 갈 곳 없는 이 사람들에게 주고 싶었지만 니나를 생각해야 했다. 게다가 엄밀히 말하자면, 이자들이 좋은 사람들이라 해도 나눠주는 게 내 돈도 아니고.

우리 메그 얘기를 하자면 말이야, 내 안의 헨리가 말했다. 위기에 아주 뛰어나. 언제나 뭘 해야 할지 알지. 내가 분명히 말할 수 있는 건, 메그에게 의지해도 된다는 거야.

응원해주는 새로운 헨리에게 나는 마음속으로 하이파이브를 했다. 그리고 내가 거기 있다는 이유로 분노했을 진짜 헨리를 잊으려 노력했다.

"신경 안 써주셔도 돼요." 나는 귀 옆에 바짝 붙은 남자에게 말하면서, 그 주변 모두에게 알리고 있다는 사실을 사람들이 깨닫길 바랐다. "여기에 누구를 만나러 왔어요. 다른 날 와서 여러분과 얘기를 나누면 좋겠네요. 하지만 오늘은 할일이 있어서요, 미안하군요."

정말 진심이었다. 서로를 도우며 술과 담배를 나누는 모습이 근사해 보였고, 두꺼비를 생각하면 더욱 그랬다. 내가 거기 서서 그들의 모임을 방해해도 신경쓰지 않길 바랐다.

"그 안에 든 건 샌드위치예요?" 여자아이 하나가 물어왔다.

지나치게 깡마르고 어려 보이는 아이였다. 내가 그렇게 바보 같았다니 믿을 수 없었다. 당연히 샌드위치를 가져왔어야 했는데. 차를 넣은 보온병이랑 작은 케이크도. 집구석에 앉아서 나와 헨리와 우리의 문제만을 생각하며 보냈던 밤들이 떠올랐다. 바깥에 샌드위치가 필요한 사람들이 있다는 것도 모른 채. 샌드위치 몇 개 만들어 여기로 가져오는 게 뭐 얼마나 어려운 일이라고. 당연히 헨리는 싫어했을 것이다. 그건 그 사람들 잘못이라고 나를 설득했을 것이다. 자신처럼 일만 열심히 했으면 괜찮았을 거라고, 술과 약물, 섹스를 멀리하며 자기 일에만 신경썼으면 됐다고.

두꺼비에게 건넬 현금봉투 외에도 윗주머니에 넣어놓은 내 개인 비상금이 기억났다. 헨리와의 관계 초기에 비상금을 마련하기 시작했고 만약을 위해 약간의 현금을 소지했다. 만약이 무엇을 의미하는지는 확실하지 않았다. 떠나고 탈출해서 행복한 인생을 시작하는 상상을 했던 것 같다. 돈이 거기 있다는 걸 아는 것만으로도 안심이 되었다. 나는 오늘 저녁의 중요한 임무가 끝나면 그걸 나눠주기로 결심했다. 시계를 바라보았다. 십 분 남았다. 냉정을 유지하자, 나 자신에게 중얼거렸다. 서둘러선 안 돼.

나는 살짝 몸을 틀어서 나를 압박하던 남자와 바싹 마른 여자아이만 들을 수 있게 말했다. 나머지 사람들은 그날 밤을 보낼 자신들만의 계획으로 행복해 보였다.

"나는 지금 곤경에 처해 있어요." 내가 조용히 말했다. "이 일을 끝내면 정말로 도와주고 싶어요. 여기로 꼭 돌아올게요. 밸은 말은 지키는 사람이니까 믿어도 좋아요. 하지만 지금은 여기서 누구를 만나서 건네줄 게 있거든요, 그 일이 끝날 때까지는 혼자 있어야 하고요. 무슨 소린지 모르겠다면 미안하지만요."

"곤란한 일이 있으시다니 안됐군요." 그 남자가 말했다. "저를 한 명의 인간으로 대해주셔서 고맙고 또 부끄럽네요. 처음에 다소 놀라게 했다면 죄송합니다. 그러려던 의도는 아니었어요."

그가 댄서와 배우들이 하는 것처럼 손으로 호를 그리며 고개가 땅에 닿을 정도로 꾸벅 허리를 숙였다. 예기치 못한 행동이었다.

깡마른 여자아이가 웃었다.

"언제나 저래요." 그 아이가 말했다. "무대에 섰었거든요. 글치, 고든?"

고든은 손사래를 치며 말했다. "맞냐고 물어본 거지? 그 질문에는 긍정으로 대답할게. 비록 엄격히 따지면 무대는 아니었지만 말이야. 적법하게 돈을 버는 서커스에 가까웠지."

나는 고든을 더 자세히 바라보았다. 미국 억양을 쓰는, 짧은 회색 머리를 한 내 나이 또래의 흑인이었다. 술에 취한 것 같지도 않았고, 정신이 나간 것 같지도 않았다. 헨리가 거리의 부랑자와 동의어라고 생각할 만한 그 어떤 것도 아닌 듯 보였다. 여자아이는 그래도 좀더 전형적으로 보이긴 했다. 뭐가 일반적인 거리의 생활인지 전혀 모르긴 했지만. 그 아이는 피부가 새하얗다 못해 투명했고 금발 머리를 한 갈래로 묶고 있었다.

"저는 수재나예요." 아이가 말했다. "여긴 제 아빠 고든이고요."

두 사람의 엄청난 피부색 차이 때문에 내가 멈칫거리자 그들이 웃음을 터뜨렸다.

"가족은 만들기 나름이니까요, 부인." 고든이 말했다. "저희가 놀리는 거라 생각하지 마세요. 제가 수재나를 돌보고 있거든요. 세상이 내게 적대적일 때, 연결고리를 만드는 건 도움이 되지요. 혼자선 길을 잃기 너무 쉽잖아요."

나는 동요하지 않으려고 내 감정의 고삐를 죄었다. 일어날 수 있는 모든 일 중에도 이건 예상하지 못했는걸. 나는 시계를 보았다. 오 분 남았다. 돈을 건네기까지 오 분. 고든과 수재나를 붙잡아서 위험에 빠뜨리고 싶지 않았다. 내 불안한 표정이 보인 게 분명했다. 헨리는 늘 내 표정이 읽기 쉽다고 했으니까. 비록 지금은 그게 사실이 아니라고 생각하지만. 그는 나의 불행을 짐작조차 하지 못했다. 아는 게 단 하나도 없었다.

"보니까 혼자 있는 걸 선호하시는 것 같지만요." 고든이 말했다. "수재나와 제가 근처에서 지켜보고 있을게요. 그걸 알고 계시면 도움이 될지도 모르니까요. 그러도록 해주신다면 영광일 겁니다."

"고마워요." 내가 말했다. 그런 말을 할 생각은 아니었다. 두 사람을 보내야 했는데 미처 곰곰이 생각해보기도 전에 말이 튀어나왔다.

두 사람은 서서히 멀어져 쇼핑센터 입구에 자리를 잡고 밤을 보내는 무리에 합류했다. 문 위에 작은 처마가 있어서 비가 와도 대부분 피할 수 있을 듯했다. 나는 그 무리로부터 떨어져 차도 방향으로 갔다. 데스가 보이진 않았지만 어딘가에 있다는 사실은 알았다. 무서웠다. 겁먹지 않았다면 미쳐버렸을 테지만, 이 일에 뛰어든 걸 후회하진 않았다. 인생에서 적어도 한 번은 천사들의 편에 서서 사람들의 지지를 받고 있음을 느꼈다. 쇼핑센터 입구에 자리한 사람들의 시야에서 멀어지도록 나는 차도를 따라 몇 걸음 이동했다. 주머니에 든 작은 총이 느껴졌다. 총을 꺼내는 게 과연 도움이 될지 수천 번 생각했다. 바이올린 소리를 들은 기억이 없었다.

그는 정각에 나타났다. 딱 맞춰서 등장했다. 추운 날이었고 몸이 추워야 했지만 거기 서 있으니 하나도 느껴지지 않았다. 나는 줄을 타기 직전의 곡예사처럼, 타이브레이크*중인 테니스 선수처럼 준비되어 있었다. 그 어떤 누구보다 준비가 되어 있었다. 가방 안에 손을 넣고 현금이 든 봉투를 미친듯이 꽉 붙들었다. 니나, 어서 오렴, 내가 중얼거렸다. 내가 여기 있단다, 기다리고 있어, 넌 이제 안전해.

이유는 모르겠지만 두꺼비는 다른 차를 운전하고 있었다. 나중에 다른 사람들이 말하길 나를 혼란스럽게 만들어 불리한 입장에 밀어넣으려던 것일지도 모른다고 했다. 나는 혼란에 빠지지 않았다. 그가 다른 차를 몰기도 한다고 니나가 말해준 것을 기억했고 나는 대비가 되어 있었다. 그가 다른 모습으로 나타나리라 예상했고 예상대로였다. 그것은 평범한 흰색 차였고, 도로 위의 다른 차들과 비슷하게 보였다. 나중에 데스가 '스코다'라고 기종을 말해준 것 같다.

나를 향해 운전해 오면서 웃는 게 보였다. 생각해봤지만 어떻게 웃는 모습이 보였는지 나도 알 수 없었다. 사방이 어두웠고 쇼핑센터 뒤쪽에는 불빛도 거의 없었다. 그게 이 장소를 선택한 이유 같았다. 그렇다 보니 짜맞추려고 기억 속에서 지어낸 건지는 모르겠지만 아주 뚜렷이 느껴졌다. 두꺼비는 운전대에서 인사하듯이 손을 들고는 정확히 내 옆에 오게끔 속도를 줄이더니 이내 멈춰 섰다. 나는 도로를 위아래로 샅샅이 살폈다. 아무도 보이지 않았다.

---

* 테니스에서 게임 스코어가 6-6 또는 8-8일 때 7점을 먼저 득점하는 쪽이 승자가 되는 규칙.

차 뒤를 들여다보려 했지만 그건 내가 생각한 만큼 평범한 차가 아니었다. 뒤 유리창이 새까맣게 코팅되어 있었다. 징그럽게 웃는 그 두꺼비 같은 얼굴만 보였다.

"나한테 줄 게 있을 텐데." 두꺼비가 창밖으로 몸을 내밀면서 말했다.

"순서가 있는 법이야." 나는 그 말을 하면서 스스로에게 놀랐다. TV 드라마에 나오는 사람처럼 장악력이 있었다. 우리는 말을 최대한 간단히 하는 게 좋겠다고 이미 얘기를 해놓았다. "니나는 어디 있지?"

두꺼비는 순간 화가 난 듯 보였지만 금세 예의 무표정한 얼굴로 돌아왔다.

"니나." 그 인간은 내가 왜 그 이름을 언급하는지 모르겠다는 듯 입을 열었다. 니나가 마치 언급한 지 한참된 우리 두 사람의 친구쯤 되는 것처럼.

나는 그래, 니나, 네가 훔쳐간 그 여자애, 라고 말하고 싶은 것을 참았다. 그저 쳐다보면서 아무런 표정을 짓지 않으려 노력했다. 너무 표정이 없어서 좀 이상해 보였겠다는 생각이 들었다. 제정신이 아닌 얼굴인 거지. 헨리라면 그렇게 말했을 것이다. 균형이 맞지 않는 기분은 들었지만 명확하게 집중하고 있었다. 단 하나의 생각, 마음속 단 하나의 목표만이 나를 관통하고 있었다. 그 외의 모든 것은 잊은 채. 니나를 돌려줘, 그렇게 생각하고 그렇게 말했다. 조용하고도 단호한 목소리로. 마치 다리 난간에서 균형을 잡고 서 있는 남자를 내려오게 만들고 싶을 때 내는 목소리로. 그러지 마요,

라고 말을 걸면서도 다급하진 않은 목소리여야 했다.

"돈 절반은 여기 있어. 하지만 니나를 먼저 받아야겠어. 그게 우리의 합의사항이니까."

"세어봐."

내가 믿음과 명예 같은 말을 꺼내려 했지만 그는 말을 막았다.

"세어보라고 했지. 지금 여기 내 앞에서 볼 수 있게. 멍청한 년이."

가방에서 봉투를 꺼냈지만 손이 덜덜 떨려서 돈을 제대로 꺼낼 수 없었다.

"잠깐. 난 물건 세는 데 젬병이란 말이야."

그런 바보 같은 말을 했다는 게 믿기지 않았다. 그런 말은 써본 적도 없었고 앞으로도 마찬가지일 것이다. 두꺼비는 무시하듯 코웃음을 쳤다. 좋아, 그게 나아. 나를 위협적으로 보지 않는 거니까. 나한텐 더 안전한 일이었다. 나는 천천히 심호흡을 하면서 봉투에서 한 장도 떨어뜨리지 않고 지폐를 꺼내는 데 집중하려고 했다. 쉴새없이 광적으로 울려대는 바이올린 소리를 무시했다. 나는 두꺼비가 볼 수 있도록 지폐를 올리고 시간을 들여 오십, 백, 돈을 세어나갔다.

나는 총을 움직여 팔에 끼었다. 내 코트는 열이 새어나가지 않도록 소매에 벨크로테이프가 달려 있어서 총을 집어넣기 좋았다. 그 감촉이 좋았다. 사용할 생각은 없었지만 어쨌든 거기 있었고, 나는 돈을 세며 팔을 움직여 옆구리 부분 코트 너머로 총의 촉감을 느꼈다. 그러자 진정이 되었다.

숫자가 구천이 넘어가자 두꺼비가 말했다. "멈춰, 젠장. 지겨워 죽겠네. 그냥 내놔."

나는 버텼다.

"구천오십, 구천백, 구천백오십."

멈출 수 없었다. 두꺼비가 정말로 화가 났다는 건 알 수 있었다. 격노하는 게 보였다. 하지만 사람들에게 이 일을 잘해낼 거라는 신뢰를 받았으니, 만약 돈을 세는 것도 거기 포함된다면 나는 세어야 했다. 멈춰야 할 시간이 될 때까지 돈을 셀 것이었다. 고집쟁이, 그게 바로 나야. 반복되는 행위는 위안도 주는 듯했다.

두꺼비가 차문을 열고 튀어나왔다. 그러고는 내 뺨을 갈겼는데 그 찍 하는 소리가 꼭 영화 같았다. 목에서 떨어질 것처럼 머리통이 한쪽으로 홱 돌았고, 그 충격 속에서도 나는 생각했다. 화요일에 맞았던 데랑 같은 쪽이군. 아침이 되면 제법 아프겠어. 헨리 역시 뺨을 때렸기 때문에 잘 알았다.

나는 중심을 잃지 않고 똑바로 섰다.

"구천이백오십." 그다음 숫자를 맞게 세는지는 알 수 없었다. 귀가 윙윙 울리고 있었다.

두꺼비가 다시 뺨을 내려치려 할 때 내가 말했다. "니나를 보내주고 싶다면 지금……" 내 생각에 중심을 잃지 않고 서서 계속하는 건 헨리 덕에 훈련된 일이다. 그건 우리가 함께한 시간의 상징 같은 것이었다. 그가 나를 깎아내리는 동안에도 군건히 서 있는 일. 거기에는 자신 있었다.

그 개만 아니었어도 모든 일이 수월히 흘러갔을 것이다. 무슨 개가 어디에 있는지는 알 수 없었지만 인근에서 홀연 개 짖는 소리가 났다. 행복한 울음소리가 아니었다. 짖는 소리에서는 많은 걸 알 수 있는 법인데, 이 개는 길을 잃고 외로우며 겁먹은 것 같았다. 그 울음은 훌쩍거리는 소리로 변하다가 이내 사라졌다. 나는 돈 세는 것도 잊고 그 개를 찾을 수 있을지, 그리고 어떻게든 도와줄 수 있을지 알아보려고 둘러보았다. 소리가 꼭 빙글리 같았다, 그게 문제였다. 개를 모르는 사람들은 소리가 전부 똑같다고 하지만 전혀 사실이 아니다. 사람의 목소리만큼이나 개 짖는 소리도 다양하다. 주인은 수백 아니면 수천 마리의 개 가운데 자기 개를 찾을 수 있다. 나는 수백만 마리 안에서도 빙글리를 찾을 수 있을 것이다, 그럴 수 있다는 걸 안다.

빙글리가 나타나기 전까지는 개를 키울 생각이 없었다. 개는 예측이 불가능하고 무서우며 언제든 맹수로 바뀔 수 있다고 생각했고, 그렇게 들으며 자랐다. 어머니는 개를 피하기 위해 길을 건너는 사람이었다. 내 손을 너무 꼭 붙잡아서, 팔을 타고 내려오는 공포가 느껴지곤 했다. 그래서 그날, 대문을 열고 그 덥수룩한 털뭉치가 거기 있는 걸 보았을 때, 처음에는 본능적으로 비명을 질렀다. 쥐를 본 여자들이 소리를 지르듯 그렇게 소리를 내질렀다. 테이블이 있었다면 펄쩍 뛰어올랐을 것이다. 그럴 테이블이 없었으므로 나는 빙글리를 자세히 쳐다보았다. 살아 있는지도 확신할 수 없었는데 그때 바로 빙글리가 눈을 때록 뜨더니 나를 바라보았다. 그걸로 끝이었다. 홀딱 반해버렸기 때문이다. 나는 빙글리를 잡아든 뒤, 늑대처럼 내게 달려들지 않도록 팔을 쭉 뻗은 채 거실로 데리고 들어갔다. 그날 헨리는 일을 하러 갔기에 내가 종일 빙글리를 돌봐야 했다. 저녁에 빙글리를 경찰에 데려다주고 집을 찾을 수 있는지 보기로 했다. 하지만 그전에 제대로 씻기고 먹이는 정도는 해줄 수 있었다. 나는 한 번도 개를 씻겨본 적이 없었다. 내 몸뚱이 외에는 뭔가를 씻겨본 적이 없었으므로 그게 그렇게 즐거운 일인 줄 미처 알지 못했다.

개 샴푸는 없었지만 사람용 샴푸를 써서 씻겼고 그다음 오래된 빗으로 빗겨줬다. 다 마치고 보니 정말 근사한 개였다. 다른 행성에서 계시가 내려오듯 빙글리라는 이름이 네온사인처럼 번쩍 머릿속에 떠올랐다.

빙글리, 하고 이름을 불러봤고, 내가 이름을 제대로 맞혀서 안심했다는 듯 빙글리가 나를 쳐다보았다. 삶은 닭가슴살과 맨밥도 먹었다. 헨리가 집에 왔을 때, 빙글리는 이미 오래 산 개처럼 편안히 화롯가 쿠션에 앉아 있었다. 나는 이 작은 개가 우리집에 머물길 바랐지만, 헨리는 자기가 낸 의견이 아니면 좋아하지 않는다는 것 역시 잘 알았다. 나는 준비가 되어 있었다.

"헨리." 내가 말했다. "아주 깜짝 놀랄 만한 선물이 있어."

헨리는 기쁘다는 듯 내 머리를 쓰다듬었다. 직장에서 좋은 하루를 보낸 게 틀림없었다.

"간과 베이컨을 넣은 캐서롤인가?" 헨리가 물었다. "오렌지 폴렌타 케이크나 삶은 연어?"

나는 고개를 저었다. 헨리가 기뻐하도록 요리도 해놓을걸 그랬다는 생각이 들었지만 사실 빙글리를 단장시키느라 너무 바빴다.

"그것보다 더 좋은 거야." 내가 말했다. "당신에게 개가 필요할 것 같았어. 그래서 하나 데려왔지. 짜잔!"

나는 거실 문을 열고 팔을 뻗어서 여전히 불 앞에서 몸을 녹이고 있는 저 복슬복슬하고 눈이 또랑또랑한 빙글리를 가리켰다.

"미안하지만." 헨리가 말했다. 경고의 목소리였다. "우리가 이걸 논의했던가? 내가 뭐 중요한 것을 잊은 건가?"

빨리 생각해내야만 했다. 하루종일 강아지와 사랑에 빠져 제대로 생각해두지 못했다.

"책을 읽었는데." 내가 말했다. "그, 있잖아. 내가 최근에 읽고 있는 그 책."

헨리는 내가 무슨 책을 읽고 있는지 관심도 전혀 없을 테니 그 점은 안심이었다.

"어쨌든," 내가 말을 이어갔다. "그 책의 주인공이, 이런 개를 데리고 있는데, 모든 사고하는 남자는 동반자로 개가 필요하다지 뭐야. 당신도 얼마나 개를 데리고 산책을 가고 싶을까, 그런 생각이 들더라고. 그래서 빙글리를 데려왔지."

몹시나 허술한 이야기라는 걸 그때도 알고 있었다. 하지만 절박했다.

"빙글리?" 헨리가 말했다. "개한테 이름이 그게 뭐야? 그놈이 내 개가 될 거라면 더 적당한 이름을 줘야겠어."

그는 프린스라는 세상에서 제일 흔한 이름을 생각해냈다. 하지만 나는 토를 달지 않았다. 길거리로 내치느니 프린스라고 부르는 게 낫지. 둘뿐일 때는 여전히 빙글리라고 불렀다. 기회가 될 때마다 헨리의 강아지 훈련을 야금야금 방해하는 것이 즐거웠다.

그게 나의 패착이자 빙글리의 패착이었다. 헨리에겐 특별한 의자가 하나 있었다. 겨자색 벨벳 의자인데 가족 대대로 물려받은 것이다. 어쨌든 그의 말에 따르면 그랬다. 내가 보기에는 완벽히 평범한 의자였지만, 조심히 다루라느니 어쩌니 하는 헨리의 당부를 잘 따랐다. 절대 개를 앉혀선 안 된다거나 그런 것들. 사실 그 의자에는 나도 앉지 않았다. 전혀 편하지가 않았다. 헨리가 일하러 간 어느 날, 빙글리가 그 의자를 실험해보기로 했다. 미리 알아차렸어야 했다. 당연히 알아야만 했다. 빙글리가 못 올라가게 하든 설명을 하든, 뭐라도 했어야 했는데 그러지 못했다. 나는 느긋한 기분으로 책을 읽고 있었다. 그리고 헨리가 집에 그렇게 일찍 올 줄도 모르고 있었다. 문에 열쇠 넣는 소리도 듣지 못할 정도로 책에 몰두하고 있었다. 그래서 헨리가 고함을 지르며 방으로 뛰어들어올 때에야 그가 집에 있다는 것을 알게 되었다.

"내 의자에 저 더러운 짐승 뭐야." 그리고 더 심한 말도. 당연히 빙글리는 의자에서 뛰어내렸다. 최악은, 내가 돌아보았을 때 빙글리가 그 작은 꼬리를 흔들며 헨리를 봐서 기쁘다는 듯 굴고 있었던 것이었다. 그러나 오래가지 못했다. 헨리가 빙글리의 목덜미를 움켜쥐고 들어올려 얼굴에 대고 고함을 지른 것이다. 빙글리는 착한 개였지만 어쨌든 유기견이기도 했다. 사람들이 소리를 지르고 못되게 구는 것을 겪어봤을 테고 그래서 뭘 해야 할지 알았다. 빙글리는 헨리를 물었다. 그것도 코를 세게 물었고, 헨리는 빙글리를 떨어뜨렸다. 나는 당장 빙글리를 잡으려 달려갔지만 헨리는 앞을 막아서고 그러지 못하게 했다. 나는 울면서 계속 빙글리를 잡으려 했고, 빙글리는 내가 자신을 보호한다고 생각한 듯했다. 헨리가 여전히 유산이 어떻고 유물이 어떻고 소리를 지르며 보이지도 않는 빙글리의 솜털 조각을 의자에서 떼어내고 있었기 때문이다. 그래서 빙글리가 이번에는 헨리의 발목을 물었다. 그 일이 벌어지는 순간, 나는 빙글리를 도와주지 못하리란 걸 알았다. 지금 돌이켜보면 나 자신을 이해할 수 없다. 왜 개를 데리고 문밖으로 나가 영영 떠나지 못했던 것일까.

돈을 모으기 시작한 건 그때부터였다. 늘 지폐 몇 장을 주머니에 넣어놓았고 여름에는 심지어 브래지어 속에 넣기도 했다. 그날은 돈도 전혀 없었고 뭘 해야 할지 몰라서 바보 같은 할머니처럼 전전긍긍했다. 헨리는 금방이라도 폭발할 것처럼 가엾은 늙은 빙글리를 들고 뛰쳐나갔다. 나는 그에게 사과하고 빙글리가 착하게 행동하도록 하겠다고 약속하면서 안절부절못하며 그의 뒤를 따라 뛰었지만, 헨리는 내 앞에서 문을 쾅 닫고 나가 세 시간이 지나도록 돌아오지 않았다. 그리고 당연하게도, 빈손으로 돌아왔다. 헨리가 빙글리에게 무슨 짓을 했는지 결코 알아내지 못했다. 내 인생 최악의 시간이었다. 나는 울었고, 신에게 빌고 또 빌었지만, 그날 루이셤에는 내 말에 귀기울여주는 신이 없었다. 나는 언제나, 그때 그 세 시간과 그 이후 흘러간 수많은 밤 동안, 빙글리가 짖는 소리를 들을 수 있었다. 깨갱거리는, 순수한 공포의 소리였다.

그전에도, 그후에도 그런 소리는 들은 적이 없었다. 오늘밤까지는 그랬다. 그곳에 서서 돈을 세다가 다음 따귀가 날아오기를 기다리고, 니나를 기다리고 있을 때까지는. 개는 꼭 빙글리처럼 울었지만 그보다 심했다. 외로이 공포에 질려 울었으며, 그게 중요했다. 나는 나 자신에 대한 근심과 걱정을 전부 잊고 대신 니나를, 강아지보다 고작 조금 더 나이들었을 뿐인 니나를 생각했으며, 또 그 애처로운 동물이 어디 있을까, 어떻게 도와줄 수 있을까 생각했다.

"얼른 와, 니나." 내가 외쳤다. "같이 개를 찾으러 가자."

대본에 없는 말이고 따로 계획한 말도 아니었지만, 그렇게 말해야 할 것 같았다. 그렇게밖에 설명할 수 없다. 아마도 차문이 열리며 나는 소리 때문이었던 것 같다. 그가 가진 차 중 제일 좋은 차가 아니라서 어린이 보호 잠금 기능이 없었거나, 아니면 잠그는 걸 깜박했는지도 몰랐다. 하지만 내가 미처 생각도 하기 전에 니나가 문을 열고 나왔다. 나는 목청껏 소리쳤다. "니나!" 서커스에서 일했다는 그 노숙인이 갑자기 뒤에서 나타나 내 손을 잡았다. 나는 니나의 손을 붙잡았고, 우리는 쇼핑센터 입구에 있던 사람들 쪽으로 이동했지만, 두꺼비는 총을 들고 있었다. 그의 손에 들린 총 모양을 알아볼 수 있었다. 두꺼비는 나를 붙잡고 머리에 총을 겨눴다.

"가!" 나는 니나에게 말했다. "뛰어!"

진심이었다. 나는 영웅도, 희생자도 아니었고 그런 의미로 한 말도 아니었다. 하지만 중요한 건, 누군가 하나가 남아야 한다면 내가 되는 게 나았다. 나를 시장에 내놔봤자 제값을 받지 못할 거고, 내 나이의 사람을 성매매로 밀어넣을 수도 없는데다, 나는 괴롭힘에 익숙했다. 평생토록 괴롭힘에 익숙해져 살아왔다. 만약 그 목 없는 못생긴 두꺼비가 누군가를 데려가려 한다면 가장 데려가기 싫은 사람이 거기 있어야 했다. 나는 서커스 남자를 바라보았다. 일 초도 되지 않는 시간에 내 모든 것을 눈빛에 담아 그가 알아듣기만을 바랐고, 그 남자는 알아들은 것 같았다. 니나를 더욱 꼭 붙들고는 가볍게 인사하듯 손짓했다.

두꺼비는 여전히 나를 붙잡고 있었고, 나는 소매에 있는 총을 꺼낼까 고민했지만 설령 손쉽게 빼낼 수 있더라도 총격전을 벌이는 건 무시무시하게 바보 같은 일이라는 생각이 들었다. 두꺼비가 내 팔을 꽉 쥐고 차 쪽으로 끌어당기는 바람에 나는 비틀거렸다.

"타, 타라고." 두꺼비가 말했지만 영화 대사 같진 않았다.

영화나 TV에서 차에 강제로 타는 사람들은 스윽 쉽게 탑승하고, 만약 강제로 태우는 사람이 경찰이라면 아마 나중에 민원이 들어올까봐 그러는 모양인데, 사람들 머리에 손을 갖다대서 보호해준다. 하지만 실제로는 훨씬 복잡한 일이었다. 먼저 두꺼비는 나를 자신의 차 방향으로 끌어당겼다. 이때 니나가 비명을 지르며 내게 손을 내밀었고, 지금 데스에게 도움을 받아 저 서커스 남자가 니나를 끌어냈다. 그러자 두꺼비가 문을 홱 열어 나를 차 안으로 밀어 넣었는데, 나는 오랫동안 추위 속에 서 있었던 탓에 오른쪽 무릎이 뻣뻣해져 몸을 굽히지 못했다. 무릎을 문질러줘야 하는데 그럴 상황이 아니어서 차를 향해 일종의 돌진을 해야 했다. 그러니까 쥐고 있던 지폐 상당수를 떨어뜨렸다는 의미다. 바람이 부는 밤이었고 지폐는 바람을 타고 이쪽으로 저쪽으로 날아다녔다. 두꺼비는 나를 붙잡는 일, 그리고 50파운드짜리 지폐를 쫓아다니는 일 사이에서 우왕좌왕 고민했다.

그리고 두꺼비는 가장 쉬운 길을 골랐다. 나였다. 나를 차에 쑤셔넣고 문을 쾅 닫았다.

Chapter 24
그레이스

2월 28일 목요일

해초 냄새가 너무 강렬해 재채기가 나왔다. 이건 우리가 눈앞에 마주한 난관이었다. 그놈이 메그를 데려갔다. 그저 쳐다보는 것만으로 놈을 이로 잘근잘근 찢어 뜯고 팔을 부러뜨릴 수 있을 것 같았지만 니나 때문에 조심해야 했다. 대프니를 쳐다보니 나만큼 정신이 나간 듯했다. 메그는 안 돼, 데려가지 마. 나는 생각했다. 메그가 대체 어떻게 대처할 수 있겠어? 메그의 인생은 너무나 단순했다. 보이는 것과 속이 일치하는 사람이었다. 나는 크게 소리치고 싶었다. "메그를 놔줘!" 그렇지만 잠자코 있었고 대프니도 마찬가지였다. 우리는 메그를 도울 수 있는 가장 좋은 순간이 언제일지 생각해보려 애쓰면서 때를 기다리고 있었다. 나는 냄새에 질식하지 않기 위해 숨을 깊이 들이마셨다. 골치 아픈 악취였다.

메그에게는 우리가 곧바로 미행할 거라고 말하지 않았다. 메그는 겁에 질려 있었고, 두꺼비가 제시한 사항을 따르려 했다. 그러는 이유를 이해할 순 있었지만, 메그 혼자 모든 위험을 대면하게 놔둔 채 우리 둘이서 집에 일 분이라도 더 붙어 있기란 불가능했다. 나는 평생 책임감을 느끼며 살아왔고, 사람들이 부당하게 끔찍한 일을 당하는 것에 책임감을 느껴왔다. 지금 그 책임감의 목록을 더 늘릴 순 없었다. 밤에 내게 원성을 지르는 유령들은 이미 차고 넘쳤다.

우리는 메그가 떠나자마자 차에 뛰어올라 최대한 쇼핑센터 가까운 곳에 주차했다. 그리고 아무도 눈치채지 못하도록 센터 입구에 자리잡은 사람들 뒤를 서성였다. 그곳 사람들은 대부분 노숙인으로, 밤을 지샐 동료를 구하고 가게 안쪽에서 나오는 온기도 얻을 겸 모여드는 듯했다. 메그는 그 무리로부터 멀리 떨어져 움직여서 더는 보이지 않았다. 가서 메그를 돕고 함께 연대하거나 도움이 될 만한 무엇이라도 해주고 싶었다. 나는 내가 아무것도 하지 않는다는 사실에서 눈을 돌리려 주위를 둘러보았다. 나는 뒤로 물러서는 것에 늘 서툴렀다. 슈 일당이 보였다. 말다툼을 한 것처럼 불편해 보였고 사람들과 떨어져서 서로 다른 방향을 바라보고 있었다.

"왔군요." 내가 조용히 인사했다.

"안녕하세요." 그레그가 말했다. "무슨 일이 생겼는지 데스가 말해줬어요. 저희는 준비가 됐습니다."

데스는 아직 보지 못했다. 소규모의 사람들과 어울리며 눈에 잘 띄는 곳에 숨는 것도 장점이 있었지만 그래도 나는 슈 일당이 좀더 숨어 있길 바랐다. 모든 것이 걱정스러웠고, 아무것도 제대로 된 것 같지 않았다.

대프니와 나는 메그를 바라보다가 다시 어둠 속으로 몸을 숨겼다. 슈 일당이 우리 뒤를 따라왔다. 주위에서 들리던 잡담이 점점 멀어졌다.

"잊지 마." 대프니가 내 귀에 속삭였다. "그놈이 니나를 데리고 있는 한 우리가 여기 있다는 걸 들키지 않는 게 중요해. 반드시 개입해야 하는 경우가 아니면 물러서 있는 게 최선이야. 전문가들에게 맡기자."

나는 확신이 들지 않았다.

"걱정 마세요." 클래라가 말했다. "저희는 뭘 해야 할지 압니다."

클래라는 자기 머리를 만졌다. 머릿속에 많은 생각이 있다는 걸 보여주고 싶었던 것 같았다. 그레그는 당황하고 있었다. 대프니를 바라보니 나와 같은 생각인 듯했다. 어쩌다 이렇게 안 어울리는 2인조 킬러를 찾게 된 걸까? 이자들이 정말 상황을 이해하고 있는 걸까? 우리 중 누구라도 이해하고 있긴 할까? 나는 그 즉시 나서서 더 많은 책임을 지기로 결심했다.

"당신들 둘은," 내가 슈 일당에게 말했다. "뒤에 서 있어요. 필요하면 분명하게 신호를 보낼 테니까. 휘파람으로 해요. 대프니, 우리는 옆쪽으로 옮기자."

노숙인 몇 명이 메그 옆에 붙어서 얘기를 나누고 있었다. 대프니와 내가 그 모습을 지켜보는데 노숙인 중 한 명이 우리에게 다가왔다. 키가 크고 나이가 제법 있는 잘생긴 흑인이었고, 그때 나는 잠시 내가 아는 사람일지도 모른다고 생각했다. 가르쳤던 학교에서 알았거나 아니면 고향에서. 다른 사람들이 그 남자를 지켜보고 있었다.

"고든이라고 해요." 그가 말했다. "지금은 노숙인이지만 바보는 아닙니다. 저기 있는 부인이 아주 겁먹으신 것 같은데, 그래도 우리한테 물러서 있으라고 하더군요. 우린 그렇게 할 거고요. 그분이 아직 여러분을 발견하지 못한 것 같지만 관련있는 분들 같네요. 괜히 저 부인께 물어봐서 화나게 하고 싶진 않아요. 그래도 제 친구들과 저는 뭔가가 일어나고 있다는 건 알겠어요. 친구들과 제가 뭔가를 알아야 할 필요가 있을까요? 우리가 위험에 처한 건가요? 그러니까, 신사 숙녀 여러분, 요즘 표현을 빌리자면, 우리가 호구가 되지 않게 말해주시겠습니까?"

"미안합니다." 내가 말했다. "우리 때문에 난감해졌다면요. 당신이 여기 먼저 왔으니 설명을 들을 권리가 있겠지요. 일들이 정신없이 일어나는지라 누굴 믿어야 할지 누구에게 말해야 할지 모르겠네요. 지금은 아는 게 아무것도 없어요."

"제 생각에는요," 고든이 말했다. "적어도 우리가 오늘밤을 다른 곳에서 보내야 할지 알 수 있다면 도움이 되는 것 그 이상이겠지요. 우리 중 몇몇은 취약한 사람이고, 또 불쾌한 일은 피하고 싶을 테니까요. 사실 저를 빼고는 대부분 그럴 겁니다. 제가 도움을 드릴 수 있다면, 그게 가능하다면 기쁠 것 같네요. 저는 힘이 세고 머리도 나쁘지 않고 싸움에 휘말리지도 않았거든요. 그러니까 꽤 한

참요."

나는 잠시 할말을 잃었다. 대프니가 나 대신 대답을 해준 게 고마웠다. 슈 일당도 놀란 기색이었다. 고든을 다른 행성에서 온 사람처럼 바라보고 있었고, 솔직히 말하자면 정말 그렇게 보이긴 했다. 루이셤은 관광지구가 아니었고 미국 억양도 흔하지 않은 곳이었다. 고든의 그 무엇도 평범해 보이진 않았다. 그는 온화하고 침착해서 곧바로 신뢰가 갔다. 의심스러운 구석이 없었다. 대프니도 같은 생각이라는 걸 알 수 있었다.

"도와주신다니 고맙습니다." 대프니가 말했다. "무슨 일이 일어날지 정확히 알 수 없어서요. 사람들을 이동시켜야 할지 확신이 안 서네요. 어떻게 생각해, 그레이스?"

나는 아무도 내보내고 싶지 않았지만 하나만은 확실했다. 양심의 가책 대상에 단 한 사람도 더하고 싶지 않았다. 이미 목록은 가득차 있었다. 두꺼비가 얼마나 위험한 인물인지 나는 알았다. 거리에 사는 사람들은 이미 나쁜 일을 충분히 겪었을 게 분명했다. 이 난리까지 겪을 필요는 없었다.

"여기 불쑥 나타나서 모두를 움직이게 하고 싶진 않은데 말이에요." 내가 말했다.

고든은 숙고하는 표정이었다. 나는 어떻게 설명해야 좋을지 생각했다.

"문제는요," 대프니가 입을 열었다. "남자가 하나 있는데……"

대프니가 더 설명하려는 순간 갑자기 클래라가 발동이 걸렸다는 듯 튀어나왔다.

"친절한 제안 고맙습니다. 그렇지만 우리가 알아서 처리할 수 있습니다. 우리끼리." 클래라는 강조의 말을 덧붙였다.

대프니는 나를 쳐다보며 어깨를 살짝 으쓱거렸다. 그걸 고든이 눈치챈 듯했다.

"젊은 친구들이 이렇게 말하던 것 같은데, 열 좀 식히자고요. 열을 식혀봐요." 고든이 말했다.

고든은 클래라를 보고 그다음에 나와 대프니를 바라보았다. 나는 그가 뭔가를 말하려 한다는 걸 깨달았다. 클래라가 어디로 튈지 모른다고, 그는 분명 그 말을 하려 했다.

"우리끼리 왔어야 했나봐." 대프니가 나만 들을 수 있도록 조용히 말했다. "저 사람들 없이 왔으면 더 나았을 거야."

"괜찮아." 내가 말했다. 확신할 순 없었지만 대프니가 곁에 있을 땐 정말 괜찮을 거란 생각이 들었다.

메그가 사람들 무리에서 벗어나 내가 서 있는 곳에선 더이상 보이지 않았다. 길이 살짝 꺾인 탓에 서로가 보이지 않았다. 고든은 작은 무리의 가장자리로 돌아갔고 대프니와 나는 바닥에 앉았다. 차가웠지만 우리 둘 다 괜히 우아한 숙녀처럼 보여서 튀고 싶진 않았다. 나는 그곳에 노숙인들이 그렇게 많은 줄 몰랐다. 상황이 나쁘다는 것도 알았고 그 수가 늘고 있다는 것도 알았지만 많아도 너무 많았다. 모든 계층, 모든 연령대의 사람들이 있었다. 십대부터 백 살은 되어 보이는 남자까지.

예쁘장하지만 깡마른, 창백한 얼굴의 여자아이가 내 곁에 앉아 씩 웃었다.

"아." 그 아이가 말했다. "보고 싶으면 보세요. 저희도 남들과 똑같죠? 안 그런가요?"

"수재나." 고든이 말했다. "실없는 말 하지 마. 이분들에 대해 잘 모르지만 나의 감이 있어. 이분들은 빛과 선의 편이야. 알겠지? 그러니 괴롭히지 말렴."

나는 괜찮다고 말하려 했지만 대프니가 내 팔을 붙잡고 어딘가를 가리켰다.

"봐봐." 대프니가 말했다. "그놈이야."

나는 도로 쪽을 바라보았지만 아무것도 보이지 않았다. 커다란 검은색 차도, 두꺼비도. 차 한 대가 눈에 띄지 않는 곳에 서 있던 것 같은데 잘 모르겠다. 무슨 일이 일어난 것처럼 사람들이 조용해졌고, 자동차 엔진 소리가 들린 것 같았다. 귀를 기울였다. 다투는 듯한 소리와 함께 남자가 "타"라고 외치는 소리를 들은 것 같다. 클래라는 주머니에 손을 넣고 있었는데 아마 거기에 총이 있는 모양이다. 클래라의 팔에 손을 얹자 몹시 긴장했다는 게 느껴졌다.

길에서 비명소리가 들렸다. 누구 목소리인지 알 수 없었지만 우리 둘 다 벌떡 일어섰다. 대프니는 내가 말리기도 전에 달려갔다. 모든 일이 너무 순식간에 일어나서 순서가 헷갈리지만, 잠시 자리를 비운 대프니가 니나와 함께 돌아왔다. 니나. 대프니는 니나의 팔을 부축하며 말을 걸고 있었지만 니나는 정신이 없어 보였다. 흐느끼며 뭔가를 계속 반복해서 말했고, 나는 두 사람이 내게 다가왔을 때에야 그게 무슨 말인지 깨달았다.

"메기, 메그 할머니를, 메기 할머니를 데려갔어요."

"메그를 데려갔다고?" 대프니가 고개를 끄덕일 때까지 나는 믿지 않았다.

데스는 숨은 곳에서 나와 도로를 향해 달려가고 있었고, 클래라와 고든이 그 뒤를 쫓았다. 클래라가 주머니에서 뭔가를 꺼냈고 총소리 같진 않았지만 뭔가가 발사되는 소리를 들었던 것 같다. 하지만 고성과 차문 닫히는 소리가 너무나 많이 들렸기에 잘못 들었는지도 모른다. 그레그는 나서지 않고 신발끈을 묶고 있었는데, 내가 그걸 알게 된 이유는 그에게 걸려 하마터면 넘어질 뻔했기 때문이었다. 자동차 엔진 소리와 함께 굉음이 들렸다. 메그가 괜찮기를 온 마음으로 바라면서도 대프니와 나는 니나에게 집중해야 했다.

지금이 바로 맨손으로 그놈을 갈기갈기 찢을 수 있을 것 같은 순간이다. "제 잘못이에요." 니나는 흐느껴 울면서 말하고 또 말했다. "제 잘못이에요."

니나가 버둥대며 벗어나려 했지만 대프니가 니나를 붙잡았다.

"네 잘못이 아냐." 대프니가 니나에게 말했다. "메그는 괜찮을 거야. 걱정하지 말렴."

대프니는 줄곧 달래는 어조로 말을 건네며 니나를 꼭 끌어안고 머리를 쓰다듬어줬다. 그러면서 니나의 머리 너머로 나를 바라보았고, 나는 대프니가 그렇게 낙관하고 있지 않다는 걸 알 수 있었다. 물론 그렇겠지. 메그니까. 스웨터를 색깔별로 걸어놓는 메그. 메그가 제대로 대처하지 못할 거라고 확신했지만 입 밖으로 꺼낼 필요는 없었다. 할머니는 이렇게 말씀하시곤 했다. 좋은 말이 아니라면 안 하느니만 못하단다.

나는 두 사람을 감싸안았다. "이리 와, 메그 얘기를 해보자. 메그는 위기에 강하고 집중할 줄 알아. 괜찮을 거야. 훗날 메그와 이 일을 떠올리며 웃게 될 거야."

대프니는 회의적인 표정을 지었고 나는 어깨를 으쓱했다. 니나의 흐느낌이 조금 멎어들었다. 가끔은 거짓말이 옳다고 생각한다. 가끔 진실은 고개를 숙여야 하는 법이다.

"실례합니다, 숙녀 여러분." 고든이 말했다.

나는 그가 거기에 있다는 사실을 잊고 있었다. 니나가 고든의 목소리에 움찔 놀라자 대프니가 니나의 귀에 뭔가를 속삭였다.

"죄송하지만, 친구분이 매우 걱정되시는 것 같네요." 고든이 말했다. "저도 그래요. 연루된 남자분을 잠깐 살펴봤는데 지금처럼 걱정하시는 이유를 알 것 같더라고요. 아주 형편없게 생겼더군요. 뭐랄까, 그건 꼭, 글쎄요. 저를 사용해주셨으면 좋겠어요. 제가 도와드릴 만한 작은 임무도 좋고, 아니면 경호 일도 좋고요. 무엇이든 도와드리겠습니다, 부인들."

고든은 팔을 아래로 내리며 무대인사를 하듯 허리를 숙였다. 이를 지켜보던 니나가 잠시 울음을 멈출 정도였다.

"부탁드려요." 니나가 말했다. "꼭 좀 도와주시겠어요? 메기 할머니를 되찾도록 도와주실래요?"

대프니가 나를 잠시 바라보았고 나는 피곤했다. 무슨 말을 해야 할지 알 수 없었다. 다른 사람이 리더라면 얼마나 좋을까. 잠깐이라도 빠져 있을 수 있다면. 살면서 만난 모든 사람이 내가 결정을 내리길 바랐다.

“경찰은 어떨까?” 나는 왜 하필 그놈이 메그를 데려간 지금 경찰이 필요하다고 생각하는지 설명을 더 하려고 했다가 니나의 반응에 주춤했다.

“안 돼요.” 그건 말이 아니라 비명에 가까웠다. “안 돼요, 제발요, 안 돼요. 하지 말아주세요. 그 사람이 메기 할머니랑 로니를 죽이고 사라질 거예요.” 니나는 우리 모두가 알아챌 정도로 몸을 덜덜 떨어댔다.

“알았다.” 내가 말했다. “경찰은 안 부를게.” 연락해선 안 되겠다. 계속 우리끼리 수를 찾아야 한다. 니나 말이 맞다, 니나가 두꺼비를 잘 아니까. 나는 그저 좀더 확신이 필요했다.

대프니가 알아차렸구나, 나는 생각했다. 나를 보고 웃고 있었고, 그 웃음은 이렇게 말하고 있었다. 잠깐 쉬도록 해, 친구. 이건 내가 해줄게. 대프니는 정말 놀라운 사람이었다.

“니나 말이 맞는 것 같아요. 일단 경찰은 제외하지요. 그리고 우리를 도와주면 정말 좋을 것 같아요.” 대프니가 고든에게 말했다. “우리는 도움이 필요할 거예요.”

클래라는 못마땅하다는 듯, 몸이 근질근질한 망아지처럼 닥터마틴 부츠로 땅을 찼다.

“기분 나쁘게 생각 마요, 클래라.” 내가 말을 걸면서 ‘손이 많으면 일도 쉽다’ 같은 진부한 말을 하려고 했지만 클래라가 나를 노려보는 바람에 말끝을 흐렸다. 실명이 아니긴 해도 그 이름을 부르지 말았어야 했다. 나는 그저 이 생각뿐이었다. 메그, 메그, 우리는 대체 메그를 어떻게 해야 할까?

"미안해요." 나는 클래라에게 입만 벙긋거려 사과했다.

"우리 다들 메그 집으로 돌아갈까요?" 대프니가 말했다. "니나, 좀 쉬는 게 좋겠어. 메그는 곧 돌아올 거야. 우리는 방법을 찾을 거야. 메그는 분명, 우리가 다음 할일을 논의하는 동안, 널 제대로 돌봐주길 원할 거야."

나는 이견이 없었다. 그게 최선인 듯했다.

"그리고 하나 더." 대프니의 목소리는 내 생각보다 훨씬 차분하게 들렸다. "우리가 여기저기 돌아다니면 메그가 혼자 탈출했을 때 우리가 어디 있는지 모를 거예요. 집으로 가서 계획을 세우며 기다리는 게 제일 좋겠어요."

우리는 뭉쳐다니기 위해 차를 두고 가기로 정하고, 484번 버스를 타고 돌아가는 기이한 무리가 되었다. 대프니와 나는 니나의 양쪽에, 꼭 교도관들처럼 지키고 앉았다. 니나가 돌아와서 너무나 기쁘면서도 메그가 몹시 걱정되었다. 니나가 탈출한 건 좋은 일이지만, 몸을 파르르 떨며 혼잣말을 중얼거리는 걸 보면 니나가 이걸 앞으로 극복할 수 있을지 의문이었다. 누구도 말을 많이 하지 않았다. 다들 똑같은 생각인 것 같았다. 메그, 어떻게 메그를 다시 찾을까? 무슨 일이 일어나고 있을까? 대프니는 니나를 팔로 감쌌고, 나는 니나의 어깨에 걸쳐진 대프니의 손을 붙잡았다. 내게는 그게 세상에서 가장 자연스러운 일인 듯했다.

"메그 할머니." 니나가 말했다. "그자가 메그 할머니를 데려갔어요, 전부 제 잘못이에요. 제가 나오면 안 됐어요. 제가 메그 할머니에게 이런 짓을 하다니, 믿을 수 없어요."

대프니와 나는 서로를 바라보았다.

"내가 돌아가면, 가서 메그 할머니를 보내달라고 부탁하면."

"아냐." 우리는 동시에 외쳤다.

"그건 최악의 아이디어야." 대프니가 말했다. "솔직히 메그도 엄청 화를 낼 거야. 메그가 무엇보다 원하는 건 네 안전이니까."

"메그를 우습게 봐선 안 돼." 내가 말했다. "나이든 여성은 아주 맹렬해질 수 있거든."

대프니를 보니 우리 둘 다 분명 같은 생각인 듯했다. 이게 바로 우리가 말하는 메그였다. 메그. 남편이 죽었는데도 여전히 남편이 무슨 말을 할지 걱정하는 사람. 하지만 니나를 열정적으로 사랑하는 사람. 메그, 보이는 것보다 강인한 사람.

"정말 그렇게 생각하세요?" 니나가 말했다.

"그럼." 대프니와 내가 동시에 답했다. "그래, 메그는 괜찮을 거야." 내가 말을 보탰다.

"그렇지만 네가 걱정인데." 대프니가 말했다. "병원에 가야 할까? 의사한테 가서 진찰을 받는 게 좋을 것 같아. 네가 괜찮은지 확실히 알도록."

"전 괜찮아요." 니나가 말했다. "의사는 필요 없어요, 아직은요. 의사들은 이런저런 걸 물어보잖아요, 그렇죠? 메그 할머니가 돌아오면 갈게요. 할머니와 함께 가겠어요."

내가 왜 병원 생각을 하지 못했을까? 내 뇌는 닳아가는 기어처럼 아주 느리게 작동하고 있었다.

메그의 집에 우르르 도착했는데도 나는 생각을 제대로 할 수 없었다. 계속해서 경찰에 대해 생각하고, 니나가 메그 대신 자신이 다시 가겠다고 말한 것에 대해 생각했다. 만약 다른 사람이 갔더라면, 가령 나였다면 어땠을까 생각하고 있었다.

대프니는 뭘 해야 할지 알았다. 니나에게 차를 내려달라고 부탁했는데 정말 좋은 생각이었다. 니나는 내일 아침에 병원의 도움을 받는 것에 대해 다시 생각해보겠다고 했다. 니나는 고집이 있었다. 이 소녀, 우리의 아이는 다시금 내게 엘리너를 떠올리게 했다.

"비행기에 손 흔들고 싶어요." 내가 영국으로 떠나기 전, 엘리너는 햇빛 속에 서서 하늘을 가리키며 말했다.

"안 돼. 거기 사람들이 아이들을 공항에 들여보내주지 않아." 내가 말했다.

들여보내주지 않을 사람은 거기 사람들이 아니라 나였다. 어린 딸이 터미널에서 손을 흔들고 있다는 것을 알면 도저히 탑승하지 못할 것 같았다. 도살장으로 가는 트럭에 오르기를 거부하는 양들처럼, 나는 비행기 계단 옆에 앉아 있을 것이었다. 딸 없이 떠나는 건 너무나 괴로운 일이었다.

물론 아이는 포기하지 않았다. 엄마의 편지에는 엘리너가 마당에 몇 시간을 서서 비행기가 날아오를 때를 기다렸다가, 펄쩍펄쩍 뛰면서 테디베어 인형을 흔들고 목이 쉴 때까지 내 이름을 외쳤다고 했다. 그 말에 나는 죽음 같은 고통을 느꼈다. 사범대학을 다니는 처음 몇 주 동안은 피부 따위 존재하지 않는다는 듯 뼛속으로 스미는 냉기 때문에 너무나 추웠다. 내가 생각할 수 있는 것이라고는 햇빛 속에 서서 내 이름을 부르는 엘리너뿐이었다. 아이가 그렇게 굳센데 내가 포기할 순 없었다.

니나를 보면서 엘리너를 생각했다. 7천 킬로미터하고 또 한평생을 떨어져 있지만 용기만은 똑같은 아이. 니나는 테이블에서 종이와 연필을 찾아 이제는 여덟 명이 된 우리의 음료 주문을 받았다. 여섯 명은 실내에 있었고 클래라와 그레그는 뒤뜰에 있었다. 두 사람은 돕고 싶지만 주목을 받아선 안 된다고 했다. 그게 그들의 표현이었다. 다른 때라면 그게 정말 웃기다고 생각했겠지만 지금은 아무것도 웃기지 않았다. 고든은 녹차를 주문했고 나머지는 평범한 차나 커피를 원했다. 어딘가에서 우리는 가족일지 몰랐다. 아무도 납치당하지 않고 모두가 안전한 어딘가에서.

대프니와 나는 서로를 바라보며 고개를 끄덕였다. 데스에게 음료 만드는 일을 맡기고 니나에게 우리와 위층으로 올라가자고 손짓했다. 니나는 메그의 침대에 누워서, 잃어버린 뭔가를 찾을지도 모른다는 듯 이불을 매만졌다.

"여기 있으면서 좀 쉬어도 돼." 대프니가 말했다. "너는 네 몫을 다 했어. 이젠 우리 차례야. 사람들이 없을 때 네가 어디 다친 곳이 없는지 확실히 알아두면 좋을 것 같아. 우리한테는 말해줘도 돼."

"전 괜찮아요. 아직 어리니까 금방 나을 거예요. 의사도 안 되고, 경찰은 더 안 돼요. 제발요. 제가 원하는 거라고는 그저 메그 할머니와 로니를 구하는 거예요. 저에 대해서는 그런 다음에 생각하고 싶어요."

대프니는 나를 쳐다보았다. 대프니의 눈에 내 염려와 거울처럼 똑같은 근심이 어려 있었다. 우연히 알게 되지 않는 이상 우리가 할 수 있는 일이 없을 것 같았다. 대프니도 동의하는 기색이었다.

"조금이라도 쉬도록 해보렴." 내가 말했지만 니나는 침대에서 벌떡 일어났다.

"아직 안 돼요. 그럴 시간은 나중에 많을 거예요." 니나는 그렇게 말하고는 우리를 각자 빠르게 힘껏 안아준 다음 아래층으로 내려갔다.

우리 둘도 내려가자 모두가 대프니를 쳐다보았다.

"좋아요." 대프니가 말했다. "서로 아는 것을 전부 꺼내놔야 해요. 우리가 아는 걸 하나하나 짚어봐요. 새로 온 사람들이 따라잡도록요."

대프니는 뒤뜰로 향하는 문을 열어 클래라와 그레그에게 손짓했다. 두 사람은 옆걸음을 치며 살금살금 걸어들어와 언제라도 떠날 것처럼 문가에 자리를 잡았다.

"고맙습니다, 부인." 고든이 말한다. "저와 여기 제 딸 수재나가 어떻게든 도와드릴 수 있으면 합니다. 사실 부인의 문제가 우리의 문제이기도 합니다. 우리는 돈이 없으니 그 부분은 할 수 있는 게 없지만 그 밖의 모든 것, 특히 머리와 체력이 있지요."

클래라가 불편한 기색을 표했지만 대프니는 무시하고 사건을 하나하나 되짚어나갔다. 니나가 수치심을 느끼지 않도록 대프니가 배려하는 것이 보였다. 두꺼비와 관련된 사항, 우리가 왜 그놈을 쫓는지, 그놈이 니나에게 무슨 짓을 했는지는 아주 살짝만 언급했다. 그래서 니나가 발언할 때 나는 아주 자랑스러웠다.

"대프니 할머니가 저를 위해 조금만 설명하시는 것 같아요." 니나가 말했다. “하지만 모두 그 남자가 어떤 사람인지 아는 게 중요하다고 생각해요. 이름을 붙일 수 없다면 지우는 일은 더욱 어려울 테니까요. 진실은, 그 남자가 포주고 인신매매범이란 거예요. 고깃덩어리 팔듯 저를 팔아넘겼어요. 아니, 그것보다 심했죠. 저는 아직 어리지만, 그 남자가 제게 무슨 짓을 했는지 모를 정도로 어리진 않아요. 저는 평생 이 일을 견뎌야 할 거예요. 제 인생은 바뀌어버렸어요, 망가졌을 거예요. 그 남자 밑에서 아이들이 일하다 죽은 것 같아요, 확실해요. 지금 한 친구가 있는데, 그 아이가 정말 아파요. 모르겠어요, 메그 할머니에게 무슨 짓이라도 할까봐 무서워요.”

니나는 그렇게나 용감하고 또 침착했다. 팔에는 멍이 들었고 살도 너무 빠졌지만 가장 나빠진 곳은 눈이었다. 귀신이라도 들린 듯 보였고, 다 늙은 여자의 눈처럼 보였다. 너무 많은 것을 봐버린 여자의 눈이었다.

클래라는 조심스럽게 방을 둘러보았다. “저는 그런 남자들을 압니다. 나라마다 그런 남자들이 늘 있기 마련이죠. 그놈들이 원하는 게 돈이라는 것이 중요합니다. 유일하게 원하는 거죠, 돈과 권력. 그놈들은 부인들의 친구분, 그러니까 우리의 친구분으로는 돈을 벌지 못합니다. 팔 수 없거든요. 친구분이 이미 갖고 있는 돈이나 접근 가능한 자산을 통해서만 돈을 만들 수 있습니다. 그러니 분명 연락이 올 겁니다. 믿어 의심치 않아요. 우리는 대비해야 합니다.”

클래라는 말을 너무 많이 해서 지쳤다는 듯 바닥에 주저앉았다. 그레그는 몸을 숙여 클래라를 토닥였다. 그때 데스가 말했다.

"앉아서 기다릴 여유가 없어요. 메그를 안 지 얼마 안 됐지만 이건 평범한 인생을 살아온 여자나 남자가 감당할 수 있는 그런 일이 아니에요. 가서 그놈을 찾고 습격해서 쫓아내야 해요."

"늘 우리가 있는 장소가 어디일까 고민했거든요." 니나가 말했다. "다시 생각해봐도 모르겠어요. 도망칠 기회가 생겼을 때 어딘지 전혀 모른 채로 그냥 도망쳤어요. 정말 죄송해요. 보고 메모를 했다면, 그랬다면 지금 어디로 가야 할지 알 텐데. 그냥 사람이 가장 많은 길을 골랐다가 그다음엔 사람이 제일 없는 길을 고르기만 했어요. 할머니들을 카페에서 만나기 전에 혼자 길을 되돌아가볼 수도 있었을 텐데. 그 사람이 절 다시 납치했을 때는 똑같은 집이었거든요. 움직일 수 없었던 거예요. 그게 가장 열받아 하는 이유였고요. 이제는 움직이려 하겠죠."

"넌 똑똑하고 용감한 사람이야." 고든이 말했다. "지금 열심히 떠올려보면 좋겠다. 내가 최근 몇 년간 이 지역을 꽤 잘 알게 되었거든. 기억나는 특별한 것, 아무 특징이라도 알 수 있으면 좋겠구나. 숫자, 버스, 단서가 될 그 어떤 것도 괜찮아."

니나는 눈을 감았고 우리는 니나가 몹시 애를 쓴다는 걸 알 수 있었다. 제발, 니나, 나는 생각했다.

"나무 한 그루가 있었는데, 꽃이 피고 있어서 알아챘어요. 꽃이 피기엔 이른 시기였고, 그 거리에 유일한 나무였거든요." 니나가 말했다. "집 창문 바깥에 나무가 서 있었는데 제가 그, 그때, 바라봤어요. 그러니까 집에 있을 때요."

니나가 언제 나무를 보았는지, 그때 집에서 뭘 하고 있었는지 서서히 깨달으면서 사람들은 당혹스러워했다. 나는 머리끝까지 분노가 차올라 그놈이 들어오면 맨손으로 찢어 죽일 수도 있겠다고 다시 한번 생각했다. 주변 사람들도 표정에 그게 드러났다. 특히 클래라가 그랬다.

"우리 좀 진정하는 게 좋겠어요." 내가 말했다. "자, 생각해봅시다, 다들. 이른 시기에 꽃이 핀 나무, 그게 어딜까? 여기서 걸어갈 수 있는 거리여야 하는데. 니나, 카페에 오기 전까지 얼마나 걸은 것 같아?"

"그건 잘 모르겠어요." 니나가 말했다. 울음이 터질 듯한 얼굴이었다. "느낌은 몇 시간은 된 것 같은데 실제로 그랬는지는 모르겠어요."

"좋아, 네가 들어온 게 오전 10시 30분 지나서인 건 우리가 알아." 내가 말했다. "왜냐면.우리 수업이 막 끝난 때였으니까."

"출발할 땐 이미 환했어요. 나올 때 어둡지 않았거든요." 니나가 말했다. "하지만 일직선으로 걷지는 않았어요. 사실 커다란 경찰서를 두 번이나 지나갔어요. 거기 들어갈까 생각했기 때문에 기억이 나요. 하지만 못 들어갔죠, 그냥 못했어요. 믿어줄 것 같지 않았어요. 그 사람이, 두꺼비가 늘 아무도 안 믿어줄 거라고 했거든요."

"그랬구나." 고든이 말했다. "좋은 정보야. 잘했다, 꼬마 숙녀."

"제 생각을 좀 말해도 될까요." 데스가 말했다. "니나, 넌 위기 속에서 아주 침착했어. 그 방면으로 갈 생각이라면 정말 좋은 경찰이 될 거야. 꼭 가라는 의미는 아니고."

모두 고개를 끄덕이고 동의하며 소곤거렸고 데스는 얼굴을 붉혔다. 니나가 씩 웃자 꼭 해가 돋는 것만 같다. 웃을 때는 정말 어려 보였다.

"제가 좀 발언해도 될까요?" 고든이 말하며 주위를 둘러보았고 우리는 끄덕였다. 클래라는 너무 격하게 고개를 끄덕여 머리가 꼭 떨어질 것만 같았다.

"생각해볼 만한 곳이 몇 군데 있습니다. 바로 찾아볼 만한 장소들이에요. 니나는 루이셤 경찰서를 지나쳐 두 시간 정도 걸었어요. 그건 제 생각에 역에서 반경 삼십 분 거리부터 시작해야 한다는 말 같아요. 꽃이 피는 매화나무를 찾아야 해요. 런던 가로수 대부분이 벚꽃나무예요. 차이가 있죠, 매화나무가 꽃이 빠르거든요. 지금 꽃이 피는 나무를 찾아야 해요. 세 그룹으로 나눠서 이곳으로 한 시간마다 보고하면서 찾는 거예요. 이해가 되십니까?"

"잠깐만요." 대프니가 말했다. "그거보다 좋은 방법이 있어요. 니나, 메그가 준 핸드폰 말이야, 그게 메그 위치를 보여주니?"

"아뇨." 니나가 말했다. "메그에게 제가 있는 위치를 알려줘요. 하지만 메그는 장소 표시 설정이 꺼져 있어요."

니나는 확인하기 위해 핸드폰을 꺼냈다.

"아직도 꺼져 있어요."

내 머릿속에서 뭔가 꿈틀거리는 느낌이 났다. 내가 뭔가를, 도움이 될 뭔가를 알고 있는데 그게 무엇인지 알 수 없었다.

"잠깐만." 내가 말했다. 모두가 기대에 차 나를 바라보았다. 꼭 수업이 시작하기를 기다리는 학생들 같았다. "잠깐만요. 데이터베이스가 있는 것 같아."

"무슨 데이터베이스?" 대프니가 말했다.

"그자들 웹사이트엔 주소가 없어요." 니나가 말했다. "예약을 해야만 알려줘요. 그걸 뭐라고 부르는지 모르겠지만 계속 이름을 바꾼대요. 그렇게 들었어요."

내가 말했다. "아니, 놈들은 이미 그걸 예상하고 또 바꿨을 거야. 내가 생각하는 건, 나무 데이터베이스야. 고든, 그게 매화나무가 확실하다면 말이에요. 우리집 이웃 중에 그 일을 하는 남자가 있어. 가로수를 심지. 사람들은 그 가로수를 후원하고 보호자가 될 수 있어, 물도 주고 돌보는 거야. 나도 내 딸을 추모하려고 하나 심었어. 어쨌든 그 사람이 루이셤에 있는 모든 나무를 데이터베이스화했어. 고든이 이 시기에 꽃이 피는 매화나무가 런던에는 흔하지 않다고 했으니 그건 꽤 찾기 쉽다는 의미일지도 몰라."

니나는 울음을 터뜨릴 것만 같았다. "감사해요. 고마워요. 다들 정말 똑똑하세요."

나는 나중에 니나가 얼마나 똑똑하고 영리했는지 알려주려고 메모를 했다. 대프니는 숄더백에서 아이패드를 꺼내더니 톡톡 두드리기 시작했다.

"가능성은 셋이야." 대프니가 말했다. "이 업데이트 이후에 뭘 새로 심지 않았다면 말이야. 호스테드 로드, 이건 캣퍼드 지역이야. 클리프뷰 로드, 이건 여기서 정말 가까워. 맨우드 로드는 크로프턴 공원이 있는 곳이야. 이중에 여기다 싶은 곳이 있어?"

"아뇨." 니나가 말했다. "그럴 생각을 못했어요, 정말로 도로 표지판 볼 생각을 못했어요. 정말 죄송해요."

모든 사람이 동시에 입을 열어 걱정하지 말라고, 네 잘못이 아니라고, 죄책감을 느끼지 말라고 말을 건넸다.

"좋아요." 고든이 사람들을 세 그룹으로 나눴다. 데스가 신경쓰지 않길 바랐지만 사람들의 감정까지 챙길 시간이 없었다. 고든은 언젠가 교사였던 게 분명했다. 의심의 여지가 없었다. 사람들을 모아 정리하는 건 나보다 못했다. 고든이 나와 대프니를 바라보았다.

"니나는 여기 남아서 좀 자면서 메그가 돌아올 경우를 대비해 기다리는 게 좋겠습니다." 고든이 말했다.

니나는 눈물을 터뜨렸다. "저를 여기 혼자 두지 마세요, 제발. 견딜 수 없어요. 혼자 있고 싶지 않아요, 무서워요."

"미안하구나." 고든이 말했다. "미처 생각을 못했어."

데스가 벌떡 일어섰다. 집에 온 이후로 어울리지 않게 조용했는데 이제 보니 몹시 화가 난 상태였다.

"나랑 숙녀분들이랑 같이 가자." 데스가 말했다. "한 그룹이 되는 거야. 아무 일도 일어나지 않도록 내가 보장할게. 내가 경호원처럼, TV에 나오는 경호원처럼 절대 네게서 눈을 떼지 않겠어."

데스는 자신이 한 말에 놀란 듯 다시 자리에 앉았다.

"아니면 저랑 그레그랑 가도 됩니다, 제겐 이게 있어요. 집처럼 안전하게 지켜주겠습니다." 클래라는 자기 주머니를 매만졌다. "걱정 마세요. 안전장치가 걸려 있으니까."

나는 클래라를 바라보는 그레그를 바라보았다. 클래라를 매우 자랑스러워하고 있었다.

"음, 저도 그래요." 그레그가 말했다. "우리 강아지 보살피듯 보호해줄게요."

그 말에 다들 긴장을 조금 풀고 웃었다.

"왜요? 전 슈를 사랑해요. 그 아이에게 그 어떤 일도 일어나지 않게 할 거예요." 그레그는 강아지가 그 자리에 있다는 듯 자기 발 아래를 바라보았다. "슈는 집에 있어요." 그레그는 조용히 중얼거렸다.

"수재나랑 나랑 같이 가도 됩니다." 고든이 말했다. "그렇지만 메그가 돌아올 수 있으니 누군가는 집에 있어야 한다고 생각해요. 내 생각에 넌 휴식이 필요한 것 같아."

"그레그, 네가 경호 일에서 빠져도 돼." 클래라가 말했다. "때때로 어떤 일은 남자에게 적합하지 않지. 내가 보기에는 거의 대개가 그래. 내가 여기 있을 테니까 너는 가. 뜰에서 간단히 설명해줄게. 경호 일을 할 여자는 나뿐이니까."

클래라는 헛기침을 했는데 감정을 드러내지 않으려고 하는 것 같았다. 그레그는 활약할 기회에 신이 난 듯했다.

니나의 얼굴이 잠시 환히 빛났다. "메그 할머니가 스스로 돌아오실 거라 생각하세요?" 니나가 물었다.

나는 차마 대프니를 바라볼 수 없었다.

"당연히." 내가 말했다. "놀랄 일도 아니지."

그레그는 창문 잠금장치를 확인하고 유선전화의 수화기를 드는 등 허풍을 떨었다.

"좋아요." 니나가 말했다. "메그 할머니가 돌아올지도 모르니까 여기서 클래라와 함께 자리를 지킬게요. 꼭 할머니를 구해주세요."

니나가 얼마나 지쳐 있는지 알 것 같았다. 용감한 아이였다.

우리는 각 그룹이 어느 길로 갈지 합의하고 출발했다.

캄캄한 밤으로 들어섰다.

Chapter 25
메그

3월 1일 금요일 자정 이후

차에 억지로 밀려 탄 이후로 얼마간은 아무 생각이 없었다. 적어도 니나가 탈출했다는 것도, 나는 어떻게 탈출해야 할지도 생각하지 않았다. 그냥 그렇게 있었다. 명상 수업에서 배운 호흡처럼, 코로 공기를 들이마시고 입으로 내뱉으려고 노력했다. 정신을 가다듬으려고 노력했고, 솔직히 말하자면 오줌을 싸지 않으려고 애썼다. 몇 분 뒤에는 집중을 하려고 애쓰며, 내가 발명해낸 새로운 헨리, 지지자 헨리를 부르려 애썼지만 전혀 찾을 수 없었다. 당연히 그 자리엔 옛날 헨리가 있었다. 내가 얼마나 우스운지, 사건을 예측하지 못한 내가 얼마나 바보 같은지 지적해대는 헨리가. 내가 그토록 남의 삶에 관여 말고 제일 잘 아는 것, 당신 일에나 집중하라고 알려줬거늘. 나는 그 헨리의 말에는 귀기울이고 싶지 않았다. 나를 믿어주는 친절한 헨리를 원했다. 차가 어느 집 앞에 설 때까지 친절한 헨리는 만날 수 없었다. 그리고 그 끔찍한 남자, 정말이지 두꺼비랑 똑같이 생긴 그 남자가 운전석에서 뛰어내려 차문을 열었다.

"나와, 이년."

그가 팔을 잡아당기는 바람에 나는 균형을 잃었다. 그 남자가 분노를 분출하는 게 느껴졌다. 꼭 빙글리를 없애버린 날의 헨리 같았다. 빙글리를 생각하니 기운이 나서, 간신히 의자에서 엉덩이를 들어 땅에 발을 디딜 수 있었다. 위엄이라고는 하나도 없는 점프였지만, 얼굴부터 박지 않고 차에서 내릴 수 있었다는 것만으로도 작은 승리였다.

"이쪽이다, 할멈."

두꺼비는 나를 잡고 끌고 갔다. 넘어지지 않고 걷는 일에 집중하긴 했지만 주변을 슬쩍 훑어볼 수 있었다. 경찰 드라마를 좀 보았으니까. 헨리와 나는 잘 만든 스릴러물을 좋아했다. 나는 사람들이 약간의 단서를 얻어 자신이 붙잡힌 곳이 어딘지 아는 것만으로도 얼마나 많은 범죄가 해결되는지를 보면서 이루 말할 수 없이 감동했다. 집 왼쪽에 꽃이 핀 나무가 있었다. 달빛 아래 으스스하게 서 있는 그 나무를 특별히 알아차린 건, 다른 나무들은 아직 꽃이 피지 않았기 때문이다. 도로 표지판은 보이지 않았지만 힐리 필즈 뒤쪽에 있는 거리 중 하나일 듯했다.

집안으로 들어간 두꺼비는 나를 복도에서 떨어진 어두컴컴한 방에 밀어넣고 문을 쾅 닫았다. 빗장 잠그는 소리가 들렸다.

"대체 뭔 일인데?" 문밖에서 한 여자의 목소리가 들렸고 두꺼비는 쉿, 진정해, 같은 말을 반복하더니 복도를 따라 다른 방으로 들어가는 듯했다. 그후로는 그자들 소리가 들리지 않았다.

"안녕하세요." 방 안쪽에서 기어드는 목소리가 들렸다. "로니라고 해요, 반가워요."

나는 너무 놀라서 하마터면 비명을 지를 뻔했다. 전등 스위치를 찾으려고 이리저리 더듬었다.

"전구가 안 들어 있어요." 로니라는 아이가 말했다. "하지만 금세 어둠에 익숙해질 거예요. 기다리면, 많은 게 보이거든요."

아무것도 보이지 않았으므로 나는 목소리가 들리는 방향으로 조심히 이동했다. 그 아이는 소파에 누워 있었고, 나는 어둠 속에서도 그 소파가 결코 편안할 리 없는 나무 팔걸이가 달린 의자라는 걸 알 수 있었다. 내가 다가가자 아이가 한쪽으로 몸을 비켰다.

"앉으세요. 앉아서 좀 쉬세요."

나는 앉았고, 엉덩이가 소파에 닿는 순간에야 비로소 지금까지 일어난 일의 충격이 와닿아 몸을 떨었다.

"괜찮아요." 로니가 말했다. "괜찮아요."

그 아이는 내 어깨를 토닥였다. 곁을 살펴보니 너무나 어린데다, 내가 만난 사람 중 가장 앙상한 듯했다. 어린 노숙인 소녀 수재나보다 마른 아이였다. 로니는 내가 놀라 숨을 삼키는 소리를 들은 것 같았다.

"단식투쟁중이라서요. 말랐죠? 그런데 이상한 게 뭔지 아세요? 이젠 배도 고프지가 않아요. 음식을 줬는데도 조금도 끌리지 않았어요. 빵 사이에 낀 죽은 소라니, 사양이에요. 나를 병원에 데려간다고 했지만 거짓말이었어요. 다 허사였던 거죠."

말을 마친 로니는 죽은 듯 앉아 있었는데 꼭 말하느라 애쓰고는 기운이 다 빠진 듯했다.

"어떻게 되신 거예요?" 몇 분 후 로니가 말했다. "누구세요? 여기 대체 어쩐 일이에요? 이런 말은 좀 그렇지만, 여기 있는 다른 여자들보다 약간 나이가 많으신 것 같아요. 이제 그 사람들이 노인을 납치하나요? 할머니도 보호시설에 계셨나요? 아니면 요양원에서 납치당한 건가요? 세상에."

너무나 지치고 피곤해 보여서 나는 그애가 더이상 아무 말도 하지 않길 바랐다. 일종의 모성본능이었다. 내가 말을 해야 할 것 같았다. 내가 말을 멈추면 아이가 사라져버릴지도 모른다는 생각이 들었다. 게다가 그 끔찍한 두꺼비가 돌아올 때까지 얼마나 시간이 남았는지, 그놈이 무슨 짓을 할지도 알 수 없는 상태였다. 그래서 나는 아이에게 지금까지 일어난 일을 들려줬다. 헨리는, 그러니까 반대를 일삼는 구식 헨리는 동의하지 않았다. 세상에, 제발 남들한테 아무거나 얘기하고 다니지 좀 마. 그의 목소리가 들렸다. 지금 상황이 나쁘다는 거 모르겠어? 사람들이랑 떠들고 여기저기 끼어대다가 이 지경에 이르렀다는 걸 모르겠냐고, 이 멍청한 여자야. 나는 헨리를 밀어냈다. 머릿속에서 대꾸했다. 됐어, 당신의 쓰레기 같은 소리는 이제 듣고 싶지 않아.

내가 니나 얘기로 넘어가자 로니가 손뼉을 쳤다.

"니나를 알아요. 해낼 줄 알았어. 니나는 정말 강해요. 돌아왔다는 말을 들었을 땐 몹시 걱정했어요. 그런데 다시 탈출했다니, 감격적이에요. 돌아왔을 때 딱 한 번 볼 수 있었어요. 니나를 멀리 가둬놨거든요. 엄청 힘든 시간이었을 거예요. 그래도 니나는 저랑 다르게 대처할 수 있는 아이에요. 똑똑하고, 책이든 뭐든 읽는 것도 좋아하고요. 알고 계셨어요?"

나는 알고 있다고, 니나와 함께한 그 짧은 시간 동안 많은 얘기를 나눴다고 말했다. 우리는 서로 책을 추천하고, 둘이 동시에 좋아하는 책도 찾아냈다.

"로니는 다른 이름을 줄인 거니?" 내가 물었다. 아이가 대화에 참여하고 깨어 있길 바랐다.

"아뇨." 로니가 말했다. "그거 아세요? 보통은 사람들한테 엄마가 아들을 낳고 싶어했다고 말하거든요. 하지만 할머니에겐 진실을 알려드리고 싶어요. 언제일지는 모르겠지만……" 로니는 말끝을 흐렸다.

나는 기다렸다. 내게는 상황이 맞을 때까지 기다리는 인내심이 있었다. 사람들은 개와 같다. 그게 중요하다. 한 발짝 물러서서 알아서 올 때까지 기다릴 필요가 있다.

"제 진짜 이름이 로니예요. 언제나 여자아이였던 건 아니에요. 음, 여자아이였지만 아무도 몰랐죠. 수술을 위해 돈을 모을 예정이었는데 이 모든 일이 일어난 거예요." 로니는 손짓으로 우리가 있는 방을 가리켰다. 나머지 사연을 알 것 같았지만 로니가 더 말하고 싶어한다는 걸 알 수 있었다.

"사람들이 많이 오거든요." 로니가 말했다. "제가 인기가 많아요. 그래서 저를 내보내지 않는 것 같아요. 그 남자가, 그 두꺼비가 가게 문간에서 자는 저를 발견했어요. 위탁가정에 있을 때 제가 양어머니 옷 입는 걸 양아버지가 봐버렸거든요. 그래서 내쫓겼어요. 좋은 옷도 아니었는데. 프라이마크*에서 산 옷이었다니까요, 정말이지."

로니가 너무 분통을 터뜨리는 바람에 나는 슬그머니 웃고 말았다. 로니도 자신이 어떻게 말했는지를 깨달은 게 분명했다. 이내 킥킥 웃었기 때문이다. 그후 차분해진 로니의 손을 나는 잠시 잡고 있었다.

"내 인생도 이상해." 내가 잠시 후 말했다. "인생을 잘못 살고 있는 것 같아. 난로 옆에 앉아서 뜨개질을 하고 수프를 저으며 손주들 오기를 기다려야 하는데. 네가 말하는 게 이런 거지? 물론 손주 얘기는 빼고 말이야."

로니는 웃었다. "바로 그거예요. 데이트도 하고 수업도 듣고 해야 하는데. 여드름 때문에 난리도 치고 엄마한테 축제에 가게 해달라고 애원하고요. 축제에 정말 가보고 싶었어요."

"할 수 있어." 내가 말했다. "못할 이유가 없어."

로니는 뼈만 앙상한 작은 손바닥으로 내 손을 꼭 쥐었다.

"쉿." 로니가 말했다. "사람들 오는 소리가 들려요."

나는 무서워서 속이 메스꺼웠다. 나를 살려두지 않을 게 확실했다. 놈들은 자기들이 무슨 짓을 하는지 내가 안다는 사실을 알았다. 이제 로니에 대해서 알게 되었다는 사실도 알았다. 저들 손에

---

* 아일랜드의 의류 기업. 매우 저렴한 상품으로 유명하다.

매우 아픈 아이가 있고, 아이가 치료받도록 노력하지 않았다는 사실을. 나는 소매를 더듬어 총이 거기에 있는지 확인했다. 복도로 나가는 문이 휙 열렸고, 갑자기 쏟아지는 불빛에 내 눈은 휘둥그레졌다.

"가만히 있어." 두꺼비가 말했다. "둘 다. 그리고 핸드폰을 내놔."

마지막은 나한테 하는 말이었다.

"그런 거 없어."

"물론 없으시겠지, 이 거짓말쟁이 년이. 일어나."

놈은 그 끔찍한 손으로 내 몸을 이리저리 뒤졌다. 총을 찾을까봐 걱정했지만 거기까지 가지 않았다. 가장 허술한 몸수색이었다. 생각건대 말 그대로 나를 만지기가 싫었던 것 같다.

"피오나를 보낼 거야. 한번 더 수색하게." 두꺼비가 뒤로 물러서며 바지에 손을 훔쳤다. "전화 있는 거 다 알아."

"정말 있어요?" 두꺼비가 떠나자 로니가 속삭였다. "핸드폰이 있어요?"

"팬티 속에 있어." 내가 말했다. "나이든 여자에겐 안전한 장소야."

그 말이 왜 웃겼는지 모르지만 여하튼 웃겼고, 우리는 숨을 쉴 수 없을 정도로 웃었다.

내가 손을 잡고 총이 있는 소매로 가져가자 로니는 웃음을 멈췄다. 가만히 손을 대고 있다가 무엇인지 깨닫고 놀라 숨을 들이켰다.

"총알이 없어." 내가 말했다. "괜찮아, 아무도 다치지 않을 거야."

"제가 걱정하는 건 그게 아니에요." 로니가 말했다. "그 남자 성격이 어떤지 아세요? 이게 있는 걸 알면 미쳐 날뛸 거예요. 위험해요. 총알을 넣는 게 낫겠어요."

"가지고 있는 것도 모를 텐데." 내가 느끼는 것보다 목소리가 더 자신감 있게 들리길 바라면서 나는 말했다.

"모른다고요?" 로니가 말했다. "그럼 이게 대체 무슨 소용인 거예요?"

나는 잠깐 생각에 잠겼다. 좋은 질문이었다. 이제 돌볼 사람이 있으니 더욱 적절한 질문이었다. 나는 소매에서 총을 꺼내 총알을 장전했다. 불빛 없는 곳에서 하려니 더욱 어려웠고 제대로 하는지도 알 수 없었지만 로니에겐 말하지 않았다.

"됐다. 이제 됐어."

우리는 한동안 조용히 있었다. 로니가 잠을 좀 잤으면 했지만 한숨을 쉬며 뒤척이는 모습을 보니 깨어 있었다.

"있잖아요." 잠시 후 로니가 속삭였다. "핸드폰 좀 봐도 될까요? 확인하고 싶은 게 있어서요."

"그러면 안 될 것 같은데." 내가 최대한 작은 목소리로 속삭였다. "밖에 누가 있는 것 같아서. 계속 귀를 기울였는데 이상한 소리가 들리더라고. 내가 핸드폰을 꺼낼 때까지 기다리는 것 같아. 그런 다음에 쳐들어오겠지. 영화나 그 비슷한 거에서 본 적이 있어."

"아하." 로니가 대답했다. 여전히 생각중인 듯했다.

"어떤 핸드폰이에요?" 로니가 너무나 조용히 말한 나머지 마치 내 머릿속에서 나는 목소리 같았다. 귀에는 숨결만 느껴졌다.

"어이구, 전혀 모르지." 내가 말했다. "아이폰 같은 거야."

바깥에서 멀리 걸어가버리는 발소리가 들렸지만 함정일 수도 있었다.

"얼른 보여주세요." 로니가 말을 걸며 소리 없이 일어나 앉았다.

웃긴 얘기지만, 나는 너무 놀라 당황했다. 이 어린 친구 앞에서 치마를 걷어올리고 팬티에 손을 넣는다는 건, 방이 어둡긴 했지만 생각만으로도 이상했다. 문밖에 여전히 소리를 엿듣는 사람이 있을 게 분명했다. 하지만 로니는 앉아서 손을 뻗고 핸드폰을 기다리고 있었고 나는 아이를 실망시키고 싶지 않았다. 로니의 그 짧은 인생에서 너무나 많은 것들이 잘못 흘러가 있었고 나는 로니를 기쁘게 해주고 싶었다. 게다가 별다른 선택지가 없다는 걸 잘 알고 있었다. 그게 뭐든 탈출 가능성을 높일 방법이 남아 있는 이상, 로니의 말이 옳았다. 우리는 시도해봐야 했다. 무슨 생각인지 알 수 없지만 로니를 신뢰했다. 그 상황에선 꼭 로니가 어른인 것 같았다.

내가 가능한 한 조용히 팬티를 더듬는 동안 로니는 살짝 몸을 돌렸다.

"여기 있다." 핸드폰을 건네며 내가 말했다. "휴지로 닦았으니까 괜찮을 거야."

로니가 웃음을 참는 게 보였다.

"그건 말이에요." 로니가 귀에 너무 가까이 대고 말하는 바람에 또 한번 온기가 느껴졌다. "제가 이 방에서 했던 일 중 제일 걱정 안 되는 일이에요. 그렇지만 감사해요."

나는 핸드폰을 켰고 로니는 화면을 쳐다보았다.

"빙고." 잠시 후 로니가 말했다. "위치 서비스가 있어요. 그게 없을까봐 걱정했는데. 헨리가 누구예요? 이 사람이 우리가 어디에 있는지 볼 수 있는 사람이거든요. 제가 지금 스위치를 켰어요. 문자를 보내도 될까요? 헨리가 깨어날까요?"

나는 말 그대로 말을 잃었다. 그걸 잊다니 너무나 멍청한 짓이었고, 그 와중에 정말 잠깐, 헨리가 집에서 깨어나는 모습을 상상했다. 전화를 걸어 나를 데리러 오라고 부탁할 수 있었겠지.

나 약간 곤란한 상황에 빠졌어, 나는 그렇게 말할 것이다. 그러면 헨리는 말하겠지. 놀랍지도 않네, 정말 멍청하다니까.

로니는 내 대답을 기다리고 있었다.

"더 잘됐어." 내가 말했다. "니나가 그 핸드폰을 가지고 있거든. 내가 왜 그 생각을 못했는지 모르겠다. 정말 미안하구나."

도와줘, 로니가 문자를 보냈다. 위치 추적 서비스를 켰어.

로니는 내게 핸드폰을 도로 건넸고 나는 총과 함께 팬티 속으로 밀어넣었다. 그 직후 문이 열렸다. 피오나였다.

"일어나. 거기, 할망구, 허튼짓하지 마."

그 여자는 두꺼비보다 훨씬 더 철저했다. 내 겨드랑이를 더듬고 주머니를 흔드는 등 모든 것을 살폈다. 하지만 모든 것은 아니었다. 팬티는 예외였다. 나는 그제나 지금이나 생각한다. 얼마나 이상한 일인지. 말 그대로 사람의 사적인 신체 부위를 팔아 돈을 버는 사람이 나이든 여성에게도 사적인 부위가 있다는 사실을 모른다는 것이. 너무나 모욕적이어서 하마터면 지적을 해댈 뻔했다. 대신 나는 그 여자가 내 엉덩이를 쓰다듬고 부츠를 들여다보고, 진짜 수색해야 할 단 한 곳을 뺀 모든 곳을 수색하도록 내버려뒀다.

"그렇게 똑똑하지도 않군. 그렇지?" 피오나는 자리를 뜨면서 말했다.

그 순간 너무나 반박하고 싶었다. 평생토록 자제하는 훈련을 받아서 다행이다. 피오나가 문을 닫자 로니는 손을 올려 하이파이브를 했다. 이제는 하이파이브가 익숙했으므로 나는 망설이지 않고 받았다.

"이제 기다리기만 하면 돼요. 사람들이 와서 꺼내줄 거예요." 로니가 속삭였다. "여기 오셔서 너무 기뻐요. 정말 감사해요."

로니는 소파에 웅크리고 내 무릎에 머리를 얹었다. 이보다 더 놀랄 순 없었으리라. 숨을 쉬는 모습을 보니 이번에는 정말 잠에 들려는 모양이었다. 내 무릎에 잠든 사람을 지켜보는 건 사랑스러운 일이다. 헨리는, 그러니까 진짜 헨리는, 신체접촉을 좋아하지 않았다. 나도 누군가의 무릎에 머리를 얹고 웅크릴 수 있다면 얼마나 좋을까 하는 생각이 멈추지 않았다. 어떤 기분일까 상상해보려 했지만 어려운 일이었다.

일 분 일 분 시간이 너무나 더디게 흘러갔다. 당연히 나는 빙글리를 생각했다. 빙글리의 머리를 쓰다듬는 상상을 했지만 잠시 후 그게 로니란 걸 깨닫고 기뻤다. 과거에 살아선 안 돼. 그게 진짜 헨리가 했던 말 중 유일하게 상식적인 말이었다. 인생은 흘러가니까, 당신은 거기 맞춰 나아가야 해. 그래서 어둠 속에 앉아 있는 일이 그리 무섭진 않았다. 어쨌든 나 자신을 위해선 그랬다. 하지만 로니를 생각하면 무서웠다. 내 손에 닿는 로니의 숨결이 괜찮지 않았다. 불규칙했다. 매 숨결마다 꼭 뛰거나 우는 것처럼 숨을 들썩였다. 내가 할 수 있는 일이라고는 아이를 안고 진정할 수 있도록 아주 조용히 헛소리를 들려주는 것뿐이었다.

흔히 사람이 죽어갈 때, 삶 전체가 주마등처럼 스쳐지나간다고들 한다. 나는 잘 모르겠다. 아마 다른 사람들도 확실히 모를 것이다. 하지만 그날 밤 나는 내가 죽을 거라고 생각했던 것 같다. 왜냐면 기억의 서랍에 있는 줄도 몰랐던 모든 것이 머릿속에서 재생되었기 때문이다. 결혼, 그건 거듭 곱씹지 말아야 할 실수로 분류해 놓았던 것이었다. 잠깐이나마 그날 아침이 얼마나 화창했는지, 예쁜 옷을 입어서 얼마나 기뻤는지 생각나서 좋았다. 내 드레스는 연회색이었고 분홍색과 파란색의 작은 꽃들이 붙어 있었다. 허리에 딱 붙어서 바닥으로 차르륵 떨어지는 드레스였다. 나는 내 인생에서 가장 근사해 보인다고 생각했지만 헨리는 그걸 웨딩 잠옷이라고 불렀다. 그 드레스를 어떻게 했는지 모르겠지만 다시는 입지 않았다.

헨리의 죽음도 반복적으로 재생되었다. 마찬가지로 화창한 날이었고, 이번엔 가을이었다. 밖이 너무 좋아 보여서 산책을 가자고 제안했다. 겨울이 오기 전에 얼굴에 닿는 햇살을 느껴보고 싶었다. 그렇게 말했던 게 기억나고 헨리가 웃은 게 기억이 났다.

"정말 햇살이 얼굴에 닿는군." 헨리가 말했다. "누가 여성 잡지깨나 읽었나보지?"

헨리가 '여성 잡지'라고 말하는 방식이 싫었다. 마치 여성 잡지가 세상에서 가장 나쁜 것인 양 말을 했다. 여성 잡지는 대부분 유쾌했다. 게다가 여성 잡지를 보고 생각한 것도 아니었고. 그건 내가 스스로 사고할 수 있는 사람이라고 여기지도 않고, 여길 수도 없다는 말 같았다.

"아냐." 나는 부드럽게 말했다. "비타민D가 좀 생기면 좋겠다고 생각한 것뿐이야."

그 말이 헨리를 더욱 웃게 만들었다.

"말이 되는 소리를 해야지." 헨리가 말했다. 마치 내가 줄타기나 번지점프 같은 말도 안 되는 걸 제안했다는 양.

"무엇보다 말이야." 헨리가 말했다. "산책에 데려갈 개가 있는 것도 아니잖아. 안 그래, 메그? 산책 갈 생각에 꼬리를 흔드는 강아지도 없는데?"

무엇이 나를 그렇게 분노하게 만들었는지 모르겠다. 어쩌면 그 전날 벽 두 개를 뚫고 넘어오는 그의 코고는 소리에 잠을 제대로 못 잤을 수도 있다. 그가 일주일 중 어느 하루에 일상적으로 으레 놀리던 것보다 심한 것도 아니었다. 그냥 폭발해버렸다. 그게 다였던 것 같다. 더이상 참을 수 없었다. 나는 그저 산책이 가고 싶었고, 대부분의 사람들은 물론 "그냥 가지 왜 안 갔어요?"라고 물을 것이다. 당신들은 헨리 같은 사람과 살아본 적이 없잖아요, 그게 내가 말할 수 있는 전부였다. 나처럼 결과를 감당할 게 아니라면, 누군가를 굳이 화나게 할 필요가 없는 것이다. 사람들은 지푸라기 한 올이 낙타의 등을 부러뜨린다고 한다. 별생각 없이 쓰는 표현이지만 그건 정말 존재하는 일이며 바로 그날 일어난 일이었다. 그가 그렇게 야유하며 말하는 바람에 내 마음은 산산조각이 났다.

나는 재킷을 벗어서 로니를 덮어줬다. 이 가엾은 아이는 나보다 훨씬 추울 테지. 너무 말라서 살점 없는 뼈가 내 다리를 찌르는 것 같았다. 빙글리가 처음 왔을 때 만들어줬던 음식을 로니에게도 해 주고 싶었다. 닭고기, 채식주의자라면 렌틸콩과 다른 콩. 씹기 좋은 밥이나 위가 편안한 음식. 우유와 감자 약간. 거기 앉아서 나는 쇼핑 목록을 짰다. 인간이 개와 얼마나 비슷한지 놀라울 따름이다.

이번에는 제대로 할 거야. 나는 그렇게 생각했다. 한 생명을 구할 수 있는 두번째 기회가 주어졌으니까. 아니, 사실은 한 생명이 아니라 두 생명, 어쩌면 그 이상이었다. 이번에는 놓치지 않을 것이다. 총은 중요하지 않았다. 나는 1970년대에 들었던 여성을 위한 호신술 수업을 기억해냈다. 도자기 수업을 알아보던 중이었지만 그 대신 호신술 수업을 발견했고 그게 훨씬 더 마음에 들었다. 헨리한테는 말하지 않았다. 좋아하지 않았을 테니까. 헨리는 자기 자신이 내게 필요한 보호의 전부라고 생각했다. 웃기는 일이지. 궁지에 몰리면 눈을 노리세요, 강사는 그렇게 알려줬다. 검지와 중지로 V자를 만들어 잽을 날리세요. 주저하면 안 돼요. 잽을 날리고 비트세요. 숙녀처럼 굴지 마시고요. 그녀는 그렇게 말했다. 스스로 결단하고 움직이세요. 나는 로니에게서 잠시 손을 떼고 펼쳐봤다. 울퉁불퉁하고 관절염까지 앓았지만, 그것만 빼면 상태는 여전히 좋았다.

Chapter 26
대프니

3월 1일 금요일

대프니는 사람들을 자기 집으로 데려가지 않기로 결정했다. 머물러야 할 곳은 메그의 집 같았다. 사람들 대부분이 메그의 집에 익숙하기도 했고, 그곳에 있어야 메그가 없다 해도 그녀와의 끈을 놓지 않을 수 있었다. 무엇보다 니나가 편안해하는 곳이었다. 그 의견을 내자 그레이스는 고개를 살짝 끄덕이며 대프니의 손을 꼭 잡았다.

"어쨌든." 그레이스가 말했다. "메그는 집에 곧 돌아올 거고, 우리가 자기 집을 기지로 사용했다는 걸 알면 좋아할 거야."

메그가 납치되어 위험에 빠졌다는 것이 대프니에겐 믿을 수 없는 일처럼 보였다. 거의 믿을 수 없었지만, 상상이 불가능한 일은 또 아니었다.

자정이 넘어서야 대프니와 그레이스, 니나, 데스, 고든, 수재나,

그리고 슈 일당이 메그의 집으로 돌아왔고 거리는 조용했다. 문에 메그의 열쇠를 꽂으면서 대프니는 망설였고, 그래서 그레이스가 그 마음을 알고 열쇠를 가져갔을 때는 고마웠다. 대프니는 마음속으로 자신이 다르게 행동할 순 없었는지, 어떻게 하면 메그를 안전하게 지킬 수 있었을지를 생각하고 또 생각했다. 얼마나 걱정을 했는지 니나까지 알아차릴 정도였다.

무리를 나눠 수색하러 갔을 때는 그나마 안심되었지만 여전히 대프니는 니나를 걱정했다.

"클래라랑 거기 있으면 안전할 거야." 집을 돌아보는 대프니에게 그레이스가 말했다. "창문이랑 문은 잠겨 있고, 우리 번호도 알고 있고, 클래라는 무시 못할 사람이니까."

대프니와 그레이스, 그리고 데스는 클리프뷰 로드 방향으로 출발했다. 가능성 있는 주소 중 메그의 집에서 가장 가까운 곳이었고, 대프니는 니나에게서 멀리 떨어지고 싶지 않았다. 대프니는 수색이 부질없는 짓이라고 확신했지만, 그래도 확인을 하는 것이 옳았다. 니나가 얼마나 따라오고 싶어했는지도 알았다. 하지만 니나가 집에서 안전하게 있다는 게 위안이 되었다.

"그자가 나나 그레이스까지 잡으면," 대프니는 니나에게 말했다. "우리를 두고 어찌할 바를 모를 거야. 지금 메그만으로도 바쁠 테니까. 메그가 분명 그놈을 잔뜩 긁어대고 있을 거야."

그들은 한동안 말이 없었다. 대프니는 분위기를 밝게 만들고 사람들을 약간이라도 웃게 하고 싶었지만 메그 얘기가 나오자마자 다들 그녀 생각에 잠겼다. 메그가 무슨 일을 겪을지 모른다고 생각하면 끔찍했다.

“메그 할머니는 강인해요. 그렇죠?” 니나가 조용한 목소리로 물었다.

강인하다라, 대프니는 생각했다. 그건 전혀 메그 같지 않은걸. 그렇지만 그레이스가 고개를 끄덕였으므로 대프니도 고개를 끄덕였다. 그리고 니나와 클래라가 부엌을 정리하도록 내버려뒀다.

“솔직히 말이야, 대프.” 그레이스가 길을 걸어가면서 말했다. “메그는 자신을 돌볼 줄 알아. 첫인상은 그렇지 않지만 다른 면모가 있어. 당신도 분명 봤을 거라 생각해.”

“난 못 봤는걸.” 대프니가 말했다. “하지만 당신이랑 당신 생각을 믿어. 나는 첫인상 보는 데는 영 소질이 없거든.”

그레이스는 코를 훌쩍이며 대프니에게 손을 뻗었다.

데스가 헛기침을 했고 두 사람은 웃었다.

대프니는 뭔가를 잊어버렸다는, 해야 하는 일이 있었다는 불안한 느낌이 들었다. 데스가 고개를 돌려 자꾸만 뒤를 돌아보는 모습을 보니 그도 같은 걸 느낀다. 두번째 블록 끝에서 데스가 말했다.

“니나를 떠나지 말았어야 했나 생각하고 있었어요. 클래라가 잠들면 어떡해요? 피곤해 보였거든요. 니나는 분명 겁에 질려 있을 거예요. 괜찮다면 제가 돌아가서 확인해봐도 될 것 같아요. 저는 뛸 수 있으니까요. 달리기가 빠르고요. 두 분 불쾌하라고 하는 소리는 아니지만, 두 분이 클리프뷰 로드에 다다를 즈음에 돌아올 수 있어요. 니나가 클래라를 따돌릴까봐 걱정돼서요. 우리 니나는 똑똑하니까요. 제대로 집에 있는지만 확인하고 싶어요. 도와준답시고 요란하게 굴진 않을 거예요."

대프니는 데스의 말에 일리가 있다고 생각했다. 모든 것이 괜찮은지 데스가 확인해준다면 한층 마음이 놓일 것이다. 그레이스는 동의했다.

"좋아요. 클리프뷰에서 만나요. 저 없이 시작하지 마세요." 데스는 메그의 집을 향해 달려갔다.

"괜찮은 거야, 내 사랑스러운 대프니?" 데스가 시야에서 벗어나자 그레이스가 물었다. "내 말은 그러니까, 이런 미친 상황에서 버틸 만큼은 괜찮은 거야?"

"우리가 뭔가 잊어버린 게 있어." 대프니가 말했다. "확실해. 뭔가 중요한 거야. 표면 아래 뭔가가 있는데 만질 수 없는 그런 느낌 알지? 꿈을 기억하려고 할 때처럼."

"하나하나 얘기해보자." 그레이스가 말했다. "내겐 당신의 그 느낌이 지금 이 상황에 대한 가장 논리적인 느낌처럼 보여. 다른 느낌을 가진다면 그야말로 미친 짓일 거야. 실제로 일어난 일을 수습하는 건 어려워. 대프니, 가끔은 지금이라도 경찰에 알려야 한다고 생각하지 않아? 다른 사람들과 마찬가지로 나도 경찰을 좋아하진 않지만 지금은 확실히 그렇지 않을까?"

대프니는 똑바로 생각하려고 노력했지만 머릿속이 어지러웠다.

"알았어." 대프니가 말했다. "장점과 단점을 말해보자. 늙은 흑인 여자 두 명, 노숙인 두 명, 전과자 한 명. 그런데 그 전과자, 우리 사랑스러운 데스는 사연이 있어. 지금 그걸 말할 순 없지만 유명한 사람이야. 살인 혐의로 감옥에 갇혔다가 수년간의 캠페인 끝에 풀려났지. 그리니치 출신의 그 남자, 기억나? 세계가 아직은 인종차별에 신경을 조금 썼을 때?"

그레이스는 소스라치며 숨을 들이마셨다. 대프니는 좀더 일찍 말해줬어야 했다고 생각했다.

"기억나." 그레이스가 말했다. "어쩐지 아는 사람 같았는데, 그 이름이 아니었잖아. 그를 위한 캠페인 활동도 참가했는데."

"데스에게 말하지 마." 대프니가 말했다. "소란스러운 걸 싫어하니까. 이름을 바꿨거든. 어쨌든 경찰들의 미움을 받았어, 상상이 가지. 데스를 빼고, 노숙인 둘과 슈 일당도 빼고, 그냥 당신과 나만 있다고 해보자고. 우리 둘이 여자아이 사연을 갖고 경찰에 가면 어떨지. 경찰이 그 집으로 가서 두꺼비를 찾겠지. 내 생각에 두꺼비는 일하는 여자애들을 뒷문으로 내보내거나 하는 그런 대책이 있을 거야. 우리한테 니나가 자기 딸이라고 증명할 서류가 있다고 했잖아. 게다가 메그를 어디에 숨겼든 경찰이 오면 분노한 나머지 메그를, 메그를……" 대프니는 말끝을 흐렸다.

"죽이면 옮기기 쉽다고 판단할지도 모르지." 그레이스가 말했다. "성매매의 증거가 있으면 기소되는 게 여자 쪽이란 건 말할 필요도 없고. 그놈이 '제 딸이 탈선을 했어요'라고 한다면, 경찰은 그 말을 들을지도 몰라."

"하지만 메그가 지금 얼마나 무서울지 생각을 멈출 수 없어. 정말 실제로 다치게라도 하면 어떡해?"

두 여자는 가만히 서서 최선의 결과를 내려면 어떻게 해야 할지 궁리했다. 대프니는 앤드루와 지낼 때 얼마나 외로웠는지를 생각했다. 한번은 경찰서에 갔지만 전혀 도움을 받지 못했다. 사람들이 믿어주지 않는다는 게 얼마나 끔찍한 일인지 기억나서 대프니는 몸서리를 쳤다. 요크에 있는 경찰서로 가서 자신이 무슨 일을 겪고 있는지 설명하기 위해 마지막 남은 힘을 쥐어짜내야 했다. 하지만 경찰관은 그저 웃었다. 대프니를 위아래로 훑어보고는, 그 말이 진실이라기에는 대프니가 예쁘거나 날씬하지도 않으며 게다가 백인도 아니라고, 그냥 그렇게 판단했다.

"어이, 이 말 좀 들어봐." 그 경찰관은 다른 동료들 몇 명을 불렀다. "여기 이 아가씨가 남자친구에게 게임을 강요당하고 있다는데. 어떻게 생각해?"

그들은 대프니가 벌거벗고 있다는 듯 위아래로 훑었다. 그때의 수치심은 아직도 기억할 수 있었다.

경찰관 하나가 말했다. "이 어린 아가씨가 남자친구랑 말싸움을 한 모양이네. 그리고 본때를 보여주겠다고 생각한 거지. 내 말이 맞아, 아가씨?"

그 경찰이 너무 가까이 다가온 나머지 대프니는 그의 입에서 커피 냄새를 맡을 수 있었다. 대프니는 피하지 않고 자기 입장을 다시 말하기로 빠르게 결심했다. 그때는 당연히도, 경찰이 자기 말을 믿어줄 거라 생각했다.

커피 냄새가 나는 경찰관은 웃었다. 그는 선임이라는 듯 굴었다.

"여자의 진술을 들을 때 명심해야 할 것 하나." 그가 말했다. "그 여자가 겁을 먹지 않았다면 바로 잘못한 쪽이다. 내 말 명심해. 내가 방금 이 젊은 아가씨에게 매우 가까이 다가갔는데, 맑은 양심이 있는 사람이라면 누구나 물러났을 거야. 이 여자는 물러나질 않네. 이런 여자한테 스스로 원하지 않는 일을 하게 할 수 있을 것 같진 않은데. 내 말이 이해된다면 말이야."

다른 경찰관들이 동의한다는 듯 웅얼거렸다.

"우리는 너 같은 여자애들을 많이 보거든." 그 경찰관이 말했다. "잠깐의 열기로 남자랑 좀 멀리 갔다가 후회하는 애들. 우리가 그런 애들을 다 쫓아다니면 진짜 범죄자들은 하나도 못 잡아."

그 경찰관은 대프니를 돌려보냈고, 대프니는 자신이 돌아선 순간 그가 자신의 엉덩이를 쓰다듬은 걸 기억했다. 앤드루에게 돌아갈 수밖에 없었다. 대프니는 그때와 지금이 다르길 바랐다. 오늘날 경찰들은 더 이해해주고, 똑같이 행동하지 않기를. 하지만 여전히 그들을 신뢰할 순 없었다.

"경찰은 아냐." 대프니는 오십 년이 지난 이제야 말했다. "아직 경찰은 아냐. 우리 판단이 옳았던 것 같아. 우리 스스로 할 수 있는지 봐야 해. 하루만 더 해보고, 그다음 경찰에 가자. 니나 얘기를 제외하고 신고하는 거야. 경찰, 군대, 메그를 도와줄 그 누구든 도움을 받자고."

"동의해." 그레이스가 말했다.

두 여자는 그레이스의 핸드폰으로 동선을 확인하며 한동안 말없이 걸었다. 둘 다 그곳에 도착해서 정확히 무엇을 해야 할지 알지 못했지만 서로를 신뢰했고 제대로 해내리란 걸 알았다. 그들은 해야 할 일을 해내고 말 것이었다. 서로 화음이 맞는다는 사실을 알기 위해 굳이 말을 할 필요는 없었다.

거의 집에 다와갈 즈음 그레이스의 핸드폰이 울렸다.

"니나야." 그레이스가 화면의 번호를 보며 말했다. "여보세요?"

그레이스는 잠시 수화기 너머의 얘기를 듣고 말했다. "알았다, 이해했어. 고맙다. 그 자리 그대로 있으렴, 걱정 말고."

그레이스는 대프니를 돌아보았다. 두 사람은 함께 어두운 거리 속 꽃이 흐드러지게 핀 유령 같은 나무로 눈을 돌렸다.

"여기야." 그레이스가 말했다. "니나한테 헨리의 옛날 핸드폰이 있던 거 기억나지? 그게 메그의 핸드폰이랑 연결되었대. 메그가 위치 추적 서비스를 켠 게 분명해. 메그가 니나에게 지금, 그러니까 우리가 출발하자마자 메시지를 보냈고. 니나가 이제 메그의 위치를 볼 수 있는 거야. 클리프뷰 로드를 반 블록 정도 내려간 데래."

대프니는 길의 이쪽과 저쪽을 훑었다. 거의 정확히 블록 중간이었다. 종교가 있어서 재빨리 기도를 올릴 곳이 있다면 좋겠다는 생각이 들었다. 그레이스는 대프니의 생각을 읽은 듯했다.

"음, 언제든 재빨리 기도해도 돼. 나무의 정령이나 뭐 그런 거에 해도 돼." 그레이스가 말했다.

대프니는 얼굴이 붉게 달아오르는 걸 느꼈다. 바보 같은 모습을 들킨 기분이었다. 겁에 질린 모습을 들키는 건 더 최악이고. 자신이 겁이 났다는 걸 그레이스가 알고 있는 게 분명했다. 그레이스는 대프니의 어깨를 잡고 살짝 몸을 돌려 서로 마주보게 했다.

"나도 무서워. 하지만 우리는 괜찮아. 데스를 기다릴까? 아니면 우리가 메그를 데리러 갈까?"

"알았어." 대프니가 말했다. "우리가 하는 거야."

집은 어두웠고 불이 꺼져 있었으며 아무 움직임도 없었다. 대프니는 그레이스를 앞마당으로 데려가 집의 측면을 돌아보았다. 앞뜰에서 뒤뜰로 이어지는 길이 있었고 그 중간에 문이 하나 있었다. 문 옆 창문에는 커튼이 없어서 대프니는 그 안을 들여다보았다.

"주방이야." 대프니가 속삭였다. "아무도 없어."

대프니는 문고리를 돌려봤다. 느릿하게 조용히 돌렸지만 문은 잠겨 있었다.

두 사람은 더 뒤쪽으로 이동했다. 유리문이 있었지만 대프니는 문이 잠겨 있을 거라 확신했다. 바보가 아닌 이상 런던의 그 누구도 문을 열어두고 다니지 않았고, 두꺼비가 바보가 아니란 걸 대프니는 잘 알았다.

집에 들어가는 다른 방법, 두꺼비가 예상치 못한 방법을 찾아야 했다. 몇 년 만에 처음으로 대프니는 자신이 좀더 젊었으면 좋았겠단 생각을 했다. 배수관을 타고 올라가거나 나무를 타고 지붕에 오를 수 있을 정도로 민첩하다면 좋겠다고.

"지금 나랑 같은 생각을 하고 있다면 말이야." 그레이스가 대프니의 귀에 속삭였다. "난 젊었을 때도 가택 침입은 못했거든. 지금이라고 그걸 하진 않을 거야."

"제가 여기 있어서 다행이죠, 숙녀분들." 데스가 말했다.

뒤에서 살금살금 다가오는 바람에 두 사람 다 기척을 느끼지 못했다.

"깜짝 놀라게 해서 죄송해요." 데스가 속삭였다. "메그 할머니네는 괜찮아요. 조용히 하고 싶어서요. 제가 좋은 길을 찾았거든요,

여기서 기다리세요."

데스는 집 뒷벽에 기대어 있는 헛간을 가리켰다.

"괜찮아요." 데스가 말했다. "아무 문제 없어요."

대프니는 데스의 제안이 왜 끔찍한지 아주 마땅한 이유를 여럿 댈 수 있었다. 우선 헛간은 데스의 체중을 감당할 만큼 튼튼해 보이지 않았으며, 두번째로는 온 집안 사람들을 깨우고도 남을 만한 소음이 날 듯했다. 데스는 대프니의 우려를 눈치챘다.

"안 그래요." 데스가 말했다. "제가 어떻게 움직이는지 못 보셨잖아요. 장담할게요. 그리고 죄송해요, 대프. 장담한다는 소리는 안 하기로 했는데. 하지만 이번엔 아무도 못 듣게 들어갈 수 있다고 장담해요."

데스는 대프니에게 손으로 키스를 날리더니 깔끔하게 단 두 번만 움직여서 손쉽게 헛간 지붕에 올라갔다.

데스는 창문을 잡아 올리고 창틀을 뛰어넘었다.

"세상에." 그레이스가 말했다. "봤어? 우리는 이제 뭘 해야 하지?"

대프니도 몰랐다. 정말로 뭘 해야 할지 알 수 없었고 피곤하고 춥고 또 무서웠다. 아주 잠시, 메그나 니나를 만나지 않았다면, 이 일에 연루되지 않았다면, 이들을 돕지 않았다면 좋았겠단 생각이 들었다. 나무를 심고 시를 쓰면서 은퇴생활을 누렸을 것이다.

"괜찮아." 그레이스가 속삭였다. "이건 니나와 메그를 위한 거야, 기억하지?"

대프니는 사랑스러운 니나의 얼굴을 떠올렸다. 그 모든 악재를 겪었으면서도 사람을 믿어주는 아이. 그리고 메그, 자존감이 부족한 불쌍한 메그. 그레이스의 말이 맞았다. 무슨 일이 일어나든, 시도해봐야 했다. 여기서 도망가면 스스로를 똑바로 마주할 수 없으리라는 걸 대프니는 잘 알았다.

Chapter 27
메그

3월 1일 금요일

그렇게 기나긴 밤은 처음이었다. 헨리가 죽은 밤보다 더했다. 일흔 살의 늙은이가 납치되면 그렇게 되는 모양이었다. 재미있는 일을 할 때 시간이 훅 지나가는 것과 정반대였다. 두꺼비가 다시 돌아오는 게 무서운지, 아니면 가엾은 로니가 내 무릎에서 죽어가는 게 더 무서운지 알 수 없었다. 둘 다 유쾌한 전망은 아니었다. 나는 분위기를 북돋으려고 노력했다.

"자, 로니." 나는 그 말을 반복했다. 이 말이 로니를 격려하고 조금 더 버티게 할 수 있다는 것처럼. "얼른, 그 두꺼비 일을 처리하게 좀 도와주련. 나 혼자서는 못해."

로니가 이따금씩 미소를 보였기에 내 말을 듣고 있단 걸 알 수 있었다. 로니는 기력을 아끼려고 하는 것 같았다. 내가 말해주는 걸 좋아하는 듯해 몇몇 이야기를 지어냈다. 잠들지 못하는 아이에게 내가 들려줄 법한 이야기였다. 아주 용감한 강아지 빙글리 이야기도 있었고, 차를 들어올려 밑에 깔린 부모를 구한, 세상의 모든 언어를 할 수 있는 아기들 이야기도 있었다.

"이야기를 좀 적어두시는 게 좋겠어요." 로니가 말했다.

나도 그 생각을 한 적 있지만 분명 헨리가 진지하게 조롱했을 것이다. 그는 이야기를 짓고 허풍을 떠는, 그런 일을 좋아하지 않았다. 나는 그 헨리를 밀치고 새로이 태어난 헨리를 불러냈다.

"우리 남편도 그런 말을 했지." 나는 속삭이며 로니가 보지 않을 때 검지와 중지를 포갰다. "남편이 이렇게 말했어. 메그, 이런 이야기는 적어놔야 해요. 그림도 조금 그리고요. 정말 많은 사람들이 좋아할 거예요."

로니는 가상의 헨리에게 동의한다는 듯 고개를 끄덕였다. 기쁜 표정이었고, 나는 바보같이 잠시 가상의 헨리, 그 가상의 남편을 만날 수 있다면 좋았겠다고 생각했다. 그가 나를 위해 그리고 로니를 위해 해준 모든 일에 고마워했을 것이다. 그이를 내 인생의 새로운 사람들에게 보여줄 수 있었을 것이다.

"몸이 안 좋아요." 로니가 속삭였다. 목소리를 들으려고 무진 애를 써야 했다.

"기다려봐." 내가 말했다. "지금이 최악의 순간이니까. 금방 모든 게 좋아질 거야."

물론 내 말이 맞을지는 결코 알 수 없었다. 나 자신에게 아무 말이나 하고 있었지만, 솔직히 상황을 살펴보니 더 나빠질 것도 없는 듯 보였다. 장밋빛 안경을 벗고 노골적으로 봐도 그랬다. 나는 사악한 포주에게 잡혀서, 알고 지낸 지 그리 오래지 않은 여자 두 명, 전과자 한 명, 슈라는 이름의 강아지를 데리고 있는 키 작은 직업 킬러 두 명에게 모든 희망을 걸고 있었다. 대체 이런 낙관이 어디서 오는지 알 수 없었다.

"난 더 나쁜 상황도 지나왔거든." 내가 속삭였다.

로니는 기운을 좀 차린 것 같았다. "그러셨어요? 좀더 말해주세요."

로니는 꼭 잠들기 전 동화 이야기를 기다리는 작은 아이처럼 내 무릎을 파고들었다.

"옛날에 헨리라는 아주 심술궂은 남자가 살았지." 내가 말했다. "너무 심술이 많아서 그가 지나가면 나무의 잎사귀가 다 갈색으로 변할 정도였어. 심지어 봄인데도 말이야. 작은 아이들은 도망가서 엄마 손을 꼭 붙들었지. 좀더 큰 아이들은 그 자리에 남느니 방으로 들어가 숙제를 할 정도였어. 하지만 헨리를 가장 싫어하는 건 강아지들이었어. 개라면 너나없이 그랬지. 개들은 헨리를 한사코 싫어했어. 가장 착한 개, 가장 보송보송한 개, 가장 얌전한 개라면 더욱 그랬지. 개들은 왈왈 짖고 울어댔고, 가능하면 물어버리려고도 했단다. 너도 알다시피, 개들은 헨리가 어떤 사람인지 알았거든."

나는 말을 하면서도 이야기가 어디로 갈지 몰랐다. 로니가 악몽을 꾸게 하고 싶진 않았다.

"개는 속일 수 없는 법이에요." 로니가 속삭였다. "여기에 개가 있었다면 분명 팻을 싫어했을 거예요."

"팻?" 내가 되물었다. 로니가 그런 얘기를 한 적이 있는지 잠시 생각나지 않았다.

로니는 웃었다. 가까이서 보니 치아 상태가 끔찍했다. 나는 생각했다. 여기서 나가면 교정 전문의를 찾아가야겠군. 로니와 나나 둘 다 치과 치료가 필요할 테니까.

"아, 그 남자요." 로니가 말했다. "꼭 두꺼비같이 생긴 사람."

두꺼비에게 이름이 있다니 이상했다. 그것도 팻처럼 무해해 보이는 이름이 있다니. 무슨 이름이 더 잘 어울릴지는 몰라도, 팻은 확실히 점잖은 노인 이름 같았다. 패트릭이나 퍼트리샤를 줄인, 발랄한 이름.

로니가 킥킥 웃는 것이 느껴졌다.

"제가 아기를 갖게 된다면 말이에요." 로니가 말했다. "할머니 이름을 따라 짓겠어요. 메그. 남자라면 그레그라고 짓고요."

"그레그란 이름의 좋은 사람을 많이 알지." 내가 말했다. "우리를 구출하러 오는 사람이 정말 그레그일 수도 있어."

나는 로니에게 우리 모두에 대한 얘기를 조금 들려줬다. 우리 일당 모두에 대해. 로니는 정말 좋아했다. 강아지 슈 얘기를 할 때쯤엔 거의 잠들어 있었다. 호흡이 고르게 변하면서 간격이 길어졌다.

차갑고 좁은 방에 앉은 나는 그 어느 때보다 계획이 필요하다는 걸 깨달았다. 헨리가 죽은 이후에도, 헨리가 죽은 밤에도 나는 내 걱정만 하면 되었다. 하지만 지금은 달랐다. 또렷이 생각하려 노력했다. 잠긴 방, 방에 갇힌 사람들이 흔적도 없이 탈출한 난제가 뭐였더라? 드라이아이스와 관련이 있었던 것 같지만 그게 뭔지 잘 몰랐기에 별 도움이 되지 않았다. 창문이다. 창문이 가장 확실하단 생각이 들었다. 마치 세상에서 가장 쉬운 일이라는 듯 사람들이 손쉽게 창문으로 탈출하는 영화를 많이 보았다. 이제 눈이 어둠에 익숙해졌고 나는 창문을 바라보았다. 빅토리안식 내리닫이창이었다. 로니를 깨울까봐 일어날 순 없었지만 우리집과 마찬가지로 페인트칠로 창문 틈을 막아놓은 게 보였다. 그렇게 하지 않으면 잠그기가 너무 어렵기 때문이다. 하지만 여름에 가끔 창문을 열고 싶을 때가 있어서 후회했던 기억이 난다. 헨리는 늘 확실히 막아놓는 게 제일 낫다고 말했었다.

왜 그 말을 순순히 받아들였는지 지금은 기억이 잘 나지 않는다. 돌아보니 내게 아무런 줏대가 없었음을 알 것 같았다. 헨리는 늘 일방적으로 말했고 나는 "응, 알았어"라고 대답했다. 잠긴 창문이 있는 잠긴 방에, 잠자는 아이가 있는 이 상황이 그를 더 나쁘게 만드는 게 아닌가 궁금했다. 그도 이렇게 되길 원하지 않았다면? 끔찍한 생각이 들어 나는 탈출에 대해 생각하는 걸 잠시 멈췄다. 만약 그의 내면이 나의 새로운 헨리에 가깝다면? 내가 그의 절대적으로 최악인 면을 끌어내서 계속 나쁜 놈이도록 종용하는 것이라면? 머릿속에서 바이올린이 끼익끼익 울려대고 음정도 맞지 않아서 제대로 생각을 할 수 없었다. 빙글리를 떠올리려 노력했지만, 헨리가 나쁜 사람이고 나는 잘못한 것이 없다는 사실을 알게 된 데는 또다른 이유가 있었다. 딱히 꼬집어 말할 순 없지만 그랬다. 꼭 머릿속에 곡조가 맴돌지만 무슨 곡인지 전혀 기억나지 않는 기분이었다. 분명 다른 이유가 있었는데.

"메그, 문제는 말이야." 나는 혼잣말을 했다. "헨리랑 그 모든 것이 이젠 중요하지 않다는 거야. 그게 중요하게 생각된다면 멍청하게 굴고 있는 거라고. 과거에 사는 일을 멈춰야 해. 지금 중요한 건 이거야. 넌 나쁜 인간의 집, 방 하나에 아픈 여자아이와 갇혀 있어. 지금 이상한 사람들이 도와주길 기다리고 있고. 이제 경찰을 불러야 할 때인지도 몰라."

나는 경찰이 와도 니나는 괜찮을 거라고 스스로를 설득하려 했다. 경찰이 로니를 병원에 데려가고 니나를 원래 다녔던 학교로 돌려보낼 거라고 스스로를 설득하려 했지만 나 자신의 말을 믿을 수 없었다. 헨리가 무슨 말을 하든 믿어버렸던 그 모든 세월 때문에 나의 자기기만 능력을 다 써버린 게 분명했다. 나 자신도 믿지 못하고, 또 세상이 망가져가는데도 모르는 체하는 전 세계의 바보 공무원들도 믿을 수 없는 모양이었다. 나는 더이상 순진하지 않았다. 두꺼비가 경찰에게 잘하리라는 건 의심할 여지가 없었다. 그놈은 경찰에게 말하는 방법을 알았고, 그들은 두꺼비를 이해할 것이다. 경찰 눈에 우리는 늙은 여자들, 멍청하고 늙은 여자들일 뿐이다. 우리는 주장할 것도, 계획해놓은 것도 없었다. 우리 중 누군가는 옷차림이 괴상했고, 우리는 범죄자로 추정되는 사람들과 어울렸으며, 우리 중 일부는 유색인종이었다. 우리는 투명인간일 게 분명했다. 허용되는 범위가 아니야, 그건 우리 어머니가 받아들일 수 없는 존재들을 두고 하던 말이었다. 그게 바로 우리였다.

나는 다시 창문 쪽을 바라보았다. 조명을 켠 듯 달빛이 쏟아져 들어왔고, 밝아진 빛 속에서 뜻밖의 낙관론이 솟는 것을 느꼈다. 그들이 온다. 그들이 곧 올 거야. 나의 사람들이 온다.

로니가 깨어나 속삭이듯 말했다.

"왜 그러세요? 긴장하신 게 느껴져요. 무슨 일 있어요?"

"모르겠어. 하지만 그들이 온다는 걸 알겠어. 내 친구들이, 우리를 여기 남겨두고 가지 않을 거라는 사실을 알겠어."

로니는 요정을 믿는다고 선언한 사람을 바라보듯 나를 쳐다보았다. 로니도 믿고 싶어했다.

"핸드폰으로 그분들이 어디 있는지 같이 확인해요."

잘은 모르겠지만, 그게 좋은 생각이 아닌 듯 보이는 이유를 여럿 꼽을 수 있었다. 우선 내가 원하는 곳에 사람들이 없다면 희망을 잃어버릴 것 같았다. 로니도 실망할 테고. 두번째 이유이자 가장 중요한 이유는, 두꺼비가 갑자기 들이닥치거나 소리 없이 기어들면, 핸드폰 덕분에 갖고 있는 이점들을 전부 잃어버리게 된다는 것이다.

"그건 말이 안 돼요. 그건 꼭 비가 오니까 우산을 안 가져갈 거야, 우산이 젖을 테니까, 라고 말하는 거나 다름없잖아요."

로니의 말은 일리가 있었고, 나는 그저 로니가 반박할 힘이 남아 있다는 것이 기뻤다. 몇 초 동안 고민했지만 희망찬 로니의 작은 얼굴 때문에 결국 치마 속으로 손을 뻗어 핸드폰을 꺼냈다. 더 잘 알았어야 했는데. 멍청한 메그, 달덩이 얼굴 메그. 그이가 그렇게 말하곤 했는데 늘 틀린 말은 아니었다. 나는 핸드폰을 켜고서 그래도 딱 몇 초만 보고 끌 거라고 설명하려 했다. 그때 창밖에 불빛이 흔들리는 게 보였다. 강한 빛은 아니었고 작은 손전등이나 핸드폰에서 나오는 불빛 같았다.

"쉿." 나는 창을 가리켰다. 뭐가 보이는 건지, 아니면 뭐가 있기를 바란 건지 알 수 없었으나 로니도 뭔가를 발견했다는 걸 깨달았다. 로니는 아주 조용히 있었다.

"친구분들이에요?" 로니가 물었다. "니나인가요?"

내게 바짝 붙은 로니로부터 전율이 느껴졌다.

"그런 것 같아. 아닐 수도 있어. 하지만 그런 것 같아."

바깥에서 작은 소음이 들렸다. 몇 번 들리진 않았지만 우리는 귀를 기울였고 그게 가벼운 발걸음과 나뭇잎이 바스락거리는 소리란 걸 알아차렸다. 갑자기 로니가 벌떡 일어났고, 나는 로니가 뭘 들었는지 궁금해 쳐다보았다. 미간을 찌푸려 컴컴한 유리를 바라보자 거기에 그녀가 있었다. 그레이스가. 분명 그레이스가 내게 엄지를 들어 보였다. 나는 미친 사람처럼 손을 흔들었다. 무인도에 몇 주, 몇 달을 있었던 사람처럼 손을 흔들어대자 그걸 본 로니가 웃으며 동참했고, 그렇게 우리는 우리가 어디 있는지를 잊은 것 같았다. 그 짧은 사이에 문이 열리는 소리조차 듣지 못한 것이다. 두꺼비가 손전등을 켜고 외칠 때까지 우리는 그가 들어왔다는 사실도 알지 못했다. "이년들이 뭐하는 거야?"

두꺼비는 순식간에 방을 가로질러 내 손에 있던 핸드폰을 가로챘다. 그가 다가온 후에야 무슨 일이 일어나는지 깨달은 나는 핸드폰을 부여잡았지만 힘이 센 그가 더 유리했다.

"이건 내가 접수하지."

그는 주먹을 뻗은 채로 내게 달려들어 얼굴을 겨냥했다. 하지만 로니가 내 앞으로 달려와 몸을 세웠고 두꺼비의 주먹을 몸으로 받아냈다. 두꺼비의 주먹이 로니의 옆머리를 가격하며 쿵 하는 소리가 났다. 로니는 비틀거리며 얼굴을 붙잡고 소파로 물러섰다. 피가 흐르는 게 보였다. 나는 불같은 분노를 느꼈다. 옛날 TV 시리즈 중에 한 남자가 너무 화가 난 나머지 옷을 찢으며 튀어나와 인크레더블 헐크로 변하는 드라마를 본 적 있었다. 그 일이 내게 일어나는 것만 같았다. 나는 치마를 끌어올려 팬티 속 총으로 손을 뻗었다. 내 손에 닿은 물건의 묵직함이 위안을 주었다. 쏘고 싶지 않았지만 해야 한다면 두꺼비 머리 뒤쪽의 벽이나 창문을 쏘는 건 괜찮을 듯했다. 정신을 빼놓게만 만들자.

나는 우리 때 페티코트라 부르던 속치마를 입고 있었고 스타킹도 신고 있었다. 게다가 치마가 길어서 처음에는 총의 위치를 가늠하는 게 어려웠다. 어차피 일이 초였지만 아주 기나긴 시간 같았다. 나는 소매에 총을 집어넣었다. 두꺼비는 내가 야단법석을 떠는 동안 잠자코 있었고 나는 그가 뭘 하는지 몰랐다. 속옷 차림인 나를 바라보는 거야, 그렇게 생각했지만 자세히 보니 내 핸드폰을 보며 화면을 움직이고 있었다.

"이봐." 내가 말했다. "그건 사생활이야."

"지금 본인이 어디 있는지 잘 모르시나본데." 두꺼비가 말했다. "아니면 누구한테 말하고 있는지 모르는 건가." 그는 주먹을 날렸고, 나는 주먹으로 머리를 맞는 데 익숙해지고 있었지만 이번엔 정말 만화 속 장면이 이해되었다. 〈톰과 제리〉에서 한 대 맞고 눈을 감은 채 쓰러진 캐릭터 머리 위로 별이 떠오르거나 슬롯머신 기호들이 떠다니는 장면 말이다. 딱 그랬다. 일어날 수가 없었다. 하지만 머리 위에 오렌지와 레몬이 뜨지 않고 헨리가 떴다. 헨리의 얼굴이 세 열로 늘어섰다. 헨리의 머리 위로 로니가 우는 소리가 들려왔다.

"헨리가 누구야?" 두꺼비가 물었다.

나는 잠시 이해하지 못했다. 한참 잘못된 질문처럼 느껴졌다.

그는 핸드폰을 바라보다가 다시 물었다.

"헨리가 누구냐고."

나는 주먹질 때문에 여전히 제정신이 아니었고 왜 그런 바보 같은 걸 묻는지 이해할 수 없었다. 두꺼비가 이번에는 내 뺨을 때렸다. 손가락을 쫙 펴고 머리 옆에서부터 온 힘을 모아 손바닥을 날렸다.

"내 남편이야. 죽었어."

내가 왜 두꺼비에게 물어본 것 이상의 정보를 주었는지 알 수 없었고 앞으로도 절대 알 수 없을 것이다. 그냥 남편이라고 말할 수도 있었고, 아니면 상황이 더 쉬워지도록 숱한 거짓말 중 하나를 댈 수도 있었다. 하지만 그러지 못했다. 나는 두꺼비에게 진실, 모든 진실, 오로지 진실만을 말해야 했고, 그건 그자가 사태를 파악하기에 딱 알맞은 정보였다.

"빙고." 두꺼비가 외쳤다. "고마워, 늙은이."

그가 방을 나가려고 몸을 돌리자 로니가 입 모양으로 외쳤다. "메그 할머니, 니나요, 니나."

나는 로니만큼 생각이 빠르지 못했다. 두꺼비가 방을 나갈 때까지 이해하지 못했고 로니가 설명을 해줘야 했다.

"그 위치 어쩌고 하는 거에 딱 한 명만 있는 거죠, 그렇죠?"

내가 고개를 끄덕였다. 여전히 귀가 웡웡거렸다.

"저 사람이 알아냈어요. 그게 니나란 걸 안 거예요. 니나가 어디 있는지 안다고요."

여전히 무슨 말인지 파악하려 애쓰는데 그레이스가 창문을 부수고 기어들어왔다.

"유리 조심해." 내가 외쳤다. 하지만 그레이스는 슈퍼히어로로 변한 듯했다. 내 생각에 그레이스는 멸종반란에서 꽤 많은 훈련을 받은 것 같다. 창틀 주변 유리를 쳐서 방바닥에 떨어지게 한 뒤 영화처럼 기어들어왔다. 대프니가 바로 뒤에 있었고, 동시에 데스가 문을 열고는 피오나의 어깨를 잡고 자기 앞으로 밀치며 방으로 들어왔다.

"야." 피오나가 소리쳤다."팻, 이리 와, 팻, 어디야?"

내가 때맞춰 깨진 창문으로 달려가서 보니 두꺼비의 그 커다랗고 무서운 검은색 차가 부리나케 길을 빠져나가고 있었다.

데스는 주머니에서 끈을 꺼내 피오나의 양손을 묶은 다음 밀쳐서 소파에 앉혔다. 나는 데스의 핸드폰으로 헨리의 예전 핸드폰에 전화를 걸었고 그레이스는 클래라에게 전화를 걸었다.

"니나." 내가 말했다. "진정하고 내 말 들어. 당장 집을 나가, 클래라랑 함께. 뒷문으로 나가서 대문 밖으로 나간 다음 왼쪽으로 꺾고 뛰어. 괜찮아. 우리가 가니까, 괜찮을 거야. 하지만 지금 당장 움직여."

나는 다른 사람들 방향으로 고개를 돌렸다. "지금 가야 해, 당장.

둘 다 뛸 수 있겠어?"

내가 말을 끝내기도 전에 그들은 문을 나서 거리로 달려나갔다. 나는 치마를 들어올리고 뛰면서 그들의 뒤를 쫓았다.

"데스!" 나는 어깨 너머로 소리쳤다. "로니가 있으니까 구급차를 불러줘요."

"전 괜찮아요." 로니가 말했다.

로니는 내 옆에 붙어 뛰고 있었다.

"아냐." 말하기가 너무 힘들었다. "가서 검사를 받아. 우리가 할게."

"죄송해요, 메그 할머니." 나는 로니가 나뭇가지처럼 마르긴 했지만 나보다 힘을 덜 들여 달리면서 말까지 할 수 있다는 걸 깨달았다. "돕고 싶어요. 저한테도 좋은 일이에요." 로니가 내 손을 붙잡으며 말했다. "게다가 옆에서 보조해줄 사람이 필요하실 거예요, 올림픽처럼요."

Chapter 28
니나

3월 1일 금요일

니나는 대프니, 그레이스와 함께 메그를 구하러 가고 싶었지만 지난 몇 달 며칠간 모든 용기를 다 소모한 상태였다. 이제 온몸이 거세게 저항하고 있었고, 추운 사람처럼 몸이 덜덜 떨리는 게 느껴졌다. 자신이 방해가 되고 사람들의 발목을 잡고 전혀 도움이 되지 못하리란 걸 알았다. 클래라가 최선을 다하고 있고 니나도 그 사실을 알았지만, 클래라는 니나가 감정적 지원을 받길 바랄 때 가장 마지막으로 선택할 인물이었다.

"카드놀이 좀 하겠어?" 클래라가 물었다. "몇 가지 게임을 아는데." 니나에겐 그보다 나쁜 제안도 없는 듯했다.

"아뇨, 괜찮아요."

"아." 클래라는 니나가 마치 뭔가 깊고 의미 있는 얘기를 꺼냈다는 듯 말했다. "아주 이해돼. 그렇지만 아직 혼자 있는 건 좋지 않

아. 좋아하는 색깔을 말하든 어릴 때 제일 좋아했던 장난감 얘기를 하든, 뭐 그런 걸 말해보면 어때."

니나는 클래라의 대화 소재가 동났다는 걸 알 수 있었다.

"너무 힘이 들어서요. 저 혹시……" 니나는 소파를 가리켰다. 비록 클래라를 떼내려는 의도였지만 실제로 소파를 본 순간 절실히 눕고 싶다는 사실을 깨달았다.

"물론이지." 클래라가 말했다. 그녀는 계속 창문 옆에 서서 몇 초마다 바깥을 확인하며 총을 만지작거렸다. 전혀 편안하지가 않네, 니나는 누우며 생각했지만 그래도 안전한 기분이 들었다.

거의 잠들 뻔했던 니나는 클래라가 목청을 가다듬는 바람에 다시 깼다.

"아무 일 없어." 클래라가 말했다. "하지만 집 바깥을 좀 확인해야겠네. 열쇠가 있으니까 나갈 때마다 문을 잠글게. 그러면 안전할 거야."

"저도 갈래요." 니나가 말했지만 클래라는 그게 얼마나 나쁜 생각인지 아주 분명하게 설파했다.

니나는 클래라 없이는 너무 무섭다고 말하고 싶지 않았다. "알았어요, 괜찮아요." 무서웠음에도 아무렇지 않다는 양 목소리를 떨지 않으려고 힘을 주었다. 니나는 두꺼비가 자신을 잡으러 올 것이고 이번엔 정말 죽일 거라고 확신했다. 설령 몸은 살아 있더라도 끔찍한 일들을 강요당하면서 자신의 본질은 더이상 살아남지 못하리란 걸 깨달았다. 하지만 할머니들을 도와야 했다. 클래라가 가서 확인하는 게 옳았다. 클래라는 자리를 떴고 니나는 홀로 남았다. 순식간에 온 집안이 삐걱이는 신음소리로 가득찼다.

"죄송해요, 메그 할머니." 니나는 결혼식 사진 속 젊은 메그를 향해 중얼거렸다. "다른 사람들이랑 할머니를 찾으러 가야 했는데. 하지만 여기서 기다릴게요, 꼭."

말을 하니 무서움이 좀 가라앉았다. 니나는 사진을 자세히 들여다보았다. 마치 결혼식 이후에는 아무 기록을 남길 필요가 없었다는 듯, 그게 유일하게 내놓은 사진이었다. 메그는 니나가 본 신부 중 가장 슬퍼 보였다. 눈은 부어 있었고 미소는 가짜 같았다. 니나는 사진을 내려놓고 방에서 방을 오가며 불이란 불을 다 켰다. 메그의 집에 혼자 있다니 이상했다. 꼭 다른 사람의 일기장을 실수로 보게 된 기분이었다.

니나는 대신 창밖을 내다보았다. 클래라는 집밖을 확인하고 그 다음에 방과 창문을 하나씩 확인하는 순찰 과정을 시작한 듯 보였다. 대화하기 좋은 상대는 아니지만 클래라가 다니는 걸 보니 안심이 돼, 니나는 생각했다. 어느 순간 데스가 돌아와 있었고, 클래라에게 빠르게 뭐라고 말하고 있었다. 데스는 니나에게 엄지를 치켜들고는 어깨를 으쓱하는 아리송한 몸짓을 했다. 니나는 고개를 끄덕이고 역시 엄지를 들어 자신이 괜찮다는 걸 보여줬다. 데스는 가슴 위로 손을 들어올리더니 니나에게 손 키스를 날렸다. 니나는 클래라 역시 떠나는 데스에게 손 키스를 날리는 모습을 발견했다. 클래라와 전혀 어울리지 않았다. 클래라는 다시 순찰을 돌았고, 니나는 클래라 역시 무서움을 떨치려 돌아다니는 건지 궁금했다. 클래라는 분명 어디 정신이 팔린 듯한 얼굴이었다.

시간은 천천히 흘러갔다. 니나는 할머니들에게 일어날 수 있는 일을 생각해봤다. 모두 자신의 잘못이었고, 할머니들은 순전히 자신을 도와주려다 위험에 빠진 것이었다. 새로 온 사람들이 부디 도움이 되길 바랐다. 뭉치면 산다는 말이 있으니까.

니나는 차를 끓이기 위해 주전자에 물을 올렸다. 클래라는 근무 중에는 차를 마시지 않는다며 니나의 제안을 사양하고 밖으로 나갔다. 밤에는 소음이 유독 크게 들리는 것 같았고 전기주전자는 특히나 괴물 같은 소리가 났다. 당황한 니나는 주전자를 껐다. 물이 끓지 않았지만 뜨거운 물을 티백에 부었다. 누군가 꼭 자신을 지켜보는 것 같아서 클래라가 돌아오기만을 기다렸다. 온 집안에서 소음이 들렸고, 니나는 새로운 장소가 불러일으키는 오랜 공포와 불안을 다시 느꼈다. 위탁가정의 양부모와 보낸 첫날밤, 보호시설에서 보낸 첫날밤. 모든 것에 적응하는 과정. 겁에 질리는 아이들도 있었지만 니나는 아주 침착하게 듣고만 있었다. 그리고 지금도 그때처럼 가만히 듣고 있었다. 모든 집에는 소음이 있었다. 삐걱이는 소리, 한숨소리. 알고 있었지만 이 집은 왠지 소리가 유독 크게 느껴졌다. 니나는 클래라가 아직 있는지 확인하려 밖을 내다보았다. 불을 끄고 어둠 속에 앉았다. 어둠이 한결 편안했고 니나는 별안간 자신이 굉장히 피곤하다는 걸 깨달았다. 버틸 수 없을 지경이었다. 니나는 소파에 몸을 웅크리고 눈을 붙였다.

니나는 메그가 준 핸드폰 소리에 깼다. 몸을 일으켜 가누려고 하자 식어버린 차가 카펫 위로 쏟아졌다.

당장 나가야 한다는, 얼른 출발하라는 메그의 설명을 니나는 잠자코 들었다. 클래라에게도 해당하는 말이었다. 메그는 클래라가 바깥에 있을 거라 짐작하고 있었다. 니나는 그러겠다고 약속했지만 전화를 끊고 나자 차를 엎지르는 바람에 메그의 연회색 카펫이 엉망이 된 게 눈에 들어왔다. 커다란 생강차 웅덩이가 생겼다. 잠들 때까지 조금도 입을 대지 않은 차였다. 나중에 메그가 발견하도록 놔둘 수 없었다. 클래라가 바깥에 있었으므로 아주 잠깐은 괜찮을 거라고 믿었다. 메그 할머니는 살림꾼인걸, 니나는 생각했다. 그런 점을 존경했다. 자신에게도 언젠가 집이 생기면 똑같이 하고 싶었다. 훗날에야 니나는 이날 자신이 제정신이 아니었다는 걸 깨달았지만, 그때 당시에는 합리적인 사고를 한다고 생각했다.

"이 분이면 돼요." 니나는 메그가 한 방에 있다는 듯 큰 소리로 말했다. "너무 엉망인 부분만 정리할게요."

차를 엎지른 부분을 문질러봤지만 얼룩은 계속 남아 있었다. 니나는 점점 무서워졌다. 포기하고 막 자리를 뜨려던 차에 어떤 소리가 들렸다. 뭔가가 조심히 긁히는 소리였다. 쥐 몇 마리가 자기 몸만한 크기의 열쇠를 들고 문으로 들어오려는 듯한 소리였다. 소리는 멈췄다가 다시 이어졌다. 집이 삐걱이는 소리와 달랐다. 바람소리도 아니었다. 평범하거나 단순한 소리가 아니었다. 어떤 기억이 떠오르려 했지만 확실하지 않았다. 분명 누군가가 거기 있었다. 찍찍이는 소리가 들리는 현관문 바깥에 누군가가 있다. 클래라일 거야, 니나는 생각했다.

"클래라." 니나가 외쳤다. "클래라, 거기 있어요?"

아무 대답이 없었지만 무슨 작은 소리를 들은 것 같았다. 신음소리 같았지만 그건 불가능했다. 클래라는 산처럼 군건한 사람이잖아, 니나는 생각했다.

니나는 미끄러운 손을 바지에 문지르며 부엌으로 달려갔다. "젠장, 젠장, 젠장." 차 얼룩을 지우는 데 너무 많은 시간을 보냈다는 걸 깨달은 니나는 조용히 외쳤다. 여전히 찍찍이는 소리가 들렸고, 니나는 별안간 왜 그 소리가 익숙했는지 깨달았다. 무슨 소리인지 머리가 깨닫기도 전에 왜 발이 먼저 이 소리에 반응하는지. 제이슨. 빌보와 함께 보호시설에 있던 또다른 남자아이였다. 니나의 남자친구가 되고 싶어했던 제이슨. 사람들이 어떤 잠금장치나 보안장치를 설치하든 자신은 어느 집이든 아무때나 들어갈 수 있다며 늘 빈집털이 능력을 자랑했다.

"사람들은 대부분 그냥 표준 용수철 자물쇠를 쓰거든." 제이슨이 했던 말이 떠올랐다. "그런 자물쇠는 누구나 열 수 있어, 봐봐."

니나는 제이슨과 밖으로 나가서는 그애가 학교 급식카드를 구겨서 자물쇠 옆에 끼워넣고 이리저리 꼼지락거린 뒤 짜잔 하고 뽐내며 문을 열어젖히는 모습을 지켜보았다.

그게 지금 니나가 듣는 소리였다. 신용카드 같은 뭔가가 현관문 자물쇠 속을 위아래로 긁으며 뭔가를 걸어서 용수철이 튀어오르게 만들려고 하고 있었다. 최대한 빨리 자리를 떠야 했다.

메그 할머니, 정말 죄송해요. 니나는 생각했다. 할머니 말을 듣고 바로 나가지 못했어요. 그래도 카펫은 괜찮아서 다행이에요.

니나는 문 옆에 있는 고리에서 뒷문 열쇠를 집어들었다. 열쇠를 자물쇠에 꽂으려는 순간, 뜰에 어떤 형체가 보였다. 바닥에 웅크린 채 쓰러진 뭔가는 사람 말고는 불가능한 형체였다. 니나는 그게 클래라임을 알아차렸다. 가서 도와주고 싶었지만 함정일 게 분명했다. 두꺼비가 바깥에서 니나를 기다리고 있을 터였다. 도망치는 건 위험했다. 피오나나 또다른 사람, 아니면 그보다 많은 두꺼비 일당이 안 보이는 곳에 숨어 니나가 도망치기를 기다리고 있을지도 몰랐다. 그렇게 탈출할 기회는 이미 없었다. 니나는 문에서 물러나 위층으로 올라갔다. 뛰면서 심장이 요동치는 소리가 귓가에 울리는 바람에 앞문이 열리는 소리를 놓칠 뻔했다.

두꺼비가 집에 있다. 니나는 화장실로 달려가 문을 걸어 잠갔다.

Chapter 29
메그

3월 1일 금요일

내가 뛰고 있다는 게 믿기지 않았다. 학교를 졸업한 뒤로는 버스를 잡을 때도 뛴 적이 없었건만. 넘치는 몸무게를 한 근 한 근 느낄 수 있었다. 달리는 동안 머릿속 스피커에서는 브루스 스프링스틴이 부르는 〈본 투 런〉에 맞춰 바이올린 소리가 들렸다. 덕분에 더 빨리 달릴 수 있었다. 집으로 가는 마지막 모퉁이를 돌면서 일이 초간 아마도 솟구치는 아드레날린 같은 뭔가만이 느껴졌고, 나는 왜 달리기에 중독되는지 이해할 수 있었다. 이 일이 다 끝나면, 내가 가입할 만한 시니어 달리기 클럽이 있을지도 몰라.

로니에게 우리집을 가리켰다. 허약한 몸으로 잘 뛰어왔지만 이제는 정말 상태가 나빠 보였다. 마지막 몇 미터를 비틀거리며 달린 로니는 집 앞에 당도해 무릎을 털썩 꿇었다.

"일 분만요." 로니가 헐떡였다.

뛰느라 정신이 없었던 나머지 나는 대문에 다다를 때까지 집 문이 열린 것도 모르고 있었다. 두꺼비의 커다란 검은색 차가 시동도 끄지 않은 채 집 밖에 서 있었다.

"그 사람이 있어요." 로니가 말했다. "가세요, 얼른 가서 찾으세요. 저는 괜찮아요. 어서요."

로니는 괜찮지 않았지만 어쨌든 나는 서둘렀다. 거기 그렇게 두고 가는 게 마음에 걸렸지만 니나를 도우려면 별다른 방법이 없었다. 게다가 로니는 전사였고 정말로 내가 얼른 들어가기만을 바라고 있었다. 로니는 양손을 팔랑팔랑 움직여 들어가라는 손짓을 했고 나는 달렸다. 나는 내가 보았던 모든 경찰 드라마를 떠올렸다. 그냥 집으로 들어가서 주위를 두리번거리면 안 되고, 그보다 훨씬 더 은밀해야만 했다. 생각을 해야 했다. 그놈이 어디 숨을까? 이 방 어딘가에서 나를 덮치려고 기다리고 있을까? 그놈 머릿속에 들어가 그놈처럼 생각하려고 애썼다. 나는 왼쪽 벽에 붙어 복도를 천천히 걸었다. 거실에 다다랐을 때 나는 TV에서 착한 사람들이 하는 것처럼 문을 벌컥 열어젖혔다. 하지만 아무도 없었다. 카펫만이 구릿빛으로 커다랗게 젖어 있고 군데군데 행주가 덮여 있었다. 피구나. 나는 그게 피라고 확신했다. 아닐 수 없었다. 피가 아니라면 달리 거기 쏟아지고 그렇게 급히 치울 만한 것이 뭐가 있겠어? 아무것도 없지. 나는 그게 니나의 피라고 절대적으로 확신했고 모든 게 순간 회색으로 보였다. 모든 게 허사였구나. 니나는 탈출에 실패했고, 납치는 이제 살해로 변했으며, 희망은 모두 사라졌다. 니나가 우리에게, 또 내게 도움을 요청하며 나타났는데 우리는 최악의 방법으로 실망시키고 말았다. 아무것도 못해줬을 뿐만 아니라 모든 걸 더 엉망으로 만든 것이다. 용서받을 수 없는 일이었다. 그 두꺼비를, 이런 짓을 한 두꺼비를 찾아야 했다. 이건 공정하지 않았다, 최악이었다. 니나에게 공정하지 않았고 우리에게 공정하지 않았다. 우리가 그토록 애를 썼는데.

나는 생각을 정리하기 위해 잠시 멈춰 섰다. 나는 이 일을 해내야 했다. 그러려면 난감한 상황 속에서 나 홀로 있었던 또다른 시간에 대한 기억은 제쳐둬야 했다. 나는 들려오는 코고는 소리와 바이올린 소리에 귀를 막았다. 지금은 도움이 되지 않았다. 다른 사람들이 집 근처에 있으리란 걸 알았지만 정확한 위치도 알 수 없었고 여기까지 오는 데 얼마나 걸릴지도 몰랐다. 니나가 살아 있을지도 모르니 일 초 일 초가 중요했다. 지체할 수 없었다. 다른 사람이 여기 있길 바라는 건 소용이 없었다. 어쨌든 없으니까, 그리고 나는 나 스스로 해내야 하니까. 사람을 죽인다는 건 어려운 일이다. 나는 누구보다 그걸 잘 알았다. 그 어느 때보다 소스라치게 겁이 난 나머지 나는 생각했다. 두꺼비를 감옥에만 처넣어도 충분히 안전할 거야. 하지만 그게 사실이 아님을 알았다. 이건 장난이 아니었고, 한편으로는 그가 죽길 바랐다. 사랑스러운 여자아이가 죽은, 아니면 최소한 엄청나게 다친 지금은 더더욱 그랬다. 내게 총이 있다는 사실이 기뻤고, 총을 장전해놨다는 사실이 몹시 기뻤다. 나는 소매에서 권총을 꺼냈다. 쏠 준비가 되었지만, 니나가 살아 있다면 쏘는 대신 위협만 할 수도 있었다. 그렇게라도 생각해야지, 안 그러면 도저히 계속할 수 없을 것 같았다. 그놈을 아주 제대로 족친

다음 니나를 병원으로 데려갈 생각이었다. 만약 니나가 죽었다면 얘기는 달라진다. 맨손으로도 그놈을 죽일 수 있을 것이다. 그러다 내가 죽더라도 그럴 가치가 있었다. 다른 어린 여자에게 똑같은 짓을 하기 전에 두 번 이상 생각할 테니까. 가엾은 로니까지 떠올리고 나니 내가 죽는 건 문제가 되지 않았다. 세상을 뜨기 직전에 유용한 일을 하나라도 한다면 아무런 문제도 되지 않는다. 나는 늙었고 쓸 만큼 쓴 소모품이며, 내 생각은 틀리지 않은 듯했다.

그 계획을 세우자마자 두 명의 헨리가 박수를 치는 소리가 들렸다. 두 헨리가 서로 같은 생각인 건 본 적이 없었으므로 내가 옳은 일을 제대로 하고 있다는 사실을 알 수 있었다. 유일한 문제가 있다면 바이올린 소리였다. 여전히 부드럽게 슬근슬근 소리를 내고 있었고, 음정은 여전히 엉망이었다. 첫 공연은 긴장되지, 나는 생각했다.

두꺼비가 위층에 있는 게 확실했다. 거기 있다는 걸 느낄 수 있었다. 내 집이었고 어떻게 굴러가는지 알았다. 이런 느낌이 들었던 다른 날 밤이 기억났다. 비록 그땐 위층이 어떤 의미로는 꽉 차 있긴 했지만, 집 전체가 내가 해야 할 일을 할 때까지 안전하지 않았지만, 이런 느낌이었다. 창밖을 내다보았어야 했지만 그러지 않았다. 나는 내 안의 모든 목소리를 들어가며 오로지 집안에 집중했다. 할 수 있는 한 조용히 위층으로 올라갔다. 한 걸음 한 걸음. 밑에서 세번째 계단은 언제나 삐걱댔으므로 전처럼 건너뛰었다. 내가 이렇게나 차분하다니 믿을 수 없었다. 집중했기 때문이다. 해야 할 일이 있었다. 나는 똑같은 생각을 하고 또 했다. 약간 겁만 주는 거야. 그 정도면 될지도 몰라. 주저하지 말고 아주 조금만 겁을 주는 거야. 나는 언제나 나를 속일 수 있었다. 계단 맨 위 칸에서 몇 차례 심호흡을 했다. 똑바로 서서 양손에 총을 쥐고 TV에서 본 것처럼 내밀었다.

우리집 위층은 매우 단순했다. 욕실과 화장실이 계단 끝에 있고, 침실 두 개가 한쪽에, 다른 침실 하나가 다른 쪽에 있었다. 침실이 총 세 개였다.

"집에 침실이 왜 이렇게 많은지 모르겠네." 헨리는 그렇게 말하곤 했다. "와서 묵는 사람도 없는데 말이야."

묵을지도 모른다고 나는 생각했다. 머물 장소가 필요한 친구를 사귈 수도 있고, 노숙인이나 난민에게 침실 하나를 제공할 수도 있었다. 아니면 인터넷에서 나를 찾아낸 사촌이 만나러 와서 런던에 며칠 머물고 싶어할 수도 있었다. 아니면 집이 필요한 아이를 입양할지도 모르고. 누군가가 다정히 내 아기를 입양해 간 것처럼. 연푸른색 눈을 가진, 나의 작고 사랑스러운 딸.

그만해, 메그. 정신을 집중해. 해야 할 일이 있다고. 나는 생각했다. 그 어떤 헨리의 목소리도 전혀 들리지 않았다. 내가 틀렸을지도 모른다고, 바깥의 차는 두꺼비의 차가 아닐 수도 있다는 생각이 들리려던 찰나에 웃음소리가 들렸다. 아주 작은, 가벼운 웃음이었다. 키득거림에 가까웠다. 비웃는 대상은 나였고, 나는 그런 게 싫었다. 그건 친절하지도 온당하지도 않았다. 다시 귀를 기울이자 소리가 내 왼쪽, 멀리 있는 침실에서 난다는 걸 알 수 있었다. 그 방은 내 침실이었다. 헨리가 죽은 이후 나는 방을 바꿨다. 그 어떤 것도 똑같이 놔두고 싶지 않았다. 집을 팔았어야 했는데, 나는 생각했다. 기억들이 존재하지 않는 새로운 곳으로 이사를 갔어야 했는데.

그래도 안 갔잖아. 안 그래, 메그? 예전 헨리가 말하는 것이 들렸다. 모든 것을 두려워하잖아, 아주 확실한 일을 할 때조차 말이야. 다른 사람이라면 곧장 이사를 가고도 남았지.

웃음이 잠시 멈췄고, 나는 총을 더 세게 움켜쥐었다. 행동해야 했다. 나는 소리를 내지 않고 살금살금 복도를 걸어갔다.

"당신은 뚱뚱한 코끼리야." 헨리는 그렇게 말했다. "1킬로미터 바깥에서도 오는 소리가 들려. 아니다, 3킬로로 하지."

이번엔 아주 조용히 다가갔다. 바닥이 그리 삐걱대지 않는 가장자리를 밟았고 천천히 움직였다. 아주 천천히. 내게 아이가 있다면 그 아이를 깨우고 싶지 않을 때 움직였을 방식으로 아주 조용히, 그리고 천천히 걸었다. 그런 상황을 상상하는 걸 즐기곤 했던 나는 복도를 걸으며 그 생각을 했고 어느새 그 소리가 새어나오는 방 앞에 서 있었다. 문은 살짝 열려 있었다. 나는 경찰처럼 문을 열어젖히고 불쑥 들어가 허를 찌르며 덮칠 계획이었다. 심장이 멎을 만큼 놀래킨 뒤 그다음엔…… 그다음이 어떻게 될지는 알 수 없었다. 어쩌면 예전처럼 일이 자연스럽게 발생할 수도 있었다. 알아서 흘러가겠지, 나는 생각했다. 모든 걸 계획할 순 없는 법이야. 어떤 것들은 운에 맡기는 편이 가장 좋으니까.

나는 문을 붙잡고 들어갈 준비를 했지만, 두꺼비도 내가 보았던 경찰 드라마를 본 게 틀림없었다. 내가 문을 잡자마자 두꺼비가 잡아당기는 바람에 문은 벽에 쾅 부딪혔고 그는 튕겨나갔다. 처음엔

놈이 마스크를 쓰고 있다고 생각했지만 자세히 보니 끔찍하게 일그러진 얼굴이었다. 그는 공포 영화에서 본 것처럼 으르렁거렸고 나는 놀라 펄쩍 뛰었다. 나는 깜짝 놀랄 때마다 일을 그르치곤 했다. 심지어 다른 사람들보다 소스라치게 놀라는 편이었고, 그래서 정말 놀라는 일은 질색이었다. 나는 주변 모든 것에 극도로 예민해진 상태였다. 누군가 계단을 뛰어오르는 소리가 들리고, 데스의 목소리가 "저 여기 있어요, 쏘지 마세요"라고 외쳤지만 머리에 들어오지 않았다.

총을 쏜 건 거의 반사반응이었다. 데스의 말이 제대로 들렸더라도 아무런 차이가 없었을 것이다. 그때 나는 니나가 중상을 입었거나 아니면 더 최악으로, 죽었다고 확신하고 있었기 때문이다. 그런 짓을 한 남자가 내 면전에 서 있었고, 내가 총을 들고 있는데도 아랑곳하지 않는 듯 보였다. 그럴 때 사람이 달리 뭘 할 수 있을까?

그 소리에 귀가 멍멍해졌다. TV에서 듣는 것보다 훨씬 큰 소리가 났다. 모든 게 슬로모션으로 움직이기 시작했다. 꼭 누군가 버튼을 누른 것 같았다. 두꺼비가 내 코앞에 있었으므로 모든 것이 보였다. 그는 멈춰 서서 혼란스러운 표정을 짓더니 고개를 숙여 총알이 들어간 자기 가슴팍을 쳐다보았다. 나는 자기 손을 보고 피가 묻은 걸 발견하는 두꺼비를 보았다. 자신이 얼마나 치명상을 입었는지 알게 된 그를 보았다. 고개를 돌리고 싶었지만 내가 진 빚이 컸으므로 적어도 그의 눈을 봐야 했다. 그래야 옳다는 생각이 들었다.

"메그!" 데스가 외쳤다. "조심해요." 이번엔 그 말이 들렸지만 형세는 이미 기울어 있었다. 나는 한 발을 더 쏘았고, 그러자 화장실 문이 열리는 소리가 나며 니나가 나타났다.

"조심해요!" 니나가 외쳤다. "피오나가 마당에 있어요."

데스는 창문으로 달려가 밖을 내다보았다.

"아냐. 누군지 알겠어. 괜찮아, 클래라야. 다쳤지만 괜찮아. 지금 다른 사람들이 오고 있어요. 다들 잠깐 못 오게 해야겠어요." 데스는 사람들에게 가까이 오지 말라고 창문 밖으로 신호를 보냈다.

니나를 발견한 나는 기쁨으로 가득찼다.

"난 네가 죽은 줄 알았어." 내 말에 니나가 말했다. "전 할머니가 죽은 줄 알았어요." 우리 두 사람은 눈물을 흘렸다.

"이럴 수가……" 나는 바닥에 누운 두꺼비를 돌아보았다. 니나는 어깨를 으쓱해 보였다. 모든 게 끝나면 니나가 심리치료를 받도록 돈을 내줄 수 있겠단 생각이 들었다. 치료가 필요할 테니까.

"아래층으로 가렴." 내가 말했다. "네가 볼 만한 게 아냐."

"전 더 심한 것도 봤어요, 메기 할머니." 니나가 말했다.

나는 니나의 말을 믿었고, 아주 잠깐 두꺼비의 쓰레기 같은 짓에 종지부를 찍었음을 기뻐했다. 두꺼비는 다시 움직이지 않았고, 나는 두꺼비의 모친을 생각해보려 했지만 할 수 없었다. 심지어 총소리를 듣고 사람들이 달려올 것도 한참 동안 생각지 못했다. 하지만 사람들은 오지 않았다. 이게 바로 런던 남동부다. 사람들은 침대에서 몸을 뒤척이며 그건 자동차가 낸 폭발음이리라 생각하고 어쨌든 자신은 무사하고 안전한 것에 감사해한다. 아무도 오지 않았고, 나는 니나가 숨을 쉬기 어려워할 때까지 그애를 꼭 껴안고 있었다.

"자, 이제 가봐." 내가 말했다. "로니를 보러 가렴." 니나는 계단을 뛰어내려갔고 이제 데스와 나, 두꺼비의 시신만이 남았다.

"우리끼리 해결할 수 있다면 제일 좋을 텐데." 내 말에 데스가 동의했다. 다른 누구도 내가 꿨던 악몽을 꾸지 않길 바랐다. 데스도 그런 악몽을 꾼 것 같다는 의구심이 들었다.

"확인하는 게 좋겠어요." 내가 말했다. "확실한지 말이야, 놈이…… 무슨 말인지 알죠." 데스가 확인하려는 생각이 없어 보였으므로 나는 무릎을 꿇고 두꺼비의 맥박을 확인했다. 전혀 뛰지 않았다. 두꺼비였던 인물은 이제 가고 없다는 것이 분명했다.

"싹 다 빨리 치워야 해요." 내가 말했다. 두꺼비의 모든 흔적이 가능한 한 빨리 사라졌으면 했다. "카펫을 써서 저걸 말아버릴 수도 있겠어요." 이제 두꺼비를 '그'라고 지칭할 수 없었다.

"좋은 생각이에요." 데스가 말했다. 데스는 움직이지 않았고 창백해 보였다. 한 가지는 확실했다. 만약 데스가 정말 끔찍한 범죄를 저질러서 유죄판결을 받았다면, 그건 데스에게 정말 정당한 사유가 있었거나 아니면 사법부가 정의의 이름으로 오심을 내렸기 때문이라고. 데스는 진정한 범죄자가 아니었다. 데스와 시신을 지켜보며 서 있는 사이 별안간 두꺼비랑 같이 있던 그 여자가 머릿속에 번쩍 떠올랐다. 두꺼비의 보조.

"데스, 그 여자는요? 파트너 말이에요. 그 여자는 어디 있어요?" 내가 물었다. 그 여자가 경찰서로 가 내 신상을 자세히 읊는 상상을 하니 두려움이 홍수처럼 밀려나왔다.

"놈들이 업소로 쓰던 집에 묶어놓고 왔어요." 데스가 말했다. 살짝 뿌듯해하는 목소리였다. "괜찮을 거예요, 물을 두고 왔거든요.

방에 있는 아이들은 전부 풀어서 보내줬고요. 그 여자가 도망치는 데 얼마 안 걸리겠지만 아무 문제도 일으키지 않을 거예요. 그건 장담할 수 있어요."

데스는 잠시 우쭐거렸고 나는 더 질문하지 않기로 결심했다. 무엇보다 그 여자가 두꺼비를 실종신고할 순 없을 것이었다. 가끔은 사람을 믿어야 해, 나는 생각했다.

다른 사람들이 들어오면서 아래층에서 얘기하는 소리가 들렸다. 다들 함께 있는 듯해서 무척 위안이 되었다. 말을 마친 데스는 기력을 소진한 것 같았고 계속 상태가 좋지 않을 게 분명했다. 그래서 사람들에게 시신을 보이자니 미안하긴 했지만, 그레이스와 대프니가 올라와 데스를 내보내는 건 기뻤다.

"총을 주지 말걸 그랬어요." 데스가 이어서 말했다. "제가 쭉 가지고 있었어야 했는데."

손으로 머리를 움켜쥔 데스가 계단을 내려가자 대프니가 위로의 말을 건넸다.

"괜찮아, 데스." 대프니가 말했다. "메그는 오늘 좋은 일을 했어. 우리가 처리할게."

내가? 정말? 나는 아주 살짝 뿌듯함을 느끼기 시작했다. 헨리가 죽고 나 혼자였을 때와는 너무 달랐다. 이 모든 사람이 도와주며 올바른 말을 하는 것이 너무 좋았다.

"괜찮아." 내가 말했다. "이런 일을 하는 습관을 들이지는 않을 거야. 이번 한 번만이야." 나는 등뒤에서 두 손가락을 꼬았다.

일을 처리하기 위해 다시 우리 셋이 남았다. 우리뿐이었다. 맹세는 지켜졌고 일은 성사되었으며 니나는 무사했다. 매우 특별한 순간이었다. 우리는 시신을 카펫으로 말았다. 카펫을 말 때 서로 손이 닿았다. 우리는 고개를 들어 서로의 눈을 바라보았다.

"잘했어, 메그." 그레이스가 말했다. 대프니는 고개를 끄덕이고는 내 손을 꼭 잡았다. "내 삶에 두 사람이 있어서 정말 다행이야." 대프니가 말했다.

우리는 진정한 친구구나, 나는 생각했다. 그 사실이 모든 것을 견디게 해주었다.

우리가 두꺼비를 대충 숨겼을 즈음 계단 아래에 사람들이 다 모여 있었다. 고든, 수재나, 데스, 니나, 로니, 그레그, 심지어 머리에 혹이 나긴 했지만 나머지는 괜찮아 보이는 클래라까지. 사람들은 다음에 무엇을 해야 할지, 청소하기 가장 좋은 방법은 무엇인지 다투어 의견을 냈다. 나는 의견을 다 받아들일 순 없었다. 니나는 차를 엎질렀을 뿐 피가 아니며, 그레그가 진짜 핏자국에 소금을 뿌리러 위층으로 올라갔다는 말을 속사포처럼 뱉고 있었다. 나는 내 각별한 친구들과 좀더 오래 머물고 싶었지만 할일이 너무 많았다. 로니에게 밥을 먹이고 싶었던데다, 위층을 청소하는 것도 보통 일이 아닐 터였다. 그래서 클래라가 그 말을 해주었을 때 기뻤다.

"약속을 지키지 못해 유감입니다." 클래라가 다과회에 늦은 사람처럼 말했다. "지금 일을 도와드리고 조금이라도 만회하고 싶습니다."

해가 뜰 때쯤 모두 잠자리에 들었지만 니나와 로니는 여전히 깨어 있었다. 내 침대에 함께 누워 인터넷으로 대학교를 찾아보고 있었다. 둘은 아침에 사회복지사에게 전화해서 잠시 가출했었다고 말하기로 결정했다. 아이들이 열여덟 살이 되면 내가 집을 마련해주고 싶었다. 얼마 남지 않았다. 로니는 이미 포리지를 몇 술 떴고 니나는 눈에 들어오는 모든 걸 먹어치웠다. 고든과 수재나는 데스와 함께 대프니의 집으로 갔다. 당분간은 거기 머물 것 같았다. 집에 방이 아주 많다고 했다. 대프니와 그레이스는 나와 머물기로 했다. 우리는 함께 앉아서 차를 마셨다. 슈 일당은 엄청난 양의 청소를 끝마쳤고 두꺼비의 유해를 가져갔다. 나는 그 물건, 아니, 그 사람을 갖고 무얼 할 거냐고 묻는 대신 슈를 위해 닭고기를 조금 싸줬다.

그 말을 던진 건 그레이스였다. "후회되는 게 있어, 숙녀분들?"

"물론이지." 대프니가 답했다. "니나를 만나지 않았다면, 몰랐다면 좋았을 텐데, 하는 마음이 한구석에 있어. 이 일은 우리에게 계속 남을 테니까, 정말로."

나는 내 손, 영화 속 암살자처럼 방아쇠를 당겼던 내 손을 바라보았다. 진실을 털어놓고 싶었다.

"난 기뻐." 내가 말했다. "돌아간다 해도 모든 걸 똑같이 되풀이했을 거야. 아이들이, 니나와 로니가 안전하잖아. 그게 중요한 거야."

두 사람은 그 말에 놀란 듯했지만 진정한 친구란 곁에 머물러주는 법이다. 그들은 고개를 끄덕이고 내 말이 맞다며, 내가 용감했다고 말해줬다.

다 같이 니나에게 잘 자라는 인사를 하러 갔을 때도 나는 비슷한 말을 해주려고 노력했다. 로니가 잠들었으므로 우리는 조용히 얘기를 나눴다.

"이 빚을 절대 갚지 못할 거예요." 니나가 말했다. "사람이 사람을 그렇게 도울 수 있다는 게 믿기지 않아요. 저를 도와주신 것처럼요."

"도와줄 수 있어서 기쁜걸." 내가 말했다. "무슨 일이 일어나도 나는 언제나 기쁠 거야."

나는 그레이스와 대프니를 바라보았다. 오늘 이날부터 마지막날까지, 우리가 남은 인생 동안 두고두고 이 일의 반향 속에 살리라는 걸 두 사람 역시 알고 있는 듯했다.

"어떤 일들은 할 만한 가치가 있지." 그레이스가 말했다. 대프니는 고개를 끄덕였다. "이제 이 일을 넘어섰으면 좋겠어. 그 사건의 어떤 부분에도 머물지 말고. 그 일들은 너를 정의하지 못해. 두려움과 경험에 질식당해선 안 돼."

명언이었다. 우리가 하는 말이 무슨 말인지 잘 모르겠다는 듯, 나의 니나는 활짝 웃었다. 무슨 말인지 평생 모르기를, 나는 그 어떤 것보다 간절히 빌었다.

그후로 며칠, 데스는 스트레스와 압박감에 시달렸고 내 눈에도 그게 보였다. 데스는 모든 일에 죄책감을 느꼈다. 온 세상을 자신의 어깨에 짊어지고 있었다. 데스는 끝장을 보고 싶어했고, 요즘은 그런 게 유행인 듯하지만 일이 언제나 그렇게 풀리는 건 아니다.

만약 우리가 새로운 업소가 생기는 일을 막기 위해 경찰에 피오나를 신고했다면, 그건 새로운 벌레 통조림을 여는 셈이 되었을 것이다. 그것도 벌레가 가득 들어찬 통조림을.

내가 이 모든 걸 털어놓을 수 있는 유일한 사람은 헨리였다. 그와 많은 얘기를 했다. 헨리는 이미 자신이 죽던 날 무슨 일이 있었는지 알고 있었던 것 같다. 수프에 들어간 수면제. 그가 줄곧 그 사실을 알고 있었다고 생각한다.

"맛이 쓴데." 당시 헨리는 그렇게 말했다. 헨리에게 제대로 설명하는 것이 온당한 일처럼 여겨졌다. 정말로 잠깐 재우려는 의도뿐이었다고, 빙글리와 나의 아기를 소재로 나를 놀리는 걸 막을 생각뿐이었다고. 그리고 나중에는 코고는 걸 막으려 했을 뿐인데 그렇게 됐다고. 나는 그 코고는 소리를 멈춰야만 했다. 헨리에게는 수면 무호흡증이 있었기에 아무도 의심을 품지 않았다. 나의 헨리, 그가 이해해주기를. 물론 예전의 헨리를 말하는 것이다. 나는 새로운 헨리와는 끝을 냈다. 그 천연덕스러운 낙관과 뉴에이지적인 성격이 나와 전혀 맞지 않았으므로. 나는 사실 그대로 말해주는 남자가 좋았다. 그래서 새로운 헨리에게 사실대로 말했고 의견을 물었다. 답이 없었다. 그는 더이상 아무 말도 없었지만 귀를 기울이면 바이올린 소리는 들을 수 있었다. 그것이 연주하는 사랑스러운 선율, 슬프고도 명랑한 그 선율을.

감사의 말

어려운 시기에도 성원해주고 노고도 마다하지 않은 맨프리트 출판사와 내 에이전트 줄리아에게 진심으로 감사한다.

내 위대하고 사랑스러운 일가족에도 고마움을 전한다, 다들 정말 멋져.

마지막으로 이 책은 살인을 계획한다면 한 팀으로 삼고 싶은, 내가 알아온 모든 여성을 생각하며, 또 그들에게 감사함을 느끼며 썼다.

당신은 자신의 진가를 알고 있다.

옮긴이 **류기일**

고려대학교에서 서문학과 국문학을 공부하고 출판 편집자로 일했다. 옮긴 책으로 『우리의 분노는 길을 만든다』가 있다.

문학동네 세계문학

초보자를 위한 살인 가이드

초판 인쇄 2023년 6월 12일 | 초판 발행 2023년 6월 23일

지은이 로절린드 스톱스 | 옮긴이 류기일
책임편집 고선향 | 편집 박신양
디자인 김이정 최미영 | 저작권 박지영 형소진 최은진 오서영
마케팅 정민호 김도윤 한민아 이민경 안남영 김수현 왕지경 황승현 김혜원
브랜딩 함유지 함근아 박민재 김희숙 고보미 정승민
제작 강신은 김동욱 임현식 | 제작처 영신사

펴낸곳 (주)문학동네 | 펴낸이 김소영
출판등록 1993년 10월 22일 제2003-000045호
주소 10881 경기도 파주시 회동길 210
전자우편 editor@munhak.com | 대표전화 031)955-8888 | 팩스 031)955-8855
문의전화 031)955-1927(마케팅), 031)955-1917(편집)
문학동네카페 http://cafe.naver.com/mhdn
인스타그램 @munhakdongne | 트위터 @munhakdongne
북클럽문학동네 http://bookclubmunhak.com

ISBN 978-89-546-9921-1 03840

www.munhak.com